U0108317

乾偉藏書
民國八十三年七月九日

當代思潮系列叢書

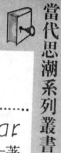

廣闊的視野

The View from Afar

李維史陀—著
Claude Levi-Strauss

肖　聿—譯
邱益群—校

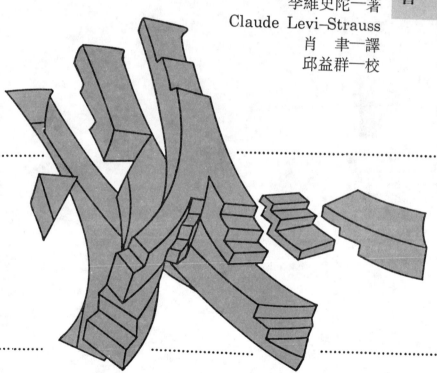

桂冠圖書股份有限公司

「當代思潮系列叢書」序

　　從高空中鳥瞰大地，細流小溪、低丘矮嶺渺不可見，進入眼簾的只有長江大海、高山深谷，刻畫出大地的主要面貌。在亙古以來的歷史時空裡，人生的悲歡離合，日常的蠅營狗苟，都已為歷史洪流所淹沒，銷蝕得無影無踪；但人類的偉大思潮或思想，却似漫漫歷史長夜中的點點彗星，光耀奪目，萬古長新。這些偉大的思潮或思想，代表人類在不同階段的進步，也代表人類在不同時代的蛻變。它們的形成常是總結了一個舊階段的成就，它們的出現則是標示著一個新時代的發軔。長江大海和高山深谷，刻畫出大地的主要面貌；具有重大時代意義的思潮或思想，刻畫出歷史的主要脈絡。從這個觀點來看，人類的歷史實在就是一部思想史。

　　在中國的歷史中，曾經出現過很多傑出的思想家，創造了很多偉大的思潮或思想。這些中國的思想和思想家，與西方的思想和思想家交相輝映，毫不遜色。這種中西各擅勝場的情勢，到了近代却難繼續維持，中國的思想和思想家已黯然失色，無法與他們的西方同道並駕齊驅。近代中國思潮或思想之不及西方蓬勃，可能是因為中國文化的活力日益衰弱，也可能是由於西方文化的動力逐漸強盛。無論真正的原因為何，中國的思想界和學術界皆

應深自惕勵，努力在思想的創造上發憤圖進，以締造一個思潮澎湃的新紀元。

　　時至今日，世界各國的思潮或思想交互影響，彼此截長補短，力求臻於至善。處在這樣的時代，我們的思想界和學術界，自然不能像中國古代的思想家一樣，用閉門造車或孤芳自賞的方式來從事思考工作。要想創造眞能掌握時代脈動的新思潮，形成眞能透析社會人生的新思想，不僅必須認眞觀察現實世界的種種事象，而且必須切實理解當代國內外的主要思潮或思想。爲了達到後一目的，只有從研讀中外學者和思想家的名著入手。研讀當代名家的經典之作，可以吸收其思想的精華，更可以發揮見賢思齊、取法乎上的效果。當然，思潮或思想不會平空產生，其形成一方面要靠思想家和學者的努力，另方面當地社會的民眾也應有相當的思想水準。有水準的社會思想，則要經由閱讀介紹當代思潮的導論性書籍來培養。

　　基於以上的認識，爲了提高我國社會思想的水準，深化我國學術理論的基礎，以創造培養新思潮或新思想所需要的良好條件，多年來我們一直期望有見識、有魄力的出版家能挺身而出，長期有系統地出版代表當代思潮的名著。這一等待多年的理想，如今終於有了付諸實現的機會——久大文化公司和桂冠圖書公司決定出版「當代思潮系列叢書」。這兩個出版單位有感於社會中功利主義的濃厚及人文精神的薄弱，這套叢書決定以出版人文學及社會科學方面的書籍爲主。爲了充實叢書的內容，桂冠和久大特邀請台灣海峽兩岸的多位學者專家參與規劃工作，最後議定以下列十幾個學門爲選書的範圍：哲學與宗教學、藝文(含文學、藝術、美學)、史學、語言學、心理學、教育學、人類學、社會學(含未來學)、政治學、法律學、經濟學、管理學及傳播學等。

　　這套叢書所談的內容，主要是有關人文和社會方面的當代思潮。經過各學門編審委員召集人反覆討論後，我們決定以十九世紀末以來作爲「當代」的範圍，各學門所選的名著皆以這一時段所完成者爲主。我們這樣界定「當代」，並非根據歷史學的分期，而是基於各學門在理論發展方面的考慮。好在這只是一項原則，實際選書時還可再作彈性的伸縮。至於「思潮」一詞，經過召集人協調會議的討論後，原則上決定以此詞指謂符合下列條件之一的學術思想或理論：(1)對該學科有開創性的貢獻或影響者，(2)對其他學科有重大的影響者，(3)對社會大眾有廣大的影響者。

　　在這樣的共識下，「當代思潮系列叢書」所包含的書籍可分爲三個層次：經典性者、評析性者及導論性者。第一類書籍以各學門的名著爲限，大都是歐、美、日等國經典著作的中譯本，其讀者對象是本行或他行的學者和學生，兼及好學深思的一般讀書人。第二類書籍則以有系統地分析、評論及整合某家某派(或數家數派)的理論或思想者爲限，可爲翻譯之作，亦可爲我國學者的創作，其讀者對象是本行或他行的學者和學生，兼及好學深思的一般讀書人。至於第三類書籍，則是介紹性的入門讀物，所介紹的可以是一家一派之言，也可以就整個學門的各種理論或思想作深入淺出的闡述。這一類書籍比較適合大學生、高中生及一般民眾閱讀。以上三個層次的書籍，不但內容性質有異，深淺程度也不同，可以滿足各類讀者的求知需要。

　　在這套叢書之下，久大和桂冠初步計畫在五年內出版三百本書，每個學門約爲二十至四十本。這些爲數眾多的書稿，主要有三個來源。首先，出版單位已根據各學門所選書單，分別向台灣、大陸及海外的有關學者邀稿，譯著和創作兼而有之。其次，出版單位也已透過不同的學界管道，以合法方式取得大陸已經出版或

正在編撰之西方學術名著譯叢的版權，如甘陽、蘇國勛、劉小楓主編的「西方學術譯叢」和「人文研究叢書」，華夏出版社出版的「二十世紀文庫」，陳宣良、余紀元、劉繼主編的「文化與價值譯叢」，沈原主編的「文化人類學譯叢」，袁方主編的「當代社會學名著譯叢」，方立天、黃克克主編的「宗教學名著譯叢」等。各學門的編審委員根據議定的書單，從這些譯叢中挑選適當的著作，收入系列叢書。此外，兩個出版單位過去所出版的相關書籍，亦已在選擇後納入叢書，重新加以編排出版。

　　「當代思潮系列叢書」所涉及的學科眾多，為了慎重其事，特分就每一學門組織編審委員會，邀請學有專長的學術文化工作者一百餘位，參與選書、審訂及編輯等工作。各科的編審委員會是由審訂委員和編輯委員組成，前者都是該科的資深學人，後者盡是該科的飽學新秀。每一學門所要出版的書單，先經該科編審委員會擬定，然後由各科召集人會議協商定案，作為選書的基本根據。實際的撰譯工作，皆請學有專攻的學者擔任，其人選由每科的編審委員推薦和邀請。書稿完成後，請相關學科熟諳編譯實務的編輯委員擔任初步校訂工作，就其體例、文詞及可讀性加以判斷，以決定其出版之可行性。校訂者如確認該書可以出版，即交由該科召集人，商請適當審訂委員或其他資深學者作最後之審訂。

　　對於這套叢書的編審工作，我們所以如此慎重其事，主要是希望它在內容和形式上都能具有令人滿意的水準。編印一套有關當代思潮的有水準的系列叢書，是此間出版界和學術界多年的理想，也是我們為海峽兩岸的中國人所能提供的最佳服務。我們誠懇地希望兩岸的學者和思想家能從這套叢書中發現一些靈感的泉源，點燃一片片思想的火花。我們更希望好學深思的民眾和學生，

也能從這套叢書中尋得一塊塊思想的綠洲，使自己在煩擾的生活中獲取一點智性的安息。當然，這套叢書的出版如能爲中國人的社會增添一分人文氣息，從而使功利主義的色彩有所淡化，則更是喜出望外。

　　這套叢書之能順利出版，是很多可敬的朋友共同努力的成果。其中最令人欣賞的，當然是各書的譯者和作者，若非他們的努力，這套叢書必無目前的水準。同樣值得稱道的是各科的編審委員，他們的熱心參與和淵博學識，使整個編審工作的進行了無滯礙。同時，也要藉此機會向高信疆先生表達敬佩之意，他從一開始就參與叢書的策劃工作，在實際編務的設計上提供了高明的意見。最後，對久大文化公司負責人林國明先生、發行人張英華女士，及桂冠圖書公司負責人賴阿勝先生，個人也想表示由衷的敬意。他們一向熱心文化事業，此次決心聯合出版這套叢書，益見其重視社會教育及推展學術思想的誠意。

楊國樞

一九八九年序於
台灣大學心理學系

人類學召集人序

　　「當代思潮系列叢書」是久大及桂冠兩圖書公司在楊國樞及高信疆先生策畫下所推出的一項重要出版計劃，內容包括人文及社會科學各學門的著作。承編著者不棄，也把人類學列爲其中之一學門，並希望出版四十本左右的西方經典名著。我個人和同事都感到榮幸被邀請參加這編輯工作。

　　人類學(anthropology)在西洋科學體系中是一門較晚發展的科學。有「人類學之父」之稱的英國學者愛德華‧泰勒(Edward B. Tylor)出版他的古典名著「原始文化」(Primitive Culture)的年代是在一八七一年，但是他在牛津大學建立全世界最早的人類學講座卻要遲至一八九六年。在美國，第一位榮獲得人類學博士學位是哈佛大學的羅蘭‧德遜(Rolland Dixon)，年代則已進入廿世紀，那是一九〇〇年。這年代比起其他自然及生物科學來，無疑是晚了很多，即使比起行爲科學中的其他二門核心科學：心理學與社會學，也要稍晚幾十年。可是由於人類學研究的範圍牽涉廣闊，所以發展卻也至爲快速。人類學以研究「人」的目的，其研究的範疇包括人本身及其創造的文化。人類學研究的人包括遠古的人及現代的人；人類學研究的文化包括遠古的文化及現代的文化，也包括「原始人」的文化及「文明人」的文化、自己的

文化以及他人的文化。由於人類學的這種直接與人有關的研究，以及由於第二次世界大戰之後國際關係的日趨密切，對別的民族國家文化的瞭解也日益需要，所以在歐美的大學裡，以至於一般社會裡，人類學的研究及人類學知識的傳播都極爲普遍。

我國的人類學研究起步更晚，教學機構也很有限，出版物除去學術性的研究報告外，大都在另一方面也有其限制，特別是在闡明學說思潮與理論源流上，一般教科書都較不能作有系統而深入的分析，這對於一門科學的來龍去脈以及當前發展的趨向是較不易顧及的。

人類學理論的思潮的拓展較其他社會科學爲晚，其源流卻也錯綜複雜。就如前文所說的，近代人類的思潮軔始於英國的 Edward Tylor，其時已屬十九世紀的後半了。當然一門科學的成立也不是那樣突然而有的。在歐洲，十五世紀以後地理上的大發現，提供後來學者許多各地不同民族奇風異俗的資料，由於有了這些基本民族誌的素材，人類學開始奠下基礎。十七世紀以後，歐洲學術思潮澎湃，更爲人類學的出現提供媒觸。啓蒙時期的學者所發展的進化論觀念，到十九世紀成爲人類學的理論的重心。但是對人類生物進化與文化進化兩方面有綜合性的認識，則要到十九世紀以後才有，在此以前不僅缺乏客觀的科學資料，而且神學思想的阻礙仍有待克服。

Tylor 對人類學的開創之功，一方面在於擺脫中古神學的束縛，另一方面他在研究方法上也開始人類學客觀資料採集的風氣，可以說軔始了人類學的田野工作之傳統。在基本理論上，泰勒最大的貢獻可以說是對「文化」（culture）概念的開拓，而「文化」即成爲現代人類學學科存在的關鍵觀念（key concept）。在對客觀資料的分析研究上，也可以說開啓了後來的比較研究之傳

統，現代人類學方法上的策略特性就是各種不同程度的比較研究。

　　Tylor 在英國的後繼者是弗雷澤（James Frazer）弗雷澤以他的巨著《金枝篇》（*The Golden Bough*）以及對巫術、超自然世界的廣泛研究而著名，他認為巫術是人類超自然行為最早的形式，而隨文明的進化，其所才有宗教，而至於科學的出現。這很明顯是進化階段的另一種版本。但是進化思想到了弗雷澤是最後的代表了。

　　進化論的馬調到了廿世紀的初年開始受到反擊，首先提出反擊者來自歐洲大陸本身的傳播論學派（Diffusionism）。但是進化論最致命的反駁者是來自鮑亞士（Franz Boas）所領導的美國文化史學派的人類學家。Boas 一派的學者把人類歷史看作是一株「文化之樹」（tree of culture），有著錯綜複雜的枝葉，互相聯貫並時而產生新的分叉；每一分枝代表一個獨特而不同的文化叢體，要瞭解這叢體只有從其本身特有的歷史去探究，而非比較其他同一階段的民族所能獲得。

　　Boas 的著重於個別民族的深入細緻調查，使他不但對進化論持反對的態度，而且對一般性原理的探尋也感到懷疑。同時由於他的這種對一般通則（nomethetic）的懷疑，遂使他逐漸趨向於興趣個案（idiographic）的研究，因此在他晚年就變成了很著重對個人在文化社會脈絡中所居地位的探討。由於他的這種觀點，後來遂開創了文化與人格（culture-and-personality）學派在美國盛行之道。這也很容易瞭解，拓展文化與人格研究的學者，實際上都是他較晚期的學生，包括潘乃德（Ruth Benedict）、沙比耳（Edward Sapir）、米德（Margaret Mead）及他在哥倫比亞大學人類學系的承繼者林頓（Ralph Linton）等人。

　　當鮑亞士與他的學生們在美國努力證明進化論學者對文化發展錯誤的想法之時，在英國，也有一派人類學者進行反駁進化論的工作，這就是工能學派的學者(Functionalist)。

　　功能學派的思潮在歐洲學術界實有很早的淵源，法國的古朗士(Fustel de Coulanges)、孔德(August Comte)、英國的斯賓塞(Herbert　Spencer)，最後到了法國的涂爾幹(Emile Durk-heim)，都有把社會比擬爲有機體的想法，而把風俗、制度的存在看作是在維持整個社會的作用而存在的。然而近代功能學派的主要人物卻是兩位英國的人類學大師；芮克里夫布朗(Alfred　R. Radcliffe-Brown)和馬凌諾斯基(Bronislaw Malinowski)。布朗自稱是人類學家或比較社會學家，他的興趣在研究一個社會於某一段時期內其社會結構關係是如何發生作用以維持其存在，像涂爾幹一樣地把社會看成一個有機體，而追尋社會制度在結構上的功能意義，因此一般稱他是結構功能學派的創始人。布朗的功能著重於社會結構的意義，但另一位功能派大師馬凌諾斯基則著重於個人心理需求方面的解釋，這是兩者在功能理論上的基本不同之處。馬凌諾斯基認爲文化形成一套密切相關的系統，要解釋這一整體只有從社會中個人心理需要的層次上去探求，每一項風俗的存在都因滿足個人的各種需求而存在。

　　當二〇至四〇年代功能學派在人類學界極端盛行之後，另一派學者又繼起爲進化論的學說作新的註解，這一派學者一般被稱爲新進化論者(Neo-evolutionalist)。新進化論者有三個主要代表人物：英國考古學者柴爾德(V. Gordon Childe)、美國人類學家懷特(Leslie White)與斯蒂華(Julian Steward)。但斯蒂華的多線進化論以及後來所發展的文化生態理論及文化物質論是影響最大者。

　　文化生態學派以及文化物質論者長久是美國人類學界的兩大陣營之一，這一陣營的大將包括 Marvin Harris 與 Elman Service 等人。至於另一相對的陣營則可稱爲文化心靈論者，他們認爲外在生態環境對文化的決定並不如文化物質論者所說的那樣重要。他們有的著重於文化內在意義的詮釋，這可舉格茲(Clifford Geertz)爲代表，另一些則著重於文化的心靈結構的追求，以法國人類學大師李維斯陀(Claude Levi-Strauss)爲代表。Geertz 把文化看作是一個民族藉以生存的象徵系統，所以要瞭解一個民族的文化就應該瞭解這個象徵系統的內在意義，要瞭解這內在的意義就必須以該民族本身的立場爲出發才有可能，所以格茲的文化研究極力提倡所謂「從土著的立場出發」(from native's point of view)，而在方法上則力求對文化作深厚的描繪(thick description)，否則就無法真正瞭解文化。

　　李維斯陀則代表另一傳統，他承受法國社會學涂爾幹與莫斯(Marcel Mauss)的思想，另一方面又深受語言學論的影響，因此他不但特別著重於「模式」與「交換」等觀念的發揮，同時更重於說明如語言法則一樣的先天性思維法則是如何作用於社會行爲的表達：對李維斯陀而言，社會關係法則是受無意識(unconscious)模式所控制的，而非由於意識模式的約束，因此李維斯陀認爲只有從人類思維深層結構(deep structure)的探索，方能理出社會文化的基本法則。在這裡，很顯然的，他所說的結構與結構功能學派所指的社會關係的結構是頗有不同的。

　　李維斯陀的結構論思想不但使他自己在親屬結構、儀式行爲以及神話傳說的研究上大放異彩，而其影響所及，也使人類學領域中的象徵研究、認知研究、成分分析研究，以至於宗教系統研究上引起很大的波瀾，而這些波瀾幾乎有掩蓋其他學說之勢，但

是，對於較審慎的人類學家而言，文化的存在似乎著根於兩種完全不同但又相等重要的基礎，其中之一是來自語言、象徵符號與心知的範疇，另一則是人們對自然與社會環境所表現的技術與組織的適應方面。而現代人類學所面臨的，不是這兩個範疇何者為重的問題，而是探尋兩者的接界何在，以及其相互作用的真實情況是怎樣存在的。

　　格茲和李維斯陀之後，可以說真正是人類理論的現代，在這時期中，人類學論受到其他社會科學及人文思潮之衝擊至大，所以各家各派有百花齊放一樣各自發展，包括批判學派、詮釋論者、新馬克斯主義者、象徵論者、經驗論者等等，使人類學的思潮徘徊於實證社會科學與解釋的人文學之間。所以本叢書所選的著作，除去古典名著，如 Frazer 的《金枝篇》、Durkneim 的《宗教生活的基本形式》，以及鮑亞士的原始人的心靈等之外，也包括了若干當代的名作，如 Godelier 的《馬克斯人類學的觀點》、Marcus 等的《文化批判的人類學等論》，以供讀者作系統的閱讀。

　　作為為人類學系列的召集人，我除去感謝楊教授及兩家出版公司提供我們的幫助外，也更要感謝編輯小姐的同仁從浩瀚的書海中共同選出書單，特別是張恭啓君，聯繫於譯者、校閱者與出版者之間最為辛勞，一併致最深謝意。

李亦園

自　序

　　從邏輯上說，本書是一九五八年和一九七三年在法國出版的　　xi
前兩卷的續篇，本來可以名之爲《結構人類學》（Structural An-
thropology）第三卷。① 然而，有幾個理由使我決定不使用這一
書名。一九五八年那本書的書名意在發表一個宣言。十五年後，
結構主義不再盛行，因此我最好宣佈我仍然忠實於那些一直在指
導我的原則和方法。如果三度重複同一書名，就會給人造成這種
印象：在過去的二十年中，我一直滿足於原地踏步，因此，今天
向讀者提供的結論不過是老調重彈。實際上，這十年中我的研究
已經使我走上了對我來說是嶄新的道路。

　　況且，在我看來（無論正確與否），如果說前兩卷書都可以
獨立成書，那麼這本書就更具有這樣的特徵了。《結構人類學》第
二卷出版至今已經十年了，不管怎麼說，這十年使我五十年的學
院生涯走向終結——但願不是我的積極生活的結束。由於知道自
己馬上要離開講台，因此我想要探討一些我以前不得不放置在一
旁的問題，而且並不過分注意它們之間是否相互關聯。我打算摹
仿音樂中的「加快結尾段」，匆匆涉獵一下向來是我研究重點的
那些主題（親屬關係、社會組織、神話學、儀式及藝術），因爲
現在不可能以過去那樣緩慢的速度進行這種研究了。

　　結果，現在的這本書（它是散見各處，不易找到的文章的滙
編，像前兩本書一樣）就表現出了人類學的短篇論文或是對這一

專業的導論所具有的那種行文速度，這門學科的主要方面大部分都得到了表達。這個特徵可以由一個特殊的書名強調出來，這個書名表達了我所認爲的人類學研究的精華和獨創性，正如涉及廣泛課題的田野研究和實驗室試驗（第四部分）所闡明的那樣。

xii

追求巨細無遺的願望促使我收進了一篇論述家庭的舊作，尤其因爲許多人一直要求這樣做，然而對此我並非十分情願。這篇文章原用英文寫就，刊於一本由許多作者的文章組成的選集中。該文於一九七一年被譯爲法文，發表於《阿比讓大學年鑑》（ *Annales de l'Université d'Abidjan* ）對這個拘泥原文的譯本，我不想推諉責任，因爲我審閱過這個譯本。但是，由於這是一個硬譯的譯本，我覺得應該譯出一個較爲流暢的法文本（第三章）。儘管我作了修訂，但我仍不敢妄稱這篇文章一點沒有拙劣的說教，而且文章所依據的資料儘管在寫作的時候是傳統的，現在卻已經過時了。

再次發表這篇文章還有兩個理由。（據我的記憶，這篇文章是我唯一一次從另一個角度，試圖針對《親屬關係的基礎結構》（ *Elementary Structures of Kinship*, 1969 ）一書的研究主題作一番總論。因此，沒讀過那本書的讀者將可便利地（也有所不利）在這裡讀到那本書的摘要。而且爲了方便初次涉獵這個學科的讀者，我想解釋結構主義語言學給人文主義帶來的「哥白尼革命」，這就是：若要理解社會聯繫的本質，就不應該首先選出少數幾個對象並試圖立即確定它們之間的聯繫。人們應該一反傳統的研究方法，首先把關係（relations）理解爲條件（terms），然後，把條件本身理解爲關係。換言之，在社會聯繫的網絡中，網結在邏輯上先於網線，儘管從經驗上說是網線的相互交織構成了網結。

本書第七章原來也是用英文撰寫的。然而，在把它譯成法文時，我沒像翻譯第三章時那樣努力從遠處觀察它。因此，簡潔的

解釋是必要的。筆者要把他用自己略通一二的語言寫成的文章譯成法語，顯然非常困難。他用外語表達的東西，在用法語時他會採取不同的表達方式。首先，他會更簡潔地表達這些內容，因爲他不必爲表達其思想的那些方式擔心，因爲那些方式有種種不便，常常使他文筆生澀、拖泥帶水，因爲如果不這樣寫，他的意思一開始就會無法讓人理解。

那麼，是否有必要拋開英語原文而重寫整篇文章從而使它更爲簡潔呢？但是，這篇文章一直在被引用、評論、討論，甚至一場爭辯的對象。如果隨意處置這篇文章，就會被人懷疑作者修改文章是爲了躲避批評。因此，我感到不得不忠實於原文——也要體念寫作這篇文章時的環境和語言，因爲譯成法語後這篇論文儘管基本上有根有據，卻常常顯得不夠縝密精當，而且通篇都冗長囉嗦，這種情況使我不無驚詫。

我最後再來說明一下這本文集的第一篇文章〈種族與文化〉（Race and Culture），因爲需要對它作一番篇幅較長和迥然不同的解釋。一九七一年，聯合國教科文組織請我舉辦一次公開演講作爲「反種族主義和種族歧視鬥爭行動國際年」的開端。之所以選擇我作這個講演，也許是因爲我在二十年前曾爲聯合國教科文組織寫過〈種族與歷史〉（Race and History）一文（於一九七三年重印，李維史陀第十八章），該文曾引起人們幾分興趣。當時，我運用某種可能是嶄新的方法，陳述了幾條基本眞理。因此，在一九七一年，我馬上明白了教科文組織希望我重複這些東西的理由。然而，二十年前我對這個國際組織的支持勝於今日，因而出於爲它服務的目的，在〈種族與歷史〉一文的結論中有些誇大我的論點。然而因爲世界現狀使我進行的思考，也許還因爲年齡的增長，我現在厭惡這種強制性的義務，並轉而堅信，如果我要對聯合國教科文組織有所助益，而且忠實地履行我的職責，那麼我就應該完全開誠佈公。

　　結果，激起了強烈的公憤。我提前四十八小時提交演講稿，在演講那一天，聯合國教科文組織當時的總幹事勒內·馬厄（René Maheu）沒有警告我就先行發言。這一發言，其目的不僅在於力求在我的瀆神言論發表之前就將其驅逐，而且在於打亂會議程序（這點最爲重要），從而迫使我作少許刪節，從教科文組織的觀點看，這可能是一個勝利。然而，我在規定時間內成功地宣讀了整篇文章。但是後來，我在走廊裡，與教科文組織的官員不期而遇，他們感到不快的是我居然向那他們愈加視爲信條的教義提出了挑戰，因爲他們接受了這一信條——這是通過勇敢地與局部傳統和社會環境相抗爭而得到的——這使他們得以從在開發中國家進行卑微工作上升到充當國際組織官員的神聖地位②。

xiv　　那麼，我究竟犯了那一條罪狀呢？經過回顧，我找到了五條。首先，我想要使聽眾領會到這樣一個事實：自從聯合國教科文組織最初開展反對種族主義的鬥爭以來，科學研究領域就出現了某些現象。而且，爲了擺脫種族偏見，人們不再滿足於重申反對舊體質人類學的論點，即反對它對骨骼、眼睛、頭髮、膚色等等的測量和描述。如果只是因爲遺傳學家比我們更有條件證明任何事實或規律都無法確定人類身上的先天和後天作用，那麼，今天反對種族主義的鬥爭就需要與羣體遺傳學進行廣泛的對話。然而，既然現在的問題是從科學而不是從哲學角度提出的，那麼，那怕是否定的回答也失去了教條主義的特徵。過去，文化人類學家和體質人類學家往往在眞空中爭論種族主義問題。當我指出遺傳學家已經給這個討論吹進一陣清新空氣之時，有人指責我把狐狸引進了羊圈。

　　其次，我反對語言的濫用，因爲人們通過這種方式越來越傾向於把嚴格意義上的種族主義與正常的、甚至是合法的，而且在任何情況下都難以避免的態度混淆起來。種族主義是這樣一種學說，它聲稱某一個羣體（無論羣體怎樣界定）的心理和道德特徵

是某種共同遺傳物的必然結果。當個體或羣體對某些價值的忠誠
使他們對其它價值一無所知或感覺遲鈍，人們不應把這種態度歸
入種族主義範疇，或自動地把它歸咎於種族偏見。把一種生活或
思想方式置於其它方式之上，或認爲其它民族或羣體的生活方
式──這些方式在其內部都受到尊重，但距離人們在傳統上所喜
愛的制度頗爲遙遠──沒有什麼吸引力，這種做法根本不令人憎
惡。這種相對的不可溝通性當然不賦予任何人具有壓抑或摧毀其
所反對的價值及其代表的權力，但只要不超出這個界限，它就絕
不令人深惡痛絕。這種不可溝通性也許甚至是必須付出的代價，
藉此每個精神家族或每個共同的價值體系才得以保留，進而在其
內部發現自我更新所需要的資源。正如我在〈種族與歷史〉一文中
所指出的，如果說人類社會展示了某種它們不能超越其上、但又
不能毫無危險地位於其下的最合適的差異，那麼，我們就必須承
認，這種差異在很大程度上產生於每一文化抵制周圍文化，從而
使自身與周圍文化區分開來的願望，換一句話，就是產生於保持
自身本色的願望。各種文化相互之間並非一無所知，它們有時甚
至相互借鑑；然而，爲了不致消亡，在其它情況下，它們必須保
持幾分相互隔絕的特性。

xv

　　在我的演講中，所有這些論點都必須加以回顧──今天也必
須加以重申，因爲在當今，濫用「種族主義」這個字眼，把一種
虛假的但卻是明晰的理論混同於普通的傾向和態度（而從這些傾
向和態度看，設想人類將來有一天會解放自己，甚至設想人類將
願意這樣做，都是錯覺），沒有比這種做法更能妥協反對種族主
義的鬥爭，或是從內部削弱這一鬥爭，或是使這一鬥爭全無效果
的了。這種誇誇其談可以與在福克蘭羣島衝突期間，許多政治家
和記者們大談反對殖民主義殘跡的鬥爭相比，而實際上，那次衝
突不過就像農民爲了重新分配土地而發生的一場爭執。

　　然而，這些傾向和態度在某種程度上與我們這個物種結爲一

體，我們無權否認它們在歷史中起作用，這種作用是不可避免的，經常是很有成效的，但當其增大時就甚至是危險的了。因此，我請我的聽眾謹慎地甚至是悲哀地（如果他們願意）提出這麼一個問題：他們是否希望，一個所有文化相互摯愛的世界將來反而渴望在這樣的一種混淆中——即每種文化將喪失對其它文化的吸引力及其自身存在的理由——相互讚美。

第四，如果改變人類是必要的，那麼我告誡他們如果要想達到此目的，年復一年地醉心於誇誇其談是不夠的。最後，我強調，聯合國教科文組織的思想體系爲了躲避現實，總是過分樂意躲在相互矛盾的主張後面。例如，一九八二年在墨西哥召開的世界文化政策大會上通過的綱領就比較充分地說明了這一點。該綱領提出人們可以使用出於善意的措詞來克服相互矛盾的主張，例如贊同「忠誠於自身於對外開放的諧調一致」，或是同時贊成「對每一個體創造性的肯定和各個文化之間的和睦關係」。因此，在我看來，我的文章儘管寫於十二年前，但至今仍未過時。在任何情況下，它都表明，我並沒有等待社會生物學的盛行（甚至沒有等待這一術語的出現）去宣佈某些問題。然而，這並不妨礙八年後（參閱本書第二章）表明我對這門所謂科學的看法，並不妨礙我批評其模糊性、粗疏的推斷及其內在的矛盾。

除了已經提到的章節以外，關於其它章沒有多少要加以說明的了。有幾章爲紀念或祝賀同事而寫的文章，難免存在一些固有的缺陷。對此我還要說幾句。人們往往出於友誼、欽佩或尊重而作出許諾，然後就馬上去做他們既不願意完成又無法坦率中斷的工作。後來，一旦到了交稿的最後期限，人們就匆忙撰寫一篇本應更加慎重考慮的文章，他們用下面的藉口寬慰自己：受贈人應在意的是感覺，而不是文章，而且無論如何這種大雜燴文集通常很少有讀者問津。因此，我仔細審閱了這些文章，以便修正錯誤，使措詞更爲準確，並填補了推理過程中的部份空白。

　　在最後一部分，我滙集了沒有直接明顯聯繫的各類文章，其中包括有關繪畫的見解，有關大約四十年前我在紐約生活的回憶，有關教育和人權的主張。然而，有一條主線貫穿著這些論文，並把它們與本書第一章聯繫起來。這就是說，從總體上看，這些文章都思考了限制與自由的關係問題。因為，如果說人類學研究可以對現代人有什麼教益的話，那麼這種教益很可能就是：經常被描述為由傳統支配的社會──儘管這種社會除了保存它們的神祇或祖先在開天闢地時所創造的習俗之外，那怕在微不足道的習俗方面也沒有其它宏願──還是為研究者提供了大量證明人類心智具有無窮創造力的種種習俗、信仰及藝術形式。

　　事實上，限制與自由之間不存在對抗，恰恰相反，這兩者互為條件，因為所有自由都試圖推翻或戰勝限制，而所有限制都有裂縫或薄弱環節使自由得以通過。沒有比了解這兩個事實更有利於驅散當前這樣一種幻想的了：自由不容忍任何限制，教育、社會生活以及藝術的發展都要求忠於自發性這個至高無上的權威。這種幻想儘管肯定不是困擾當前西方文明危機的原因，但它仍可以被視為這個危機的重要表現。

註　釋

① 《結構人類學》前兩類分別於一九六三年和一九七六年在美國出版。

② 我必須承認，整體而言，我在一九七一年的講演顯然並非那麼大逆不道，因為幾個月後，講演全文發表在教科文組織主辦的《社會科學國際評論》雜誌上。

中譯本序

　　本書是法國著名文化人類學家克羅德・李維史陀一九八三年發表的第一部結構主義人類學文集。本書的法文版原名是 *Le Regard Eloigné* 一九八五年在英國出版的英文版書名是 *The View from Afar*（《廣闊的視野》），英譯者是約阿希姆・涅格羅斯歇爾（Joachim Neugroschel）和菲比・霍斯（Phoebe Hoss）。

　　李維史陀沒有把這部著作命名爲《結構人類學》第三卷，而名之爲《廣闊的視野》，這大概有這樣兩層意思：首先，在從事了近半個世紀的文化人類學研究之後，年逾古稀的作者意在以當今的角度回顧自己的學術歷程，這是將他的學術成果置於歷時性的垂直方向上的檢閱；其次，作者是力圖在更高的視點上、更廣闊的視野中去評價結構人類學方法的價值，這是將他的學術成果置於共時性的水平方向上的考核。我們根據這兩層意思，把這個中譯定名爲《廣闊的視野》，竊望這個書名不會離題太遠。

　　結構主義人類學是與李維史陀的名字分不開的。李維史陀認爲：人類社會的種種文化都顯示出大致相同的結構，這是人類在多樣性中進行選擇的結果。這種選擇並不是隨心所欲的，而要受到種種因素的制約。這些制約分爲兩類，一類是外部制約（即自然的、環境的制約），另一類是內部制約（即心理的、思維的制約）。而人類思維並不是抽象的實體，而是物質的實在，即人類

的神經系統。這兩類制約相互作用，變幻出了色彩紛呈的多樣性文化。文化就是外部世界與人類神經特質的可能性相互作用的結果。因此，李維史陀把結構人類學看作心理學的一種變體，屬於認識論的人類學。他並沒有宣布他找到了一種屢試不爽的邏輯方法去解釋世界，但他的文化人類學研究確實具有一種明顯的連貫性。他認為，人類文化的普遍結構中存在著大量的二元對立關係及其變體（如對應、平行、逆反、互補、置換等等關係）：各種體系在其自身範圍內分析都是任意的、專斷的、不可論證的，而如果將它們互相參照對比，就會發現其中存在著上述種種關係。這種方法正如結構主義語言學的方法一樣。以這種方法進行的文化人類學研究，其中勢必包括大量的科際整合研究和邊緣學科的研究，有些課題甚至無法歸入那個單一學科。讀者將透過本書，對結構主義人類學及作者獨樹一幟的研究方法有個概括的了解。

從現實意義上說，李維史陀對當代人文科學的巨大影響與其說來自他對文化人類學某一課題的具體結論，不如說來自他的方法論給予人們的啓迪。我們希望，本書的譯介將能從方法論的角度為進行具有中國特色的文化人類學研究提供一個借鑑。

李維史陀這部著作幾乎包含了結構主義人類學研究的全部內容，許多命題和方法都是我們不太熟悉的，加上他的行文一向以抽象晦澀聞名，因此給翻譯帶來了許多困難。我們衷心希望各界讀者對這個譯本的錯誤和疏漏不吝賜教。

本書根據英國巴西爾·布萊克威爾出版有限公司一九八五年版美國本譯出，由肖聿（第三、五部分）、一諶（第四部分）、育國（前言、第一部分、第二部分第三章）和張晶（第二部分第四、五、六章）翻譯，肖聿對全書絕大部分譯文進行了校譯。

肖聿

一九八七年十二月

謹以本書紀念
羅曼・杰科卜生

目　　錄

第一部分
遺傳的與習得的

習俗是毀壞第一天性的第二天性。但是，天性是什麼
呢？習俗爲什麼不是天性的呢？恐怕這種天性本身只是
第一習俗，正如習俗是第二天性一樣。

帕斯卡爾（Pascal）
《思想錄》（*Pensées*）

第一章
種族與文化

　　人類學家的責任並不是試圖去界定什麼是種族（race），什 3
麼不是種族，因爲，體質人類學專家對這個問題一直討論了近二
百年，但從未一致贊同過某一種定義，而且至今天仍然沒有任何
跡象顯示他們的分歧有所縮小。近來，這些人類學家告訴我們：
大約在三四百萬年前或者更早的時候，人科動物（hominidae）
（他們之間實際上存在著極大的差異）就出現了。換言之，他們
出現的年代太久遠了，我們永遠不會有足夠的知識來確定：我們
出土的不同種類的遺骨，究竟僅僅是另一族類的犧牲品，還是屬
於雜交人種。某些人類學家認爲：人類一定是在很早的時候就產
生出分化以後的亞種，這些亞種在歷史前時期產生了種種交換和
雜交：因此，少數幾種古老特性的長期延續和新特性的趨向這兩
種現象，共同說明了今天可以見於人類的差異。不過，另外一些
人類學家則認爲：人類羣體在遺傳上的分離所出現的時間要晚近
得多，他們把這個時間定爲更新世即將結束的時候。因此，可以
觀察到的差異就可能並不產生於那些沒有適應值、能夠長期保留
在分離的種羣中的特性的偶然偏差；相反的，這些差異大概產生
於選擇因素的地域差異。所以，「種族」這個術語（或其它任何
代替它的術語）總是按照某些多少是經常存在的基因，爲有別於
其它羣體的某一個或某一類羣體命名。

4　　　按照第一種假設，種族的實體早已消失在離我們極為久遠的
年代中，因此我們不可能對它們有任何了解。這不是個科學假設
的問題（科學假設可以通過因果關係得到那怕是頗為間接的證
實），而是個先定性陳述的問題，這種陳述無異於以絕對的術語
表述的公理，人們認為，沒有這種先定性陳述，就不可能解釋今
天的種種差異。這就是戈比諾①（Gobineau）系統的學說。儘
管戈比諾完全意識到種族是一種無法辨別的現象，他還是被視為
種族主義之父（Father of racism）。他把種族完全假定為產生
歷史文化多樣性的先驗條件（apriori），他認為，捨此就無從解
釋這種多樣性。不過他同時也的確承認，創造文化的羣體是人種
雜交產生的混血人種，而那些人種本身也是更早的雜交產物。因
此，我們如果追根究柢追溯種族差異，那就無異於宣告了自己的
無知，而我們所爭論的主題也就成了文化的差異，而不是種族的
差異了。

　　　第二種假設也帶來了另外一些問題。第一個問題是，一般人
談到種族時所說的可變的遺傳融合都包含著十分顯而易見的特
徵，例如身高、膚色、顴骨外形、毛髮類型等等。即使假定這些
遺傳變異之間彼此相關（這還沒有得到證實），還是沒有任何證
據表明它們與其它變異（包括那些不能為感官直接把握的種種特
性）有任何關係。然而，不可見特徵的實在性並不亞於可見特徵
的實在性。可以想見，前者以一種或多種方式在地理上分佈開
來，這種方式完全不同於後者的分佈方式，而且其內部也有差
異；因此，「不可見的種族」藉助那些被壓抑的特徵，可以在傳
統種族的內部顯露出來，或是能夠跨越既定的模糊界限。第二個
問題是，界限的劃定是任意的，因為我們一直在探討遺傳的融
合。其實，遺傳融合的增減是潛移默化的，任何一種既定界限都
是隨著現象所屬的類型而定，研究者挑選並保留這些現象，以便
分類。由此可見，在前一種情況下，種族的概念往往變得十分抽

象，以致不能爲經驗所把握，而成了一種邏輯假設，去證實某種
論證思想的正確性。在後一種情況下，種族的概念則十分依賴於
經驗，以致二者合而爲一，這樣一來，人們就不再知道他們談論
的究竟是什麼。難怪這麼多的人類學家乾脆拒絕使用種族這個概
念了。

5

　　種族概念的歷史和對那些缺乏適應值的特性的考察實際上互
相重疊。爲什麼這些特性能夠沿續千年之久？而且，這些特性的
存在也許是任意的，因而毫無用途（無論好壞用途），既然如
此，現在它們又怎能去證明極爲遙遠的過去呢？在這種研究中，
種族概念的歷史也是一部充滿挫折的歷史。已經證明，陸續用以
界定種族差異的全部特性與適應現象有關，儘管有時我們對造成
這些特性的選擇值的原因大惑不解。這種聯繫可以用來說明顱骨
的外形，衆所周知，顱骨在任何地區都趨向圓形；這種聯繫也可
以用來說明膚色，在溫帶定居的種族中，通過選擇，人們的膚色
變得越來越淺，因爲人們要補償陽光的不足，使機體得以抵禦佝
僂病。人類學家曾經反對過血型的說法。但是現在，人們開始認
爲血型也可能具有適應值，也許來自營養因素的作用，也許來自
血型載體對疾病（例如天花或淋巴腺鼠疫等）的不同敏感性。相
似的作用也可以說明血清蛋白。

　　如果說，探求人體最深處之奧秘的結果令人失望，那麼，在
直接追溯生命個體最初起源的嘗試中，人們會不會幸運一些呢？
一些人類學家已經力圖理解亞洲、非洲、和北美洲的白人及黑人
嬰兒之間，從出生以後就自己顯示出來的差異。這種差異似乎存
在，而且涉及運動行爲和性情（《當代人類學的方向》*Current
Directions in Anthropology*，1970年，第106六頁；契爾布萊德
〔Kilbride〕、羅賓斯〔Robbins〕及契爾布萊德〔Kilbride〕，1970
年）。不過，即使在有利於證明種族差異存在的情況下，研究者
還是自認無能爲力，這有以下兩個原因。第一，如果這些差異是

遺傳的，那它們似乎過於複雜，以致無法把它們與某一個別基因聯繫起來，而且目前的遺傳學家還沒有一種可靠方法，去研究幾種因素綜合作用造成的特徵之遺傳。按照最完備的理論，他們不得不滿足於確定統計平均數字，而這個數字根本無助於那些理論，況且那些理論也似乎不足以對種族作出精確的界說。第二（這一點更爲重要），沒有任何證據表明這些差異是遺傳而來的，沒有證據表明這些差異不是由於某種文化造成的子宮狀況而產生的，因爲懷孕婦女的伙食方式和行爲因其生活的社會不同而不同。此外，嬰兒的運動行爲表明了那些同樣由文化造成的差異，它們產生的原因大概在於，嬰兒是長時間地躺在搖籃裡，還是一直依偎在母親懷中，感受她的動作，這些差異的原因大概還在於抱起嬰兒、懷抱嬰兒和餵養嬰兒時的方式不同。下面的事實就能證明，也許只有這些因素在起作用：非洲與北美嬰兒之間所顯示出的差異，遠遠大於北美的黑人嬰兒與白人嬰兒之間的差異。其實，無論種族背景如何，美國的嬰兒都是以大致相同的方式撫養的。

*　　　　*　　　　*

如果人們滿足於這樣的闡述，那就僅僅算是粗劣地說明了種族與文化的關係問題。我們知道文化是什麼，卻不知道種族是什麼；不過要回答本章標題所提出的問題，我們也許不必知道種族是什麼。實際上，用一種也許更複雜，但事實上卻比較簡單的方式來詳細地闡述這個問題，將是很有裨益的。各種文化之間存在著差異；某些文化與其它文化間的差異似乎大於它們之間的差異（至少在沒有經驗的外行看來是如此），這些文化都具有由於體質外貌而區別於其它羣體的典型特徵。後一類羣體則感到它們幾種特定文化間的差異並不像它們的文化與其它羣體的文化間之差異那樣大。能設想體質差異與文化差異之間存在著聯繫嗎？在解

釋和證明文化差異時能不去引證體質差異嗎？總之，這就是人們
希望我試圖去解答的問題。

　　但是，這個問題不可能得到解答，其原因我已經說過了，其
中主要的是：遺傳學家聲明自己無法將極其複雜的行爲模式（例
如那些能夠賦予一種文化顯著特徵的行爲模式）與現在或不遠的
將來中科學研究能夠掌握的前定性具體遺傳因素天衣無縫地聯繫
在一起。所以，有必要更進一步限定這個問題，成爲：人類學是
否認爲依靠它自身即能夠解釋文化的多樣性呢？更進一步說，如
果不引用使人類學的合理性受到挑戰的因素，如果不對這些因素
的最終本質（它超出了人類學領域而表現了生物學的特徵）草率
地作出判斷，那麼，人類學能夠成功地解釋文化的多樣嗎？文
化和被假定與文化屬於不同範疇的「其它事物」之間是否有關
係，我們對這個問題所能夠說的也許就是：我們根本不需要這個
假設（我這裡套用了一句名言）②。

　　但即使在這個基礎上，我們仍舊會由於過分簡化而使事情對
於我們自己來說顯得過分輕而易舉。就其本身而言，文化的多樣
性除了它的存在這一客觀事實以外，不會提出任何問題。沒有什
麼東西當眞妨礙不同文化的共處並保持著相對平靜的關係；歷史
的經驗表明：這種關係可以建立在不同的基礎之上。有時候，每
種文化都宣稱自己是唯一眞正有價值的文化；它們忽視其它文
化，甚至不承認其它文化也是文化。被我們稱爲「原始的」民
族，大多數都爲自己起一個包含著「眞正的人」、「好人」、
「優秀的人」意義的名稱，或者乾脆起一個意爲「人類」的名
稱；而給其它民族則起一個否定其人性的名稱，例如「地猴」或
「虱卵」。在不同文化之間也許一直普遍存在敵意，有時甚至出
現戰爭；但其目的主要是報復、捕獲俘虜作爲祭品，偷竊女人或
財富──在我們看來，這類習俗也許極不道德，但它們很少甚至
從未因爲一種文化並不承認其它文化的存在，而摧毀或征服某一

文化整體。有一次,德國偉大的人類學家庫爾特・溫克爾（Curt Unkel,他的另一個名字尼姆恩達居〔Nimuendaju〕更為人熟知,這個名字是他為之貢獻了一生的巴西印第安人給他起的）在某個文明化的中心逗留了很長一段時間後,當他回到土著人的村落時,當地主人每每想到他遠離他們認為唯一值得生活的地方並飽受苦難,就往往熱淚盈眶。這種對其它文化的深深漠視,是他們能按自己的方式和規範生存的保證。

不過,還有另一種態度,它與上述假設並不矛盾,而是補充了它們。按照這種態度,外族人因其異域特色而享有殊遇,外族人的出現代表著擴大社會聯繫的契機。外族人訪問某個家庭時,常被邀請為新生兒起名字,而與遠方的羣體締結軍事同盟就使得這項行動更顯重要。我們知道,在另一個不同層次上,洛磯山隊一帶的弗拉黑德人（Flathead）（印第安人的一支）對他們聽到的有關白人及其信仰的情況極其著迷,以致毅然接二連三地派出探險隊,穿越由敵對部落占據的地區,到密蘇里州聖路易斯城與當地基督教傳教士進行接觸。只要各文化還把自身完全視為與眾不同,就很有可能或者互相漠視,或者互相視作同伴,以便進行雙方都需要的對話。無論是哪種情況,它們都有可能互相威脅,甚至互相攻擊,儘管如此,它們仍然永遠不會真正危及各自的生存。然而,如果某一文化以強權為基礎所產生的優越感代替了各自承認的有差異性的概念,如果對文化多樣性或積極或消極的承認,讓位給了文化不平等的斷言,那情況就全然不同了。

由此可見,真正的問題並不在於某些羣體的遺傳型和其用以證明自身優越性的實際成就之間的可能聯繫,是否能加以科學的解釋。因為,儘管體質人類學家和文化人類學家都認為這個問題無法解答,而只能像以往那樣承認他們無能為力,所以只得依依惜別、分道揚鑣（伯努瓦〔Benoist〕,1966 年）,十六世紀的西班牙人還是認為自己比墨西哥人和秘魯人都優越,並且以西班牙

人擁有運載士兵、馬匹、甲冑和火器漂洋過海的船隻來證明，這種情況依然一點不假。而且，根據同樣的邏輯，十九世紀的歐洲人宣稱自己優於其它人種，因為他們擁有蒸汽機和其它幾項技術成就。在上述那些方面，在更廣泛的科學知識（這些科學知識在西方世界中誕生和發展）方面，歐洲人確實處於優勢。當我們看到，接受西方的驅策、被迫效法西方的所有民族，除了極少數之外，仍舊力圖克服他們自認為在共同的發展道路上處於落後的東西，這時上述情況就更加無可爭議了。

相對優勢的存在只在很短的時間內有效，所以我們不能推斷這種優勢揭示的基本態度是明確的，也不能認為這種優勢是確定無礙的。文明史顯示許多種文明都可以在幾個世紀中繁盛一時，但是，發展卻並不必然是單一或總是沿著一個方向。幾年以來，西方已經承認：有證據顯示，西方在某些領域中所取得的巨大勝利已經引起了嚴重的缺陷，其程度令人開始思忖：為享用這些勝利的價值而不得不放棄的價值，是否更應當受到重視。有一種流行的觀念認為：各民族總是沿著一條道路不斷前進，而西方國家總是走在前面，把其它國家甩在後頭。直到最近，這種觀念才讓位於另一種思想，即可以有不同方向可供選擇。因此，每個社會、每種文化為了要選擇某些方案都要冒放棄一個或數個方案之險。農業及固定的社區建立，極大地擴展了我們的食物資源，因而使人類的數量增加。這種發展的結果之一就是傳染病的蔓延，而這類疾病卻反而往往在人口過少、病菌難以生存的情況下銷聲匿跡。所以我們可以說（雖然沒有十分把握），從事農業生產的人選擇了某些優點，但卻冒著某些缺點的風險，而那些仍然從事狩獵或採集的人則比較容易克服這些缺點，因為後者的生活方式可以防止傳染病從一個人傳染給另一個人，從家畜傳染給人，當然，這也是以其它缺陷為代價的。

生活方式單線進化的信念在社會哲學領域內的出現要比在生

物學界早得多。但是在十九世紀，由於生物學加強了這種信念，使這種信念得以享有科學的地位。與此同時，這種信仰的追隨者則希望把文化的多樣性與對文化不平等的確認協調起來。由於看到人類社會各種顯著狀況說明了某種單線發展連續階段，由於生物遺傳與文化成就之間缺少因果關係，這些科學家甚至宣稱，在這兩個領域內，至少存在一種類比。這種關係被認爲是推動了那種與生物學家一向來描繪生物世界相同的道德評估，而生物世界是一個持續擴大分化和複雜化的世界。

　　然而，生物學家自己的看法已有了明顯變化，我在本章中將探討這一系列變化中的第一個變化。社會學家求助於生物學來揭示隱藏在變幻不定的歷史偶然性背後之較爲嚴格明顯的進化模式，與此同時，生物學家卻認識到服從於幾條簡單進化規律的東西，實際上是一部非常複雜的歷史。在生物學中，各種生命形式必須順序沿同一方向走過「歷程」這一概念，首先爲「世系譜」（tree）這一概念所代替，世系譜得以使科學家在物種之間找到並行的關係而不是直接繼承的關係，因爲進化形式說明是有時分化，有時趨同，所以直接繼承的關係顯得越來越不可靠。其次，世系譜又轉化爲某種「網格」（trellis），這種圖形的網格既相互交叉，又相互分離，因此對這種錯綜複雜的曲折性之歷史描述，開始代替了過分簡單的圖解，而過去曾一度似乎有可能把在速度、方向和效果方面表現出各種迥然不同的一種進化强塞進這種圖解中。

　　但是，人類學極力主張相似的觀點，其條理是那些與我們截然不同之社會所擁有的直接知識，不論多寡都能獲得，人們支持這些社會爲自身的存在所提出之理由，而不是以別人的理由來評斷和指責它們。對於一個一直受自己社會的訓練並認同這一社會價值的觀察者來說，一種專心發展自己獨特價值的其它文明似乎根本沒有價值。在這樣的觀察者看來，似乎有些東西爲他自己的

文化所獨有，似乎只有他自己的文化才有權擁有不斷增添事件的歷史。在他看來，只有這種歷史才呈現出意義和目的（「sens」這個法文詞有雙重含義，即意義和方向）。這樣，他就相信，在其它所有社會中根本不存在歷史，至多只有時間的流逝。

　　但是，上述錯覺就好像自己社會中那些疾病纏身的老年人，甚至可比之於某一新政權的敵人。這些人由於年齡或政治選擇而被排斥主流之外，因此他們認爲自己不再積極參與的時代歷史是停滯不前的，與此形成對比的是，在這一時期熱情參與的年輕人和當權者，他們的活動多少使其它人難以有所作爲。一種文化或這種文化在某一階段的發展所提供的財富，並不是作爲一種內在特徵而存在的，它取決於觀察者在這一財富中所處的相對境況，取決於他投入這筆財富的利益數量和多樣性。用另一種比喻，我們可以說，文化就像沿著各自的軌跡，按照各自的速度，朝著各自的方向行進的列車。在我們看來，與我們並駕齊驅的列車永遠是現存的。我們可以隨時從車窗內看到外面的各種各樣的汽車，以及過往行人的面孔和體態。但是，如果在一條傾斜的或平行的軌道上，如果有一列火車從另一個方向駛過，那麼我們就只感到一種模糊的、瞬息即逝的、難以辨認的形象，通常只在我們視野中留下短暫的模糊印象，沒有提供任何有關活動本身的信息，而只是使我們氣惱，因爲這列火車打斷了我們對風景的審視冥思，而這種風景不過是我們白日夢的背景。

　　某一文化中的每個成員與其自身文化的關係，其緊密程度都跟上述旅行考與其列車的關係完全一樣。正如我已指出的，人從一降生（也許更早），他出生的環境中之事物和生物就在每個人身上建立了一系列基本標準，從而形成了一個參照系統，其中包括行爲、動機以及潛在的判斷，之後，教育則藉助於回顧我們文明歷史的發展，進一步確定這個參照系統。我們的確與這一參照系統一同行進，而且在我們看來，此外建立的文化系統，只有通

11

過由我們的系統所賦予的形象才能爲我們觀察到。實際上，這種
情況甚至也許使我們看不到其它系統。

＊　　　　　＊　　　　　＊

　　最近，遺傳科學家對所謂原始人的態度發生了顯著變化，原
始人的習俗也對人口學產生了直接或間接的影響，這些都是證明
了上述論斷。這些習俗包括奇異的婚姻規則，任意性的禁忌，如
在妻子哺乳最後一胎子女時（有時一直哺乳到三歲或四歲），禁
止夫妻發生性關係，酋長或年長者享有一夫多妻的特權，甚至諸
如殺嬰這種令我們深惡痛絕的習俗。若干世紀以來，這些習俗似
乎毫無意義或毫無價值可言。它們只用來描繪和羅列人類本性所
能夠帶來的怪癖——如果不是罪行的話（一些觀點極端的評論者
就這樣認爲）。人們需要運用大約在一九五〇年誕生的新興學
科——羣體遺傳學，以便賦予那些曾一度被認爲荒謬或犯罪的行
爲應有的意義，並揭示這些行爲存在的理由。

　　一九七〇年《科學》（ Science ）雜誌向讀者報告了尼爾（ J.
V. Neel ）及其合作者若干年來在他們的科研領域所取得的成
果。他們在中美洲某些保存完好的羣體中進行調查，在南美和新
幾內亞進行的獨立研究證實了這些結果（尼爾，1970年）。

　　我們往往把與我們差異最大的那些所謂人種看作最同質性的
「人種」；在一個白人看來，所有黃種人全都一個樣，毫無疑
問，反之也同樣如此。實際情況似乎複雜得多，例如，如果說整
個澳大利亞大陸的土著人在外形上相差無幾（阿比，1951年，
1961年），那麼人們已經發現生活在同一地域內的幾個南美部落
中存在著相當大的遺傳差異，而且同一部落中幾個村落間存在的
這些差異，幾乎和在語言與文化方面截然不同的幾個部落之間的
差異一樣巨大。與人們可能持有的見解相反，部落本身沒有構成
一個生物學上的統一體。怎樣解釋這種現象呢？毫無疑問，這可

以通過下述事實來解釋：新村落是通過裂變和融合這兩種過程形成的，起初是某一家庭從其家族世系中分離出來，在別處安身立命；後來，親屬團體中的個人加入到這些人當中並居住在一起，以這種方式聚集起來的遺傳村落，其內在的分化程度比由任意雜交而產生的遺傳村落要巨大得多。

這個過程造成了這樣一種結果：如果同一部落的村落由原來已經分化的遺傳因素組成（每一部落在相對隔離狀態中生活，所有部落都由於生殖率不同而在客觀上相互競爭），那麼它們就提供了一系列為生物學家所熟知的條件，這些條件使人類的進化速度快於所觀察到的一般進化速度。我們現在知道，從最後的靈長類到現代人的進化過程非常迅速（相對地說）。我們承認某些落後羣體中現在可看到的境況大致反應了（至少在某些方面）人類在很久很久以前已經經歷過的境況，就此而言，我們必須承認正是這些境況（我們認為它們是悲慘的）使我們變成了現在這種樣子，而且我們必須承認這些狀況仍然最有能力使人類朝著同一方向進化，最有能力保持其進化的節奏，而我們廣闊的現代社會則往往減緩進化或使進化朝其它方向發展，因為現代社會中遺傳交流以不同的方式發生。

這些研究還表明，在所謂的原始人中，嬰兒死亡率和傳染病死亡率遠遠不像人們想像的那麼高（當然這只研究了不受外界感染的部落）。因此，這兩個因素不能成為人口增長緩慢的理由，人口增長緩慢其實是由其它因素造成的：例如流產和殺嬰行為，以及由於性禁忌和漫長的哺乳期造成的自願擴大的生育間距。結果，一對男女在其生育期平均每 4.5 年生育一個小孩。無論我們覺得殺嬰的行為多麼令人厭惡，作為一種控制生育的手段，它與曾一度在「大型」社會中普遍存在，而且至今仍在某些社會普遍存在的高嬰兒死亡率沒有根本區別，而且也與我們為了避免使人口已經過度膨脹的地球再增加數百萬，甚至數十億嬰兒，而認為

13　有必要採取的避孕手段，沒有什麼根本區別。人口過剩的命運與預先減少人口的命運是同樣令人悲傷的。

　　如同世界上其它許多文化一樣，這些研究所涉及的文化也以多妻制獎勵社會的成功者和長壽者。結果，如果說所有女性由於我已經指出的原因大多都生育了同樣數目的子女，那麼一個男性的生育率將根據他所佔有的妻子的多寡而大不相同。如果特殊的性權力是酋長的一個標誌，即他在大約五十人的小社會中對所有已到或快到婚齡的女性擁有某種性壟斷，那麼上述比率的差異則更大。很早以前，我曾經在印第安人的圖皮卡瓦希伯族（Tupi-kawahib）中看到這種情況，那些人生活在巴西西部馬代拉河流域。

　　現在，在這樣的羣落中，酋長的位置並不總是世襲的，而且如果是世襲，也有很大的選擇範圍。一九八三年，我曾在納比克瓦拉人（Nambikwara）中逗留過，他們每個小小的半游牧羣都有一個由集體委任的酋長。令我感到吃驚的是，除了一夫多妻的特權，酋長的地位使承擔的責任和辛勞超過了他所得到的好處。如果一個男人想要當酋長（或者更經常出現的是，他屈從於羣落的願望被選爲酋長），那麼，他就必須具有非同一般的性格，不僅需要身體的機能，而且需要創造性的精神、指揮的習性以及對公共事務的興趣。無論人們對這些能力作何看法，無論我們對這些能力的好惡程度如何，反正事實的確是這樣：如果他們有遺傳基礎（無論是直接的還是間接的），那麼，一夫多妻制將有利於這些基礎永久保存。而且，對於相似的羣體所做的研究的確顯示多配偶的男人比其它男人擁有更多的子女，爲了給兒子娶妻可以用同父異母的姐妹與其它家族交換。因此可以說，是一夫多妻制本身造成了一夫多妻制。這樣，這些自然選擇的形式得到了促進和鞏固。

　　殖民者或征服者帶來的傳染病造成了巨大的災難，有時在幾

個星期甚至幾天之內就使整個民族蕩然無存，除此之外，所謂原
始人對本地的疾病似乎有很強的免疫力。其原因在於，嬰兒與母
體和周圍環境親密無間。早期接觸各種病毒顯然使從妊娠期母體
所獲得的免疫力自然而然地轉化爲出生後的免疫力。

　　至此我們一直集中討論人口統計學和社會學一般情況的內在
因素。然而，我應該提到那些廣泛的禮儀和信仰系統，也許我們　　14
認爲它們是滑稽的迷信，但卻有助於人類與自然環境保持和諧。
一種植物也許被視爲一種崇拜物，如果沒有正當理由，沒有事先
用祭品祭祀這種植物的精靈，人們就不能採摘它。作爲食物被捕
獵的動物也許根據其種類被置於各自的造物主的保護之下，造物
主懲罰任何濫捕亂殺或對雌獸和幼仔毫不留情的獵人。土著人的
哲學甚至也許會有這樣的觀念：人類、動物及植物是同一個生命
羣體，因此人類濫用其它任何物種都無異於降低人類本身的平均
壽命。所有這些信念也許是樸素的，然而它們卻非常有效地證
明，存在著一種構思巧妙的人道主義，這種人道主義並不把注意
力放在人身上，而是在自然界中給人類安排了一個合理的位置，
沒有讓人類不顧後代那怕是最顯而易見的需求和利益，而使自己
成爲自然界中的主宰和掠奪者。

＊　　　　＊　　　　＊

　　我們的知識必須發展，我們必須了解新問題，以便認識生活
方式、習俗及信仰中的客觀價值和論理意義，我們曾嘲笑過這
些，至多對他們抱有一種充滿優越感的好奇心。但是隨著人類學
界羣體遺傳學的出現，發生了另一個轉折，它也許具有更重要的
理論含義。我們以上引用的所有事實都是文化方面的。它們涉及
某些羣體分化及重新組合的方式，涉及習俗強迫兩性交媾及生育
的方式，還涉及到避免父母生育和撫養子女的傳統方式以及法
律、巫術、宗教及宇宙觀。現在，我們已經直接或間接地看到，

這些因素造成並控制著自然選擇。因此,關於人種概念與文化概念之間聯繫的假設完全被推翻了。在整個十九世紀和二十世紀上半葉,學者不知道人種是否影響文化,以何種方式影響文化。在證實了這樣的問題無法解決之後,我們現在知道相反的情況存在著:人類在不同地方採取的文化形式以及他們過去或現在的生活方式,很大程度上決定著他們生物進化的節奏和方向。根本不必去問文化是不是取決於人種,因為我們發現:人種(或這個詞一般所指的那個意思)是文化的幾個函數之一。

怎麼可能是別的呢?某一羣體的文化決定著它為自己確定的、或者它不得不屈從的地理界限,決定著它與毗鄰羣體關係的好壞,因此也決定著遺傳交流的相對重要性,因為遺傳交流取決於是否允許通婚,對通婚是鼓勵還是禁止。我們知道,即使在我們的社會,婚姻也不完全靠機遇產生,各種有意識的和無意識的因素都可具有決定性的作用,其中包括未婚配偶雙方家庭的距離、他們的民族、他們的宗教和教育背景。直到最近,一些被視為非常古老的行為和習俗在文化水準很低的民族中仍舊十分普遍,如果我們根據這種情況推斷,那我們就應當承認:早在社會生活的初始階段,我們的祖先想必已經懂得並實行了極為嚴格的婚姻規則。例如,這些規則將平表兄弟姐妹(兩兄弟或兩姐妹的後代)與嫡親兄弟姐妹同等對待,將他們之間的婚配視為亂倫,在法律上禁止他們通婚。另一方面,所謂交表親(兄妹的後代)之間的婚配則得到認可(甚至受到法律保護),這種情況與其它社會截然不同,在其它社會中,任何血親關係(無論血緣多遠)都是合法婚姻的障礙。還有一種涉及到姑舅表親的更細緻的規則,它把表姐妹分為兩部分,即姑母的女兒和舅父的女兒。一部分允許婚配,另一部分則絕對禁止婚配,不過其劃分方式並不是在任何地方都完全一樣。這種世代相因的規則為什麼沒有改變基因型的遺傳呢?

　　而且，每個社會都遵守的健康規則和衞生規則，以及治療各種病恙的相對重要性和效果，都在不同程度上促進或阻礙著某些個體的延續和遺傳物質的散布，否則，這些物質就消失得更快。這個道理也可以說明對待某些遺傳變異的文化態度，例如我們已經看到的殺嬰行為，這類行為在特定情況下對兩性都有影響，如怪胎和孿生子，但大部分涉及女嬰。最後，夫婦的相對年齡以及由於生活水準和社會職能而變化的生育力，至少是部分地直接或間接地取決於那些最終起源於社會的（而不是起源於生物學的）規則。

　　種族與文化相互關係問題上的這種顛倒，我們已經目睹了若干年。人們知道的鎌狀紅血球症或稱貧血症（紅血球的一種先天性變異）就鮮明地說明了這種現象。如果從雙親遺傳，這種先天性變異往往是致命的；但是，如果從單親遺傳，它就可以預防瘧疾，二十年來，這個事實已經眾所周知。因此這是那些曾一度被認為沒有適應值的特性中的一種，這些沒有適應值的特性就像一種生物化石，其頻率曲線使我們能追溯羣體在古代的聯繫。人們希望能最終揭示一種鑑別人種的固定標準，但這種希望破滅了。因為科學家發現，對於貧血基因來說，個體異型結合子具有生物上的優勢，所以比起同型結合子個性，比起那些由於極易感染某種瘧疾而有先天危險的非帶菌者，異型結合子個體具有較高的生殖率。

　　利文斯頓（F. B. Livingstone）在一篇著名的論文（一九五八年）中，指出了遺傳學家這一發現的理論意義，人們也許會說這是一種哲學上的意義。有關瘧疾病率和貧血率的比較研究，有關整個西非語言與文化分布狀況，都使作者能夠對生物學、考古學、語言學、人種學的一系列資料進行詳細有連貫的說明。他還令人信服地說明：瘧疾的發生和貧血的延續擴散肯定出現在農業出現以後，在驅走或消滅動物羣的同時，土地的密集開墾造成了

16

沼澤和死水潭，因而加劇了帶有傳染病的蚊子的孳生，並且使這些昆蟲適應了智人，使它們能夠變爲數量最多的哺乳動物身上的寄生蟲。除去其它因素，因不同羣體而異的貧血症發病率則說明了一些似乎有理的假設，即某個民族在其今天領地上的定居日期、部落遷移、以及採用農業技術的大致時期。

所以，人們既可以說遺傳的無規則性不可能證明遙遠的過去（因爲這種無規則性由於妨礙了文化變遷在生物學上的作用，它至少是部分地蔓延開來），另一方面，人們也可以說遺傳的無規則性說明了年代較近的過去，因爲農業傳入非洲不可能追溯到數17 千年以前。一方面的損失，在另一方面得到補償。我們不再使用人種特徵來解釋各種文化之間的巨大差異，我們認爲從一個極爲廣闊的基礎上觀察文化，就能夠分辨出這些差異。不過，正是這些人種特徵（當運用比較細緻的觀察尺度時，我們就不能看到這些特徵）以及它們更多作爲結果而不是原因的文化現象，提供了有關較近時期的精確信息。而且，這種信息與其它歷史判然有別，它能得到考古學、語言學和人種學資料的證實。只要我們用「遺傳學的微觀進化」觀念代替「文化的宏觀進化」觀念，人種研究與文化研究就有再次合作的可能。

實際上，這些新觀點部分是相似的，部分是互補的，它們使我們能夠對這兩個既相似又互補的領域加以比較。在幾種意義上說，它們之所以相似，是因爲文化可以和被通稱爲「人種」的遺傳特徵的變化不定量進行比較。一種文化由多種特性所組成，它的某些特性在不同程度上與鄰近或遙遠的文化所共有，而另外一些特性則多少與其它文化存在著明顯的差異。這些特性和諧地存在於某個系統中，在上述兩種情況下，這個系統都必然行之有效，其條件是其它更具繁殖和傳播能力的系統沒有逐漸地將這個系統排斥掉。爲使差異明顯化，把那些使我們能將一種文化與其相鄰文化區分開來的界線變得足夠清晰，這需要長時期的相對隔

絕和有限度的文化交流及遺傳雜交。這些條件與增強羣體之間生
物差異的條件大致相同。文化界線與生物界線，其實質幾乎相差
無幾；文化界線通過形象反映出更多的生物界線，因爲所有的文
化都在人體上留下了標誌：通過習俗、髮式、裝飾，通過肉體自
戕，通過姿態、文化模仿出與可能存在於種族之間的差異相似的
差異；由於偏愛某些身體類型，文化就使它們穩定存在，甚至也
許使它們向外擴展。

　　三十多年前，我應聯合國教科文組織之邀寫了一本小册子
（1951年），其中，我使用了「聯合」（coalition）這個概念來
解釋隔絕的文化不可能期望靠它自身爲眞正的歷史創造條件。我
當時認爲，要達到這種條件，不同的文化必須自願或非自願地將
各自的利害結合在一起，以使自己在歷史這場競賽中有更好的機
會，去實現能使歷史進步的一系列勝利。現在，遺傳學家根據生
物進化發表了類似的見解。他們指出，一組染色體實際上構成了
一個系統，其中某些基因具有制約作用，另一些基因則共同對某
種特徵產生影響，或是相反，某一種基因決定著幾個特徵。單個
染色體組的狀況就是羣體的狀況。事情必然是：通過其中被誤認
爲人種類型的幾種遺傳基因的聯合行動來確立最佳的均衡，因而
增加了羣體的生存機會。從這個意義上，我們也許可以說：在羣
體的歷史上，在生活方式、技術和知識構成以及劃分不同社會信
仰的進化方面，遺傳重新組合的作用絲毫不亞於文化重新組合的
作用。

　　不言而喩，堤出這些相似性只能是有保留的。一方面，文化
遺產的進化實際上比生理遺傳的進化快得多，因爲，我們祖先的
文化與我們的文化之間存在著無數差異，但我們還是使它們的基
因型長期存在。另一方面，世界上現存的、或幾百年前還存在的
文化，其數量遠遠超過了即使是最仔細的觀察者所能列舉的人種
的數量，二者之比是幾千對幾十。這種巨大的差距爲反駁某些理

論家提供了關鍵論據（那些理論家主張，遺傳最終決定著歷史進程），因為歷史的變化比遺傳的變化快得多，而且其方式也比遺傳的變化更加複雜。遺傳對人類所起的決定作用就是獲得無論何種文化的一般能力，但是，具體的文化則取決於出生的隨機因素，取決於人們在其中生長的社會。遺傳因素已經預先決定了個體只能獲得某一種特定文化，這種情況對於後代極為不利，因為後者接受文化變異的速度要快於他們的基因型在新環境出現時可能產生的進化和演變。

　　我們應該再次強調這樣一個事實：雖然選擇使物種能夠適應自然環境或是比較有效地抵禦自然環境的變化，但對於人類來說，這種環境已經不再是原始的自然狀態，而是具有了在技術、經濟、社會及精神環境中獲得的顯著特徵，這種環境通過文化的運作為每個羣體都創造了一個特定的環境。所以，我們可以進一步地說，有機體的進化與文化的進化不僅相似，而且互補。我已經說明，不是由遺傳決定的文化特性也許會影響有機體的進化，但卻朝著引起反作用的方向進行。並不是所有的文化都要求其成員具備完全一樣的能力；而且，如果某些能力具有遺傳基礎（有這種可能），那麼，具有這些能力的個人在其文化內部將極為有利。如果這些人數量增加，那他們一定會根據文化本身而行動，其方式將朝著同一方向或與這個方向間接相關的新方向，把文化進一步加以推進。

　　人類在起源的時候，生物進化也許選擇了前文化特性，諸如直立姿勢、手的靈活性、社會性、符號思維以及發音與交流能力。相形之下，文化自人類誕生以來一直在強化和擴展這些特性。當文化產生了分化時，在不得不適應惡劣氣候的社會中，文化加強和增進了諸如抵禦寒冷和炎熱的特性、攻擊與沈思的特性，以及技術的獨創性。在某一文化的層次上，這些特性中沒有一個可以被明確指出具有遺傳基礎，不過，我們不能排除前者與

後者之間可能存在部分的、疏遠的、間接的聯繫。在這種情況下，如果我們說每種文化都選擇遺傳傾向。而這種傾向又與原先強化了這種傾向的文化產生互惠的作用，那麼，這種這種說法大概是正確的。

＊ ＊ ＊

體質人類學已經注意考察了比以往任何考察所及的時間更早的過去，即離現在數百萬年前的人類發端時期；通過這種考察，找出了種族主義理論的要害，因為從這裡開始，繪製我們最早祖先進化過程的道路時，未知成分的增長比可以利用的顯著標誌的增長快得多。

遺傳學家用「人羣」的概念代替了「類型」的概念，用「遺傳血統」的概念代替了「人種」的概念，給種族主義理論更決定性的打擊。不僅如此，遺傳學家還表明：可以歸因於單個基因作用的遺傳差異（它們是很少具有種族意義，因為它們也許有適應值）與可以歸因於幾個基因的綜合作用的遺傳差異（它們使基因實際上不能起決定作用）之間，存在一條寬寬的鴻溝。

但是，一旦我們驅除了種族主義思想這個老妖怪，或至少證明它不可能具有任何科學根據。那麼，遺傳學家與人類學家的積極合作之路就通暢無阻了，他們可以合作研究生物學現象與文化現象的分布情況之所以能互相印證的原因及其方式，從而能夠把以往的情況告訴我們，這個以往儘管並未回溯到人種差異的最初起源（它的遺跡永遠無從稽考），但它還是能把現在與未來聯繫起來，以這種方式，我們能對未來的特徵加以考察。不久以前，被稱作人種問題的東西避開了哲學思辨與道德說教領域，而我們曾往往滿足於這個領域。這個問題甚至避開了人類學家第一次笨拙的嘗試，他們試圖使這個問題回到現實中，以提供一些暫時的回答，這些回答來源於對不同種族的實際知識和觀察資料的啓

20

發。簡言之，這個問題離開了舊時的體質人類學和普通人類學領域，變成了這樣一個學科：在有限的範圍內，研究這個學科的專家提出技術性問題，並提供答案，而這些答案不能用來給各個地區的民族劃分等級。

直到差不多過去的十年間，我們才開始瞭解到：我們討論有機體進化與文化進化之關係的方式，可能會被孔德（Auguste Comte）稱為「玄學」。人類進化既不是生物進化的副產品，也不是與生物進化截然不同。現在，這兩種態度有可能在下述條件的基礎上綜合起來，生物學家和人類學家都不滿足於先驗的答案和教條式的解答，並且開始意識到他們之間可以互有教益以及他們各自的局限。

傳統的回答並非言之成理，這大概就是反對種族主義的思想鬥爭在實踐上一直沒有成效的原因。沒有任何事實表明種族偏見正在削弱；種族偏見在某個地區沈寂之後不久，就會有種種跡象表明種族偏見又在別的地區更激烈地重新抬頭。因此，聯合國教科文組織感到必須定期進行鬥爭，而這種鬥爭的結局頂多只能算是未見分曉。何況，我們當真那麼有把握地認為：種族主義的不寬容形式源於某個羣體對文化進化要依賴有機體的進化的錯誤認識嗎？這些觀念會不會是掩蓋更具體對抗（它建立在征服其它羣體、維護強權地位的慾望的基礎上）的理論偽裝呢？以往的情形正是這樣。不過，即使承認這些力量關係正在減弱，難道人種差異不依然是作為愈益難以共同生活的一種藉口嗎？難道它不依然是作為人口爆炸下人類威脅的一種無意識的感覺嗎？麵粉裡的蠕蟲在其密度超過麵粉袋中可供利用的食物之前很長時間就分泌毒素、自相殘殺，人類是否像這些蠕蟲一樣，由於各自私下預見到人口正在超量增長，以致每個人都不能自由地去滿足基本需求（寬敞的空間、純淨的水源和清潔的空氣）而正在開始自我鄙視呢？有一些羣體受到其它羣體的限制而領土不完整、自然資源缺

乏，他們的尊嚴無論在他們自己眼裡，還是在毗鄰大國眼裡，都降低了。對這些羣體的種族偏見達到了登峯造極的地步。然而人類作爲一個整體；難道不往往是在剝奪自身，而且（這個變得太小的星球）把某種境況強加給自己嗎？這種境況可比之於人類某些代表已經強加給大洋洲和美洲那些不幸部落的境況。最後，如果我們（像某些心理學實驗提示的那樣）僅僅把任何背景下的若干受試國民分成組，再將這些組置於一種對抗的環境中，這樣，在每組中都將會出現對自己成員的偏愛和對其對立面的不公正態度。那麼，反對種族偏見的思想鬥爭的結果將如何呢？我們在全世界各地所看到的少數人共同體（如嬉皮）已經與居民的主流區別開來，這種區別不是由於種族不同。而僅僅是由於生活方式、倫理觀念、頭髮長度以及服裝的差異。這些人在大多數人中激起的厭惡感、甚至仇恨感，與種族仇視有什麼本質不同嗎？假如我們滿足於清除特殊的偏見（也許可以說，只有嚴格意義上的仇恨才會植根於這種偏見），那麼我們會取得眞正的進步嗎？所有這些假設中，人類學家的貢獻對於幫助解決種族問題的可能性很小，也不能證明，心理學家和教育家提出的假設更有成效。如果當眞是這樣，那麼（像所謂原始人的例子讓我們認識到的那樣），相互的寬容要具備兩個先決條件：其一是相互的均衡，其二是相互間保持足夠的距離，而當代社會比以往任何時候都缺乏實現這兩點的條件。

　　當今，遺傳學家極渴望知道：人口統計條件以何種方式危害有機體進化和文化進化之間的正面回饋。我已經提出了幾個例證，說明了這一回饋過程，這個過程使人類能夠確立自己在生物界的首要地位。羣體在規模上逐漸擴大，而在數量上卻在逐漸減少。但是，每一羣體內部互助的發展、醫學的進步、人類壽命的延長，以及羣體的每個成員按照他（或她）認爲合適的方式生育的能力增強，這一切都一直增加著有害變種的數量，並且爲這些

變種提供使它們永存的手段；同時，每個小型羣體之間界線的消除，正排除了也許能保證物種有機會重新開始進化的實驗的可能性。

當然，這並不意味著人類的進化逐漸停止或者將要停止；人類在文化層次上的進化是顯而易見的；而且，儘管缺乏直接的證據顯示生物進化的持續性（它只有在長時期內才能表現出來），人類生物進化與其文化進化的密切關係還是保證：如果後者存在，前者也必然持續存在。不過，自然選擇不能僅靠它提供給某一物種自我生殖的優勢來判斷。其原因在於：如果這種繁殖破壞了人們稱爲生態系統的、不可或缺的平衡（必須總是從系統整體的角度來看這種平衡），那麼對特定的物種來說，羣體的增長也許是毀滅性的，而那些物種曾一度將羣體的增長視爲自己取勝的證據。那怕假定人類將意識到威脅著自身的危險，並努力避免它們，進而在生物意義成爲自己未來的主人，人們還是看不出優生學的系統實踐將如何避免削弱這種實踐的兩難處境：或者是它的實踐者不符合條件，最終生產出違反其初衷的、截然不同的東西，或者是他們也許會成功，生產出優於其創造者的產品，而這些產品必將發現，創造者本應生產出某些迥然相異的東西來。

上面的思考使人們更加懷疑：人類學家是否能夠完全以自己學科的方法解決爲反對種族偏見的鬥爭所提出的問題。大約二十五年來，人類學家越來越懂得：這些問題在人類範圍內反映了一個更加廣泛的問題，這個問題的解決甚至更爲迫切，這就是人類與其它生物之間的關係問題；而且他們懂得，如果不在較高層次上探討這個問題，那麼試圖在較低層次上解決這個問題就毫無用處。而且，我們要求人類尊重同類，這只是人類應該對一切生命形式抱有普遍尊重的一個特例。西方人道主義繼承了古代和文藝復興時期傳統，把人類與其它萬物分離開來，並且劃定了過於狹窄的界限，把人類與其它生物分開，因而奪走了人類的一種屏

障，正如十九世紀和二十世紀的經驗所證明，它使人類無法抵禦自己堡壘內部發動的攻擊。這種人道主義使人類正在日益接近的那些部分被拋置於任意劃定的界線以外。根據這條界線，越來越容易否認其它人類享有同樣的尊嚴，因為人類已經忘記：人類作為一種生物，比作為造物主應該獲得更多的尊重，而這種原始的深刻見解本來可以促使人類表現出對一切生物的尊重。遠東的佛教在這些方面有精彩的論述。人們只能期望整個人類可以繼續受到這些思想的啓迪，或是學會受到它們的啓迪。

最後，還有一個理由說明人類學家猶豫不決的原因——當然不是對於反對種族偏見的猶豫不決（因為他們的科學非常有利於這個鬥爭，並將繼續這個鬥爭），而是指他們不敢確信（經常促使他們如此）：隨著知識的普及和交流的擴展。總有一天，人類會生活在相互承認、尊重各自差異的和諧環境中。我在本章中一再強調，以前被語言和文化障礙以及地理距離分離開的羣體逐漸走向聯合，這種狀況標誌著一個世界的終結，在這個世界裡，幾十萬年以來處於狹小而長期隔離狀態中的羣體（每一羣體都以自己的方式在生物和文化這兩個層次上進化）一直生活著。不斷擴展的工業文化引發的劇變，以及運輸和通訊速度的提高，打破了這些障礙；與此同時，我們也失去了這些障礙提供的發展和檢驗新的遺傳綜合及文化經驗的機會。現在，我們不能無視這一事實，即儘管反對各種種族歧視的鬥爭有著緊迫的現實必要性，並給自己確定了較高的道德目標，這種鬥爭仍舊是將人類引向全球文明統一運動的一個組成部分。這種全球文明摧毀那些傳統的分立主義，而分立主義曾經喧赫一時，創造了使生活富有意義的美學價值和精神價值。我們小心翼翼地將這些價值保存在圖書館和博物館裡，因為我們感到自己越來越沒有能力創造出這些價值了。

如果我們設想：總有一天，平等和博愛將不觸及人類的差異 24

性而成為人類的普遍準則，那麼毫無疑問，我們這是在用夢想來欺騙自己。但是，如果人類不想成為對它以往努力創造出的價值缺乏再生能力的消費者，那麼，人類只能產生出雜交的產品，只能有粗糙而不成熟的發明，而且人類必將再次懂得：在一定程度上，所有現實的創造物都意味著對其它價值的要求充耳不聞，甚至拒絕其它價值（如果不是完全否定它價值的話）。因為，一種價值不可能完全讚賞另一種與它一致的價值，而同時又仍然保留它與自身的差異。一旦完全達到了與其它價值的整體溝通，「他的」創造力和「我的」創造力就遲早會歸於毀滅。偉大的創造時代是一個這樣的時代：在這種時代中，溝通能夠滿足遙遠同伴間的相互刺激，但這種溝通又不那麼頻繁、那麼迅速，以致危及個體、羣體間不可或缺的屏障，或者削弱此屏障，而使過分容易的交流消除它們之間的差異。

由此可見，人類面臨著雙重危險，人類學家和生物學家都在權衡這些危險。這些科學家確信：文化進化和有機體進化相互關連，所以他們懂得我們不可能回到過去，但是他們也知道我們今天選擇的道路充滿了緊張狀態，以致種族仇恨只會提供一幅也許會在未來建立的、毫不寬容的統治的醜惡圖象，甚至不必以人種差異為藉口。為防止這些危險（我們今天就面臨著這些危險，在不久的將來甚至會出現更大的危險），我們就必須懂得：這些危險的原因比那些僅僅出自無知和偏見的危險的原因要深刻得多。我們只能寄望於歷史進程的某種變遷，但這種變遷比觀念的演進更難達到。

註 釋

① 戈比諾（Gobineau，1816～1882），法國外交家、東方學家、作家。
他提出的理論認為：純粹的種族已經消失，仍舊在不斷進行的種族混
合必將導致人類退化，他的追隨者提出了一種理論，認為金髮碧眼的
亞利安人是優等種族。

② 法皇拿破崙曾向法國天文學家拉普拉斯（Pierre Simon Laplace，1799
～1827）在他的體系中將上帝置於何處，拉普拉斯答道：「我不需要
那個假設。」

第二章
人類學家與人類身份

　　人種學（或者使用「人類學」這個更爲流行的術語）把人類 25
作爲研究對象，但它不同於其它研究人類的學科，因爲它力圖了
解人類全部不同的表現。這樣一來，對於人類學來說，「人類身
份」（human condition）這個概念依然具有某種模糊性：就其
概括性來說，這個術語似乎忽視了差異，至少是把差異減少到了
最低限度，而人類學的根本目的始終是指出和區分這些差異，以
便強調具體的特徵。但是，人類學家在這樣做的時候，也假設了
一個潛在標準，即人類身分本身，這是唯一能使人類學劃定其課
題外延的東西。

　　所有知識傳統（包括我們的）都曾面臨這個困難。人類學家
所研究的羣體只承認自己的成員具有眞正人類身分的尊嚴，而把
圈外者置於動物的層次。不僅在所謂原始人當中存在這類行爲，
而且在古中國、古日本以及古希臘都存在。這三種文化都把其它
羣體稱作野蠻人，並且把後者的語言比爲鳥叫，這種奇特的相似
性還有待更仔細的研究。此外尙應記住下面的事實：文化的最初
含義是「耕作、土壤培育」（farming, cultivation of the 26
soil），而且在很長時期內，文化只有這一種含義；所以在古典
人道主義看來，文化的目的就是改善土地和仍處於「休耕」狀態
的個人未開化特徵。這種改善的作用最終將使個人擺脫他的過去

和他羣體中固有的精神桎梏，以使他能達到文明狀態。

甚至早期人類學也把它研究的人劃入與我們今天的人類相分離的範疇。這就是使那些人更接近自然，正像「野蠻人」（savage）這個術語的詞源所暗示的那樣①；而德文術語「未開化的人」（Naturvolkern）則更清晰地表達了這種含義②。早期人類學也會把它研究的人稱爲「原始人」（primitive）或「古代人」（archaic），將他們置於歷史之外，這不過是用另一種方式拒絕了給這些人一個名稱，而這個名稱將使他們能夠成爲人類身分的一部分。

人類學從其十九世紀初濫觴之時到二十世紀上半葉，一直將大部分注意力集中於找到一種把人類學內容的假設統一性與其具體的表現形式統一起來的方式，這些表現形式紛繁複雜，往往無法進行比較。爲了達到這個目的，文明這個概念（它包括一系列一般的、普遍的、可遺傳的能力）就不得不讓位於具有新含義的文化這個概念：文化，現在意味著特定的生活方式，它不能遺傳，而且只有作爲具體產物才能被把握（例如技藝、慣例、社會習俗、制度和信仰），而不能被理解爲實際能力，它與明顯的價值相符，而不與眞理或假定的眞理相符。

回顧上述發展的哲學背景需要很多的篇幅。這種哲學背景顯然有兩方面的起源。首先是德國的歷史學派，這個學派從歌德發展到費希特，從費希特發展到赫爾德，它逐步從作出概括的論述轉變爲描述差異，而不是描述相似性；並且與哲學史相反，它維護專題論文的權利與功效。從這個方面看，我們不應該忘記二十世紀文化相對論的偉大倡導者——弗朗茲·博阿斯（Franz Boas）、阿爾弗萊德·路易斯·克羅伯（Alfred Louis Kroober），在某種程度上還有馬凌諾斯基（Bronislaw Malinowski）——都曾接受過德國的訓練。第二方面的起源可以回溯到約翰·洛克以及後來的埃德蒙·博克所系統闡述的英國經驗主

義。英國經驗主義由路易・德・博納爾（Louis de Bonald）引
入法國，並且和維柯（Vico）的思想融合在一起（人們現在正
發現這種反笛卡爾哲學的維柯思想堪稱人類學思想的先驅），轉
化爲實證主義。這個學派過分急於在依然十分貧乏的實驗基礎
上，將人類多種多樣的思想樣式和行爲樣式加以系統化。

　　人類學在二十世紀的發展過程中，始終主要力求在文化的概
念中找到一種分辨和界定人類身分的標準；涂爾幹（Emile
Durkheim）及其學派在同一時期，爲了相似的目的，求助於
「社會」這個概念，其方式與人類學的方式大致相仿。這樣一
來，文化這個概念就直接提出了兩個問題，（我個人認爲）這是
由於「文化」（其字首甚至也許用大寫）是人類身分的顯著特
徵，那麼，它們包涵什麼普遍的特性呢？我們應當怎樣界定它的
性質呢？另一方面，如果文化只有通過千差萬別的形式才表現出
來，地球上存在的或曾經存在的四五千種社會（我們掌握了關於
這些社會的有用信息）各自以自己的方式說明了這些形式，那
麼，這些形式無論其外觀如何是不是完全相等呢？能夠對它們作
出價值判斷嗎（如果這種判斷是肯定的，那就必然會再度反映出
文化這個概念的確切含義）？

　　一九一七年，美國偉大的人類學家克魯伯發表了著名論文
《超機體現象》（*The Superorganic*）。他在這篇文章中試圖回答
第一個問題。在他看來，文化是一種特定範疇，它與生命本身的
區別，如同生命與無生命物質的區別一樣。每個範疇都包含前一
個範疇，但是，從某個範疇向另一範疇的過渡卻以明顯的間斷性
爲特徵。在某種程度上，文化的形成與珊瑚礁的構成方式相近，
瑚珊礁是由寄寓於它的個體不斷分泌出來的物質構成的（儘管在
將依次被替代的現存寄居者之前它就存在）。因此，必須將文化
視爲技藝、慣例、觀念和信仰的凝聚物，它由個體所創造，卻總
是比個體生存得更長久。

27

　　關於各種文化是否等值這個問題，人類學在傳統上用文化相對論來回答。人類學家並不否認進步的現實，也不否定比較各種文化的可能性（不是比較整個的結構，而是比較個別的方面）。不過人們認為，這種可能性即使在已被限定的情況下，還要受到三種制約：

　　⑴如果對人類進化進行粗略的考察，那麼，進步是無可辯駁的，但它只表現於特定的方面，而且在其進步過程中還不斷造成局部的停滯和退步。

　　⑵在仔細考察和比較前工業社會（這是人類學的特定領域）時，人類學仍然不得不提出一種方法，以便把這些社會按同一種標準排列起來。

　　⑶最後，人類學家承認自己沒有能力對某種信仰體系的價值、或某種社會組織的價值作出理性的或倫理的判斷，因為人類學的一個基本假設就是：倫理標準永遠是它在其中表現出來的那個特定社會的函數。

28

　　大約五十年前，文化相對論（cultural relativism）及其假設的自然與文化間的分離現像，一直具有近於教義的力量。但是，這種教義漸漸受到了來自幾個方面的挑戰。挑戰者首先來自內部。由於所謂功能主義學派所特有的過分簡單化──這個學派（主要是馬凌諾斯基）低估文化間的差異，甚至使習俗、信仰和制度的多樣性變成了許多滿足各物種最基本需求的等值方法──所以最終按照這種觀點，人們可以說文化只不過是生殖與消化的一種大型隱喩罷了。

　　另一方面，人類學家出於對他們研究的民族的深深尊重，過去一直拒絕把這些民族的文化與我們的文化進行價值比較，尤其是當這些民族正在爭取獨立、而且似乎毫不懷疑（至少是按照它們領袖的觀點）西方文化優越性的時候。誠然，它們的領袖有時

譴責歐洲人類學家只注重古老的習俗（它們被認爲是發展的障礙）並促使這些習俗長期存在，從而狡猾地延長了殖民統治。所以，文化相對論的教義恰恰受到了這些民族的挑戰，而人類學家按照這些民族在倫理上的長處，把它們放在了首要的地位。

　　然而在過去二十五年左右的時間裡，文化的概念、超機體現象的間斷性和自然界與文化間的基本差異，一直受到相鄰學科專家的一致批評。他們持反對態度的原因可歸結爲三個方面。

　　首先，東非發現了製造工具的靈長類的遺跡，這似乎證明文化先於智人（Homo sapiens）幾百萬年而存在。甚至像幾十萬年前阿舒利文化（Acheulean）那麼複雜的舊石器文化現在也被認爲是直立人（Homo erectus）創造的，他們雖然已經屬於人類，但其顱骨外形與我們的迥然不同。

　　下述發現更爲重要：野生黑猩猩製造並使用原始工具，而且人們能夠教會實驗室中的黑猩猩和大猩猩使用類似聾啞人運用的那種手語（即一種用手分表現不同形狀和顏色的語言）。在某些觀察者看來，這些事實否定了原來無可爭辯的信念：工具和發音清晰的語言是人類身分的兩個顯著特徵。

　　最後，尤其在最近十五年到二十年中，一門新學科——社會生物學——在美國正式建立，這一學科向人類身分這個概念提出挑戰。該學科的創建者愛德華・威爾遜（Edward O. Wilson）認爲：「社會學和其它社會科學及人文科學都是即將納入現代綜合生物學的最後分支學科。」威爾遜是研究昆蟲社會生活的著名專家，一九七一年，他就這個題目寫了一部著作。接著，他把研究成果應用於脊椎動物，後來在他一九五五年著作的最後一部分和最近的著作《論人類的本質》（*On Human Nature*, 1978）中，他把上述結論應用於人類本身。

＊　　　　＊　　　　＊

　　這個嘗試把自身置於新達爾文主義（即遺傳學家闡發和改良過的達爾文主義）的框架之中。然而，如果沒有一九六四年提出的那種理論，就絕不會出現上述情況。那個理論使英國數學家漢密爾頓（W. D. Hamilton）感到能夠解決達爾文假說中的一個難題。當肉食動物接近時，第一個發現它的樫鳥發出特殊的鳴叫來提醒其它樫鳥，兔子則用爪子敲地來警告其它兔子。人們還可以舉出另一些例證。那麼，我們怎樣才能解釋個別動物表現出來的這種利他主義行為呢（它由於發出信號而暴露了自己，因而很有可能成為第一個犧牲品）？人們提供的答案包括兩方面：首先，人們假定自然選擇在個體而不是在種的層次上進行；其次，人們假定在任何時候和任何地方，個體的生物意義都是確保其遺傳基因的永久性和（如果可能的話）擴展這種基因。因此，單個個體為了那些帶有全部或部分相同基因的近親甚至遠親的利益而犧牲自己，比只顧自己逃離亡種滅族災禍的作法能夠更有效地保證基因的遺傳，複雜的計算經常證明這一事實。一個個體與其兄弟和姐妹有一半相同的基因，與其侄子、侄女和外甥、外甥女有四分之一相同的基因，與其堂表兄弟姐妹有八分之一相同的基因。美國和英國的社會學家創造了「包容性適應」（inclusive fitness）這一術語，他們想用這個術語來表述個體最利己的適應是根據個體的基因來確定的，因此，也包括相同生物遺傳的傳播媒介。

　　以此為基礎，所有事情在理論家看來都成為可能了。一個蜜蜂與其母體有二分之一相同的基因，而與其姐妹有四分之三相同的基因（這是由物種的單倍體性質所造成的；雄性從未受精卵中孵出，而雌性從在交配季節受精的卵中孵出）。因此，每個工蜂通過保持不育性而更有效地使自己的基因型永久存在——保持不

育性使工蜂得以撫養其姐妹而不是生育女兒。

沒有任何事情比把這條思路擴展到人類社會更吸引人的了。在人類社會，高度制度化的行為似乎與古典達爾文主義的觀點大相逕庭。人們只得把紛繁複雜的法律、習俗、道德及制度簡化為包容性適應，以便使它們成為個體自己支配而能使其遺傳基因更為有效地永久存在的眾多方式。如果它們不是這樣，那麼它們至少將允許個體更為有效地使其親屬的遺傳基因永久存在。如果根本不是為了親屬——為了（與自己的遺傳基因不同的）同志而犧牲的戰士的情況就是這樣——那麼，除了「弱利他主義」（soft altruism）假說之外，人們還將引用「強利他主義」（hard altruism）假說，即一個英雄為了維護和強化道德而情境犧牲，而在這種情境中，在不可預卜的未來，他的遺傳基因的載體將從其它某個同胞所作的類似犧牲中獲益。

誠然，威爾遜一再宣稱他只是試圖解釋一部分文化，大約占10％。然而，驚世駭俗的斷言卻一直與這種謙遜的外表不一致。例如，他斷言，道德的唯一功能就是保證遺傳物質完整無缺；他斷言，藝術和宗教可以作為人腦進化的產物而得到系統的分析和解釋以及其它等等。威爾遜的確寫過這樣的話：「任何物種（包括人類）都不擁有一種超越於其遺傳史所創造的法則之上的目的。」（1978年，第2頁）

然而，同性戀提出了一個問題。根據定義，同性戀不會產生子女，那麼，預先把同性戀者作為載體的基因怎麼能夠遺傳下去呢？像以往一樣，社會生物學家不動聲色地回答道：在古代社會中，同性戀著不承擔家庭責任，因此，他們能夠更容易地幫助親屬撫養較多的子女，而這些子女則促使家庭的遺傳基因不斷擴展。威爾遜的同事甚至為殺害女嬰（一些社會有這樣的習俗）找到了生物依據：保留下來的女孩具有生物上的優勢，因為家庭中最大的孩子是男孩，他將保護自己的妹妹並確保她們的婚姻，而

且他還將爲自己的弟弟娶到妻子（亞歷山大〔Alexander〕1974年，第370頁）。

年輕的人類學家正亦步亦趨，爲他們研究的人羣對待親屬關係的不同方式（並不是非常自然的方式）尋找生物理由。父系社會不承認同母異父的親屬，而母系社會則有相反的歧視。但是被承認的親屬與不被承認的親屬擁有完全一樣的基因型。儘管這樣，我們仍然知道單線遺傳提供的單純性和淸晰性的優勢十分巨大，以致使數以百萬計的個體能夠更有效地保證那個總被認爲具有包容性的適應性，儘管單線遺傳實際上排擠了個體的一半親屬。如果按照這些學者的觀點去看待我們比較熟悉的事情，那麼，革命的涵義主要是生物上的：它表現在各羣體爲了控制稀有的或已被大量消耗的資源而展開競爭，因爲占有這些資源將最終決定某一羣體的生殖可能性。

顯然，這種包羅萬象的假說能夠用來解釋所有現象──任何情況及其對立物。這既是還原論的長處，又是它的缺陷。精神分析學已經使我們對這些搞平衡的絕技屢見不鮮了，藉助這些技巧（以犧牲辯證法的某些靈活性爲代價），人們總能夠確保自己站得住腳。

但是，社會生物學家的論證不僅是簡單化的，而且連他們的語言表達也自相矛盾。如果像威爾遜自己所評論的（1978年，第198頁），人權的概念不是普遍存在的而是由於歐美文明的近代發明而出現的，那麼人權思想怎麼會產生於我們所具有的哺乳動物特徵呢（其特徵是較長的妊娠期和較少幼子有助於賦予每一個體以特有價値）？而且，爲了解釋他認爲應該對同性戀負責的基因（它的存在似乎完全是假設）的延續性，威爾遜不得不假設：「人類大多數的性快感是促進結合的主要力量」，而且它們僅僅是保證生殖的一種次要方式（第141頁）；然後他斷言，猶太教和基督教（尤其是天主教派）根本不懂「性的生物意義」（第

141頁）。然而，從社會生物學的觀點看，基督教取得了多麼大的成功啊！

社會生物學思想具有甚至更爲嚴重而且顯然是基本的矛盾。它一方面主張，大腦所有形式的活動都由包容適應性所決定；另一方面則認爲，我們能夠在生物遺傳給我們的本能的取向中進行審愼選擇，以此改變人類的命運。然而，兩方面歸結爲一點：或者是選擇本身由全能的包容適應性的要求所支配（因而當我們認爲我們正在選擇時，我們實際上是服從了上述要求）；或者是選擇具有眞正的可能性，這樣就沒有什麼事實允許我們說，人類的命運完全由我們的遺傳基因所支配。

困擾著社會生物學家的正是這種漏洞百出的思維，因爲如果他們幼稚而簡單化的思考並未把他們推到極端，即把他們從對語言的一般性思考或他們對文化的一般傾向推到堅決聲稱自己是以一種特定文化特徵的遺傳學根源——那麼，我們願意承認，他們對人類身分先天性和後天性的研究是非常重要的；而且，體質人類學及其關於人種的假設既然已經讓位於羣體遺傳學，那麼就有可能嚴肅地探討這一問題了。

*　　　　*　　　　*

遺憾的是，有關社會生物學的爭論很快發生了充滿感情的轉變；這些爭論之所以大多具有人爲特徵，其原因肯定在於，首先是法國的左翼作家被社會生物學俘虜，他們認爲這門學科實際上是促使人類與自然結合的新盧梭主義方式；與此同時，美國的自由派則斥責社會生物學是新法西斯主義學說，幾乎要禁止任何旨在發現人類不同遺傳特徵的研究。不用說，大西洋兩岸的這兩種政治立場是互相聯繫的，但是，對於知識的進步來說，最令人痛心的莫過於在某個領域强行劃定研究禁區了。

今天，神經病學的發展給人們解決古老的哲學問題（如幾何

概念起源問題）帶來了希望。然而，如果首先是眼睛，繼而是外側膝狀體（lateral geniculate bodies）③ 並不像攝影一樣逼真地描繪客體，而是有選擇地對抽象關係（水平的、垂直的或偏斜的方向；圖形與背景的對比；以及其它大腦皮質藉以重構客體的這

33　種主要資料）作出反應，那麼再詢問幾何概念是屬於理念世界還是來自經驗，就沒有意義了，因為這些概念就銘刻在身體之內。同樣，如果說人類普遍具有發音清晰的語言是由於人類大腦中存在著某些特定結構，那麼，正如這些結構本身一樣，發音清晰的語言能力一定有其遺傳基礎。

　　儘管人們一直懂得，對於人類羣體多樣性所提出的問題需要持審慎態度，而研究者往往缺少這種態度，但是，人們無權給這種研究劃出界線，甚至在某些顯著現象直接或間接取決於遺傳因素的情況下，人們也必須懂得這些因素由無窮複雜的成份所組成，生物學家承認，他們無法確定或分析這些成份。

　　最為重要的是，我們絕不能忘記：雖然在人類生活發端之時，生物進化也許選擇了前文化特徵——例如，直立姿勢、使用雙手、社會交往、符號思維、發音與交流的能力——但是，宿命論很快就開始從反面產生了作用。遺傳學家與大多數社會生物學家不同，他們完全懂得，每一種文化都具有自己生理上和技術上的限制，其婚姻規則、倫理和美學價值、以及對移民或多或少的開放，這些文化都給其成員施加了選擇壓力，比起生物進化的緩慢運動來說，這種選擇壓力更為活躍。其效果使人能更迅速地感受到。試舉一個非常簡單的例子，並不是抵禦極地氣候的基因（假定有這種基因）造成了伊紐特愛斯基摩人（Inuit Eskimos）的文化。相反的，正是這種文化賦予了每個愛斯基摩人以最強的禦寒能力，而使其他人不具備這種能力。人類在不同地區所採取的文化形式，他們過去和現在的生活方式，這兩個因素決定著他們生物進化的節奏和方向，而不是生物進化的節奏和方向

決定其文化形式和生活方式。因此，大可不必探究文化是不是遺傳因素的因變量，正是這些因素的選擇，正是它們的相對量以及它們的相互調解，成爲衆多文化效應之一。

　　社會生物學家推論，人類身分似乎只服從兩種動機：一種是無意識的，它由基因遺傳決定；另一種則產生於理性思維。然而，即使根據社會生物學的方法，也很難理解第二種動機爲什麼不能歸結爲第一種。實際上我們被告知，不知道自己在做什麼的人比知道自己在做什麼的人更具有遺傳優勢，因爲前者在其自私 34 的動機被其他人和自己都視爲利他主義的情況下會獲得益處（亞歷山大，1974 年，第 337 頁）。所有無意識的人類行爲都歸結爲這種自私的動機，這種動機像咒語一般呼喚出了古老的家務人（Homo oeconomicus）這個魔怪，今天這種人轉化爲民族人（Homo geneticus），前者孜孜求利，後者則增加自己基因；除了關於這種自私動機的觀點，還有一種誤解：人類身分的本質完全可以在第三個範疇（即文化範疇）中發現，這樣，我們繞了一大圈又回到了這個範疇。

　　文化旣非自然的也非人造的。它旣不是起源於遺傳，也不是起源於理性思維，因爲它是由行爲慣例所構成，而這些慣例並不是由服從它們的人們所發明的，人們一般也不知道它們的作用。某些慣例是傳統的殘餘，這些傳統是在每一羣體漫長的歷史進程中所經歷的不同社會結構裡形成的。另一些慣例則是人們爲了達到目的而有意識接受或修改的。然而，毫無疑問，在我們的基因型所遺傳的本能與理智所造成的慣例之間，大部分無意識的慣例仍然是更爲重要，更爲有效的，因爲，正如涂爾幹（Durkheim）和莫斯（Mauss）所理解的。理智本身也是文化進化的產物而非它的原因。

　　情況的確如此，儘管自然與文化之間的界線比我們曾想像的更爲複雜和微妙。我們視爲文化的那些東西的要素在各科動物中

也時有出現，儘管它們的出現是無規律而且分散的。尚福爾（Chamfort）④說過：「社會並非（像人們通常所相信的那樣）是自然的發展，而是自然的解體。社會是用第一座大廈的破磚殘瓦建築起來的第二座大廈。」（1982年，第23頁）因此，與其說賦予人類特徵的是具體的要素，不如說是這些要素有機構成的綜合整體。人類與黑猩猩的染色體有十分之九都相同，人們在試圖解釋區分這兩種動物的技巧中存在的差異時，必須考慮兩者各自的染色體排列。

然而，根據形式上的性質去界定文化是不充分的。如果我們把文化視為一切年代所有人們人類身分的基本特徵，那麼，一般地說，文化本來應該具有大致相同的內容。換言之，是否存在普遍的文化特徵呢？維柯似乎是第一個提出了這個問題。他指出了三種普遍特徵：宗教、婚姻和亂倫禁忌，以及死者的埋葬（burial of the dead）。雖然這些特徵也許是人類的普遍特徵，但它們並沒有告訴我們多少東西，因為世界上所有民族都有宗教信仰和婚姻規則。僅僅確定這一事實是不夠的，我們還必須了解這些信仰和規則為什麼在各個社會都各不相同，為什麼有時它們相互予盾。關心死者（無論是出於畏懼還是出於尊重）是一種普遍的特徵，然而，這種特徵有時卻通過那種旨在把死者（他們被認為是危險的）永遠從生者的世界除去的習俗表現出來，有時則通過旨在抓住死者、使他們不斷參與生者的奮鬥的行為表現出來。

人類學家（尤其是美國的人類學家）仔細考察了數百個羣體，大大豐富了我們的資料，並且開列了普遍特徵的目錄：年齡順序、體育、服裝、歷法、身體清潔的標準、集體組織、烹飪、合作勞動、宇宙觀、禮貌、舞蹈、裝飾藝術等等。除了分析家按字母順序排列這種古怪性之外，這些紛繁複雜的特徵是模糊而無意義的。正如當今人類學家所指出的，文化的問題（因而也就是人類身分的問題）就是發現那些決定信仰和習俗的顯著差異的恆

常規律。

　　世界上的語言在語音和語法方面都有不同程度的差異。但是，它們之間無論差距多大，它們都服從本身普遍特徵的限制。在任何一種語言中，某些音素的存在都會包括或排除另外一些音素。例如，任何一種語言如果沒有口腔元音就不會有鼻元音，在一種語言中如果存在兩個相對的鼻元音，這就意味著可以同樣相對地確定兩個口腔元音；而且，鼻元音的存在意味著鼻腔共鳴的存在。任何一種語言，如果沒有「a」這個音素，就不能區分「u」和「i」這兩個音素，因為後兩個音素是與「a」相對的。

　　許多語言在名詞後面加上一個詞素來構成複數；而沒有任何一種語言與此相反。如果一種語言中有「紅」這個詞，那就必定有「白」與「黑」或「亮」與「暗」這一對詞；如果有「黃」這個詞，那就會有「紅」這個詞，諸如此類等等。調查似乎表明，在任何語言中，「方」這個詞的出現是以「圓」的出現為先決條件的。

　　我在早期的研究中曾經研究過婚姻規則。我力圖說明那些看似最為矛盾的規則其實表明了羣體之間交換婦女的不同方式——無論這種程序是直接的、相互的，還是其它方式，這些方式都沿著或長或短的交換循環進行，儘管信仰和習俗表面上存在著差異，這一點還是可以被確定出來。36

　　以下幾章將說明這一過程。我們還將看到當代人類學怎樣力圖發現並闡述諸如人類思維和行為等系統的規律。在各個時代、各種文化中，這些規律都完全相同；因此，只有這些規律才會使我們能夠克服人類身分的唯一性與它提供給我們的看似無窮無盡的形式之間存在的顯著矛盾。

註　釋

① 「野蠻人」（savage）源於拉丁語 silva，意為森林。——英譯者註

② 「未開化的人」（Naturvolkern）意為處於自然狀態的人。——英譯者註

③ 外側膝狀體是丘腦中的區域，丘腦中有從視居膜接受剌激的神經細胞，從丘腦再把剌激傳送到大腦皮層。——英文版編者註

④ 尼可拉斯‧德‧尚福爾（1740～1794），法國作家、散文家，以機智著稱，他寫的格言在法國大革命期間成為流行的俗語。——英文版編者註

第二部分
家庭，婚姻，親屬關係

對於一個批評家來說，對於一個醉心於沉思默想廣泛研究（即研究細節，或者最好說研究全世界的秩序和等級制度）的人來說，很少有什麼事情像比較各民族及它們各自的產品那樣令人興趣盎然、引人入勝，那樣充滿了驚異和啟示。

波德萊爾（Baudelaire）
《一八五五年世界博覽會》

第三章　家庭

家庭這個詞是如此平淡，它涉及的事實如此接近日常生活，以致人們也許會指望在本章所碰到的是簡單的情況。但是，人類學家甚至在這種「習以為常」的事情中也發現了複雜的東西。事實上有關家庭的比較研究在人類學家中引起了激烈爭論，進而導致了人類學思想引人矚目的逆轉。

十九世紀下半葉和二十世紀初，人類學家受到生物進化論的影響，因此一直力圖把他們在全世界觀察到的制度、習俗排列成單線的發展序列。他們從「我們自己的制度是最複雜最發達的」這種假設出發，在所謂原始人的現代制度中，看到了本來可能存在於史前時期的制度的形象。而且，既然人們發現現代家庭基本上以單偶制婚姻（monogamous　marriage）為基礎，那麼，這些人類學家就直接推論出：未開化人的社會（人們把它與人類起源時的社會等同起來，以滿足論證的需要）僅僅可能具有一種與單偶制恰恰相反的制度。

因此，必須搜集和曲解事實，以適應這種假說。人們異想天開地發明了「早期」進化階段（諸如「羣婚」（group mar-riage）和「雜交」（promiscuity）），以便解釋人類處於極不開化狀態的那個時期，當時，人類還不可能想像只有文明人才有條件享受的美好的社會生活。如果給每一種不同於我們的習俗都排定一個先定的位置，並且給它們貼上適當的標籤，那麼，每一種

39

40

習俗就能夠說明人類從起源至今所經歷的各個階段了。

隨著人類學新發現的不斷累積，上述見解就越來越站不住腳了。新發現顯示，現代社會家庭方式的特徵是一夫一妻制、年輕配偶獨立分居、父母與子女的和睦關係等等（我們有時難以把這些特徵與未開化人的習俗所表現出的複雜情況區分開來）這些特徵顯然也存在於那些仍處於（或退回到）我們認為是初級文化層次的社會。試舉幾個例證：印度洋安達曼羣島島民（Andama-nese）、南美最南端的火地島人、巴西中部的納比克瓦拉人（Nambikwara），以及南非的布希曼人（Bushmen）都生活在半游牧式的小羣落中；他們很少有或者根本沒有政治組織；他們的技術水平很低，其中有些居民根本不會編織，或者不會製造容器，或者不會建築永久性住所。然而，在這些人當中，唯一值得一提的就是家庭，甚至經常是一夫一妻制家庭。實地考察人員可以輕而易舉地分辨出一對夫妻，因為他們通過感情紐帶、各種經濟合作以及對子女的共同關心緊密結合在一起。

因此，配偶家庭（conjugal family）在序列表（人們根據經濟技術發展水準將人類社會依次排在這個表上）的兩端占統治地位。這個事實有兩種解釋。一些學者在他們置於序列表底部的社會中，發現了某種黃金時代的主要證據，這個時代本應盛行於人們遭到苦難和比較文明的生活侵擾之前。有人認為，在這個古代階段，人類懂得一夫一妻制家庭的益處，但是後來人們忘記了這種家庭，直到基督教再次發現了它。但是，如果我們不考慮維也納學派（我剛才敍述的就是這個學派的論點），那麼普遍的傾向則是承認家庭生活存在於各種人類社會中，甚至存在於那些在性關係和教育習俗方面與我們差異最大的社會中。因此，雖然近一個世紀以來人類學家始終認為家庭（現代社會的概念）是較近時代的發展，是長期的緩慢進化的產物，現在他們還是傾向於相反的觀點，即家庭是以多少持續一段時間並得到社會承認的婚姻

為基礎，由兩個不同性別的人所組成，並且養兒育女。它實際上　41
似乎是一種普遍現象，存在於各種社會中。

這兩種極端的見解都失之於簡單化。我們知道有極少數的例子，似乎並沒有我們所認為的家庭結合。生活在印度馬拉巴爾海岸的一個大羣體納亞爾種姓（Nayar），由於性喜徵戰，所以不可能建立家庭。婚姻完全是象徵性的儀式，根本不使新婚雙方締結永久的關系：已婚婦女願意有多少個情人都可以，而且子女屬於母親。家庭權威和財產權利不是由短期丈夫（他無關緊要）來行使，而是由妻子的兄弟行使。因為土地由從屬於納亞爾種姓的下層種姓耕種，因此，婦女的兄弟就可以像她們那些無足輕重的丈夫一樣，把全部時間都用在軍事活動上。

奇異的制度往往被誤認為是某種古代社會組織的遺跡，曾一度在大多數社會普遍存在過。納亞爾種姓是高度特殊化的，是長期歷史進化的產物，它不可能告訴我們關於人類早期階段的任何情況。另一方面，幾乎沒有什麼疑問，納亞爾種姓代表了某種傾向的極端形式，這種傾向在人類社會中出現的頻率，遠遠超過了人們通常的想像。

有些社會並沒有像納亞爾種姓那樣極端，只是對配偶家庭加以限制：它們承認配偶家庭，但只是把它作為多種婚姻形式中的一種。非洲的馬塞人（Masai）和查加人（Chagga）的情況就是如此：最年輕的成年人把所有時間都用於軍事活動，他們生活在軍事環境中，與成年姑娘建立非常自由的感情關係和性關係。男人只有在這個現役期之後才能結婚並建立家庭。在這種制度中，配偶家庭與雜交習俗並存。

巴西中部的博羅羅部落（Boróro）和其它部落、印度的穆里亞部落（Muria）和其它部落以及阿薩姆邦（Assam），都普遍存在相同的雙重模式，其原因各不相同。所有這些著名的例證都可以按照這樣一種方式排列，這種方式使納亞爾種姓代表最一

致、最系統、從邏輯上說最極端的情況。不過,它所顯示的傾向在其它地方也有所表現,而且,人們甚至可以在現代社會看到它的萌芽形式再度出現。

納粹德國的情況就是如此。當時在納粹德國,家庭單位開始分裂:一方面,男人用全部時間致力於政治和軍事工作,享受著一種給他們以廣泛行爲自由的特權;另一方面,婦女的職能則由那三個 K 組成,即廚房(Küche)、教堂(Kirche)和孩子(Kinder)。如果男女兩性職能的分離保持幾個世紀,那麼,除了兩性不平等的不斷增加之外,而且非常可能導致一種不存在公認的家庭單位的社會組織,像納亞爾種姓的情況那樣。

人類學家一直竭力證明,即使在有借妻風俗的人們當中(在宗教節日期間,或根據更習慣性的理由,在居喪的人們當中,並且這種權利是相互的),這些習俗也不表明「羣婚」繼續存在:它們與家庭共存,並且包括家庭。誠然,爲了能夠出借妻子,男人就必須首先有妻子。但是,澳大利亞的一些部落(例如西北部的伍納布爾人〔Wunambal〕)就斷定:在宗教儀式期間不肯把妻子借給其它可能成爲她丈夫的男子的人是「非常貪錢的」,這就是說,這種人力圖爲自己保住一種特權,而在全部落人眼中,這種特權可以由全部擁有同等權利的人(無論有多少人)共享。這種態度始終與在生理上公開否定父權的情況並存,因此,這些羣體就加倍否定丈夫與其妻子的子女之間的任何契約。家庭只是一種經濟聯合體,丈夫給它提供獵獲物,妻子給它提供採集的產品。一種理論認爲,這種建立在互助基礎上的社會單位證明了家庭普遍存在;另一種理論則認爲,這種意義上的「家庭」除了名稱之外,與今天爲人接受的意義上的家庭鮮有共同之處;前一種理論並不比後一種更有道理。

在多配偶制家庭的問題上也持審愼態度是可取的,因爲有時是一夫多妻制盛行,有時則一妻多夫制占統治地位。對這些一般

性定義必須仔細考察。有時候，幾個單配偶式家庭共同組成多配偶家庭：同一個男人有若干個妻子，每個妻子都同其子女分別居住在不同的住所。在非洲經常會看到這種情況。另一方面，巴西中部圖皮—卡瓦希伯人的酋長可以同時或依次與幾個姐妹或某個寡婦及其前夫的女兒結婚。這些婦女共同撫養她們各自的子女，似乎不太在乎她們照看的孩子是不是自己的。但是，酋長也樂意把妻子借給自己的弟弟、同伴和過路的客人。我們在這裡看到了一夫多妻制和一妻多夫制的某種結合，這種結合使共同的妻子之間的親屬關系更複雜。我在印第安人中曾親眼目睹一個母親和她的女兒與同一個男人結婚，她們共同照管對她們兩個來說都是前妻的子女，對這個母親來說，這些子女是孫子孫女，而對那個女兒來說，這些子女則是同父異母的兄弟姐妹。

　　說到一妻多夫制，在有些地方也許採取了極端的形式。例如，在印度的托達人（Toda）中，幾個男人（通常是兄弟們）共同占有一個妻子。孩子出生時，合法的父親是那個履行了某種儀式的人，而且這個人以後仍然是所有將要出生的子女的合法父親，直到另一個丈夫決定也履行享有父權的儀式。在西藏和尼泊爾，一妻多夫制似乎可以由社會學的原因來解釋，這種原因與我們在納亞爾種姓中遇到的原因屬於同一類型：男人必須充當嚮導或挑夫，過著四處流動的生活，一妻多夫制則保證了任何時候至少都有一個丈夫在家裡照管家務。

　　無論是一妻多夫制，還是一夫多妻制，都不妨礙家庭始終是個合法的經濟同一體，甚至是感情同一體。如果這兩種模式並存，會出現什麼情況呢？在一定程度上，圖皮—卡瓦希伯人說明了這種共生現象。我們已經看到，酋長享有一夫多妻的權利，同時又把妻子借給各種各樣的人，這些人也許不屬於本部落。夫妻契約關系與其它契約關系的區別主要是程度上的差異，而不是種類的不同，因為夫妻關系也可以依次排列爲固定的，半永久性的

43

和臨時的契約關係。然而,就是在這種情況下,也只有真正的婚姻才能決定子女的地位,首先是決定他們的氏族成員資格。

十九世紀,托達人日益向被人們稱爲「羣婚」的制度進化。殺死女嬰的習俗爲托達人實行一妻多夫制提供了便利條件,因爲這種習俗從一開始就造成了兩性比例的不平衡。在這種習俗被英國政府禁止之後,托達仍繼續實行一妻多夫制,但這與以前有所不同,它越來越可能是幾個男人與幾個女人結婚,而不是幾個人共同擁有一個妻子。正像納亞爾種姓那樣,那些似乎與配偶家庭相距最遠的組織類型並不出現在未開化的古代社會,而是出現在較爲近代的那些非常複雜的社會發展形式中。

因此,用敎條態度研究家庭,必定大謬不然。人們認爲已經掌握的對象隨時都可能跑掉。關於早期人類歷史中普遍存在的社會組織的類型,我們不知道什麼重要的東西。甚至就一萬年到二萬年前的舊石器時代來說,且不說當時的藝術品很難加以解釋,就連遺骨和石器也幾乎沒有提供什麼有關社會組織和習俗的信息。同樣,如果我們對希羅多德(Herodotus)以來我們擁有資料的各種社會加以研究,那麼,有關我們這裡討論的問題所能說的也不過是:配偶家庭頻頻出現,而且一般地說,它似乎不存在於那些高度進化的社會,也不像人們想像的那樣,存在於最初期、最簡單的社會中。而另一方面,存在非配偶家庭這種類型確實(無論它是不是多配偶制);僅僅這個事實就能使我們相信:配偶家庭的產生並非基於某種普遍必要性,一個沒有配偶家庭的社會也能夠存在和維持,這是可以想見的。由此產生了一個問題:如果家庭的普遍性並非某種自然規律的結果,那麼,我們應該怎樣解釋家庭幾乎無處不在這一事實呢?

爲了促使問題的解決,讓我們試著給家庭下個定義,不是用歸納法把從多種多樣的社會中收集的信息簡單相加,也不局限於我們自己的社會普遍存在的情況;而是構成一個模型,它可以歸

納爲少數幾個不變特徵或顯著特點，我們可以一目了然地把它們
辨別出來。

1. 家庭起源於婚姻。
2. 它包括丈夫、妻子和他們的婚生子女；這些人構成了一個
　核心，而其它親屬最終聚集在這個核心周圍。
3. 家庭成員內部的結合是通過：
　(1)合法契約。
　(2)經濟、宗教或其他性質的權利和義務。
　(3)性的權利與禁律的明確框架，以及一組經常變化、多樣
　　化的感情，如愛情、慈愛、尊重、畏懼等等。

我將依次考察家庭的這三個特點。

＊　　　　＊　　　　＊

　　我把婚姻分爲兩大類型——一夫一妻制（monogamous）和
多配偶制（polygamous），而且必須強調：第一種類型至今最
爲普遍，其數量超出了人們粗略觀察所得出的印象。在所謂一夫
多妻制社會中，有相當一部分是完整意義上的一夫多妻社會，但
另外一些社會則把妻子分成一個「頭等」妻子（只有她才享有婚
姻狀態的全部特權）和若干個「二等」妻子（她們不過是合法的
情婦）。而且實際上，在全部一夫多妻制社會中，能夠占有幾個
妻子的男人很少。這很容易理解，因爲在任何一個羣體內，男女
人數都相差無幾，大約只有10％的差額，或者男性多，或者女
性多。因此，多配偶制的習俗取決於某些條件：或者是兩性之一
的嬰兒被故意弄死（某些情況記載了這種習俗，如托達人殺死女
嬰的習俗）；或者是兩性的平均壽命有差距，例如在伊紐特人或
澳大利亞的若干部落中，由於男人直接面臨捕鯨甚至戰爭的危
險，所以比女人死得早。還必須考慮到那些等級森嚴的社會。在

45

那些社會中，憑藉年齡或財富而享有特權或擁有巫術——宗教特權的階級，要求自己占有羣體的大部分婦女，而這是以犧牲年輕人和窮人的利益爲代價的。

我們知道存在這樣一種社會（尤其是在非洲）：在那裡擁有許多妻子的必定是富人，因爲人們必須賣新娘；另一方面，男人由於占有許多妻子而使自己變得更富有，由於他們可以安排妻子及子女的剩餘勞動力。一夫多妻制的系統實施，必然會受到它強加給社會的結構變化的限制，這有時是顯而易見的。

由此可見，單偶制婚姻占優勢地位並不令人吃驚。一夫一妻制並不是人性的一種屬性，多配偶制以種種形式存在於許多社會中的事實充分證明了這一點。但是，如果說一夫一妻制是最普遍的形式，這僅僅是因爲：在正常的情況下，在不存在有意無意地引進任何不平等的情況下，每個羣體的男女之比都大致爲一比一。由於倫理、宗教和經濟的原因，現代社會使一夫一妻制制度化了（不過仍存在避開這個規則的種種途徑，例如婚前的自由、賣淫和通姦）。在對多配偶制不抱偏見、甚至尊重這種制度的社會中，沒有社會地位或經濟手段可以導致同樣的結果：每個既無財產、又無權爲自己爭得一個以上妻子的人只能娶一個妻子，這不是出於情願，而是出於無奈。

婚姻是一夫一妻制還是多配偶制（在後一種情況下，或是一夫多妻，或是一妻多夫，或是兩者並存），一個婚姻是自由選擇的結果（遵照約定俗成或優先選擇的規則）還是服從祖先的意志：在各種情況下，得到社會承認的合法契約的婚姻，與被迫或自願結成的臨時性或永久性婚姻，二者之間的區別十分明確。羣體的干預是明顯的還是潛在的，這無關緊要；要緊的是，每個社會都有區分事實婚姻與合法婚姻的方法，這種方法通過幾條途徑獲得。

總而言之，人類社會在婚配狀況上付出了高昂的代價。凡是

存在年齡等級的地方（無論是以鬆散的還是以制度化的形式出現），就存在著這樣的傾向：把少年和成年單身漢歸為一類；把未成年的青年與無子嗣的丈夫歸為另一類；把享受完整權利的已婚成年人（通常在有了第一個小孩以後）歸為第三類。這種三分法不僅在許多所謂原始人當中得到承認，而且如果僅在宴會和各種儀式的場合，直到二十世紀它還一直得到西歐的農民村社的承認；甚至今天，在法國南部，「年輕人」（jeune homme）與「單身漢」（célibatáire）這兩個詞依然經常被當作同義詞（而在標準的法語中，「男孩」〔garcon〕一詞與「單身漢」同義；結果是，「一個老男童」〔un vieux garcon〕這種通行的表達方式就變成了「一個老青年」〔un vieux jeune homme〕，這種表達更為形象，但已經具有了特殊的含義）。

　　單身漢被大多數的社會視為令人厭惡，甚至遭到蔑視。可以毫不誇張地說，在文盲社會裡不存在單身漢，其原因很簡單：他們無法生存。記得在巴西中部博羅羅人的村落中，我曾經注意到一個三十歲左右的男人，他衣衫不整，看上去營養不良，而且神情淒楚，孑然一身。起初我以為他是個病人。而人們卻告訴我說：「不，他是個單身漢。」的確，在這樣的社會裡，兩性分擔勞動，而且只有已經結婚的男人才能享用婦女的勞動產品──其中包括挑虱子、理髮、塗畫身體以及蒔弄菜園和做飯（因為博羅羅婦女從事耕地並且製造罐子），單身漢只是半個人。

　　單身漢的情況與無子女的夫妻的情況有幾分相像。毫無疑問，夫妻可以過正常的生活，並且能夠滿足自己的需求；不過，在許多社會中，祖先與活著的人同等重要（如果不是更重要的話），這種社會就不承認無子女的人具有正式資格，不僅在羣體內部，在羣體外部也是這樣，因為，得不到後代崇拜的人不可能指望躋身祖先之列。最後，孤兒的命運也和單身漢大致相同。有時語言中，這兩個詞包含著極大的侮辱性；單身漢和孤兒有時被

47

歸入殘廢人和男巫一類，似乎這些人的境況都是超自然詛咒的結果。

社會鄭重地表達了對其成員婚姻的關注。我們當中也是如此：即將成婚的戀人（如果達到了法定婚齡）必須首先在教堂公布姓名以徵求意見，然後，必須向羣體的權威代表所主持的結婚儀式作出保證。我們的社會當然不是唯一使個人間的協定服從於公共權威的社會，但情況更經常是，與其說婚姻涉及的是個人與整個社會，不如說是涉及了每一個體所依賴的多少具有包容性的共同體（例如家庭、世系和氏族）；正是在這些羣體之間（而不是在個體之間），婚姻才建立了契約。有幾個原因造成了這種情況。

就連經濟技術水平很低的社會也賦予婚姻十分重要的作用，以致父母很早就操心爲子女尋找配偶，因此，子女在少年時代就訂了婚。而且，我必須重新提到一種似是而非的矛盾（Paradox），即如果說每個婚姻都產生一個家庭，那麼，正是家庭（或確切地說是幾個家庭）促進了婚姻；因爲，每個家庭都想通過聯姻這種爲社會公認的主要手段互相聯系在一起。正如新幾內亞人說的那樣，婚姻的目的與其說是給自己娶一個妻子，不如說是爲了獲得幾個內弟。一旦人們懂得婚姻是羣體的聯合，而不是個體的聯合，那麼他們就對許多習俗豁然開朗了。人們懂得了在非洲一些以父系接續後代的地區，爲什麼只有當妻子生了一個兒子婚姻才算確定，因爲只有在這種情況下，婚姻才完成了它的職能，即必須確保丈夫的血統永存。夫兄弟婚制（levirate）和妻姐妹婚制（sororate）都起源於同樣的原則：如果說，婚姻創造的是羣體間的結合，那麼從邏輯上說，某個羣體就可以要求用一個兄弟或姐妹替換原先提供的有缺陷的配偶。夫兄弟婚制規定，如果丈夫去世，其未婚兄弟對其遺孀享有某種優先權（或者像人們有時說的那樣，活著的兄弟共同承擔照顧遺孀及其子女的義

務）。與此相同，妻姐妹婚制的習俗是這樣的；在一夫多妻的情況下，或在雖然是一夫一妻，但允許丈夫在妻子不能生育、或她的行爲符合離婚條件、或在她去世之後的情況下，要求其姐或妹作自己的妻子。但是，社會不管以什麼方式批准對其成員的婚姻（無論是通過其成員所屬的特定羣體的渠道，還是更直接地通過國家的干預），事實依然是，婚姻現在不是私事，從來就不是私事，也不可能是私事。

48

*　　　　*　　　　*

必須提到納亞爾種姓那種極端的情況，以便找到丈夫、妻子及子女間事實上（de facto）不存在聯系（至少在一段時間內）的社會。但是，我們應當謹愼地注意到，這種核心構成了我們社會的合法家庭，儘管如此，許多社會還是具備其它決定方式。無論是出於本能，還是出於祖先的傳統，總是由母親照料子女並且樂此不疲。心理趨向也能解釋爲什麼如果一個男人和一個女人親密地生活在一起，就對後者所生的孩子懷有感情，就關心這些孩子的身心成長——就算是在人們不允許他在養兒育女方面有任何法定作用的情況下，也是如此。有些社會力圖通過諸如產翁習俗（couvade），把上述感情體現出來：父親象徵地與母親共同承擔懷孕和分娩時的肉體痛苦（自然的或爲習俗所迫的）；據說，孕婦或臨產的婦女往往需要把那些似乎並不十分相似的傾向和態度結合起來。

但是，大多數社會並不過份關注核心家庭；其實，在一些社會中（包括我們的社會），這種家庭占有重要地位。我們已經看到，一般來說，起作用的是羣體，而不是個體間的單個婚姻。況且，許多社會有義務把孩子分給父系親屬羣體，或是分給母系親屬羣體，並且成功地明確區分了這兩類契約，以便承認和分配給一類親屬明確的權利和義務範圍，而拒絕把這些權利和義務給予

另一類親屬。在有些情況下，財產權按一種世系繼承，而宗教權利和義務則按另一種世系繼承：社會地位和巫術有時也以同樣的方式分配。亞洲、非洲、美洲和大洋洲存在無數實例證明這種模式。僅舉一個例子，亞利桑那州的霍辟印弟安人（Hopi）把各種法律和宗教的權力在父系和母系之間精心分配；而與此同時，離婚率使家庭極不穩定，以致許多作父親的不能與其子女住在同一個屋頂下，因為房屋屬於妻子，而孩子的財產按母系繼承。

49

　　配偶家庭的不穩定性在人類學家所研究的社會中似乎非常普遍地存在著；但是，這並不妨礙這些社會在一定程度上褒揚婚姻的忠誠和骨肉親情。然而，解釋這些道德理想的方式和解釋法律規則的方式有所不同。法律規則經常按父系或母系去追溯排他的親屬關係，或是區分分別受到兩系制約的權利和義務。我們知道一些極端的例證，如法屬蓋亞納的一個小部落埃梅里隆（Eme-rillon），三、四十年前，這個部落不超過五十個人，當時的婚姻非常隨便，每個成員一生中能依次跟每一個異性結婚。據報導，當地語言裡有特定的名稱，用以區分至少八次的連續婚姻所生的子女。這大概是最近的現象，其原因一是缺少一個有效的羣體，二是一、二百年來生活條件發生了深刻變更。不過這些例證顯然表明，配偶家庭實際上可以變成微不足道。

　　另一方面，另一些社會則為家庭制度提供了更廣闊、更堅實的基礎。因此在歐洲一些地區，甚至近在十九世紀，作為社會的基本單位的家庭是一種可以被稱為家務型的而不是配偶型的家庭。活著的最年長的男性，或者同一個已故祖先所生的幾個兄弟組成的共同體，掌握著全部財產權，對整個家庭集團行使權威，並且管理農業生產。在俄國人的 bratsvo、南部斯拉夫人的 zadruga、以及法國人的 maisie中，大家族由下述這些人組成：一個居統治地位的年長者及其兄弟們。他的兒子、侄子、孫子及他們的妻子，他未婚的女兒、侄女及孫女等等，直到他的重孫

輩。在英語中，這種組合被稱爲「聯合家庭」（joint fami-
lies），在法語中被稱爲「擴大的家庭」（famille étendues），
它包括幾十個在同一權威下生活和勞動的成員。這是一種權宜的
靠不住的關係，因爲它意味著，從一開始，這種大型單位就是由
若干小型配偶家庭聯合而成的。但是，甚至在我們當中，配偶家
庭也是經過複雜的歷史進化以後才得到法律承認的，在一定程度
上，這種進化僅僅是逐漸地承認了配偶家庭的自然基礎，因爲這　50
種進化首先是由於聯合家庭的解體，這樣就只剩下了核心，它已
經逐漸獲得了過去在大型集團內常常得到的合法地位。從這個意
義上說，諸如「聯合家庭」和「擴大家庭」這類術語就適時地被
放棄使用了。而配偶家庭則可以被稱爲「有限的」家庭。

　　我們已經看到，家庭在只有微不足道的職能作用的情況下，
它往往不如婚姻重要，在相反的情況下，它的作用則超過婚姻。
因此，就我們社會存在的配偶家庭來說，它並不表現普遍的需
要，也不再銘刻在人性深處：它是一種折衷措施，是相互對立的
模式與其它社會所積極選定的模式之間的某種平衡狀態。

　　爲了完成這番描述，最後有必要思考一下這種情況：雖然存
在著配偶家庭，但我們認爲它絕不只是那種與人類作爲家庭基礎
的目的截然對立的形式。東西伯利亞的楚克齊人（Chukchee）
並不認爲二十來歲的姑娘與兩三歲的小男孩結婚是不相稱的。這
種年輕婦女如果有情人往往已經是母親了，因此她們旣要撫養自
己的孩子，也要撫養自己的小丈夫。在北美、莫哈維人（Mo-
have）則遵循相反的習俗：成年男人與女嬰結婚，並一直把她
撫養到能夠履行婚姻義務的年齡。這種婚姻被認爲是非常合情合
理的：人們確信，由於小妻子銘記著丈夫給自己的慈父式的關
懷，因此，這會加深夫妻之間的天然感情。類似情況在南美的安
第斯人和熱帶地區中以及在美拉尼西亞羣島都屢見不鮮。

　　無論在我們看來這些婚姻類型是多麼稀奇古怪，它們還都尊

重兩性的區別，這在我們看來是建立家庭的一個基本條件（雖然同性戀需求正在開始削弱這個條件）。但是在非洲，上層婦女經常有權與其他婦女（公認的情人已使她們懷孕）結婚。這些貴族婦女成了這些孩子的法定「父親」，並且嚴格按照父親的規則，把自己的姓氏、等級及財產傳給孩子。在另一種情況下，配偶家庭的作用則是生育孩子而不是撫養他們，因為家庭之間為了收養孩子而相互競爭（如果可能就爭奪較上層出身的孩子）；因此，有時某個家庭在另一家庭的孩子未出世前就向這個家庭預訂了這個孩子。這種習俗盛行於玻里尼西亞和南美某個地區。這種風俗類似把孩子托付給舅舅的風俗，據報導，後一種習俗直到最近仍在北美西北海岸的居民中實行，中世紀的歐洲貴族也保留著這種習俗。

51

＊　　　　＊　　　　＊

多少世紀以來，基督教倫理一直把性交視為犯罪，除非它在婚內進行並以建立家庭為目的。其它一些社會也給合法性關係劃定了同樣的界線，但它們為數不多。在大多數情況下，婚姻與性快樂毫不相干，因為滿足性快感的所有可能性也存在於婚姻之外，而且有時甚至與婚姻相對立。在印度中部，伯斯特爾縣的穆里亞人讓青春期的少男少女們雜居一處，享受完全的性自由，但當他們達到結婚年齡後，則禁止與那些曾是情人的人發生性關係，因此，在村社內部，每個男人都與一個人們已知她曾是一個甚至幾個鄰居的情婦的女人結婚。

因此，一般說來，性方面的考慮很少影響婚姻計劃。另一方面，經濟的考慮則是首要的，因為正是兩性之間的勞動分工才使婚姻成為不可或缺。但是，與家庭一樣，兩性的勞動分工依賴於社會的而非自然的基礎。毋庸置疑，在所有人類羣體中，都是婦女生育子女，哺乳子女並照看子女，而男人則狩獵和打仗。然

而，就連這種顯然是自然的勞動分工也並不總是嚴格的：男人不能生育孩子，但在某些社會卻可以遵從「產翁」習俗，這樣就好像他們真的能生孩子一樣。納比克瓦拉人的父親與歐洲貴族之間存在重大差異：前者照料孩子並使他們保持清潔，後者的孩子則只有幾次從母親那裡被隆重地送到父親那裡，孩子一直在婦女居住區成長到學會騎馬和擊劍的年齡，這種習俗在不太久以前仍是這樣。另一方面，納比克瓦拉人的酋長的少妾則不屑於操持家務，她們寧願陪伴丈夫共赴艱險。相似的習俗在南美其它部落也很著名，在這些部落存在著一個既是高級妓女又是僕人的特殊的婦女階層，她們保持獨身並跟隨男人征戰，這種風俗也許是亞馬孫族女戰士傳說的來源。

當我們轉而考察那些不如撫養孩子與征戰之間在意義上那麼對立的職業時，就更難以概括出決定兩性之間勞動分工的一般規律了。博羅羅人是婦女耕耘土地、而祖尼人則是男性從事這類勞動；無論是蓋房、搭草舍，還是製造容器、紡線、編筐，其從事者的性別都因部落不同而不同。因此，有必要把實際上普遍存在的勞動分工的事實與各地在兩性之間分配勞動任務的標準區分開來。這些標準也產生於文化因素：它們與家庭本身的形式一樣，也是人為的產物。

我們再次面臨著同樣的問題。一旦人們放棄了生理差異的堅實基礎，那麼，用以解釋兩性勞動分工的自然因素就沒有了決定性作用；如果勞動分工的條件因社會而異，那它為什麼存在呢？關於家庭我已經提出了同樣的問題：家庭的事實普遍存在，而家庭的形式則很少與之相適應，至少在自然必要性方面是如此。但在思考了這個問題的不同觀點之後，我們也許更能夠感覺到它們的共同性，並且認識到有助於解答這個問題的一些特徵。在社會組織領域，家庭似乎是一種肯定性實體（有人會稱它是唯一的實體）；我們被這一事實說服，用肯定性特徵來明確界定家庭。但

52

是，每當我們試圖說明家庭是什麼時，卻同時又不得不暗示家庭不是什麼；這些否定性特點與肯定性特點也許同樣重要。勞動分工的情況也是這樣：陳述某一性別被指定從事某些工作，這就等於陳述禁止另一性別從事這些工作。從這個角度上看，勞動分工確立了兩性間的某種相互依賴性。

這種相互依賴性顯然也是家庭性關係方面的一個特徵。我們不贊成把家庭生活僅僅歸結爲性關係，因爲我們已經看到，大多數社會並不像我們的社會那樣在家庭與性關係之間建立了緊密關聯。但是，像勞動分工一樣，家庭也可以由否定性職能來界定：無論何時何地，家庭的存在都涉及一些禁律，這些禁律使某些結合不可能實現，或者至少是受到譴責。

對選擇自由的限制因社會不同而有很大差異。在古俄羅斯存在著斯諾卡切斯沃制（ *snokatchesvo* ），即父親有權同年輕的兒媳發生性關係。在另一些社會中，外甥對其舅母享有同樣的權利。我們自己已經不再反對一個男人與其妻子的妹妹再婚，而整個十九世紀的英國法律都把這種行爲視爲亂倫。至少，全部已知的社會（無論過去還是現在）都認爲，如果配偶之間的關係（像我們剛才看到的，最終是其它幾個人之間的關係）意味著相互的性權利，那麼，其它親屬的結合（同樣履行家庭結構的職能）則使性關係不道德、受到法律制裁，或者乾脆是不可想像的。反對亂倫的普遍禁律規定：個人與其父母、子女及兄弟姊妹的關係不能包括性關係，或者至少不能相互婚配。有些社會（如古埃及、前哥倫布時期的秘魯、非洲的若干王國、東南亞及玻里尼西亞）對亂倫限制得較鬆，而且允許（甚至規定）它以某種形式存在，以便統治家庭（在古埃及也許更爲普遍），但並非沒有規定限制：異父或異母姊妹排除嫡親姊妹，在與嫡親姊妹結婚的情況下，最年長的排除最年輕的。

自從一九五六年這一章第一次發表以來，動物生態學專家一

53

直希望發現亂倫禁忌的自然基礎。社會動物的不同種都似乎避免
與近親交配，或者說這種結合很少發生。這種條件也許產生於下
述事實：羣體中較老的雄性一俟年輕的雄性成年，就立即把它們
驅趕出去。

　　如果假定觀察者正確解釋了這個資料（它在二十五年前尚不
爲人知，或沒有全部發表），那麼，由此推斷，人們就會誤解區
分動物行爲與人類習俗的基本差異：只有後者才能系統地建立否
定性規則，以創造社會結合。我對於兩性的勞動分工所發表的看
法，可能有助於我們理解這一點：正如勞動分工原則確立了兩性
之間的相互依賴性，從而使他們在家庭內部共同勞動一樣，禁止
亂倫則確立了生物家族（biological families）之間的相互依賴
性，從而使它們製造出新家族，僅僅是通過這些方式，社會羣體
才成功地使自己永久存在。

　　如果這兩個過程沒有被貼上像「分工」和「禁止」這種互不
相干的標籤，人們本來可以更準確地理解這兩個過程的相似性。
如果我們把勞動分工稱爲「工作的禁止」，那麼本來只會觀察到
它的否定觀點；相反的，如果我們把分工定義爲「家庭之間婚姻
權利的分配」，因爲亂倫禁忌的確定只是使家庭（無論各個社會
對家庭怎樣界定）之間可以混合，而不是使每個家庭爲了自身利
益在其內部混合，那麼，我們就會強調出亂倫禁忌的肯定觀點。

　　因此，沒有什麼比把家庭簡化至它的自然基礎更爲大謬不然
的了。無論是生育本能，還是母性本能，或是夫妻及父子之間的
親情紐帶，或是所有這些因素的綜合作用，都不能解釋家庭。這
些因素儘管很重要，但它們本身不可能使家庭得以產生，其原因
很簡單：在所有人類社會裡，建立一個家庭的必要條件是事先存
在著另外兩個家庭，每個家庭都準備提供一個男人或一個女人，
這兩者的婚姻則建立了第三個家庭，如此延續，以至無窮。換言
之，使人類與動物區分開來的是：在人類當中，如果不先存在一

54

個社會，就不可能存在家庭，而社會無非是由一系列家庭組成的，這些家庭承認除了血緣之外還有其它關係，承認確定父子關係的自然過程只有同婚姻的社會過程相統一才能繼續發展。

　　我們也許永遠不會知道人們是怎樣認識到社會對自然秩序的這種依賴性的。沒有任何證據顯示這樣一個假設：人類從脫離動物狀態時起，並沒有被賦予一種社會組織形式，在其基本結構方面，它與後來的社會組織的形式大致相同。事實上，很難想像存在著沒有亂倫禁忌的社會組織，因為，社會組織重新建立了交配與生殖的生物條件，並且使家庭只能在某種禁忌與義務的人為框架內部長久存在。只有在這方面，我們才能認清從自然向文化、從動物狀態向人類狀態的通道，只有在這方面，我們才能把握詳盡的細節。

　　正如泰勒（Edward Burnett Tylor）在一個世紀以前所推斷的，最終的解釋也許建立在這樣一個事實上：人類很早就懂得，必須在「或者與外界通婚，或者被外界滅亡」之間進行選擇；使生物家族不致相互滅絕的最佳途徑（但不是唯一的途徑），就是通過血緣將自己聯繫在一起。希望生活在相互隔絕狀態中的生物家族，往往各自構成自我延續的緊密羣體，然而卻在劫難逃地成了無知、恐懼和仇恨的犧牲品。在反對同宗血緣孤立傾向的過程

55　中，亂倫禁忌成功地編織了姻親之網，它使社會得以延續；沒有它，任何社會都不可能生存。

　　　　　　　*　　　　　　　*　　　　　　　*

　　儘管我們還不知道嚴格意義上的家庭是什麼，我們還是已經大致看到了家庭存在的條件以及決定家庭繁衍的潛在規律。為了保證生物家族的社會相互依賴性，於是原始人就有了規則；這些規則無論簡單還是複雜，都是天才的。而且，我們有時難以理解這些規則，因為我們的思維習慣所適應的社會比起原始人的社會

密度與流動性不知要高多少倍。

對我們來說，爲了確保生物家族不封閉在自身內部而變成孤立的細胞，只要禁止近親結婚就足夠了。我們這種大型社會爲每個人都提供了在家庭界限之外進行交往的機會，並且充分保證構成現代社會的幾十萬乃至上百萬的家庭將不會有凝固不動的危險。配偶的選擇自由（除了人們不得不在家庭之外進行選擇之外）保證了家庭之間的交流將一直暢通。持續不斷的混合將會發生，而且所有這些交流將產生一種同宗而混合的社會織體。

在原始社會中，普遍存在的條件則是迴然不同的。總人數從幾十人到幾千人不等，但與我們的社會比起來仍然是微不足道的。而且，微弱的社會流動性妨礙著每個人在村落、獵場以外遇到許多其它的人。許多社會試圖在節日和部落儀式期間增加接觸機會。但一般說來，這些儀式仍局限在部落的圈子之內，大部分所謂原始人認爲這個圈子是一種擴大了的家庭，而社會關係僅局限於這個小圈子之內。這些人甚至拒絕承認相鄰者的人類尊嚴。毫無疑問，在南美洲和美拉尼西亞，有的社會規定只與外部落通婚，有時甚至與敵對部落通婚。新幾內亞的土著人是這樣解釋這種情況的：「人們只能在與他們交戰的那些人當中找到一個妻子。」不過，由此擴大的通婚網絡依然固定在傳統的模式中，盡管包括幾個部落而不是一個，但依舊很少超出它嚴格的界限。

在這種條件下，生物家族可以通過與我們相似的程序建立一個同宗社會，這就是說，只須禁止近親婚配，並不求助於成文的規則；有時，在很小的社會中，羣體規模的狹小和社會流動性的匱乏，會透過增加對婚姻的限制而得到補償，只有在這種情況下，上述方式才是有效的。對一個男人來說，這些限制將擴大到母親、姐妹及女兒以外，進而包括全部與他有親緣關係的女人（無論這種親緣關係多遠）。這些小型羣體的特徵是：它們處於初級的文化水準，社會和政治組織的結構性較差（如美洲半沙漠

地區的某些居民那樣），它們爲上述解決辦法提供了例證。

　　大多數原始人則採用另外一種方式。他們不是依靠概率使婚姻有足夠的限制，從而保證生物家族間的交流；相反的，他們寧願制訂成文法去限制個人和家庭，以便形成一種特定的婚姻。

　　在這種情況下，親屬的全部範圍就變成了一種類似棋盤的東西，複雜的棋賽就在這個棋盤上展開。一個恰當的專門術語把羣體成員分成幾種類型，它所依據的原則是：雙親的類型直接或間接決定他們的子女所屬的那些人；而且按照各自的類型，羣體成員能夠通婚或不能通婚。因此，似乎是無知的人或不開化的人發明了一些代碼，如果不求助於最出色的邏輯學家和數學家，我們就難以把這些代碼破解出來。我不去深究這些計算的細節，因爲它們有時太長，以致人們不得不使用電子計算機。我將只探討少數幾個簡單的例證，從交表婚姻開始。

　　這個系統把旁系親屬分爲兩類，一類是「平行的」（parallel）旁系親屬，即親屬關係通過同性的一輩（兩兄弟或兩姊妹）相聯；另一類是「旁系的」交表親（cross-cousins），即通過異性的一輩人確定的親屬關係。我的伯父、叔叔和我的姨母對我來說就是「平行的」親屬；我的舅父和我的姑母則是交表親屬。其父親是兩兄弟或其母親是兩姐妹的堂表親屬是「平行的」；父母是兄妹或姐弟關係的表親屬是交叉的。在下一代，對男人來說姊妹的子女、對女人來說兄弟的子女，分別是交叉甥輩和交叉侄輩，如果這些孩子對男人來說是其兄弟所生、對女人來說是其姊妹所生，那麼，他們就是平行的甥輩和侄輩。

　　應用這種劃分法的所有社會幾乎都把平表親屬與同輩最近的親屬等同起來：我父親的兄弟也是「父親」，我母親的姐妹也是「母親」；我可以稱同輩的平表親屬爲「兄弟」或「姐妹」，我可以把平表甥輩看作自己的孩子。任何平表親屬之間的婚姻都會被視爲亂倫，因而嚴加禁止。另一方面，交表親則成爲另一個家

族；作爲一種責任或由於非親屬的優先權，人們正是在這個家族中選擇配偶。而且，通常只用一個同表示某個男子的女性交表親和他的妻子，以及某個女子的男性交表親和她的丈夫。

某些社會將這種劃分推得更細。有些社會禁止交表親之間通婚，而只允許交表親的孩子之間通婚，即他們的第二親等。另一些社會則使交表親變得更爲複雜，把他們進一步分成兩類：一類被允許或被規定聯姻，而另一類則被禁止通婚。盡管舅父的女兒和姑媽的女兒同樣被稱爲交表親，但人們發現，相鄰而建的部落有時禁止、有時卻規定與前者或與後者結婚。印度的某些部落認爲：符合相鄰部落規則的婚姻無異於犯罪，它們相信，就是死也比這種犯罪強。

上述劃分以及其它一些可以引用的劃分，用生物學或心理學因素很難解釋，它們似乎毫無意義。不過，我以上的探討使人們想到：婚姻限制的基本目的就是在生物家族之間建立相互依賴性，這樣就說明了上述劃分。如果用更強烈的術語來表述，可以說這些規則表達了拒絕承認家庭是一種排他的實體。因爲對所有系統來說，盡管它們由於術語體係的差別，由於禁律，由於規定或者由於優先權而變得十分複雜，它們依然不過是將家庭劃分爲敵對或同盟陣營的過程，那些陣營能夠參加、也必須參加婚姻的大棋賽。

讓我們簡要探討一下這種棋賽的規則。首先，每個社會都希望自身不斷繁衍，因此，它們必須有一個規則，以便在社會結構中給孩子們安排與其父母的職業地位相當的地位。從這個觀點來看，所謂遺傳的單線規則是最簡單的：它使子女或是由於其父及其父的男性祖先（即父系血統）、或是由於其母及其母的女性祖先（即母系血統）而成爲社會整體的同一分部（Subdivision）（如家庭、家族或氏族）的成員。也可以同時考慮這兩種職能，或者說，這兩種職能的結合可以限定子女被置於其中的第三個分

58

部，例如，如果其父是 A 分部的，其母是 B 分部的，子女們就屬於 C 分部；如果與上述情況相反，那麼子女就屬於 D 分部。C 分部的人與 D 分部的人可以通婚，他們的子女將根據其（父母）各自分配的地位而歸屬 A 或 B。人們可以在閑暇時間想出這類規則，然而，如果找不到任何一個社會實施這類規則也不足爲奇。

遺傳規則被確定之後，就出現了另一個問題：某一特定社會由多少族外婚羣體（exogamous　group）所組成呢？由於規定禁止族外婚羣體內部通婚，因此必須至少存在另一個羣體，以便使第一個羣體得以從中找到配偶。在我們的社會中，每個有限家庭都構成一個族外婚羣體：由於這樣的羣體如此之多，所以羣體中每一成員都有機會選擇配偶。在所謂原始社會，這樣的羣體較少，其部分原因在於社會本身規模不大，也因爲公認的親屬關係遠遠超過我們現在親屬關係的範圍。

首先，讓我們考察一下單線遺傳及只由 A 和 B 兩個族外婚羣體構成的社會。可能有下述答案：A 的男性與 B 的女性結婚；A 的女性與 B 的男性結婚。因爲人們可以想像 A 和 B 的兩個男性相互交換其姐妹，使她們成爲另一個男人的妻子。如果讀者有興趣使用紙和筆建構一下產生於這種排列的假設家譜，那麼他一定會確認，無論是父親還是母親遺傳規則，同胞兄弟姐妹和平表兄弟姊妹將歸入兩個族外婚羣體中的一個，而交表兄弟姊妹則歸入另一個異族通婚羣體。因此，只有交表兄弟姊妹（如果這種棋賽在兩個或四個羣體中進行）或其子女（因爲在八個羣體之間進行排列；六個羣體之間的棋賽構成中間狀況）將滿足配偶必須屬於不同羣體的起始條件。

至此，我一直只列舉偶數族外婚羣體爲例，（二、四、六、八，兩兩相對）。那麼，如果社會由某一奇數羣體構成，將會出現什麼情況呢？根據前述規則，我敢說，有一個羣體將在「局

外」，即沒有羣體與它交流。那麼，有必要採用另一類規則，以便能夠探討任何數目（無論奇數還是偶數）的通婚羣體。

這些規則可以有兩種形式：或者當相互通婚變成間接的時候，它們將仍然是共時性的，或者相互通婚仍將是直接的，但它們將跨躍很長時間。以第一種類型爲例：A 羣體將其姊妹或女兒婚配給B羣體；B羣體將其姊妹或女兒婚配予 C 羣體；C 羣體再給 D 羣體；D 羣體給第 n 個羣體；最後第 n 個羣體再將其姊妹或女兒婚配給 A 羣體。當這一循環完成時，每個羣體都嫁出了一個婦女，得到了一個婦女，儘管每一羣體並沒有把婦女嫁給那個給予它婦女的羣體。一個便於理解的圖式顯示，有了上述公式，人們的平表兄弟姊妹就像以前一樣與同胞兄弟姊妹歸入同一羣體；由於族外婚的規則，他們之間不能通婚。但是，基本的事實是，交表兄弟姊妹按照他們出自父親一方還是母親一方進一步分爲兩類。因此，母親一方的交表姊妹（即舅舅的女兒）總是歸屬於提供妻子的羣體（如果我是 B 羣體，那麼這個羣體就是 A，如果我是 C 羣體，這個羣體就是 B，依此類推）。相反，父親一方的交表姊妹（即姑姑的女兒）總是歸入另一羣體，我的羣體給這個羣體提供妻子，但不從它那裡得到妻子（如果我是 A 羣體的，那個羣體就是 B，如果我是 B 羣體的，那個羣體就是 C，依此類推）。因此，在這種系統中，一個男人與第一類交表姊妹結婚是正常的，而與第二類交表姊妹結婚則違反規則。

另一個系統使相互通婚採取直接形式，但不是在同代之內：A 羣體從 B 羣體得到一個妻子；在下一代，A 羣體把這次婚姻所生之女還給 B 羣體。如果在每一代都繼續按慣用的順序排列各個羣體，即 A、B、C、D、n，那麼，我們說，C 羣體嫁給 B 羣體一個妻子，而從B羣體娶來一個妻子；與此相同，在下一代，C 羣體償還 B 羣體，而自己則從 D 羣體得到回報。在這裡，耐心的讀者將再次發現，交表兄弟姊妹被進一步分爲兩類，

但與前一種方式恰恰相反，姑媽的女兒被允許或被規定作爲配偶，而舅舅的女兒則被禁止作爲配偶。

＊　　　　　＊　　　　　＊

　　除了這些比較簡單的情況之外，在世界各地都還存在著其它的親屬系統和婚姻規則，如新赫布里底羣島（New Hebrides）中安布里姆島（Ambrym）上的系統、澳大利亞西北部的孟金人（Murngin）或米伍伊特人（Miwuyt）的系統，以及主要存在於北美洲和非洲的綜合系統，它以庫勞－奧馬哈制（Crow-Omaha）著稱於世，這是人們首次發現採用這種系統的羣體名稱，我們將繼續推測以上這些系統。但是，爲了破解這些代碼和其它代碼，就必須像我在上面做過的那樣，考慮到對親屬稱謂以及對被允許、被規定或被禁止的親等的分析所揭示的十分特殊的棋賽之謎。對一個實際的或名義上的生物家族成員來說，這種棋賽的內容就是與其它家庭互相交換婦女，打破已經建立的家庭，以便從中創造出另外的家庭，而後者將爲了同樣的目的遲早將被打破。

　　這種持續不斷的程序，或者說不斷的毀壞和重建，並不意味著遺傳是單線的，正如我在開始時爲了簡化我的解釋所假設的那樣。根據每一種原則（也許是單線遺傳，但在模糊意義上，也是血緣關係或其它關係），某個羣體正在失去一個它認爲有權支配的女人，它認爲自己又得到了一個替代的女人，後者來自它已經向其出讓了一個女兒或一個姊妹的羣體，或來自第三個羣體，這樣就足夠了。用更加概括的術語說，社會規則規定：從原則上說，任何個人都可以在被禁止的親等之外結婚，以便在所有生物家族中間建立永久性的相互關係，從整個社會的角度看，這種聯系大體均衡。

　　女讀者看到自己被貶爲男性伙伴之間相互交換的對象，也許

60

會感到震驚；然而她們盡可以平心靜氣，因為，如果實行相反的習俗，即男人在女性羣體內被相互交換，那麼，棋賽的規則仍舊原封不動。事實上，少數幾個母系制度高度發達的社會在一定程度上就表現出了這種事情。而且，兩性都可以使自己適應對這種棋賽進行的稍微複雜的描述，這種描述是：男女兩性組成的羣體在自身親屬關係中相互交流。

但是，無論從什麼角度看，都必然會得出相同的結論：與其說有限家庭是社會的基本元素，不如說社會是家庭的產物。更準確地說，社會只有在尊重家庭約束的條件下才與家庭相對立而存在：如果婦女不生育孩子，如果她們在養育、哺乳孩子時沒有得到男性的保護，如果沒有嚴格的規則使社會結構的模式歷久不變，那麼，任何社會都不可能使自己長期存在。

然而，社會對家庭的首要社會態度卻並不是尊重它或使它永存：相反，各種跡象都顯示，社會並不信任家庭，並且爭奪它作為獨立統一體存在的權利。有限家庭只被允許在有限時間內存在，其時間長短視情況而定，但條件是苛刻的：家庭的組成部分不斷被替換、借出、借入、出讓、或歸還，這樣，新的有限家庭在沒有輪到它解體時也許就被不斷地創造出來。這樣一來，社會整體與有限家庭之間的關係就不像房子與造房子所用的磚瓦之間的關係那樣是靜態的；相反的，這種關係是緊張和對抗的動態過程，該過程總是處於變動不居的均衡狀態。均衡點及其延續的可能性依時空條件而永遠變動。但是，基督教聖經上的話「你將離開你的父母」，在任何情況下對於任何社會的建立都是一條金箴（或許是鐵律）。

如果社會屬於文化領域，那麼，家庭位於社會生活中心，則是那些自然需求的輻射，沒有它就不可能有社會，從而也不可能有人類。正如培根（Bacon）所說，人們只有服從自然規律，才能征服自然。因此，社會必須在一定程度上承認家庭。而且，正

如地理學家在自然資源的使用方面也顯示的那樣，最大限度地順從自然規律的情況在衡量尺度（人們可以利用這一尺度排列文化的經濟發展和技術發展）的兩端都可能發現。那些位於這個尺度最底部的文化不能付出脫離自然秩序所必須付出的代價；那些位於這個尺度最頂端的文化則接受了以往失誤的教訓（至少人們希望如此），因而懂得承認自然及其規律是最佳政策。因此，無論在被判定為原始的社會中，還是在現代社會中，相對穩定的單偶制小型家庭都比在所謂中間層次中（這是為了爭論而起的名稱）占有更多的位置。

　　然而，自然與文化之間的平衡點的這些變化並不影響全局。人們緩緩行進、步履維艱時，應該頻繁地長時間歇息。而當人們能夠經常旅行、健步疾走時也應該不時地停下來喘口氣。道路越多，叉路口就可能越多，這也是千真萬確的。社會生活迫使個體成員及其親屬群體總是處於變動不定的位置。從這點上看，把家庭生活喻為人們在十字路口必須放慢步子小憩片刻，這是很貼切的。但是，規則必然會不斷發展；不能說社會由家庭構成，正如不能說旅途不是由將其分為數段的中間站所構成的一樣。人們可以說，在任何社會中，家庭既是社會存在的前提，也是對它的否定。

第四章
一例澳大利亞的「親屬原子」

　　在我們說英語的同行當中正流行著一種新的時尚，他們否認　63
我們這門學科所有的成就，詆毀這門學科的奠基人和那些後繼的
學者，他們認定必須對人類學進行一次徹底的「反思」（re-
think），以往的一切都已過時。宣洩這種積怨的方式就是對馬
凌諾斯基（Malinowski）、芮德克里夫—布朗（Radcliffe-
Brown）以及其他一些人類學家進行攻擊。芮德克里夫—布朗在
對澳大利亞的研究方面頗有地位，因此他成了年輕的澳大利亞學
者最中意的攻擊目標。有時令人驚異的是，對他的分析和結論進
行全面的而且非常尖銳的挑戰的研究者，儘管多半才幹不凡，卻
為當前的學術界所批判，因為他們僅僅了解那些傳統文化已經受
到很大破壞的土著羣體。這些羣體為傳教區所分割，數十年來一
直受其影響；他們瀕於滅絕，生活在城市外圍，在空地或鐵路車
場的軌道之間紮帳而居。對於這些，芮德克里夫—布朗的攻擊者
不無尖刻地反唇相譏，認為芮氏當年見到的土著所受到的外來文
化影響並不小於今天。也許確實如此，但即或是對於澳大利亞的
現實一無所知，我們也有權利猜測一九一〇時文化涵化（ac-
culturated）狀況和四十年以後的今天應當相去甚遠。在這四十
年裡，西方文明與土著部族即使沒有直接的接觸（這是很少有的　64
情況），也對它們產生了前所未有的強烈影響。整個這一時期，

無論是生態環境、人口地理狀況還是社會本身都發生了變化。

　　我想透過一些具體的例子來證明，舊的研究成果遠不能說已為新的研究所否定，相反的，兩者可以互相補充、彼此豐富。幾年前一位很有才華的年輕人類學家戴維・麥克奈特（David Mcknight）發表過一篇論文，肯定了麥康奈爾（U. H. McConel）關於維克蒙坎（Wikmungkan）① 部落婚姻法則（marriage　rules）的解釋至少有一點是正確的；我對於這些解釋一直有著特殊的興趣，多年來在很多研究中依賴她的工作。麥康奈爾指出，除交表婚以外，與分類上的（classificatory）外孫女結婚也可能存在。過去有些人局限於對麥康奈爾工作的誤解（這次姑且不提對我自己工作的誤解）②，其原因在於，在隔代制中（這在維克蒙坎人的稱謂中有一些表現），不同輩人的稱謂相同的現象時有發生。以下這一陳述並不包含什麼邏輯矛盾：一個男人可以娶他們交表姊妹或女兒的女兒──當然不是他眞正的外孫女，這一點我在麥唐奈爾之後曾小心地指出過，那時我寫道：「當伊戈（Ego）娶他的外孫的堂表姊妹時……」──這就是說，一個同輩的交表親而非眞正的姊妹。這兩種婚姻方式沒有什麼不相容的地方，因爲，隔代稱謂已成爲一個潮流，縱然在系譜上距離伊戈遠近不同，他們仍然可能發現自己同屬於一個相同的範疇；儘管存在著婚姻「上升」的現象（麥康奈爾指出過男人「下娶」而女人「上嫁」的現象）、系譜的親緣關係和親族的範疇仍可能定期地得到調整。

　　麥康奈爾指出：「伊戈娶了一位出於前輩親緣中的晚輩女子，這位女子因此成爲伊戈的孫子的禁忌。因爲伊戈的孫子只能和一位出自幼輩親緣中的同輩女子結婚。」（1940，436 頁）這種說法並不矛盾，而且和以下這種說法相反，即婚姻搭配圖的繪製必須參考伊戈的祖父和孫子，任何一方可以做的事，別人也可以做。顯然，伊戈的孫子也能夠娶一位前輩親緣中的晚輩女子；

公平地說，應該認識到麥康奈爾的觀點是非常不同的。她試圖說明的是，因爲提到的兩位女子，一位是伊戈分類上的外孫女，另一位是伊戈的孫子分類上的堂姐妹，她們兩人同樣都可以嫁給伊戈和他的孫子，因而他們兩人也完全可以進行競爭——如麥康奈爾正確地指出的那樣——除非制度把兩位女子歸於不同的範疇，如把一位歸於前輩親緣，則伊戈的孫子即被排除，另一位歸於晚輩親緣，則伊戈被排除。據我看來（1969a，第 209 頁），這才是麥康奈爾的主旨所在。

然而，在麥康奈爾和高水準的觀察家湯姆遜（D. F. Thomson）的觀點之間仍然存在著矛盾，除非我們拋開二者不顧（我承認，有些人認爲我還不夠資格），否則我們必須承認維克蒙坎制度所提出的謎不是輕易能夠解決的。我心中唯一清楚的是，維克蒙坎不會是一個雙親緣社會。這不符合麥康奈爾關於至少需要三個親緣的說法，也不符合湯姆遜的說法，因爲他認爲正確的婚姻是娶一位分類意義上的姑媽的女兒，此人同時是他的第二代交表女親③，因此，需要在父親的氏族和岳母的氏族，以及母親的氏族和公公的氏族之間作出區分（湯姆遜，1955，第 40 頁）。麥康奈爾的圖解毫無疑問是有爭議的，我不應該輕視博·斯賓塞（B. Spencer）和吉倫（P. J. Gillen）曾以語言描述過的阿拉巴納（Arabana）系統，只有一個明顯的不同，比如，與眞正的姑媽和舅舅結婚是允許的——但是據麥克奈特看來，這正是麥康奈爾應該包括在她的婚姻圖中的一種婚姻可能性。阿拉巴納人系統包括兩個外婚制半偶族，可以同一個男人結婚的配偶，原則上包括屬於比他高或低的輩份的女子以及與他平輩的女子。然而，實際上，伊戈只能娶他父親的姐姐的女兒，因而我們如要繪一張烏拉班納（Urabunna）部落的系譜樹，把年長者放在左邊，年幼者放在右邊，那麼在這棵系譜樹上所有的女性的努帕（Nupa, 可能的配偶）都在自己右邊，所有的男子的努帕則在自己左邊

66

（博・斯賓塞和吉倫，1938，第 65 頁）。

　　的確，艾爾金（A. P. Elkin）在三十年後來到阿拉巴納時不能發現任何這一類的東西。然而，如果說斯賓塞和吉倫以及麥康奈爾對於分布如此廣闊的各部落世系系統犯了同樣的錯誤，這就太令人驚異了。人們不能不猜想在他們的「崩潰狀況」（如艾爾金描述的阿拉巴納）之前，維克蒙坎和阿拉巴納的親屬系統和婚姻法則中的一些奇特的成份，誘使不同的觀察者都以同樣的方法描述他們（儘管麥康奈爾的所謂「上升」在阿拉巴納人那裡正好倒置）。更令人思索的是，一九三○年時人們又感到這種未知的成份，當時發現了三種世系親緣和婚姻法則中的一種持久的不對稱：外祖父可以娶姑祖母，而反之則不可，即祖父須娶另外一個分類羣體的女子（艾爾金，1938a，第 4350 頁）。

　　爲了解釋阿拉巴納系統中的這種特例，艾爾金假定它爲一種轉變中的系統。一九四九年，我曾同樣假設一種處於有限交換與普遍交換之間的混雜制，試圖以此來調和湯姆和麥康奈爾對於維克蒙坎人彼此衝突的解釋。因此，我願藉此機會澄清一個有些誤解的小問題。雖然有限交換又可稱作「直接交換」，普遍交換也可稱做「間接交換」，但我有意倒置了對於維克蒙坎人的這兩種說法。因爲麥康奈爾解釋說，在他們之中，一個男人可以和其（單親緣的）交表姐妹結婚（普遍交換），而這個男子可以自己家庭或氏族的同母異父或同父異母的姊妹向這個女子的兄弟進行（有限的）交換。因此，在這種情況下，普遍交換倒是更爲直接（一個人可以直接與其單親緣的交表兄弟姐妹結婚），而有限交換則更爲間接：一個男子不能直接給出其姐妹，而要從同輩中借一位女子。

　　關於親緣數目的討論有賴於祖父輩的稱謂數目，因爲據所謂的原則，基本的世襲親緣數目有賴於祖父輩中有多少不同的親屬得到承認。但是，無論這一原則在別處有何價值，它在澳大利亞

顯然不能成立。比如說，安迪加利人（Andigari）和科卡塔人
（Kokata）與第二代堂表親結婚，他們應該分有四種親緣，然
而他們在祖父輩上只有兩種稱謂。貢溫古人（Gunwinggu）有
三種稱謂，但他們的婚姻系統卻意味著實際上分有四種親緣。同
樣地，在阿拉巴納稱謂法中，「有三種世襲親緣，而在實際的婚
姻和世系中卻有四種親緣」（艾爾金，1938a，第 447 頁）。翁
加里寧（Ungarinyin）承認有四條世系親緣，儘管他們對於祖
父輩有五種稱謂。甚至在實行阿蘭達式（Aranda）的親屬和婚
姻系統的羣體中，儘管區分有四條親緣而且對祖父輩有一特別的
稱謂，實際上還有第五條親緣（關於這一點，見麥基特〔Meg-
gitt〕，1902，第 95～96、202 頁）。

＊ ＊ ＊

　　然而，正如我已說過的那樣，目前所知的關於維克蒙坎人的
資料仍充滿不確定性，在麥克奈特實地考察的基礎上成功地清除
了這些不確定性之前，繼續這種討論是沒有益處的。我寧願集中
於一個帶有理論上和方法論上含義的問題：即，「親屬原子」
（Atom of kinship）這一提法究竟是否適用於維克蒙坎人。

　　一旦所有誤解都得到清除（我從未宣稱所謂親屬原子法則具
有普遍性，特別是在我就這個題目所寫的第一篇文章中小心地提
出，這個現象的常見性足以使對它的研究具有價值云云之後。見
64 頁第 2 條註），另一個有趣的問題仍然存在，麥克奈特信心
十足地認為，態度系統是部分地由結構規定的：

> 「我可以自由地與我母親的哥哥但不是弟弟交談和交往。我
> 母親與其兄不能直接交往，他們一般是通過我和我的兄弟姐妹來
> 交往。相反的，我不能和我母親的弟弟直接交往，而我母親卻可
> 以和他自由交往。」（1917，第 169 頁）

　　至此尚無錯誤。但當我們考慮到伊戈對其父方的態度時，第一個難點就產生了。據麥克奈特所說，父與子的關係是積極的：「一言以蔽之，是一個正號。」（1917，第174頁）——但他的

68　研究並不能支持他的結論：

　　　　另一方面，它（指這種關係）與同母親的弟弟的關係相比沒有什麼不同或更遠的距離。但它也沒有自由、親暱和寬容這些同母親的哥哥的關係所特有的東西；——當（孩子）長大後，他就懂得對待父輩需要尊敬。

　　這裡必須加上麥克奈特的後一句話：「一如必須尊敬父親一樣，也必須尊敬姑母……，父子之間存在著褻瀆和食品的禁忌，因而姑姪之間也存在著類似的禁忌。」（1971、第168頁）與此相連的是，父與子的關係雖不像哥哥與妹妹的兒子的關係那樣消極，卻也不像弟弟與姐姐的兒子那樣積極；因而第一種關係不能等同於第三種關係。鑑於麥克奈特的解釋，我把它稱作矛盾統一的關係，並用正與負兩個符號加以圖示。

　　我們已從麥克奈特的最後一段引文中看到，姑姪關係大抵如此，麥克奈特本人也稱為矛盾統一的關係（1973，第196頁）。據此，以表示用父子關係的正負符號來表示姑姪關係是不無理由的。實際上，麥克奈特自己也以事實證明我們所研究的是一種關係。

　　　　維克蒙坎人自己承認，姑母之所以不是實際上的父親只是一個偶然。她只是偶然沒有生為男人。一位男性本地人說：「要是我的姑母是個男人，我也會叫她父親的。」……在某種意義上他以同樣的方式稱呼她：平亞（Pinya）。這個詞用於姑母或伯伯。湯姆遜認為：「平亞幾乎就是對父親的稱呼（如Pipa）的一個變種。」（麥克奈特，1973，第208~209頁）。

　　另一個疑點是夫妻關係應如何估計。麥克奈特認爲它是積極的，但是他在一九七一年的一篇文章中承認，他的資料還不足以得出結論，因爲「如此親密的關係不是很容易能理解的」（1971，第169頁）。在一九七三年的那篇絕妙的文章裡他對此幾乎未置一詞。然而，儘管缺乏直接的證據，還可以得出一些推論。如果像我仍然相信的那樣，夫妻關係與兄弟和姐妹關係之間存在一種結構關係的話，那麼，由於維克蒙坎人把兄弟與姐妹關係分爲兩種，根據相對的年齡，一種是積極的，一種是消極的，結論應該是，夫妻關係中也應反映出這種兩面性。這一點正如同姨媽所反映出這種兩面性一樣，對待大於母親的則與母親相同。此外，丈夫也將小姨子分爲兩種，長於妻子的（而非小於妻子的）小姨子被認爲是妻子的給予者（麥克奈特，1973，第197～198頁）。於是，問題是要弄清楚根據相對年齡的大小而產生的態度的差別是如何反映在一個人身上的──即妻子是依時間而變化的，女子在作爲妻子的時期和作爲母親的時期所反映的與丈夫的關係有所不同。在第一時期（儘管似乎在任何時期夫妻之間的行爲都受到約束（麥克奈特，1973，第197頁），夫妻關係可能是很容易的（麥克奈特，1971，第159～170頁）。然而，在過去，在妻子生育時及其後的一段時間，顯然就是另外一種情形了。湯姆遜曾描述一個給人印象很深的向父親呈獻孩子的儀式。他解釋道，在孩子出生後，女子「在兩個星期到一個月之內獨居，在這段時間內，父親及任何其它人都不能見到這位母親和孩子」。在獨居期間，這位女子只能由女性親戚照料；在孩子正式地呈獻給其父親時要舉行盛大的儀式，這時獨居才算結束（湯姆遜，1936，第381～383頁）。考慮到所有這些資料，看來夫妻關係也是一種矛盾統一，與其它的同輩間的態度相比較，其差別在於，後者對兩種不同的人（年長或年幼的子女）的態度正好相反，並以此表現出一種共時的矛盾統一性，而在夫妻關係中，矛

69

盾統一性是歷時的，兩種相反的看法表現在對同一個人（即配偶）的態度前後的變化上。

　　維克蒙坎人的形式化的關係網複雜而且枝葉旁生，如要完整地加以表現，也許要將它擴大到祖父輩與孫子輩。我們將這一點留在心上，因為缺乏充分的資料，姑且集中於一個比較窄小的領域，以下用圖來結束對於維克蒙坎人的親屬原子的描述：

70

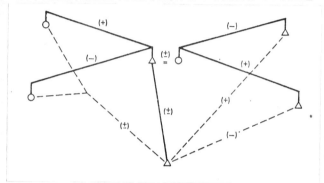

這個圖形展示了一些特點。首先，它表現了三種關係型態：（＋、－、±），而不是我以前常用的兩種。但眼下的一例並非唯一的；在最近的工作中，我曾指出蒙杜戈莫人（Mundugomor）的親屬原子也是三值型的（李維史陀，1976，第88～94頁）。其次，更令人迷惑的是，維克蒙坎人的這個圖形看起來既是平衡的，又是不對稱的。平衡包括了相同數量的正、負號，因而，彼此抵消。然而它又是不對稱的，因為父方的關係不是像母方那樣表達和聯結的。

　　這種不規則的情況需要做四點說明：

　　　維克蒙坎人在行為上、而且就我所知在親屬稱謂上，對於比父親年長或年幼的姐妹不加區別……父親的所有姐妹，無論是真正的、還是屬分類的，也無論年長或年幼，都稱為平亞。因此，在父親的親姐妹與非親姐妹之間沒有明確的區別，這種區別在母

親的兄弟之間是存在的。我們將看到，這使她的態度有些矛盾
（麥克奈特，1973，第 195～196 頁 ）。

　　(2)姻親之間的態度是同樣地不對稱的。麥氏在幾處強調，在
維克蒙坎人中，妻子的給予者的地位要高於獲得者。因此，姐夫
和妹夫受制於嫂子。(3)湯姆遜本人曾寫過一篇長文（ 1935 ），專
論同一地理區域的所有部落——特別是維克蒙坎人——的稱謂和
態度系統的彼此影響。當稱謂與態度之間因為特殊情況發生矛盾
時，其中一方以至最終雙方都發生變化。(4)維克蒙坎人的親屬原
子在我們所分析的形式下，似乎支持了這樣一種解釋，即他們的
婚姻是有限交換與普遍交換的混合。在這種情況下，平衡的一面
就對應於前者，不對稱的一面（加上姐夫、妹夫和內弟之間態度
的不對稱）則對應於後者。

　　　　　＊　　　　　　＊　　　　　　＊

　　麥氏對於瓦爾比里人（Walbiri）的論述也同樣令人振奮。
如果我曾斷言，在一切父系制或母系制的社會中都存在親屬原子
的話，瓦爾比利人就不能被引為對此的一個有效反駁，因為他們
既非父系亦非母系，他們是雙系制的（ambilineal）。但是，我
在本章前面已指出，我從未作過如此斷言。因此，我很願意將瓦
爾比里人包括在相應的社會之中，只需指出在瓦爾比里社會，真
正的舅舅從不是妻子的給予者，他在親屬原子中無任何地位可
言。唯一有資格給予妻子的人是屬於分類上的外祖母的兄弟（受
到偏愛的婚姻是娶外祖母的兄弟的外孫女），以及分類上的舅
舅。親屬原子有「輕」「重」之分，這依它們所包括的位置的數
目而定。如果只考慮「輕」的例子，比如我在第一篇有關文章中
所做的那樣，妻子給予者的地位可以大致地均分給舅舅。但是，
在當時我就強調，應該有一個為更複雜的情況所制訂的分配法則

（李維史陀，1953，第 48 頁）。在這些情況下，妻子給予者的
地位將由其他或更爲疏遠的親屬所獲得——比如，像在瓦爾比利
人的社會裡是岳父，或分類上的祖父，或分類上的（非眞正意義
的）舅舅。也許麥克奈特指責麥康奈爾對於眞正的和分類上的親
屬不加區分是對的，但是僅在維克蒙坎一例中是不成立的。

　　考慮到瓦爾比里人中那些更爲疏遠的人的地位，他們對於伊
戈的關係顯然是積極的。丟拉德亞（Djuraldja）這位外祖父，
同時也是 W. M. M. B. ……被愼重地對待，因爲他與岳父和舅
舅分享處置女子的權力，而且「母親的舅舅比起父親和兄弟來
講，有更大的責任來管敎靑年。」（麥基特，1962，第 166～
182 頁）

　　當親屬原子比它在簡單形式下包容了過多的位置時，就有了
擴張和發展的需要，關於這一點我應指導讀者讀我關於萊勒社會
（Lele）的討論。萊勒是一個非洲部落，在那裡妻子給予者的位
置也屬於母親的舅舅（李維史陀，1973，第 116～127 頁）。

　　如果認爲在每個社會都能發現一種初級的態度系統，這決非
我的意思，我反而曾多次主張相反的立場，「認爲親屬系統建立
了制約一切社會的人際關係的主要手段是錯誤的。即使在親屬關
係是有如此功能的社會，它也不是處處都起著同樣大的作用」
（李維史陀，1963，第 38 頁）。此外，我還擧出過一些例子，
其中有些態度系統可能變得淡化，因爲親屬原子「可能隱沒於一
個變化了的環境中」（第 48 頁），或者因爲「這一系統正處於
迅速的轉化，或滅頂之禍的劇痛之中」。（第 49 頁）

　　然而，如果看到普遍存在於澳大利亞部落中的情況，「只要
他們的舊規則還沒有被遺忘」（艾爾金，1938b，第 115 頁），
我們不能不爲家庭羣體之間的消極態度的複雜性和微妙之處感到
吃驚，一如艾爾金本人感到吃驚一樣。「一個人距另一個人數步
之外轉過臉去，一言不發；兩個家庭坐在一起，彼此交談，臉卻

對著別處；而另一個家庭也許還正對著這兩家中的一家。」（第
115～116 頁）「廻避與親暱親屬規則」的存在出自一種「普遍
的原則」，這種原則遍布澳大利亞，「某些地方」或許稍有「幾
處例外」（第 122 頁）。儘管出於已經說明的理由，對於親屬原
子的探究不會總是成功的，但它幫助我們了解這些規則是如何彼
此相聯並結成一個有意義的整體，這個整體包括了態度、親屬稱
謂和婚姻規則以及它們彼此的辯證關係。

註　釋

① 昆士蘭約克角半島上的一個部落。──英文版編者註

② 比如我從未寫過「親屬原子」可以在父系或母系社會中找到，事實上，我說的正好相反，「並不是所有的母系或父系社會制度中都曾發生舅甥之間的密切關係，我們只在一些既非父系也非母系⋯⋯社會中發現過這種現象。」（李維史陀，1963，第 41 頁）在我的文章中，「兩種羣體」被誤解為父系和母系社會，而其實指的是與二者毫無關係的具體社會，──切爾克斯人（Cherkess）和超步連人（Trobriand）──大膽地說，它們當然不是父系或母系社會，關於這種誤解，請看拙作《結構人類學》（*Structural Anthropology*）（第二卷，1976，第 82~112 頁），或最好是法文原版，因為英譯本中有一些翻譯和印刷的錯誤。

③ 即姑表或舅表兄弟姐妹的女兒。──譯者註

第五章
對照閱讀

　　紫式部（Murasaki Shikibu）在十一世紀所寫的《源氏物語》　73
（ *Genji Monogatari* ）是世界文學中無可挑剔的一部名著，它
充滿詩一樣的靈感，眞切地表現了人物、場景的哀傷，書中深刻
而敏銳的心理分析，是西方在七八個世紀以後才得以望其項背
的。不僅如此，這篇故事豐富、沉緩，表現了平安時期日本宮廷
生活的各種細枝末節，它提供了大量準確的人類學資料，特別是
關於社會變化方面的資料，這些變化當然在其它文化中也出現
過，但我們除了這本寶貴的書以外，幾乎無從了解。

　　人類學家很熟悉那些鼓勵或規定堂表婚的社會——如對於中
世紀日本的法律、習俗有很大影響的古代中國。我們也了解在有
些社會中近親婚姻是受到譴責的，只有遠親或沒有血緣關係的婚
姻才是認可的。但如果假定，這些文化在歷史上某一個時期由於
受環境的影響放棄了一種婚姻形式而採取了另一種，我們對於個
人在這種變化中的經歷則一無所知，也不了解這種變化如何影響
了人們的感覺以及人們爲什麼願意適應這種變化。

　　《源氏物言》使我們接觸到了一個經常進行交表婚但又對此毫
無意識的社會，但後來這個社會在歷史某一階段上開始對這種習
俗發生了疑問。對於在這一進化中人們的態度的觀察如此之少，　74
以至於值得進行一番考察——筆者正是決心對這種態度在它隨時

出現時加以注意的。我在本章引用了愛德華‧G‧塞登斯蒂克
（Edward G. Seidensticker，1976）最近的英譯本，在雷奈‧
西弗特（Rene Sieffert）教授發表其法文譯本之前還沒有完整的
西方文字譯本。

　　藤的中將（Tō no Chūjō）在琢磨把他的女兒嫁給自己同母
異父的兄弟（或姐妹）的兒子（即她的交表兄弟）的利弊時想：
「當然交表結婚不是完全不可以的，但充其量大家也會覺得沒什
麼意思。」（第 360 頁）幾天後，他把自己的計劃同他母親談
了，並告訴她自己的想法：

> 「他（新郎）可能是個很有天份、很博學的青年，在宮裡也
> 算是最懂歷史的了，但是，就連下等人家也會覺得娶一個交表姐
> 妹是件很無聊和普通的事情。這對他和她都沒什麼好處。他要是
> 娶一個遠一些的富有又漂亮的新娘會更好一些。」（第 369
> 頁）」

　　另外一點也引起我的注意，另一個人物夕桐（Yūgiri）計劃
把他的女兒嫁給兩個人：一個被認為是他的異父（或異母）兄
弟，但實際上是他的內侄，另一個是他異母妹妹的兒子。這些親
屬關係十分複雜，它們可能還包括其它紐帶。儘管夕桐自己娶了
他舅表妹，但他現在的第一個想法是：「近親婚姻說起來總是不
那麼有意思。」（第 741 頁）另一個可能的新郎更會不合意：
「這太沒有神秘感了，這種想法沒有什麼令人激動的。」

　　這些例子足以表明，這部小說中的人物是把堂表婚和遠親婚
姻對立起來看。前者很安全，但也單調：一代一代地重複同樣的
結合方式，這只是簡單地再生產家庭結構和社會結構。對後者來
說，儘管遠親之間的結合要擔一定的風險，但這可能產生好的機
遇：它能形成想不到的聯盟，新的組合將推動歷史的前進。小說
的主角覺得，這樣令人興奮的經驗（以他們自己的話來說）是在

一個以堂表婚爲背景的舞台上展開的。

在另一件事中，出現了一個相反的看法，《源氏物語》的作者 75
讓另一位人物爲堂表婚辯護。此人即當朝的皇帝，他意欲解決一
個非常棘手的難題。他在作皇太子的時候娶了一位大臣的女兒。
雖然他對她一片柔情，但這位夫人並非皇族顯宦，所以他無法封
她以皇后之尊。後來夫人生了他們的獨女，但她父親只能封她爲
二公主。這位女兒儘管很富有，但她母親方面的家族背景並不相
配，所以她的地位只是「稍稍高於她母親」，因爲她身上溶合了
兩種地位，這種情況也出現在玻里尼西亞的斐濟羣島、大溪地和
夏威夷。母親亡故後，女兒的未來便顯得岌岌可危，小說裡寫
到：「她沒有可以爲她撐腰的舅舅。」（886頁）皇帝的意思是
想在在位之年爲她完婚，他要爲一個帶著他的血統而母親方面又
非貴族的女兒找一位合適的丈夫。

當這位當朝皇帝的父親還在位的時候，就曾經把自己的女兒
三公主嫁給了源氏，源氏現在是這位皇帝的異母兄弟，他因母親
出身低微而成爲平民，從來就沒有過母親這方面的家族勢力（他
的故事在第三十四章詳述）。公主的下嫁遭到很大非議，因爲她
本不該出嫁才合常規。實際上皇族女子，如找不到門第相當的丈
夫的話，一般來說只有削髮爲尼或做祭司。

董（Kaoru）是在偷情時懷上的，但都認爲他是這對合法夫
婦所生，這對夫婦的年齡差距使他們的婚姻更不相稱。皇帝考
慮，他這個異母兄弟的兒子也許可以成爲二公主的丈夫，因爲
「他怎麼才能爲她找到一個更好的丈夫，……讓第二代照著第一
代的路走不是最好的辦法嗎？」（第886頁）（順便說一句，這
一處是舅表婚的最完美的定義）在這椿婚事中，對安全保險的關
心占了上風。皇帝希望能夠在下娶（娶一位平民女子）和下嫁
（嫁一位平民男子）兩種婚姻之間建立某種平衡，在這兩種婚姻
中，都存在著一種對稱的特點，因爲夫婦之間總有一方不具有母

方的勢力而同時又是皇族的小兒子或小女兒。總而言之，這位皇
帝的焦慮和法王路易十四差不多，路易十四曾決定把他的私生女
德布羅意小姐嫁給他的侄子、未來的攝政王菲利浦・德奧爾艮。

由此可見，堂表婚能夠使一個羣體應付社會秩序對它產生的
壓力並保護它免遭危險。作為一種弱化的族內婚（即不懼怕近親
結婚），堂表婚擔當了族內婚的功能，或者當男女雙方的親屬出
現差距的時候，堂表婚可以通過變換（或合諧）族外婚的方式來
加強男女雙方的家族（然而更多的情況是男女雙方常常因為這種
加強雙方勢力的做法而產生彼此過於平等，並發生競爭的危
險）。相反的，透過精心挑選的族外婚使得婚姻一方能夠區別於
另一方，並形成自己家族的傳統。這兩種婚姻都可能成為一種主
要的婚姻形式，這取決於不同的時間和情況。麥考勞（W. H.
McCullough）認為，在平安時期，娶舅表姐妹曾經是十分盛行
的婚姻，特別是在皇族內，但他沒有給出具體的資料和例子。有
一點是很明確的，在我以上描述過的這種不穩定的情況下，婚姻
的抉擇取決於謹慎，只有謹慎才可能安全，在另一方面，更加和
平的環境能夠鼓動家族爭取機會建立新的關係。

這樣看來，在十至十一世紀的日本，人們漸漸不滿於堂表
婚。這種婚姻形式流行過一段時間，它的心理學上的根源也在當
時的文學中有所反映。除特殊情況外，一個面對歷史的社會將有
意識地進入不滿於堂表婚的狀況。以前我曾述及玻里尼西亞關於
社會等級的資料，每個人的社會地位是由其父母的地位所決定
的。令人吃驚的是，我剛才談到的古代日本的那種社會和心理狀
況與人類學家近來在斐濟羣島觀察到的情況正是一種明顯的對
稱。

在詳細論述這一問題之前，我必須首先預見到一種可能的誤
解。我剛才所引用的那本名著足以使我們相信，平安時期的日本
存在著一個幾世紀以來一直使用文字的社會菁英階層，這和斐濟

這樣無文字的社會有著天壤之別。因此，在討論遠東的問題時，我們一定不能重複像西方「原始文化研究者」的錯誤那樣，透過與無文字民族的生活的比較，就聲稱在模糊的古代希臘羅馬的風俗中，發現了古代學校的遺跡。

　　儘管文化是各不相同的，無法加以比較，但卻可以抽取一些經常出現的基本的活動方式，這些方式獨立於所謂的文明狀況，嚴格地來說，對於某種婚姻制度的肯定或否定的態度與這種文明狀況無關。宗內班（1980，第221頁）曾經指出過這樣一個似乎矛盾的現象，在今天的法國，堂表婚又在抬頭，這與汽車旅行的發達不但毫無矛盾，而且恰恰因交通的便利把久已不見的旁系親屬都納入了人們的交友之列。舊的婚姻策略是要求「親上加親」，也許有人認為這種策略已經由於人口的混雜和親屬關係的分散而窮途末路了，但是現在這正在復活。

　　人類社會一如其他生物物種，基本機制都是以同樣的方式運行著，無論各種類型的組織有多麼複雜，在分子水平上，生物化學過程在各處都是一樣。比較方法的合理性並不在於大量的、表面的相似性。必須在深層進行分析，使我們在各種社會生活的底層發現那些組織成基本系統的簡單特徵，這些系統最終可能組成一個更加複雜、更加完全地整合為具有全新特點的系統。正是帶著這種精神以及相應的保留，人們才有權利比較並對照古代日本和斐濟羣島的人們對堂表婚的態度。

　　真正的堂表婚在斐濟的某些地區是允許的，但似乎不是偏好的，在其它地區則是禁止的，因為據說它可能產生混亂不清的後代（沙林斯〔Sahlins〕，1962）。然而這種親屬系統是德雷瓦迪安（Dravidian）① 型的，它把個人分成兩類——血緣親屬以及姻親——似乎整個社會都被簡化到兩個通過交換姊妹而實行交表婚的族外婚集團。現實是完全不同的，斐濟人並不交換姊妹，但社會的親族關係很多。有些親族可以在幾代裡維持同盟，但沒什

麼妨礙一系親族與其它親族建立同代或後代的婚姻（納雅卡洛，1955～1957，第 64、66 頁；格洛弗斯 1953，第 72 頁）。

78　　　　與實際情況相反，一旦婚姻十分完滿，夫妻倆便在名義上成為交表親，同時所有的親屬稱謂都相應發生變化。夫婦雙方的兄弟姐妹彼此也成了交表親，一方的父母也成了另一方的表親。對丈夫來說，他的小姨子的孩子成了他的外甥或外甥女，而他的內弟的孩子則成了他的侄子或侄女；對妻子來說，也發生同樣的變化。

　　　　如果我們相信《源氏物語》的話，在古代日本，雖然實行了堂表婚，但對它的看法已存在分歧；而斐濟人則不然，他們假裝認為這樣的婚姻是一條社會法則，甚至在不遵循這條法則時也還是這樣想。可以這麼說，在實行兩種婚姻制度方面，這兩個社會都處在一個不穩定的中間點上，但兩者的傾向卻有所不同。在中世紀日本，堂表婚是受到反對的，因為它是冒險精神的障礙，只是社會為了安全起見才保留或回到了這種婚姻形式。斐濟社會則不那麼雄心勃勃，斐濟人可能把堂表婚作為一種規定，但又似乎出於無奈，所以只把這個幽靈付諸於口頭的虛假形式。斐濟人受到一種基本結構的困擾，這種結構的根可能深紮在他們過去的生活之中，因此他們保留了對過去的迷戀，無法放棄，至少在口頭上是如此。古代日本已經感覺到這種婚姻形式的局限，他們做的是典型的中世紀式的發現（這在整個太平洋地區都可以接觸到），認為社會只追求自我的再生產，忍受現狀而不渴望變化，這樣才能不離開親屬的道路，並在婚姻聯盟這場大棋賽中找到有關對歷史開放和計劃性發展的方法。

＊　　　　　＊　　　　　＊

　　　　由《源氏物語》的啓發，我們進行進一步的比較，現在來看澳洲羣島的另一個地區。讀者已經有機會注意到在一個血族中——

如麥考勞所說（1967，第113頁）──或在雙系社會中母系親戚的重要性，這一點在很簡單的親屬稱謂中反映出來，這些稱謂在十世紀以後似乎沒有什麼變化。在古代這種稱謂把堂表兄弟姐妹與親兄弟姐妹區分開來，並把後者按長幼再加以區別，在第一代晚輩中，兒女與侄甥也有區別「從兄弟」（itoko）一詞可以指稱同輩堂表親以及更遠的堂表親，無須對這一親緣關係進一步區分。

　　《源氏物語》中反覆出現的一個主題，仿佛是某種主旋律：無論在皇族的邊緣還是內部，一成員的地位不僅僅取決於他的父輩，而且還取決於被人承認的來自母方的勢力（第13～15頁）。

　　　「即使一個孩子有一個作皇帝的父親，母親的出身也是至關緊要的。你看（源氏）王爺的事。他相貌堂堂、才資卓越，但他還不就是個平民。他外祖父不夠顯赫，他母親也只是宮中的一個嬪妃……就算是親王或大臣的女兒，要是母親家沒有勢力，也要差得遠呢。她父親縱然位高也無濟於事。」（第332頁）

　　實際上，對一個性別是這樣，對另一個性別也如此：即使繼承了皇帝的血脈的親生公主，如果「她沒有可依靠的舅舅的話」（第886頁），她也無前途可言。因此，毫不奇怪，年輕人會被告誡「去找一位妻子……和一門有用的姻親」。

　　這一點在繼《源氏物語》後不久的一部日本編年史《榮華物語》（Genji）中有很忠實的反映：「男人的事業要依靠他妻子的家族」（麥考勞，1980，I，第296頁）。譯者和評注者都著重指出：《榮華物語》一書的一個經常出現的主題，即王子的命運要依靠母方的勢力」（I第35頁，又見麥考勞，1967，第126～127頁）。

　　在日本歷史的這段時期，藤原（Fujiwara）家族知道如何充

分運用這些原則。它有系統地使家族中的姐妹、女兒與王儲聯姻，以此來確保家族的勢力。藤原家利用這樣一種慣例，即皇帝在兒子出生後就退位，並在兒子童年和少年時期給予皇太后及其家族的佐政之權。還有一點不能肯定，即皇帝的姻親（儘管是由於私利）必須要强迫皇帝退位。這種習俗在太平洋地區的其它地方也發現過，特別是在社會羣島（Society Islands）。在那裡，一旦孩子出生，那位統治者就要受兒子左右（儘管他以孩子的名義行使權力並且因此成爲兒子的可怕對手），如我們最初所談論到的，在結合了父母的「靈力」（Mana）之後，兒子的地位要高於父母。

　　如果我們看一看更遠一些的地區（並不離開中南太平洋諸島，日本除語言外在很多方面屬於這個世界），在馬達加斯加中部的艾莫林那（Imerina），幾個世紀以前的王朝習慣和日本的規矩有某些的相似之處。爲了平息這樣大的時空跳躍所引起的不安，我要指出這樣一點，即這種習慣直到當代還存在。伊潘雅（Yi Pangja）公主（一個日本人，我在她漢城的宮裡聽過她講話），在她的自傳中寫到：「朝鮮現代史上有這樣一種趨勢，皇后家族掌握著實權並且是實際上的統治者，直到另一個家族將他們取而代之。」（1973，第 67～68 頁）公主解釋了在日本占領朝鮮後，國家爲什麼要她嫁給朝鮮王國的最後一位皇太子；通過她的婚姻，日本政府成了未來國家的「岳父」。因此我們可以來討論馬達加斯加的情況，雖然它比日本出現得要晚，但比起七十年前還在朝鮮流行的那種情況則要早一個世紀。

　　我們知道，艾莫林那當時分爲四個小王國，十八世紀它由其中一個國王安德里安波尼莫林那所統一，此人隨即把他的霸權擴張到全島的大部分地區。這個强大的專制君王有兩個十分矛盾的特點。第一，他改革了王位繼承秩序，由過去傳給男子改爲傳給他姐妹的後代。第二，雖然他沒有放棄專制權力的首要地位，但

他似乎依靠民眾的支持來執政，或者更準確地說，與另一寡頭分享權利：「值得注意的是，在他在位的年代裡，他那些最能幹的親信總是與他和諧相處，常常甚至喧賓奪主，他們採取最有用、最公正而且常常是最嚴勵的措施」（馬爾茲克〔Malzac〕，1912，第 136 頁）。

　　馬爾茲克神父的意見得到了其它材料的佐證。他還假設這兩個矛盾也許是聯繫在一起的。他懷疑，安德里安波里莫林那（Andrianampoinimerina）對於女系親緣的偏好與以下這種思想吻合：「女人生來比男人更易於接受有經驗的領袖人物的勸告，因此更有把握給她的人民帶來幸福。」他接著說：

　　　據某些上了年紀的馬達加斯加人說（他們對於王室的系譜和
　　規矩十分了解），是他正式把這些奇怪的思潮輸入這個民族
　　的……這種思潮只有那些顯貴才聽得進，因為他們可以靠女王掌
　　權。」（馬爾茲克，1912，第 136 頁）

81

　　沒有人會相信關於莫林那王朝開端的那些故事。這些故事由考萊特神父以馬達加斯加語言收集在 Tantarian'ny Andriana 一書中。這些故事明顯地帶有傳奇和神話的色彩。不管怎麼說，它們還是很有意思的，因為它們即使不說明真實的事件，至少也說明了馬達加斯加的聖賢如何思考他們遙遠的過去，以及在很大程度上，為了把過去與充分證實了的近期歷史加以調和，或在必要時為後者辯護而重建這個過去。因此，不必在《諸王歷史》（L'Histoire des rois）的第一部分裡尋找什麼實在的東西，只要搜尋一種意識形態的圖式，以滿足將社會秩序觀念化的要求：不是要真正的歷史，而是由十九世紀中葉那些回憶錄作者和政治思家所想出來的模式。

　　根據這個模式，莫林那王朝是從瓦津巴人（Vazimba）中產生出來的，瓦津巴人如果不是這個國家最初的也是比較早的居

民，他們精於耕作（考萊特，1953～1958，Ⅰ，第 8 頁）。這個族的兩位王后：母親與女兒或姐妹（視譯本而定），嫁給了兩個新來的人，生下了第一批國王，他們開始是在兄弟間繼承王位，而後又是父子和相繼。他們以後的婚姻很特殊的一點是輪流進行族內婚與族外婚。在十七世中葉，似乎其中的一個國王安德里安亞卡把瓦津巴人從坦那那萊瓦驅走了，瓦津巴人曾在此統治了幾代之久。爲了補償，安德里安亞卡賜給他們財產與特權：只有他們可以主持某些儀式和王子的割禮；他們的屍體也被看作「聖蹟」並受到崇拜。

那麼，如果莫林那王朝如傳統所說是瓦津巴人的後代，瓦津巴人和他們的後代則形成了一個由舅舅組成的親族，作爲放棄王位的交換，他們得到一些特權，在這些特權中，我們發現了一些與在世界各地通行的賜予母系親屬的特權中，我們發現了一些與在世界各地通行的賜予母系親屬的特權相似的地方：他們被奉爲神祇，他們得到爲其同母異父兄弟姐妹主持祭祀的特權，並在他們割禮時擔任重要角色。值得注意的是，在馬達加斯加一地，最初王后與兩個家族聯姻在以後的各代中仍然得到繼續。十八世紀末期，安德里安波里莫林那最終征服了瓦津巴人最後的子孫安特赫羅卡（Antehiroka）（考萊特，1953～1958，Ⅰ，第 8 頁）。他給了他們優惠的待遇，因爲他們是他的祖先羅蘭波的一個妻子的後代，而他是另一個妻子的後代。他對安特赫羅卡說：「你我是一人，因爲我是羅蘭波第一個妻子的兒子，你們是他第三個妻子的兒子」（Ⅱ，第98頁）。我們對於這兩位妻子的地位有些疑問，因爲我們在其它地方讀到過，羅蘭波立他次子安德里安亞人爲嗣，因爲這孩子的母親是强大的瓦津巴首領的女兒，也是他的正房或正宮。也許正因爲他母方的祖先，安德里安亞卡表現得更像眞正的波利尼西亞人所謂的「瓦蘇」（Vasu）② 而不是一個私生子，他處置了瓦津巴人，如前所述，將他們趕出了艾

莫林那的北方。

　　大約在一七八七年，安德里安波里莫林那繼承了他外祖父的王位，這位外祖父指派他越過自己（仍無子嗣）的兒子繼位。女性的血統就進入了王朝的繼承；終其一生，安德里安波里莫林那實際上一直自稱是他的外祖母羅索赫林那而不是外祖父的後代，似乎她才是這一族的奠基人。這一點並不能恰當地解釋他改變繼承順序、立他姐妹爲未來統治者的「偉大根源」。甚至他以羅達瑪一世的名字繼位的兒子，在他眼裡與其說是因爲他是其父親的後代，不如說是安波赫德拉蒂莫的女王羅莫拉波的後裔，同時又是他姐姐（坦那那萊瓦國王的無嗣之妻）羅列索卡的養子。因此，安德里安波里莫林那利用男女雙系（或雙邊）的紐帶來統一王國，十七世紀時，他的曾祖由於忠於父方（或父系）繼承方式，曾把王國分給四個兒子。

　　這一統一階段出現過一些重要的插曲。我們並不確切地知道誰是羅索赫林那，但她在編年史中有很重要的策略意義，但在《諸王歷史》中，這個王妃是唯一的一位得到詳述的羅曼史的主角。此外，她的後代也是容易引起爭議的。據說她與安波赫曼迦的君主關係甚密，這位君主的兒子亦即王儲好像迷上了她，然而她嫁給了一位外國王子（考萊特，1953～1958，Ⅱ，第702頁）在其它地方，她被稱爲外國王子的女兒、蘭波拉波的姐妹、安德里安波里莫林那的祖母以及安波赫德拉蒂莫國王的妻子（第700頁，n.5）。在任何一種說法裡，她都結合了族內婚與族外婚的特徵。

　　以上談到蘭莫拉波（Ramorabe）。這位祖先在使他的孫子繼承王位並統一艾莫林那過程中起了極大的作用。在王國尚四足鼎立之時，安德里安波里莫林那只是安波赫曼迦的國王的一個外孫，國王自己有一個兒子，所以王位與他無緣，安德里安波里莫林那去安波赫德拉蒂莫拜訪了他的祖母。是她爲他揭示了前程並

為他的成功出了力（考萊特，1953～1958，Ⅱ，737ff）。這位
王妃是安特赫羅卡的同盟，她許諾尊重他們的傳統習慣，從而得
到幫助以反對自己的兒子，以此將安德里安波里莫林那扶上王
位。與此同時，她將在位的國王自己的孫子置於死地，因為他向
安特赫羅卡人敲詐勒索（第759頁）。安德里安波里莫林那需要
廣泛的民眾支持，從而代替他繼父的兄弟安德里安那亞法。安特
赫羅卡在其中所起的作用在一個地方編年紀事中有敍述。

所有這一切都使我們相信，安德里安波里莫林那受到有爭議
的王位繼承和統一艾莫林那的行動之所以可能，是因為一種社會
政治格局的復歸，這種格局曾一度為父系繼承所棄置，（這種父
系繼承即雙親緣甚至三親緣的結合，這種結合首先考慮的不是通
常的雄心，而是一些彼此排斥又互相補充的關係，如父方與母方
的關係，妻子的給予者和獲得者的關係，世俗與精神的掌權者，
征服者與土著），在中世紀，甚至認為這種格局是產生於「種
族」或「大地」的。母系傳承因此便成為這一體系的基石。

*　　　　　*　　　　　*

馬達加斯加的歷史學家對於正好同時發生在南非洛維都王國
相似的激變似乎並不關心。至少是從十七世紀初以來，該國的王
位一直為男子所占據，並在父子間傳續。一八〇〇年，當朝國王
廢其子而立其女，從此王位即在女子間傳續（克萊芝，
1975b）。提供這條史實的克萊芝對於這一變化的解釋與馬爾扎
克神父對於馬達加斯加的解釋幾乎並無二致（見第80～81
頁）。我需要進一步指出的是，出於一種秘密的亂倫法則，洛維
都女王的父親總是其母的同胞或異胞兄弟，而女王的主要顧問則
常常是掌握世俗大權的舅舅。因此，洛維都的政治是將在古代日
本由母系親戚執行而在馬達加斯加（我們將看到）由首相（即女
王的配偶）執行的兩種功能集於一人之身。

　　克萊芝認為，這次改革的原因在於，國王的幾個忤逆的兒子試圖將他驅逐，同時為王位自相殘殺。女性的繼承防止了王國的分裂，因為女王得到一種儀式上的功能，而她娘家的顧問則得到政治功能，這兩者之間產生了持久的平衡。

　　因此，在洛維都和莫林那，作為對於男性競爭的補救，出現了母系傳續的可以想像的兩種方式：在日本是母系家族發揮權力，在洛維都和莫林那則是母女的繼承。此外，這兩種模式可能互有重疊，這在洛維都出現過。古代日本是典型地呈現第一種模式，卻似乎不斷地接觸到第二種模式。在《榮華物語》中，御一條皇帝（十一世紀初）在他女兒昭子〔與其祖母亦即皇太后之姐（妹）同名〕出生時對此評論道：「抱怨生女孩真是荒唐，要是過去的賢君們從未設過女君王可能就不同了。」〔麥考勞夫婦（W. H. McCullough and H. C. McCullough）1980，Ⅱ，第 725 頁〕麥考勞明確指出，在同一時期的日本，貴族婦女的嫁妝即使不是土地也是一座宮殿，而這些皇產通常是由母系所繼承的。妻子一般住在這些地方，而她丈夫則到這裡或她娘家見她。

　　洛維都人將這些原則推行得更遠，因為他們的女王無權有丈夫，只能有情人。另一方面，引人注目的是她有權娶一個女子，從而成為她們兒女的合法「父親」。這又是一種反轉的父系制。同樣，女王通過亂倫而生後代的方式也可以被稱作反轉的母系傳承。這兩種繁衍方式進而在兩種極端的族內婚和族外婚之間進行平衡，因為女王所要的女人是皇族以外的。

　　比較一下馬達加斯加的皇家與日本的習俗將為這種反轉的結構提出進一步的例子。在馬爾扎克和克萊芝所提供的心理和政治解釋之外，這樣一種比較似乎把我們引向一個普遍存在於古代皇族的隱密的模式，它揭示了當一個政治國家初具規模時，親屬制度是如何進行組織和再組織的。這些結構沒有除掉，人們十分關注並且操縱這些紐帶。麥考勞夫婦在談到中世紀日本時說：「如

85

要在平安朝的宮庭裡成功，除依靠親屬外，別無它途（1980，Ⅱ，第 827 頁）。距我們更近的是十三世紀的卡斯提爾王朝的布蘭切所進行的複雜得難以置信的婚姻聯盟戰，她以此來貫徹她的政治計劃。

讓我們再回到馬達加斯加，這裡的情況與平安時期的日本很相似，只有均衡勢力的方式不同。人類學家知道叔伯關係（無文字社會的第一種粗糙的制度形式）已經證明是很不穩定的，因為在不同的情況下，相同的特權分別屬於舅舅或侄子。在斐濟及其鄰島，侄子可以不受懲罰地奪取舅舅的財產。在馬達加斯加北部盛行著與此相反的習俗：「只要有大型的祭祀，提供宴會的人『弗空德里安尼』（Fokondrany）一定被邀請，『扎馬』（舅舅）扮演一個重要而象徵性的角色，他守衛著供奉的牲口頭。他還有權向侄子索取任何吃喝。」（P. S. 威爾遜，1967，第 149 頁）當安德里安波里莫林那成立一個私人代表團體來監督他的命令在各省的執行情況時，他把這些人稱作 Vadintany「土地之夫」。這個詞符合莫林那王朝的最初性質。這個王朝產生於新來者，這些人娶了當地居民的姐妹和女兒，因此「與土地結婚」並成為土地的丈夫。很可能在由安德里安亞卡的曾孫安德亞馬辛那瓦隆那所喚起的那個時代之外，有些安特赫羅卡人也與國王有密切關係，這些國王「任命他們為顧問並為他監察全國」（考萊特，1953～1958，Ⅰ，第 571 頁）。

以上的討論有助於了解莫林那王朝一個半世紀以來這種似乎不同尋常的權力形式。王位幾乎全都由女子占據，如安德里安波里莫林那所希望的那樣，她們都是他的姐妹的孩子；一些首相掌握著實權，他們中的一人甚至是最後三位女王享有特權的情人。這些首相是安德安特西拉沃的後代，而此人正是安德里安波里莫林那所任命的親信顧問〔錢伯斯與蒙代恩（Chapus and Mondain）1953，第9頁〕。因此，這個由艾莫林那最古老地區阿

瓦拉德蘭諾發源的首相職位一直延續了一個多世紀。但這一榮耀
不僅來自他們的祖先奇米安波拉和奇馬哈弗奇（是她們幫助安德
里安波里莫林那奪得了王位），也來自安特赫羅卡，進而是瓦津
巴的祖先。直到十九世紀，這些首相還擁有一些原來賜給安特赫
羅卡和瓦津巴的祖先的土地（考萊特，1953～1958，Ⅰ，第569
～574頁）。

　　然而，安德里安波里莫林那的改革不是恢復舊的聯盟的最初
形式，而是轉向另一種平衡，改變了暫時由舊聯盟所取代的制
度。繼承制度由男方轉向女方，雙方的位置因此也就調換了。即
使是最後幾個安特赫羅卡人得以很不平等地與女王結婚，關於
「種族」、「大地」的性別涵義也調換了。制度還是原來的，但
卻是一個鏡子中的映像。

　　這最後一種制度，使得它和平安時期盛行於日本的制度更爲
接近——然而有一處不同，藤原家把姐妹或女兒嫁給皇帝，他被
迫棄位給年幼的繼承人，而繼承的外祖父或舅舅因此以其名義掌
權。另一方面，在必要時，安特赫羅卡（不論眞假）從肉體上消
滅身居王位的人（如拉達瑪的命運），然後代之以女性繼承人，
安特赫羅卡人使自己成爲她的寵臣，從而以她的皇家顧問的名義
行使權力，「這些顧問即政治領袖的代稱，他們主管並行使首相
的權力」（考萊特，1953～1958，Ⅱ，第718頁）。在日本，據
大鏡（Dkagarni）所說（麥考勞1980），政王藤原道卡
（Fujiwara Michinsga）是先後三個皇帝的岳父。八個世紀以
後，在馬達加斯加，大臣雷恩尼拉里馮尼娶了先後三位女王。　　87

　　在蘭莫拉波時代，瓦津巴人的後代安特赫羅那幫助後代從安
德亞安波里莫林那取得了政權。同樣地，在七世紀的日本，藤原
家族的歷史締造者爲建立皇帝的絕對王權做出了巨大的貢獻。像
瓦津巴人一樣，藤原掌握世襲宗教職位，有權舉行王室慶典並主
持重大儀式。而藤原又如同瓦津巴人的後代安特赫羅卡一樣，聲

稱是主要由一個神話部落即中臣（Nakatoml）傳下來的。

　　這樣，可以看出最古老的日本文本提供了一種被誇大到神話程度的後視鏡像，它反映了這種爲歷史所證實的男女兩條親緣的二元關係。從前，皇族的祖先太陽女王天照（Amaterasu）受了沖撞，她於是把自己關在一個洞穴之中，收去了諸神的光明。諸神通力合作，用計謀將她哄出洞穴，但他們還須防止她再入洞中。中臣的祖神及其同伴用一條繩子封住了洞的入口，同時還哼著宗敎歌〔阿斯東（Aston）1896，I，第45～49頁，柴田及柴田（Shibata and Shibata），1969，第84～85頁〕。這兩種方法，一個消極，一個積極，預示著藤原部族對於皇家的二元認識。另一個頗有誘惑力的認識是根據可靠的故事，在十九世紀的馬達加斯加，大臣在不同的情況下合誘惑與武力於一體來對付女王。

註 釋

① 德雷瓦迪安人分布於南印度及斯里蘭卡，其來源與澳洲有關。——譯者註

② 瓦蘇即外甥，他有資格在舅舅之上行使權力。——英文版編者註

第六章
論近親婚姻

　　儘管我們的知識與日俱增，理論著作也汗牛充棟，一個古老　88
的問題仍舊折磨著研究親屬與婚姻的專家──制度史學者及人類
學家。為什麼在完全不同的社會裡，無論寬容還是阻止近親婚姻
（ marriage between close relatives ），都允許它在同父異
母的孩子中進行？儘管這些社會的傳續制度是父系制的或至少其
行為與意識形態傾向於父系制的。

　　古代雅典人曾提出過這種矛盾現象在古典時代的一個例子，
然而，歲月悠悠，我們對這個問題的解答並沒有進步。休謨在一
七四八年提出這個問題，「究竟是什麼原因，為什麼雅典法律規
定只能與同父異母而不是同母異父的姊妹結婚？」（ 1965，第56
～57頁 ）──他的回答今天看來是不合適的①。兩百三十年以
後，這個問題以幾乎同樣的措辭被一再提出來：「如果只有父系
的遺傳受到重視，怎麼能解釋雅典法律禁止同母異父的子女結婚
呢？」（ 勞洛克斯（ Loraux ），1981，第130頁 ）。與雅典人形
成對照的是，我們幾乎不知道古代閃族人（ Semites ）的傳續方
式及其自古代的〈以西結書〉（ Ezekiel ）以後的演化和變動。長
期以來，專家對於《聖經》（ The Bible ）的幾個段落（ 如〈創世　89
紀〉（ Genesis ）20：12，〈撒母耳記〉（ Samuel ）13：13和〈以西
結書〉22：11 ）一直提出同樣的問題。這些段落以可否通婚來區

別兩種非同胞姐妹（韋斯特馬克，1922，95～97頁）。

　　研究無文字社會的人類學家也遇到了同樣的問題。英屬哥倫比亞的夸丘特（Kwakiutl）印第安人───一般說來他們似乎是父系制的，儘管有一些關於職銜轉換的混雜的法則──規定同父子女可以通婚而禁止同母子女的通婚。他們將這一原則視爲理所當然，因此，當喬治・亨特（George Hunt）將這一點告知鮑亞士（F. Boas）時，他感到有必要加上一句：「我從未見過任何人這樣做，也沒有人告訴過我任何部落奉行這種規則。」（鮑亞士，1921，I，第345頁）這種習俗不時地在各處出現，我不聲稱要徹底地解釋它，但願意進行討論，以期回答由尼科・勞洛克斯（Nicole Loraux）在他的著作《雅典的兒童》（Les Enfants d'Athéna）一書中所提出的問題。

　　首先，雅典的法則是一種更爲普遍的狀況下的一個特例，這些社會有一面倒地受父系制法則統治的傾向。而同時，如威爾南特關於希臘的貼切說法：「亂倫禁忌法則對於母方更爲嚴格。」（1974，第112頁）直接和間接的例子在全世界不勝枚舉，因此，可以隨便引出幾個，不必因爲這些例子具有我並不企圖掩飾的表面性而降低它們的意義。

　　在蘇門達臘卡魯巴塔克人（Karo Batak）對母親爲同族人的堂表親有一個特殊的稱呼，但對於父親爲同族人的堂表親則沒有，這些堂表親在嚴格意義上是唯一可以彼此結婚的。泰莫爾的（Timor）布納人（Buna）正式地禁止一個男人娶一位母系的同輩表親。在馬達加斯加幾乎各處都是如此。

　　在波利尼西亞的東加，同父異母的孩子被認爲是競爭對手，因而比起同母異父來講，彼此關係更爲疏遠，而後者被稱爲是「一條線上的」。在密克羅尼西亞（Micronesia）的帕勞人（Palau）禁止姐妹的子女結婚。

　　在非洲三地（從奈及利亞到加納，在班圖以及尼羅河流域的

居民中）的抽樣調查，顯示了相似的通婚方法。如同在東加一
樣，約魯巴人（Yoruba）感到同母異父的孩子關係比同父異母
的孩子關係更爲近。伊策基里人（Itsekiri）以「奧梅里」
（omere，以同一女子爲祖先的人）之間的婚姻爲非法，但對於
「艾古沙」（egusa，以同一男子爲祖先的人）之間的婚姻則寬
容。貝寧人（Benin）的親屬稱謂中，同母異父的子女與正常的
子女相同。西北非洲的埃多人（Edo）把同父的子女間的婚姻定
爲合法。奈及利亞中北部的一切部落禁止與母方的親屬結婚，但
允許同父方的較遠的親屬結婚。在加納，頁雅人（Gonja）禁止
男人娶其表姊妹，，而他們的鄰人洛維利人（Lowiili）則禁止
姊妹的子女間的婚姻。尙比亞的盧亞普拉人（Luapula）禁止母
親的嗣族甚至她們氏族間彼此通婚。而在父系制的班圖人中，國
王娶的是其異胞姊妹。與此形成對照的是，母系制的班圖人只允
許與同母異父的姊妹結婚，但這個姊妹的兒子不能繼承王位，因
爲他們屬於國王的普通的兒子。茨瓦納人（Tswana）反對與姨
表姊妹（halfsister）結婚，認爲他「太像姊妹了」。文達人
（Venda）認爲與姨表姊妹結婚是非法的。最後，在尼羅河上游
的努埃爾人（Nuer）裡，最糟糕的婚姻就是娶母方的一位女性
親戚。赫利特耶（F. Héritier）以一種更爲普遍性的觀點指出，
在非洲很通常的奧馬哈（Omaha）親屬系統「不允許與姨表姊
妹結婚。」（1981，第104頁）

　　我們現在換一個角度來看這個問題。在非洲和新幾內亞有許
多親屬系統的實例，它們允許從父系制向非父系制轉化或者反過
來從非父系制向父系制轉化，這種轉化有時是原則上的，有時則
是實際的。在新幾內亞，美因加（Mae Enga）、東班馬因加
（Tombema Enga）甚至曼加（Manga）的系統都已被充分地
描述、分析和討論過了，所以，沒有必要詳細論述。我們知道，
非洲系譜中的女方親緣在幾代後常常被算作男方親緣，因此，甚

至在努爾人中，母系制也轉成了父系制。

　　另一方面，約魯巴王室世系羣設法用兩種互相補充的過程來限制他們的成員：他們把其中過於強大的族人驅走，又使過於窮困的族人加入母系，以期得到土地，同時又使他們放棄對於王朝的權利。兩三代之後，這些由父系轉入母系的人便成爲一般貧民（勞埃德〔Lloyd〕，1960）。同樣地，在巴蘇陀人（Basuto）當中和在巴干達（Buganda）地區，在社會結構中可以見到一種常規性的運動，王族成員被逐至邊緣地區，然後代之以國王的直系後代，而平民則被逐至更遠的地區，以便騰出地方給被逐的王族成員。因而出現了一種特殊的人，叫做「農民王子」或「被逐王子」，他們毫無疑問地是父系的親屬，但失去了這一地位所有的特權，其中最主要的是，他們不能再繼承王位。在希盧克（Shilluk）和喀麥隆以及巴厘也有同樣的制度。南非的斯瓦茲人（Swazi）以建立新的亞族的方法限制王室的權利，這些亞族成員不能繼王位，在位的國王逐漸地把那些過於接近王位的族人轉移到這些亞族中，古代日本亦如此：根據七〇一年頒布的〈大和律〉（Taihocode），皇帝的後代在六代之後即喪失其皇族的性質（實際上三四代之後即明顯地發生這種變化）。這些後代得到新的名字，並與普通的貴族聯姻。此外，在所有這些例子中，這些非父系族人──如果我們可以這麼稱呼的話──每當皇帝娶他們的女兒時，他們就又爲原先的族系創建新的父系。

　　我們再進一步看，在新幾內亞和非洲，有一些親屬體系被研究新幾內亞的專家稱爲：「不完全奧馬哈制」，因爲科羅（Crow）奧馬哈制親屬稱謂很獨特地只有單方面不是雙方。研究非洲的專家也使用差不多的術語。一位叫作比梯（Beattie）的親身經歷者寫到芮德克利夫─布朗所指出的世系羣的統一性原則在這裡只單方地適用，因爲這種系統中，母方的女性交表親及她的兄弟的女兒比如像姨媽，被稱做「小母親」，而男人則稱其

妻子的男系親屬──無論什麼輩份──爲「我妻子的父親（或母親）」，儘管對於男系女親的丈夫並不存在一個不區分輩份的籠統稱呼。

對於新幾內亞的稱謂分析顯示出，將母方的女性交表親稱爲母親的目的，可能在於──或者至少是由於──防止過於迅速地重新與母系氏族或親戚聯姻。換句話說，在這些系統中，一個男人如像他的父系親戚那樣結婚的話，其遇到的困難比起他像他的母系親戚那樣結婚要少一些。在班尼奧羅人（Banyoro）中，每一個伊戈的父系家族成員都要與不同的親屬結成婚姻紐帶，比梯用這一事實解釋班尼奧羅人的婚姻稱謂的不對稱（1958第13頁）。同樣地，奈德爾（S. F. Nadel，1950，第350頁）已證明圖利施人（Tullishi）的親屬稱謂也不對稱，其婚姻禁律由以下這一規則而顯得明瞭：伊戈就是不得從母方或父親的母親氏族中娶妻的人，不能建立他們的父親或祖父那樣的婚姻。

由此可見，我們現在研究的這許多社會都反對長的循環──傾向於短的循環（從交換婚姻到與父系的女性交表親結婚，再到國王與父系的非同胞姊妹結婚）或是全新的聯合，後一種傾向可以被看作是超越循環觀念的長循環的有限例外。因此，這些社會按時間、地點的不同得到自由，來選擇或是極短的聯盟的循環，或是十分長的以至於聯盟成爲系統分散的循環〔如伊策基里人（Itsekiri），這裡禁止有七代以內共同祖先的人結婚〕。

甚至洛維都人的婚姻習俗也必須這樣解釋，關於這種習俗，克利芝（1975 a）和李區（1961）已提出或保留了很多不能確定的問題。對於母方交表親的婚姻的偏好屬於一種普遍化的交換。然而，洛維都人將它縮小爲小規模的交換，因爲他們不能構想在一對一基礎之外的其它婚姻形式。在這種系統中，女子不是同其它女子而是同大牲畜進行交換，更準確地說，男子透過給出一頭大牲畜而娶到妻子。這種循環（只有在女子與大牲畜之間被認爲

已達到平衡才會完成）在姑母放棄娶她侄女爲媳的權利之後立即中斷，克利芝本人曾指出過發生這種現象的種種原因。在這種情況下，另外一個社會單位，即母系延續的莫洛柯（Moloko）便接管這個不穩定的家族。這一家族爲短暫的周期和「一給一納」的規則所困擾，它必須立即服從莫洛柯，這樣可以在選擇婚姻策略時有更多的自由。這樣看，洛維都人的情況和西喀麥隆的曼比拉人（Mambila）有些類似，曼比拉人實行兩種婚姻：一是交換，雙方得到與他們所給予的完全相當的東西；二是購買，允許雙方完全爲自己的利益而投機，其目的在於犧牲他人，在放棄其女兒的生育力之前儘量獲得最親的新成員（利費希，1960）。

93　　　在這些情況下，我們如何解釋父系制的優勢？在這些羣體內，可以同父方的、親緣關係更近的親屬結婚。首先，實際上所有這些羣體都是一個區域性整體的一部分，可以看出，這一整體正從父系制向母系制過渡（或相反）。北美西北海岸的夸丘特人和在幾內亞灣沿岸、內地以及班圖中部的一些羣體都是這種情況。

　　人類學家，特別是英國人類學家付出了很大的代價，依靠一種也許是過於具體的稱謂法，對各種極端或過渡形式的婚姻進行識別和稱謂，它區分了旁系後代與直系後代，並用諸如「單親緣的」、「雙親緣的」、「多親緣的」以及「雙世系」之類的名稱刻劃兩者的特徵。然而人們可能懷疑，這些標籤的選擇和使用也許只在於個別研究者的觀點，而不是根據這些社會本身所具有的特徵而定。仔細不加偏見地閱讀有關文獻會發現，常常一個同樣的規則被冠以不同的名稱，而且對於一種規則是否屬於某一特定類型這樣的問題，也很難用簡單的是與否來回答。在各種社會之間，甚至在一個社會裡，都可以觀察到變化——儘管是程度上的而不是性質上的變化。

　　透過對於細節的進一步推敲並對這些系統中所有可辨析的細

微差別進行分類，可以看到我們所討論的社會的本質所在並不按照其內在的傳續模式而彼此區分。在不同程度上（為了避免使用相應的英語名詞諸如「非單親緣的」和「雙親緣的」以及它們相應的法語的直譯），這些社會所遵循的是我反覆建議稱為「無差別的制度」，亦即在一個系統中，個人的地位，世襲權利和義務都自動地傳給一系或兩系，這並不妨礙人們把他們看成是有差別的。我們在英國和美國的同行把這些系統稱為單親緣的或雙親緣的（不管是以什麼標準），這就把他們放在雙親緣承續這一邊了——有時甚至將他們包括進了這個範疇；因此，經常性地將男女吸收進無差別的系統這一點證明，（即使極端地說）只有雙親緣承續制才指的是無差別的系統。

在這樣的系統裡，問題不在於識別規定親嗣關係和承續特點的模式。真正的關鍵在各自的權力中——或理查茲所謂「各自的拉力」中——尋找父系或母系的親屬，更準確地說，即妻子的獲得者與給予者。這在前面已明確地或含蓄地提到過了，如奧德利・理查茲（Audrey I. Richards）在《非洲的親屬與婚姻系統》（*African Systems of Kinship and Marriage*）一書中的第一章，埃文斯—普利查德（Evans-Pritchard）於一九四八年所作的弗雷澤（J. Frazer）講座以及連恩哈特（G. Lienhardt）的一篇文章，對此都有過解釋。

的確，一個羣體作為獲得者利用男人來加強其地位，又作為給予者利用女人來提高自己的身份，不論它採用哪種傳續模式，只是在某些社會——或在同一個社會的不同時期，甚至是同一時期的不同環境——這種關係會變得很緊張，這種緊張狀態可能在習俗中留下痕跡。這種關係可能是不清晰的，或者換一種說法獲得者與給予者的地位似乎在某些方面優越而另一些方面則低下。波特（E. Boto）最近在一篇關於東加王國的文章中指出，在一個帶有無區別承續的複雜等級社會中，交換的循環可能是由兩個

參數所連結起來的：級別與地位，此兩者彼此轉換，結果是，當一個循環完成時，「政治權力終於轉入更高的級別中去。」（1981，第57頁）

　　血族（cognation）就是從這種關係（緊張的或不穩的甚至是兩者同時皆有的）中產生的。偉大的法國法律學家保羅・溫諾格拉多夫（Paul Vinogradoff）寫道，就是在承認血緣紐帶的地方，關係也是由家族組織起來的，因此血族看上去是以父權制方式組織的家族聯盟的結果（溫諾格拉多夫，1920）。然而，溫諾格拉多夫在姻親家族中所看到的父權制（patriarchal）的情況，不一定產生於古老的、在他看來先於血族的血緣紐帶，毋寧這樣說，一個聯盟中聯繫著彼此對立的獲得者與給予者的關係，是在兩個極端之間擺動。這種擺動遲早會因為社會本身的人口變動而發生。它也能使社會因結構深層的原因而長期對立。在兩者任何一種情況下，這種擺動都產生一種所謂的假象：即社會結構的一些現象被膚淺地認作是父系制或母系制的，這導致對並非這兩種情況的社會錯誤地定義，因為即使存在某種承續和親嗣關係的規則，它也不是一個實行中的因素。所有關於印歐親屬系統的爭論仍然還背負著這個沉重的誤解。

　　交換關係（exchange relationship）對於單親緣承續標準（unilineal criterion）的優先地位及聯盟對於親嗣關係（filiation）的優先地位解釋了以下這一點，即實行交換的羣體如果願意的話，可以同時或相繼地實行族外婚和族內婚。族外婚可以使他們採取多樣的聯盟並獲得某些利益（其代價則是某種冒險），而族內婚使以前已經獲得的利益得到鞏固和保持（儘管也有可能將暫時性的更為強大的親緣，置於已變成其敵手的同族的危險）。這是一種兩方面的開與合的運動，一種運動符合統計的模式，另一種則符合機械程式：通過一種手段，一個羣體將自己向歷史開放並獲得各種機會，而另一種手段則保證了世襲的財產、

級別及頭銜的保存和常規性的恢復。

本章開頭的問題提法並不好。問題不在於某些社會爲什麼會偏愛與父方而不是與母方更近的婚姻，儘管似乎父方權利佔優勢。相反的，因爲父方親屬佔據了作爲妻子的獲得者的優勢地位，而族內婚對他們有利可圖，故而他們爲獲利而實行之。歷史學家告訴我們，在菲利浦・奧古斯都（1165～1223）以前的法國，國王的女兒可以繼承屬地。十三世紀，「公平者菲利浦」（Philip the Fair）將這一特權限制在男性子嗣方面以圖使屬地儘快地回到國王手中，防止透過女子流入外國或敵人的家族。因而父系制便作爲一種族內婚的形式，更準確地說，是族外婚的替代物而被引進，因爲在無差別的承續中的族內婚也保存了屬地。令人吃驚的是，在早期法國的王族和王族近親之中，族外婚使父系親戚或妻子的獲得者得以常規性地獲得封屬地，這些封屬地得自外族娶來的妻子的嫁妝。

妻子的獲得者與給予者之間的不平衡還表現在另一個相反的方向。格拉克曼指出，不太清楚在今天的尙比亞（前北羅德西亞），洛茲人（Lozi）爲什麼「說男人不應娶同他有父系親緣的女子」，他還指出：「大多數北羅德西亞部落有母系族外婚的部落，但又禁止堂兄姐妹間結婚」（1950，第173頁），然而洛茲人並非母系制，儘管格拉克曼有時不能肯定他們的制度究竟是什麼性質，但一切都顯示他們是無差別的承續制。此外，根據格拉克曼所提供的大量資料，妻子的獲得者和給予者各自的位置有所不同，在過去，就目前所觀察到的父系權力僅在於肯定妻子獲得者的優越地位的社會裡，甚至在婚禮之後（這種婚禮的唯一不正常的後果就是離婚），妻子首先還是屬於其父母，這個男人爲娶妻所要付出的大牲畜也並不自動使他得到對於孩子的權利，妻子的不育也不能終止契約，丈夫死後，其親屬對於他的遺孀也沒有什麼控制權；他們的子女不屬於這位合法的丈夫，而是自動歸屬

96

於他們母親的家族或他們的真正父親，婚姻的儀式也表現了兩方親屬的敵對和調和，格拉克曼對照了在實際的或想像的父系制社會裡父方世系羣的拉力，和「使男人定居」於其妻子的親屬（無論是父方還是母方的）土地上或經濟上的動機（第201頁）。

中世紀的日本表現得更為準確，所顯（tokoroarawishi）即婚宴是一件公開的活動，娘家藉此表示接受新郎為新的成員，但他並不與他們共住。在宴會之前，岳母或娘家的其他年長的女子向躺在婚床上的年輕夫婦獻上米糕，象徵性地發現新郎的到來，並讓他吃下自家爐上做的飯，以此使其成為新家的一員（麥考勞夫婦，1980，I，第297註，158頁）。

確實，本章開始所引的夸丘特人也慶祝新郎來到丈人家；同樣地，某些事實表明，古代日本男人可以娶其同父異母但非同母異父的姐妹（艾斯頓1896，I，第323頁），然而在這些時期，在日本和夸丘特人社會中，政治的統治權是按照父系親緣傳遞的，我們可能感到奇怪，是否妻子的獲得者與給予者彼此位置的不清是由於兩種互相衝突的原則的共存，假如確實存在歐洲中世紀史學家所探索到的王權與臣屬之間那種差別的話。無論是日本的王位還是夸丘特人的酋長地位都是父系親緣的世襲物，但另一種關係使女婿從屬於其岳父。因此，根據事件、時間和場合的不同，天平可能向任何一方傾斜。自七世紀到十一世紀，日本的皇帝都嚴格地依靠其母系親族，因為藤原這一妻子的給予者羣體通過有系統地將自己的姊妹、女兒嫁給在位的君主或其可能的後繼者這種方法，保證了自己的真正權力。最近的婚姻是在母系一邊，這與我們一直在研究的例子相反：在八至十三世紀，至少有三位日本君王娶了他自己的表姊妹[2]。

我們不能排除在相同的基礎上解釋斯巴達人法則的可能性。斯巴達的法則與雅典正成為一個對稱（允許同母異父的子女彼此結婚）。雅典作家對於斯巴達女子的特權地位和道德上的自由感

到十分困惑和氣憤，這一切都出自一種對於一個社會扭曲的看法，在這個社會中妻子的給予者在地位、威望和權力上都高於妻子的獲得者。毫無疑問，特洛伊也是這種情況，普里亞將他的兒子、女婿和他們的妻孥都集中在他的宮中。威爾南特（ J. P. Vernant ）在《伊里亞德》（ *Iliad* ）和《阿波羅德羅斯》（ *Apollodorus* ）中發現幾例傳說式的外甥與姨媽的婚姻，他指出這一定令希臘人吃驚（ 1974，第74頁 ）。藤原的情況幾個世紀以來一直有最詳盡的文字記錄，據我看，它可能說明了偏好這種婚姻形態（反過來說，也就是雅典的婚姻形態）的社會學條件，這種形態長期以來一直受到注意。

註　釋

① 休謨的回答是：「公共事業是一切變化之根源。」──英文版編者註

② 這種婚姻的原型即兩位神的婚姻──母親的姊姊和妹妹的兒子──這兩位神產生了神武天皇，即日本第一位具有人性的皇帝（艾斯頓，1896，Ⅰ，第108頁）。

第三部分
環境及其代表

個別的「智能存在物」可以有自己創制的法律，但是也
有一些法律不是他們創制的。在沒有「智能存在物」之
先，他們的存在就已經有了可能性，因此他們就已經有
了可能的關係，所以也就有了可能的法律。

孟德斯鳩:《論法的精神》

第七章
結構主義與生態學

　　闊別將近三十年以後①，再次回到巴納德學院，並且有機會　101
榮幸地回憶維吉妮婭‧吉爾德斯利夫（Virginia Gildersleeve）
院長，這使我深感愉快。我記得，戰時②我作爲難民住在紐約，
吉爾德斯利夫院長請我敎一個暑期班的課，我向她表達了我的尊
敬和謝忱。她非常親切地歡迎了我。我還應該感激葛萊迪絲‧雷
查德（Gladys　A. Reichard）博士的古道熱腸使我意外地受到
那次邀請，我同樣希望以衷心讚美的心情去回憶這位博士。她是
一位出色的婦女，一位偉大的人類學家，曾經在巴納德學院執敎
三十多年。我們是在一次非正式的會議上結識的，那次會議的結
果建立了紐約語言學派。我常到她家做客，她的家離巴納德學院
不遠，她喜歡邀請同事和朋友到她家做客。當時，她已經寫完了
她的主要著作《那伐荷人的宗敎》③（Navaho Religion, 1963
年）。她對結構主義的偏愛大概可以說是由於她與羅曼‧杰科卜
生④和我本人的一系列氣氛融洽的討論——在她那本書的前言
裡，她還慷慨地提到這件小事。

　　我永遠也忘不了，四十年代初我頭一次在巴納德學院講課
時，心裡感到戰戰兢兢。當時我一直在社會研究新校（New
School for Social Research）任敎，但是巴納德學院跟那個學校　102
不一樣。參加社會研究新校晚班學習的，大多是具有一門專業的

成年人，他們有的是來複習他們的一般知識，有的是來學習一門
專業的。他們大多數人也像我一樣生在異國，來美國避難，他們
的英語比我强不了多少。而在巴納德學院，我平生頭一次被允許
進入傳統的美國學院教育體系——我任課的地方是偉大的法蘭
茲，鮑亞士本人曾經任教多年的學府。甚至有這樣一種說法，鮑
亞士在巴納德學院所教的班級是他最喜歡的班級，班裡都是剛剛
邁進學院大門的女生。

　　當我站到講桌後面，開始講納華瓦拉印第安人（Nambik-
wara Indians）的時候，我的畏懼就變成了焦急：因為沒有一個
學生做筆記。她們不是在寫，而是在織毛衣。她們持續在織毛衣
直到下課，看樣子毫不注意我講的東西——或者準確點兒說，毫
不注意我竭力用蹩腳的英語表達的東西。不過她們確實聽了，因
為下課以後，有位姑娘走到我跟前說，我講的東西都挺有意思，
可是她認為我應當知道「沙漠」（desert）和「甜食」（des-
sert）不是一個字。我到現在還記得她的模樣：她身材苗條，性
情嫻雅，一頭金黃泛白的短短卷髮，穿著一條藍顏色的連衣裙。
她的指摘使我十分懊喪。這件事之所以使我到現在還記憶猶新，
是因為它顯示，早在那麼遙遠的年代裡，我就已經對生態學產生
了興趣，而且至少在語言學的層次上把生態學和烹飪術摻在了一
起，而烹飪術後來被我用來說明人類思維某些結構的活動。⑤ 因
為我現在要講的題目碰巧是「結構主義與生態學」，那麼，巴納
德學院以前那位女同學的指摘就不再是毫不相干了。

　　我運用結構主義方法從事了二十多年的研究。這種方法常常
被我的盎格魯薩克遜的同事視為「唯心主義」（idealism）或者
「精神第一論」（mentalism）。我被貼上了黑格爾主義者的標
籤。某些批評譴責我把思維結構看作文化的原因，有時候甚至譴
責我把它們混為一談。或者他們認為，我宣布抓住人類思維結構
不放的直接目的，就是去探求被他們揶揄地稱作「李維史陀普遍

原則」。果眞如此的話，研究文化背景就的確沒有多大意思了（人類思維在這個背景中發揮功能，並且通過這個背景自己呈現出來）。但是，如果眞像批評我的人所說的那樣，那麼試問：我爲什麼還想做個人類學家，而不是繼續從事哲學生涯呢？我的大學教育本來就注定我要吃哲學飯的。⑥又爲什麼我在自己的著作裡對那些最最瑣屑的人種學細節那麼關注呢？爲什麼我還要去精心辨析那些每個社會都知道的植物和動物呢？爲什麼我還要去辨析各個社會確認這些動植物的不同技巧呢？如果說這些植物或者動物都可以吃，我爲什麼要去研究它們是怎樣準備的——也就是說，它們是怎樣煮、燉、炒、蒸、烤、炸、甚至爲了食慾而風乾或燻製的呢？有好幾年時光，我的工作都離不開地球儀和天體圖，它們使我能找出不同地域、不同季節的星星和星座的位置。我的工作還要大量翻閱地質學、地理學、氣象學論文、植物學著作以及論述哺乳動物和鳥類的著作。

　　理由很簡單，如果不先搜集材料，並且對全部材料加以證實，那就任何研究也開始不了。我常常指出：沒有一種普遍原則或者演繹過程會使我們事先估計到構成每一羣體歷史的偶發事件；每一羣體環境的獨有特徵，或被用來從許多可能被賦與某種意義的事件和現象中選擇出來，以解釋特殊歷史事件和居住地特徵種種無法預料的方式，也無法事先預測出來。

　　人類學基本上是一門經驗科學。每種文化都具有唯一的情境，要想描述它、理解它，只有付出最辛苦的考察，這種精確研究本身不僅揭示了事實，而且揭示了我們衡量這些事實的標準，它由於文化的不同而變化；這種標準把一定的意義賦與某種動物和植物種類、某種礦物、某種天體以及其它自然現象，以便從一有限的材料中得出一個邏輯系統。經驗卻證實，這些相同的因素可以按不同理由的方式加以說明，而不同的因素有時可以產生相同的功能。每一種文化都建立在其環境的多種突出特徵上，不

過，誰也不能事先指出這些特徵是什麼，也不能事先指出它們將帶來什麼樣的結果。何況環境爲觀察和思考提供的原始材料之價值和差異性很大，以致思維只能理解其中的一些片斷。思維可以利用這些片斷，構成無數其他同樣可以想像的系統中的一種系統；任何東西也不能爲任何人事先決定這些系統中那一種的命運會特別受到垂青。

因此，在一開始我們就遇到了一個不容討論的事實，從中生出許多困難：這些困難只有經驗才能加以解決。不過，因素的選擇儘管也許似乎是任意的，這些因素卻自成系統，它們彼此的聯系構成了一個整體。在《野性的思維》（*The Savage Mind*）這本書裡，我曾經寫道：「一種分類法所依據的原則永遠不能事先假定，它只能通過人種學的考察——即通過經驗——來發現。」（1966年，第58頁）。各種分類系統的邏輯同一性都完全依賴於

104　人類思維的各種具體活動的限制，這些限制決定了如何形成象徵，也解釋了它們的對立面，和它們之間的聯繫方式。

所以，人種學考察並不强迫我們在下面兩種假定中選擇其一：或者是一種可塑思維，被動地由外部影響而成型；或者是一些普遍的心理規律，不論歷史和個別環境的差異，到處都能發揮同樣效用。我們寧可說，我們親眼目睹、並且力圖去描述的，一方面是試圖理解某些歷史潮流與環境的典型特徵之間的一種折衷物的嘗試；另一方面是每一時代承擔起前一時代同類特徵的心理要求。爲了彼此適應，這兩種現實的要求混合起來，才能形成一個具有意義的整體。

這種概念中絲毫沒有黑格爾式的東西。人類思維的這種限制是由一種歸納的方法發現的，而並非由那個哲學家無中生有的判斷發現的。這種哲學家往往只是草草瀏覽一下材料，其範圍局限在地球上一小部分地區內，在時間上局限在區區幾百年思想史的範圍裡。至於它們怎樣以相似或相異的方式反映在十幾種甚至上

百種社會的意識形態中，只有通過耐心的考察才能得出結論。除此之外，我們也不能認為這些限制是一勞永逸的，或者把它們當作萬能鎖匙，而按照精神分析學的方式，開啟一切鎖頭。我們所遵循的是語言學家的指引。語言學家很清楚一個事實：全世界各種語言的語法都呈現出共同的特徵。他們希望能找到語言的普遍規則。但是語言學家知道，這些普遍規則構成的邏輯系統將比任何個別的語法都貧乏得多，並且絕不能取代其中的那一種。他們也知道對於過去或現存的語言，不論是做廣泛的研究或針對個別語言的研究，都是一項沒有盡頭的任務，一套有限的規則絕不能窮盡這些語言的共同性質。如果找到了一種普遍規則，那它們也似乎將是一種開放性結構：你永遠能加進一些界定，永遠能去不斷改善、擴大或者糾正較早發現的一些規則。

因此，在社會生活中，有兩種決定論在同時起作用：因為它們在本質上不同，難怪從其中每一種觀點去看另一種，另一種都會顯得是任意的。各種意識形態結構的背後，都會呈現出更為古老的結構，一旦有種假定的時刻到來，這些結構就會及時地產生迴響。這種假定的時刻就是：千百萬年以前甚至更早的時候，有一種人類想出了，並且用結結巴巴的語言表達了它的第一批神話。這個複雜過程的每個階段中，各種意識形態的結構都被占主要地位的技術條件和經濟條件所改變，這也是千眞萬確的。這些結構以多種方式發生了扭曲，改變了形式。任何可能構成不同社會人類思維活動種種方式的共同結構，都不是在眞空中發生效用的。這些精神的齒輪必須跟其它機構嵌合在一起運轉；觀察從來就沒表明有什麼單一機構的孤立活動；我們只能斷定它們相互作用的結果。

這些見解沒有絲毫的哲學味道，它們都由對每一個別問題的最嚴謹的人種學考察而使我們不得不接受。下面，我用我從事了二十多年的神話分析中的例子來說明這種實踐。

105

＊　　　　＊　　　　＊

海蘇克人（Heiltsuk）又稱貝拉－貝拉印第安人（Bella
Bella），與他們南方的鄰居，英屬哥倫比亞沿岸的誇丘特人的
關係很密切。這兩種人都講著一個孩子的故事——在不同的神話
變體（version）中，這或者是個女孩，或者是個男孩——這個
孩子被一個吃人的超自然生物拐走了。這個生物通常是雌性，雖
然貝拉人叫她「喀瓦卡」（Kāwaka），誇丘特人叫她「佐諾柯
瓦」（Dzōnokwa）。像在誇丘特人的故事中一樣。貝拉－貝拉
人的故事裡說那個孩子成功地從女怪那裡逃了出來，那個吃人女
怪或是被殺死了，或是不得不逃之夭夭。她的大宗財富落到了這
個男孩或是女孩的父親手中，他把這筆財富平分給了大家，印第
安人的「誇富宴」（potlatch）就是由此而來的。

有時候，貝拉－貝拉人的故事在一個奇異情節上與誇丘特人
的故事不同。一位超自然的幫助者教給男孩或女孩擺脫那個女怪
的辦法，海水退潮的時候，女怪要去撿蛤貝，這時，這個孩子就
去撿蛤貝吸管（siphon），它是蛤貝的一部分，女怪不吃這些，
而把它們扔掉。這個小孩必須把這些器官套在手指上，朝著女怪
揮舞，這時女怪就會嚇得心驚肉跳，向後栽進一個無底洞裡而斃
命。

一個威力赫赫的女怪，竟然害怕蛤貝吸管這種毫無意義、又
絲毫不會造成傷害的東西，這是為什麼呢？這種柔軟的小部分軀
體是軟體動物吸水排水的工具，某些蛤貝類動物的這部分吸管很
大（這些吸管可用於把蒸熟的貝殼吸起來，再把貝殼泡進攪開的
黃油裡，這是當年我住在紐約的時候時代廣場附近一家飯店名聞
遐邇的獨家手藝）。貝拉－貝拉人的神話無法解釋這個要點。要
解決這個問題，我們就必須運用結構分析的一條基本原則：每當
某個神話變體包含了一個看似反常的細節，你就必須問一問自

己：在與正常說法偏離方面，這種變體是與另一種變體相互矛盾的嗎？另一種變體往往離這種變體不遠。

　　這裡應當把「偏離」（deviating）與「正常」（normal）這兩個詞聯繫起來理解。被選作參照的那個變體可以稱爲「順序的（straight），而相形之下，其它變體可以稱爲「逆反的」（inverted）。但也可以朝另一個方向前進，只有某些例外〔在我的《神話學》（Science of Mythology）系列著作中（1969、1973、1979、1981）年，我提供了一些例子〕，在這種情況下，只能在一定方向上產生轉變。具體到現在這個例子，我們很容易確定這種「順序」變體產生的地域。它是在柴爾克汀人（Chilcotin）當中發現的。他們住在內陸地區，住在沿海羣山的東面。不過，他們和貝拉－貝拉人很熟，常常翻到山的另一面去訪問他們。這兩種人的語言顯然不同：柴爾克汀人屬於阿薩帕斯卡語族（Athapaskan family）。在其它所有方面，柴爾克汀人都跟住在沿海的貝拉－貝拉人相近。從貝拉－貝拉人那裡，柴爾克汀人借用了他們社會組織的許多特徵。

　　我們從柴爾克汀人的神話中了解到了什麼呢？他們的神話說，有個年幼的男孩整天哭個沒完（正像貝拉－貝拉人神話中的那個小女孩），他被一個貓頭鷹怪拐走了。這個孔武有力的貓頭鷹怪是個男巫，他對這個男孩很好。孩子長大了，很滿意自己的境遇。幾年以後，男孩的朋友和父母發現了他的住處，但他不肯跟他們走。後來，男孩終於被說服了。貓頭鷹怪追趕他們的時候，男孩就把山羊角套在手指上，像爪子一樣地揮舞著，去嚇唬貓頭鷹怪。男孩帶走貓頭鷹怪全部的有齒貝殼（dentalia shell,這是一些白顏色的單殼貝，如同小巧的象牙），在此之前貓頭鷹怪一直是這種貝殼的唯一擁有者。印第安人就是通過這種方式取得這些貝殼的，它們是印第安人最珍視的財產。

　　柴爾克汀人神話的其餘部分與現在的討論無關，所以我就不

提了。此外還有拜拉庫拉人（Bella Coola）的神話變體，我也不講了。拜拉庫拉人是貝拉－貝拉人和柴爾克汀人的鄰居，講薩爾斯語（Salish）。這些神話變體中都保留了山羊角的情節，並且用女怪代替了貓頭鷹怪，改變了貝拉－貝拉人的神話。拜拉庫拉人把這個女怪叫作「斯尼尼克」（Sninik），她的特點與貝拉－貝拉人和夸丘特人神話中的女怪完全相反。我們必須從這個特定視點上去分析這些神話變體。

　　我們只討論一下貝拉－貝拉人和柴爾克汀人的神話。很顯然，這兩種神話都是按相同的方式構成的，只是逆反了每一種因素的不同涵義。在柴爾克汀人的神話中是個哭泣的男孩，在貝拉－貝拉人的神話中是個哭泣的女孩，他們都被一個超自然的生物拐走了：或者是一個以人形出現的女怪，或者是一個以鳥形出現的慈祥男巫。為了從這個劫持者手裡脫身，男主角或女主角都藉助於相同的對策；他們在手指上套上了人造的爪子。不過這些爪子或者是山羊角，或者是蛤貝吸管——也就是說，或者是來自陸地的堅硬而能造成傷害的東西，或者是來自大海的柔軟而不能造成傷害的東西。結局是柴爾克汀人神話中的貓頭鷹怪掉進了水裡，但是沒被淹死；而貝拉－貝拉人神話中的女怪在岩石上撞得粉身碎骨死掉了。因此，山羊角和吸管就成了造成結果的工具。這種結果中包含著什麼呢？男主角或女主角成了有齒貝殼或者女怪財富的頭一個所有者。現在我們收集的關於這位「喀瓦卡」（或者按夸丘特人的叫法：「佐諾柯瓦」）的全部神話材料和儀式材料都證明，她的財富都來自陸地，因為它們包括銅盤、獸皮、縫成衣服的皮子以及肉乾。在貝拉－貝拉人和夸丘特人的其它神話裡，這個女怪（她住在陸地上，是叢林高山的居民）自己不捕魚，而從印第安人那裡偷鮭魚。

　　這樣，每個神話都說明了怎樣通過一種同樣是事先決定的工具達到了注定的結果。並且，因為我們考察的是兩個神話，每個

神話裡都用一種各自的工具達到了各自的結果。值得注意的是，其中一種工具表明它跟水的親緣關係（蛤貝吸管），而另一種工具則表明了它跟陸地的親緣關係（山羊角）；前一種工具造成的結果帶有陸地性質（女怪的財富），第二種工具造成的結果帶有海的性質（有齒貝殼）。我們可以認爲，其結果就是「水的工具」造成了「陸地的結果」，而與此相反，「陸地的工具」造成了「水的結果」。

更進一步地看，這個神話中的工具與另一個神話的結尾或結果之間，漸漸呈現出一種對應互補關係。貝拉—貝拉人神話中的工具蛤貝吸管與柴爾克汀人神話中的結果有齒貝殼之間，明顯地存在一個共同點：它們全都來自大海。但是，當地的文化賦與它們的角色卻恰恰彼此對立：在柴爾克汀人眼裡，有齒貝殼是大海提供的最珍貴的東西；而貝拉—貝拉人的神話裡根本沒有記載蛤貝吸管有什麼價值，甚至連吃都不能吃，因爲女怪不吃這些吸管，把它們扔掉了。

那麼，柴爾克汀人神話的工具山羊角，以及貝拉—貝拉人神話中作爲結果的女怪的財富，這些又如何理解呢？它們與貝殼不同，它們都來自陸地。不過，山羊角儘管不能吃，卻能用作儀式上的物品，這就是我們的博物館裡嘆爲觀止的勺子，它們製作講究、雕刻精美。它們都是藝術品，都是象徵性物品，都是財富。108何況，假如說這些東西不能食用，那麼這些勺子也像蛤貝吸管一樣，爲把食物送進吃者的口中提供了一種便利的工具（文化的工具而不是自然的工具）。因此，儘管它們的來源相同，但是如果第一個神話中的工具與另一個神話的結果對立，那麼第一個神話中的結果就已經跟第二個神話中的工具構成了對應關係。第二個神話與第一個神話來源類似，只是恰好相反地方而已（它來自陸地，而不是來自大海）。

我這裡只是大致勾勒了一下兩個相鄰部落的神話中的辯證關

係——我們可以很容易增補這個輪廓使其更完善。不過，這個簡要輪廓已經足以證明：有一種規則允許把一個神話轉變爲另一個神話，而且這些複雜規則是相當一致。這些規則從何而來呢？它們並不是我們在分析過程中發明的。我們可以說，它們是由這些神話釋放出來的，當它們被分析系統化爲規則的時候，人們聽鄰居講他們的一個神話時，它們就上升到表層，成爲支配人們思維規律的可見標誌。因爲聽神話的人也許會借用這個神話，但是由於心理機制不可控制的作用，他們不得不把這些神話變形。他們往往把這個神話加以變形，以便不使自己感到不如別人，他們有意無意地重新構造這個神話，終於把它變成了自己的。

　　對神話的這種竄改並不是隨心所欲的。我多年來全力投入對美國神話的調查十分清楚地顯示，從一種變形裡產生的不同神話都遵循某些對應原則和逆反原則：在我們列出的神話諸因素的中心線各端上，神話都彼此反映。爲了說明這種現象，我們就無法不得到這樣一個結論：精神活動所遵循的規律與支配物理世界活動的規律一樣。這些限制把意識形態的結構保持在同型性（isomorphism）的範圍內。在這個範圍裡只能產生某幾種變形過程。這些限制說明了我上面提到的第一類決定論。

＊　　　　　＊　　　　　＊

　　然而，這只是故事的一半，還有一些問題有待回答。如果我們決定把柴爾克汀人的神話作爲參照取樣，那麼我們就一定會感到奇怪：這些印第安人爲什麼非要解釋有齒貝殼的來源呢？他們用陸地來源取代了海的來源，爲什麼要用這種令人困惑的方式來解釋有齒貝殼的來源問題呢？另外，如果假定有某些因素必定要求貝拉－貝拉人改變用山羊角做爪子的意像，那麼，從他們自然環境中衆多能滿足同樣功能的東西裡，他們爲什麼單單選擇蛤貝吸管呢？最後，貝拉－貝拉人爲什麼好像對有齒貝殼的來源不感

興趣，而把全部興趣都傾注在一種不同種類的財富上呢？這些問題迫使我們轉而討論第二種將外部環境限制加在意識形態上的決定論。然而，自然環境的特徵也好，生活方式也好，甚至社會政治條件也好，在內陸部落和沿海部落中都不是完全相同的。

內陸部落對有齒貝殼估價很高。這些內陸部落是柴爾克汀人的東鄰，屬於薩爾斯語族。他們從柴爾克汀人那裡獲得了這些貝殼，所以，他們把柴爾克汀人稱為「有齒的人」〔泰特（Teit），1909 年，第759頁〕。因此，柴爾克汀人爲了保衛自己對有齒貝殼的專享權，使它在鄰近部落人的眼中更具有權威性，就產生了一種獨有的興趣，想使其它部落的人相信他們擁有不計其數的有齒貝殼，它們來自他們自己的地方，是一種對他們格外厚待的超自然事件的結果。

他們用這種辦法掩蓋了完全不同的眞相：其實，柴爾克汀人的有齒貝殼是通過交易得來的。他們穿過山裡的通道，從沿海部落的人那裡換有齒貝殼，而只有這些沿海部落才是直接從海裡得到這些貝殼的。根據以往的記載，這些沿海部落跟柴爾克汀人和睦友好，從來不跟他們打仗，因為「他們基本上離家很近，住在海邊或是河流的下游，而且彷彿很怕進入山區這個神秘莫測的禁絕之地」（泰特，1909 年，第761頁）。的確，內陸的薩爾斯語族部落〔例如湯普森人部落（Thompson）和柯赫達蘭人部落〔Coeur d'Alene〕不像柴爾克汀人部落，他們都不知道有齒貝殼的確切來源。他們都有一些神話，這些神話與提供貝殼的部落的神話既互相對應，又具有各自的形式。這些神話說，以前，他們居住的內陸地區也有有齒貝殼，而發生了某種變故之後這些貝殼就消失了。所以，今天印第安人只有通過交易，才能得到這些珍貴的貝殼。

沿海部落的人推崇陸產和海產的方式則完全是另一個樣子。在他們看來，海的產物屬於技術活動和經濟活動的結果：沿海的

印第安人常常專們從事捕魚和採集海貝的勞動，他們或者把這些
海產拿來食用，或者把它們賣給柴爾克汀人。我那些持有新馬克
思主義觀點的同事們常說，這些貨物是習俗的一個重要組成部
分。而另外一方面，爲了陸地的產物，這些印第安人就成了羣山
的進貢者，他們不敢貿然進山。山上的居民來拜訪他們，目的是
110　以陸產交換海產。這些逆反關係，在我們已經考察過的各種意識
形態層次的神話之間提供了一種形式上的類比：換句話說，在這
些神話當中實際上是一種與陸地有關的工具導致了一種與大海有
關的結果；而第二種情況則恰恰與此相反，一種與大海有關的工
具導致了一種與陸地有關的結果。這樣我們就明瞭沿海部落爲什
麼不必把貝殼「神話化」（mythologized）——因爲貝殼是他們
習俗的一部分。我們也明白，假如這些神話的變形採用了那種常
見的交叉形式，由結果分類中產生的海的因素爲什麼換成另一種
工具，這種工具恰恰能通過把有齒貝殼替換爲蛤貝吸管來獲得。
它們彼此構成了相同的雙重逆反關係，這種關係在兩個部落各自
的生態環境中占據著主要的位置。

　　我們先來考察一下山羊角。山羊角具有尖銳且彎曲凸出的頂
部，可做爲殺傷力強的武器；而山羊角的凹面和空洞的羊角根部
可以雕成勺子，因而變成女怪財富的一部分。與此相反，使有齒
貝殼成爲一種財富的，正是它們凸起而堅硬的外殼，而單殼貝內
部卻包藏著一種軟體動物，它毫無意義，不能食用。在這一切關
係當中，有齒貝殼就是這樣跟蛤貝吸管相對立的：蛤貝吸管是空
洞柔軟的管狀體，裡面是雙殼貝的附屬物，這種東西在沿海部落
人的菜單上扮演著重要角色。不過，貝拉－貝拉人的神話不承認
蛤貝吸管有什麼食用價值，而這些吸管是一種顯眼的器官，卻不
能引起人們的興趣，這眞是一種矛盾的現象。因此，它們就可以
輕而易舉地被「神話化」，其原因跟造成自卑的部落對有齒貝殼
來源的解釋正好對立：雖然人們對這些貝殼評價極高，卻沒有它

們；沿海的部落擁有蛤貝，卻對它的吸管並無特殊的評價。

　　大腦面對與自然環境相聯繫的技術、經濟條件時，並不處於被動狀態。它並不是僅僅反映這些條件，而且還對它們做出反應，把它們變成一種符合邏輯的系統。更進一步地說，大腦並不僅僅對它自己面對的環境做出反應，它還意識到有不同的環境存在，生活於這些環境，無論是已經出現的還是尚未出現的，都被溶進了一些意識形態的系統中。這些系統要受另外一些心理限制的支配，這些限制迫使許多不同的思維都按照相同的方式發展。我可以用兩個例子來說明這個思想。

　　我一個例子也像前面幾個例子一樣，也來自同樣的地域，即希切特印第安人（Seechelt Indians）的神話。他們住在弗雷澤河三角洲北面，講薩爾斯語。這些印第安人用一種奇怪的方式歪曲了一個神話。這個神話在落磯山脈以西廣爲傳播，從哥倫比亞河盆地一直傳到了弗雷澤河盆地。通常，這個神話的內容是：有個魔法師說服他兒子（或是孫子）爬到一棵樹上去採集鳥在樹上做窩的羽毛。魔法師用魔法讓樹越長越高、這樣主角就下不來了，而且終於被留在天上的世界裡。主角在天上歷盡艱辛，最後回到了地上，這時魔法師變成主角的模樣去引誘主角的妻子們。爲了報復，主角使他罪惡的父親掉進了一條河裡。河水把他送到大海中，海裡有些超自然的自私女人正用水圳攔住鮭魚不放。這些女人救了魔法師的命，並且歡迎他。他欺騙了她們，破壞了她們的水圳，使鮭魚獲得了自由。從那時起，鮭魚就在海中自由自在地暢游，而且它們每年都要游到河上，印第安人就從河裡把它們抓來吃。

　　鮭魚每年從大海游到河裡，在淡水中產卵，這時正是捕獲它的機會。這是由經驗得來的事實。從這個角度看，這個神話反映了客觀條件，對土著的經濟來說，這種客觀條件是至關重要的，並且是這種神話想要解釋的。但是，希切特人卻用不同的方式來

111

講這個神話。其結局是：那個父親掉進了水裡，不知道在什麼環境中；一個女人救了他，把他送回家。他打算親自報復兒子，因為他認為是兒子造成了自己的不幸。他把兒子送到了天上的世界裡，使用的方法跟其它神話變體中講的一樣。在天下，主角碰到兩個老太婆，他使她們住處附近鮭魚獲得了自由。鮭魚很感激拯救它們的人，就幫助主角回到了地面。

在希切特人的神話變體中，魔法師掉進水中，被住在下游的女人救了起來，代替了其它變體中的第一種結局，所以，掉進水中這個情節就不再具有什麼意義了。與此相反，有關鮭魚的情節被推回天空世界的險遇中，並且，這個天上的結局在水中的結局出現之後，而不出現在它之前。最後，在天上的問題不再是使鮭魚獲得自由，而只是發現天上有鮭魚而已。

怎樣解釋這些變形呢？有人可能會這樣想：希切特人想把最初從鄰近的湯普森部落印第安人那兒聽來的一個故事（其細節十分豐富）重新講一遍，但弄不懂它的意思，所以就把它完全弄亂了。這種看法忽略了一個重要事實：希切特人居住的地理區域不同於他們的鄰居，他們的部落離大海更遠；他們那裡捕不到鮭魚，因為那個地區裡沒有適合鮭魚回游的河流。為了捕魚，希切特人不得不在哈理遜河中游的斯契利斯流域冒險——對外部落的這種侵犯有時還會導致流血衝突。

希切特人沒有鮭魚，因此他們沒有理由把鮭魚的解放歸因於他們文化中一個主角身上；或者，假使他們這樣做，那麼解放鮭魚這個情節也不是發生在陸地上，而是發生在天上——發生在一個想像的世界中；在那個世界裡，經驗毫無地位。這種轉變使解放鮭魚的情節喪失了意義：希切特人並不過問鮭魚怎樣得到了自由游到河上來，這種現象與當地生活經驗相矛盾，因為他們的地域裡沒有鮭魚。希切特人寧肯給它們一個形而上的家園，也不願意承認自己相形之下生態環境不如鄰近部落的實際情況。

112

如果當地的生態環境造成了神話裡一部分的改變，那麼，心理限制也要求神話的其它部分隨之改變。故事因此就產生了奇異的變化：父親並沒有什麼明顯原因去迫害兒子，兒子親自進行報復；父親見到了海裡的那些女人，但是並沒有去解放鮭魚；兒子在天上發現了鮭魚，這個情節代替了父親在海裡解放了鮭魚的情節，如此等等。

前一個例子中還給人上了另外一課。如果一種簡單的單向關係（例如因果關係）在技術—經濟基礎結構和觀念形態中確實占據了優勢，那麼我們就可以料想到希切特人的神話能夠解釋他們的地域中沒有鮭魚的原因；或者能說明為什麼他們曾有過鮭魚後來又失去了，鮭魚何以成了他們鄰近部落的特產；要不，他們乾脆就不講有關鮭魚的神話。而我們實際發現的卻截然不同，神話本身就提供了沒有鮭魚這個情節，而且還解釋說，雖然別的地方有鮭魚，但是在該有它的地方卻沒有。一種與經驗相悖的神話模式並不簡單地自行消失，也不使自身產生能使它接近經驗的變化；它還繼續保有它的生命，任何轉變都不是要去適應經驗的限制，而是要去適應人的心理限制，它們不以構成神話的人的意志為轉移。在我們分析的這兩個神話中，中心線兩端分別為陸地和大海——從環境的觀點看，只有這條「真實的」中心線：從技術—經濟活動的觀點看，也只有這一條——這條線從水平方向朝垂直方向擺動，中心線大海這一端變成了天空的一端，而陸地這一端所包括的是靠下面的一端，而不是近處的一端了。這樣，經驗的中心線變成了想像的中心線。這個變化引起了一些其它的變化，這些變化與經驗並沒有什麼可以想見的關係，但仍舊是形式上必要性的結果。

因此，希切特人的神話極其出色地說明支配神話的思維的兩種影響。還有許多其它的例子可以說明這兩種影響。我只舉其中的一個例子，它格外具有說服力，因為它說明在另外一種生態和

113

文化背景中，像剛才討論的那樣一個問題也是以同樣的方式處理的。

阿爾貢契安語族（Algonkian linguistic family）的人住在在加拿大生態區裡。在他們看來，箭豬（porcupine）是一種實實在在的動物。他們辛辛苦苦，獵取箭豬吃肉，吃得津津有味。他們也要箭豬刺（quill），女人們用它做裝飾品。箭豬在神話中也扮演著一個引人注目的角色。有個神話說，有兩個姑娘徒步到一個很遠的村子裡去，在一棵倒下的樹旁發現一個箭豬窩，其中一個姑娘把這個倒霉畜生的刺拔了下來，扔掉了。受到傷害的箭豬用符咒喚來一場暴風雪，兩個姑娘都被凍死了。另一個神話的女主角是兩個孤零零的姊妹。一天她們在遠離家園的地方流浪，在一棵倒下的樹旁發現了一個箭豬窩。其中一個姑娘非常蠢，竟然坐在了箭豬的背上，所有的箭豬刺都扎進了她的臀部。她的傷過了好長時間才痊癒。

我們再來看看阿拉帕荷人（Arapaho）的神話。阿拉帕荷人也屬於阿爾貢契安語族。他們的神話中，箭豬成了頗為不同的故事的主角。他們的神話說：太陽、月亮兩兄弟為了該娶什麼妻子而爭執起來，是娶一隻青蛙為妻、還是娶個人類的女子呢？月亮願意娶人類的女子為妻，於是把自己變作一隻箭豬，去引誘一個印第安姑娘。這個印第安姑娘非常渴望得到箭豬刺，於是就往樹上爬去，越爬越高，箭豬就假裝躲在樹上。箭豬用這個狡猾的計謀取得了成功，把那個姑娘引到了天上的世界。在天上的世界裡，月亮恢復了人形，娶了那個姑娘。

這兩個神話除了都出現了箭豬以外，似乎毫無共同之處。我們怎樣去解釋它們之間的差異呢？箭豬在加拿大生態區分布很廣，但是，在阿拉帕荷人幾百年前遷居的平原地區，箭豬如果有，也是極為罕見的。在新的環境中，阿拉帕荷人獵不到箭豬，也得不到箭豬刺，所以，他們就不得不跟北方的部落做交易，或

者親自到外部落人的領地中去獵取箭豬。這兩個條件對技術經濟
水平以及神話的水平似乎都產生了影響。阿拉帕荷人的箭豬刺裝
飾品是北美洲最精美的，他們的藝術深深浸透著其它藝術很少能
與之相比的神秘色彩。在阿拉帕荷人看來，製作箭豬刺裝飾品是
一種儀式的活動，女人們每次都要事先齋戒祈禱，才能動手製作
它，她們希望超自然的力量能使她們完成工作，她們對這種超自
然力量深信不移。說到阿拉帕荷人的神話技巧，我們看到，它用　114
令人難以理解的方式改變了箭豬的特徵：它原是一種神秘的內陸
動物，極能適應寒冷與冰雪，現在變成了（像在鄰近部落的神話
中一樣）一種以人形存在之超自然生物的偽裝，由於生物學的周
期性（而不是由於氣象學或物理學的周期性）而成了天上的居
民。神話中也的確說明了月亮的妻子是女人中第一個具有規律的
月經和經過懷孕的一段固定時間以後要分娩的人。

　　因此，當我們從北方的阿爾貢契安人神話轉到了阿拉帕荷人
神話時，這條經驗的中心線（它是水平的，連接著近處與遠處）
就轉變成了想像的中心線（它是垂直的，連接著天空和大地）。
這正是我們在薩爾斯語族落的神話中見過的同樣的轉變：當特定
的地理形勢中缺少一種在技術上和經濟上都十分重要的動物時，
就會產生這樣的轉變。同樣，也像薩爾斯語族部落的神話一樣，
隨之也引起了一些其它的轉變，它們是由內部而不是由外部事先
注定的。一旦我們懂得，儘管這些轉變的來源不同，但是都互相
聯繫，都是同一套神話中結構上的組成部分，那麼我們也就很容
易懂得：這兩個故事實際上是同一個故事，而一致性的規則允許
它們互為逆反。

　　其中一個故事裡，兩個女人是姊妹倆；另一個故事裡，她們
則屬於不同的動物學種屬——人類兼兩棲動物（human and am-
phibian）。兩姊妹從近到遠，在水平方向上移動；而另外兩個
雌性動物則從低到高，在垂直方向上移動。第二個故事裡，女主

角沒有像第一個故事中那樣把箭豬刺拔下來，而是被箭豬刺「拔出」了她的村子，也就是說，她被自己渴望得到的箭豬刺引到了天上。一個姑娘滿不在乎地扔掉了箭豬刺；而另一個姑娘則把箭豬刺視爲稀罕物而渴望得到它。在第一組故事中，箭豬在一棵倒在地上的枯樹旁邊做窩；而在第二組故事中，同樣的動物卻爬上了一棵不停生長的樹。如果說，第一組故事中的箭豬使兩姊妹的旅行速度放慢了下來，那麼，第二組故事中的箭豬則引誘著女主角朝樹上爬得越來越快。第一個姑娘坐在了箭豬背上的刺上；另一個姑娘則伸出手去抓箭豬刺。第一個故事中的箭豬是侵略性的；而第二個故事中的箭豬則是個誘姦者。前一隻箭豬從姑娘的臀部刺痛了她；而後一隻箭豬則在姑娘的前面破壞了她的女貞，也就是說，「刺破了」她。

　　分開來看，這些變化沒有一個可以說是由環境的特殊性造成的；它們都是邏輯必然性造成的，在一系列作用的過程中，這種邏輯必然性把每一種變化與其它的變化聯繫起來。如果在一種新115　環境中，像箭豬這樣在技術上和經濟上如此重要的動物付之闕如，那麼，它就會在另一個世界裡保持它的地位。結果是出現了低的變成高的、水平的擺動成了垂直的、內部的變爲外部的以及其它種種變化。所有這一切變更過程都來自一種朦朧的願望：維持以前環境中的人設想出來的一致關係，保持一致性的需要似乎十分強烈，甚至爲了保留各種關係的不變結構，人們寧可竄改環境的意像，也不願承認與實際環境之間的這些關係已經發生了變化。

＊　　　　　＊　　　　　＊

　　所有這一切例子都說明了我提到的那兩種決定論的表現方式，一種是把與特定的環境存在著固有關係的種種限制強加在神話思維上，另一種則來自久的心理限制而不依賴於環境。如果人

類與環境的關係以及心理一致性的限制來自一些不能縮減的、分離的既定程序，那麼，這種相互作用就很難爲人理解。那些心理限制具有普遍的滲透性，以致使人以爲它們全部具有自然基礎，我們應當對這樣的心理限制加以考察。否則我們將有掉入哲學二元論陷阱的潛在危機。用解剖學和生理學術語去解釋人的生物本質，根本改變不了這樣一個事實，即人身體上的性質也同樣地表現爲一種環境，人在這個環境裡發揮他的各種功能。這種有機環境與物理環境緊密相聯，以至於只有通過有機環境的媒介，人才能理解物理環境。所以，在感覺材料及其在大腦（進行上述理解的工具）的活動過程與物理世界本身這兩者之間，必定存在著一種姻親關係（affinity）。

參考語言學對「etic」（非構造性的）層次與「emic」（構造性的）層次的區別，可以說明我現在的觀點。這兩個詞很實用，它們是根據「phonetic」（語音的）和「phonemic」（音位的）這兩個字杜撰出來的，代表研究語言聲音的兩種互相補充的方式：一種方式認爲，語音就是耳朵聽到的（更準確地說法是，被認爲是用耳朵聽到的），即使是運用聲音設備的幫助聽到的聲音；一種方式則認爲，語音是深入到發音的原始材料背後，對它的各個組成部分進行描述、分析以後所呈現的東西。人類學家按照語言學家的方法，尋求一種方式，在經驗性的意識形態中揭示二元對立（binary opposition）與變形過程規則之間的相互作用。

這種區別在實踐中也許很便利，但是，如果把這種區別無限 116
擴大，並假定它具有客觀的地位，那就錯了。俄國神經心理學家魯利亞（A. R. Luria, 1976）已經成功地使我們相信成形的語言並不是由聲音構成的。他證明，聲音和樂音知覺的大腦機制跟我們能知覺的所謂語音頗爲不同；他還證明，左顳葉的損害破壞了分析音位的能力，但是音樂聽覺卻依然完好無損。要解釋這種看

似矛盾的現象，我們就必須懂得，在對語言的注意中，大腦分辨出來的並不是聲音，而是可以被區分出來的特徵。更進一步說，這些特徵既是邏輯的，又是經驗的，因爲它們被記錄在聲學儀器的屏幕上，唯物主義也好，唯心主義也好，都無法懷疑這些特徵。因此我們的結論是：只有眞正的「非構造性的」（etic）層次才是「構造性的」（emic）層次。

　　當代對視覺機制的研究也表明了同樣的結論。眼睛並不僅僅攝取對象，而是在爲對象的可區分特徵編碼。這些特徵並非由我們賦與周圍事物的性質所構成，而是由種種關係的集合構成。在哺乳動物身上，大腦皮質特化的細胞行使一種結構分析的功能，而在其它動物物種上，這種結構分析由視網膜細胞和神經節細胞承擔並完成。每個細胞——無論是在視網膜、神經節中還是在大腦中——僅僅對某種類型的刺激作出反應，例如動與靜的對立、色彩有無、明暗交替、外形凸凹彎曲的物體、直線或斜線的運動方向、從左到右或是從右到左的運動方向、水平方向或者垂直方向，如此等等。從這一切信息中，大腦重新構成一些並不是眞的被觀察到的那個樣子的物體。在沒有大腦皮質的動物物種中（如青蛙），占主要地位的大多是視網膜的分析功能，不過松鼠也存在這種情況。在比較高級的哺乳動物中，這種分析功能大多由大腦承擔，皮質細胞僅僅是拾取感覺器官已經記錄下來的過程。這種編碼和解碼的機制，用神經系統中以二元對立形式鏤刻出的幾種柵網，來翻譯進入大腦的資料。我們完全有充分的理由認爲：在人的身上也存在這種機制。因此，感官知覺的直接材料並不是什麼原始素材，並不是一種（直截了當地說）並不存在的「非構造性的」現實；從一開始，它們就是一種能被區分出來的現實的抽象物，因而屬於「構造性的」層次。

　　如果我們一定要弄清「非構造性的」／「構造性的」（etic ／emic）層次的差異，我們就不得不把我們經常賦予這兩個術語

的意義逆反過來。一些滿腦子都是機械唯物主義和感覺論的哲學的作者，把「非構造性的」層次看作獨一無二的現實，但正是這個「非構造性的」層次被貶抑成一種外表，一種偶然的圖形，一種常被我們稱爲「人工製品」（artifact）的東西：另一方面，「構造性的」層次則正是知覺過程與人腦最智能性的活動滙聚之所在。這兩種活動互相混合，可以表達對現實自身性質的共同有用性（common subservience）。結構的安排不是純粹心理過程的產物，感覺器官也同樣起著結構的作用，而且除了我們以外，原子、分子、細胞和有機體中都具有相似的結構。這些（內部的和外部的）結構在「非構造性的」層次上不能爲人理解，因此我們可以說，事物的性質是「構造性的」而不是「非構造性的」，而「構造性的」方法是使我們能更接近事物本質的研究方法。當大腦佔有「構造性的」經驗性材料（這些材料已經先由感覺器官佔有了）以後，就繼續構造出一種已經具備了結構的材料。如果大腦、大腦所屬於的身體以及被身體和大腦察覺到的事物成了相同的現實，那麼，大腦就只能產生上述的結構作用。

　　如果阿莫爾（John E. Amoore, 1970）所闡發的氣味立體化學理論（The stereochemical theory of odors）是正確的，那麼，質的多樣性（在感覺的層次上不足以分析、甚至不足以描述這種多樣性）就可以被減弱成散發氣味分子的幾何性質間的差別了。最後，我再舉一個例子。我認爲，布倫特‧伯爾林和保羅‧凱伊（Brent Berlin and Paul Kay）在他們的重要著作《基本色彩術語》（ *Basic Color Terms* ，1969）中，不應該把黑白對立（opposition of black and white）與輔音元音的對立（opposition of consonant and vowel）相提並論。大腦視聽覺系統的分布圖（在本質上）與輔音元音系統之間，確實似乎存在廣泛的相似性。爲了利用科勒（Wolfgang Köhler, 1910～1915）和斯坦夫（Carl Stumpf, 1926）的研究成果，羅曼‧杰科卜生已經證

明明暗對立相當於 p 和 t 的對立；從語音觀點看，鈍音 p 和銳音
t 是互相對立的。他還證明在元音系統中，同樣的對立轉到了 u
和 i 這兩個音素上，而第三個元音音素 a 則與這兩個元音音素對
立。a 這個音素的音色更緊張，因此──按照杰科卜生的說法
（1962，第 324 頁），「它 不 那 麼 容 易 與 明 暗 對 立 產 生 聯
繫」──a 這個音素相當於紅顏色。根據伯爾林（Berlin）和凱
伊（Kay）的見解，紅這種顏色名稱緊跟在語言中的黑白兩個顏
色名稱之後。伯爾林和凱伊仿照物理學家的方法劃分出顏色的三
種維度（dimension），即：色相（hue）、飽和度（satura-
tion）以及色值〔Value 或者叫明度（luminosity）〕。引人注目
的是，他們前一個色彩三角（包括白、黑、紅）與輔音三角和元

118　音三角相比，可以用目前已有的這兩個語言學三角相比較，以致
不需要「色相」這個維度了──換句話說，不需要三個維度中最
「非構造性的」層次了（從這個意義上說，人們只能以一種事實
為標準來確定色相，即色彩的波長）。恰恰相反，要說出一種顏
色是否飽和、明度深淺，我們就必須考慮它與另外一種顏色的關
係：對關係的認知這種邏輯的活動，優先於對個別物體的認識。
但是，在基本色彩三角中，「紅」的位置並不涉及「色相」，
「紅」僅僅位於中心線的一端，這條線兩端分別是「有色」和
「無色」，這種色彩的有無使整條線段都具有黑白的特徵。因此
人們總是能透過這種二元對立的方法，以另一種不再需要判定其
色彩的顏色為參照，看看是否出現了這種特徵，以便區別一種色
彩的飽和度或明度。這裡，感官知覺的複雜性預先設置了一種簡
單而符合邏輯的潛在結構。

　　只有自然科學與人文科學的緊密合作，才能使我們避免一種
過時的哲學二元論。人們將不是把理想與現實、抽象與具體、
「非構造性的」與「構造性的」等觀念二元對立起來，而是體認
到知覺所獲得的直接資料不能侷限於上述任一個別術語中，而是

居於兩可之間。也就是說，這些材料已經同時經過感覺器官和大腦的編碼；編碼是根據一種必須加以解碼的「本文」（text）（像任何本文一樣）的方式進行的，這樣它們才能被解譯成其它本文的語言。進一步說，最初構成原始本文編碼的物理／化學過程，與大腦解譯這種編碼時運用的解析程序並沒有本質上的不同。理解這種編碼的方式和手段並不完全屬於最高級的智能活動，因為這種活動繼承發展了已由感覺器官自身進行的智能活動。

庸俗唯物主義（Vulgar materialism）和感覺經驗主義（Sensual empiricism）把人置於直接面對自然的位置上，卻沒有看到自然也具有結構特徵，它無疑更為豐富，與那些編碼在本質上並沒有什麼不同（神經系統就使用這些編碼去解譯這些特徵），與溯及現實的原始結構的理解過程所精心構成的範疇也並沒有什麼不同。人腦之所以能理解世界，在於人腦本身就是這個世界的一部分，是這個世界的產物。承認這一點，並不能就算是唯心主義者或理想主義者。為了極力理解世界，大腦所運用的方式在種類上與那些從混沌初開以來世界上逐步呈現出來的方式並沒有什麼不同，這種情況每天都在逐步地被證實。

人們常常譴責結構主義者玩弄與現實毫無關聯的抽象概念。我則力圖表明，結構分析絕不是深奧莫測的知識分子的娛樂；人腦之所以能進行結構分析，其唯一原因就是人體中已經存在結構分析的模型。從最開始起，視覺就建立在二元對立的基礎上，神經病學家大概會贊成這個見解也同樣適用於大腦活動的其他領域。結構主義沿著一條途徑（這種途徑有時被錯誤地斥為過份智能化）去重新發現並認識更為深刻的真理，人體自身已經朦朧地昭示過這些真理了；結構主義把物質與精神、自然與人、思維與世界統一起來，而它往往會趨向一種絕無僅有的唯物主義，這種唯物主義與科學知識的真實發展相一致。沒有什麼比結構主義離

119

黑格爾更遠了——甚至可以說，沒有什麼比結構主義離笛卡爾更遠了，我們在堅持笛卡爾的唯理主義信仰的同時，力圖克服他的二元論。

　　對結構主義的曲解與這樣一個事實有關，即只有那些每天都從事結構分析的人，才能清楚地設想出他們工作的方向及其範圍。這種工作就是把以往幾個世紀以來狹隘科學觀視之爲無法相容的種種見解統一起來，這些見解包括感覺與知識、質與量、具體的與幾何的，或者是我們今天所談的，「非構造性的」與「構造性的」。如果不對生態條件及每種文化對其自然環境的反應給予縝密注意；那麼，要描述和分析即使是極爲抽象的意識形態的作品（任何東西都可以被插上「神話學」的標籤），仍然是相當困難的，盡管思維似乎並沒過分屈從於技術經濟基礎結構的種種限制。只有對最具體的現實最順從的尊崇，才能激發我們這樣的信念：頭腦與身體並沒有失去它們那種古老的聯繫。

　　結構主義也有其它一些不那麼理論化而更爲實際的辨護理由。人類學家研究的所謂原始文化告訴我們，在科學知識和感官知覺兩個層次上，現實都可能富於意義。這些原始文化激勵我們去避免過時的經驗主義和機械論宣布的一種分離，即可以憑藉理性理解的事物與可以憑感官知覺感知的事物的分離。這些原始文化還激勵我們去揭示人對事物意義的不懈探求與這個世界之間一種隱藏的和諧關係。我們就出現在這個世界上，並且繼續活在這個世界上———一個由形體、色彩、結構、滋味和氣味組成的世界。結構主義告訴我們，最好是熱愛和尊崇自然及其在自然中生存的生靈，其方法是通過理解這樣一個道理：植物和動物（不論它們多麼卑下）並不僅僅供給人類營養，而是從最初就爲人類提供了使人類產生最強烈美感的源泉，並且根據智能和心理的要求，爲人類提供了第一批在當時就堪稱深刻的思索的源泉。

註　釋

① 這一章原是一九七三年我在紐約巴納德學院（Barnard College）用英語對該院女生做的一個講話。

② 指第二次世界大戰期間。——譯者註

③ 那伐荷人，美國西南部的印第安人——譯者註

④ 羅曼·杰科卜生（Roman Jakobson, 1896～1982），布拉格學派語言學家。——譯者註

⑤ 這裡指李維史陀於1964～1968年發表的三卷《神話學》中對人類烹飪術的結構主義研究。——譯者註

⑥ 李維史陀於1927～1932年在巴黎大學獲得法學碩士學位和在大學、中學教授哲學的證書。——譯者註

第八章
結構主義與經驗主義

　　我做構成前一章內容的那次演講的時候，哥倫比亞大學（巴　121
納德學院就是這個大學的一部分）當時的教授馬文・哈理斯
（Marvin Harris）並沒有在場；但我那篇講稿在美國發表以
後，他就起了寫一篇强力批評文章的願望。他打算把那篇文章發
表在法國的一份人類學雜誌《人類》（*L'Homme*）上，甚至不怕
麻煩，爲這份雜誌的編輯提供了一個法文譯本。這篇文章後來收
入他寫的《文化唯物主義：爲建立文化科學而奮鬥》（*Cultural
Materialism: The Struggle for a Science of Culture*，1979）這
本書中。①

　　《人類》雜誌按照哈理斯自己擬定的題目發表了那篇文章。這
個題目是"Lévi-Strauss et la palourde, Réponse à la Confér-
ence Gildersleeve de，1972"（〈李維史陀與蛤貝：對一九七二
年吉爾德斯利夫演講的回應〉）。我的答辯也刊登在同一期雜誌
上，就是本章的內容。我認爲不必摘要介紹哈理斯的文章，因爲
我要在文章中對他的每個論點逐一分析。下面是我這篇文章的原
稿，只在三四個地方加了一些注釋。

　　《人類》雜誌的編輯問我對馬文・哈理斯文章的意見，我說，
他的文章的口氣儘管跟我們同行之間探討問題時慣用的口氣極不
相當，但還是可以把它刊登出來。因爲，雖然他的論點沒有把問

122 題放在應有的位置上，即放在事實和我們處理事實的能力上，但我還是發現，在許多攻擊對神話進行結構分析的文章裡，他這一篇也像那些奇文一樣新鮮。不少批評文章常常把抽象偏頗的反面觀點，作爲對結構主義的演繹性批駁的基礎，卻沒有思考一下這種方法是不是成功地揭示了那些看似專斷的神話表現方式卻聯繫成一些與現實相關的系統（既聯繫著自然的現實，也聯繫著社會的現實），以便去反映現實，遮掩現實，或是與現實對立。我們馬上進入正題，我從哈理斯選定的地方開始反駁。

我也像哈理斯一樣，很遺憾我們沒有法蘭茲・鮑亞士的《貝拉─貝拉人的故事》（*Bella Bella Tales, 1932*）的當地文版，我正是從這本書中引用例子的。其實，對這些神話裡的一些故事，我們連它們是用什麼文字和土語收集記錄下來的都不知道。例如，那個最高度發展的關於喀瓦卡（Kāwaka）的神話（原文是 K.！ā'waq!a──爲了方便，我把這個字簡化了），還有那個Ȧ-wīLīdExᵘ 人的神話變體（這個字也許是 Uwit'lidox 吧？如果是的話，那它就是來自埃勒斯萊湖的一個部落的名字〔參看奧爾松，1955年，第321頁〕，這個湖是斯皮勒海峽的一個海灣，位於貝拉─貝拉人居住的村子東北方）。前一個神話是喬治・亨特（George Hunt）提供的（他是鮑亞士的合作者），而亨特又是從一個名叫「奧澤斯塔利斯」的男人手裡得到的。有好幾個人都叫這個名字〔鮑亞士，1925年，第206頁；鮑亞士，1859年b，第621頁；柯提斯（Curtis），1915年，第220、242、301頁〕。早在1895年，這個奧澤斯塔利斯就是博阿斯的報導人（鮑亞士，1932年，第38頁），他在魯波特要塞夸丘特人的環境中生活了好幾年，會說一口流利的土語，因爲他就是用這種土語給亨特（143頁）口述故事的。因此，很有可能，他就是從夸丘特人那裡直接聽到這個神話的。他所提供的那些神話中的後兩個神話更簡潔一些。其中一個大概是鮑亞士得到的，用的是奧維克諾方言

（這是河流入口地區的一種混合方言，這個地區位於貝拉—貝拉人住地的南端），另外一個是鮑亞士與亨特得到的，用的語言更接近貝拉—貝拉人的土語。鮑亞士在《貝拉—貝拉人的本文》（ *Bella Bella Texts*, 1928）末尾的詞彙表裡對這兩種形式作了區分。

　　這個語言學上的問題不是基本問題，因為，正如馬文·哈理斯很正確地強調的，夸丘特人和貝拉—貝拉人各自用互不相關的術語（在兩種語言中不是同一個字）為普通的蛤貝和馬蛤命名。所以我完全同意這樣的見解：鮑亞士或亨特是不會在原始本文中已經有「馬蛤」這個詞的情況下說「蛤貝」（而沒有作進一步區分），或是在原始本文中已經有了「蛤貝」這詞的情況下說「馬蛤」。在《貝拉—貝拉人的本文》的詞彙表中，甚至包括幾個形容獲取這種數量最多的物種的行動的特殊動詞，像「tsàtsE'mtsla」（「得到馬蛤」），還有「ts. E'mtsi'la」（「把馬蛤做熟〔？〕」）。不過，可以用以解釋這些神話的結論，正好與哈理斯的結論相對立，他好像沒看到他自己的論點反而反駁了他。 123

　　在描述關於蛤貝吸管的三個神話中，五次提到了貝殼（shellfish）。但是，如果我們假定（哈理斯和我都會這麼做）鮑亞士和亨特都是嚴謹的翻譯家，那麼，這個必須譯成「馬蛤」（horse clams）的詞，五次中只有一次被譯成了「馬蛤」。所以，其它四個「貝殼」不會是馬蛤；如果它們是的話，鮑亞士和亨特就會每一次都使用這個詞了。五次中只有一次提到了馬蛤，這一點應當引起哈理斯的思索（在其它地方，他極其注意統計頻率），同時也應當讓他想想自己概括的論述是不是太冒失了。

　　這還不是全部。在我引述的關於蛤貝吸管情節的三個神話裡，蛤貝不光僅僅出現了一次，而且除了這絕無僅有的一次以外，它們在情節上也不起任何作用。何況情節的進展表明女主角不可能用它們的吸管。

　　爲了使我們信服，我們所要做的只是去閱讀神話，而哈理斯卻並不因爲沒有印出神話的全文而感到不安，因爲他認爲這麼做正好可以支持他的論據。一位超自然的女保護者告訴那個被喀瓦卡囚禁起來的年輕女主角：女怪每天早晨都要到海灘上挖蛤貝，回家以後就吃掉蛤貝，只是不吃它們的吸管，把它扔掉：

　　　　「把這些（吸管）撿起來」，她又說，「把它們套在你的手指上吧。」……第二天，喀瓦卡挎著滿滿一籃馬蛤回到陡坡上的時候，姑娘就朝她伸出個手指。喀瓦卡嚇得絆了一下。姑娘把手指都伸了出來，喀瓦卡就摔到山底下死了。（鮑亞士，1932年，第95頁）

　　我們看到，馬蛤在這個情節中不起任何作用。那個姑娘用的不是馬蛤的吸管，因爲她把吸管套在手指上的時候，女怪還沒回來。這些吸管是姑娘從屋子裡收集的──它們是女怪以前用餐剩下的，它們只是簡單地被說成是從蛤貝（clams）那兒來的，而不是從馬蛤那兒來的。

　　另一個版本裡就更模糊了。在一八六六年從河流入口地區得到的那個版本中，甚至根本就沒提到蛤貝：「那個長在地上的女人告訴男孩找一些貝殼來，然後把吸管套在手指上。」在下面這個大概是一九二三年得到的版本中，這位女保護者自己說：「喀瓦卡總要到海灘去撿貽貝和蛤貝，她走到懸崖上的時候，把蛤貝吸管套在你手指上，等等」（鮑亞士，1932年，第96頁）。當《貝拉－貝拉人的本文》的詞彙中已經有了一系列的現成詞：貽貝（k!wās, xawu'l）、蛤貝（tslekwa）、貝殼（ts!e'ts!），還有許多關於收集這些軟體動物的動詞時，完全不能想像在四種情況下把貝殼（shellfish）、貽貝（mussels）和蛤貝（clams）（兩次）都翻譯成馬蛤（horse clams），而馬蛤這個詞在貝拉－貝拉人的語言裡是tsi'mani；在河流入口地區的方言中是

tse'mane。在《貝拉－貝拉人的本文》的詞彙表裡，鮑亞士收集並解釋了他的報導人使用的詞彙。順便提一下，哈理斯用來說明普通蛤貝與馬蛤之間的差別的那個土語本文中，已經用了一個詞來命名普通蛤貝了，在鮑亞士的報導人看來，這個詞包含著貝殼（ $ts\underset{.}{e}$ 'ts!Ex^{u}p!at）這個籠統寬泛的意義（鮑亞士，1938年，第 233頁，參看第141組第2行）。因此，各個文本中男主角或女主角使用的吸管來自任何一種蛤貝，甚至來自未經進一步具體化的貝殼。我所使用的本文中，沒有一個將特定角色歸於馬蛤的吸管。在我那次演講裡，我玩笑式地提到當年我住在紐約時享受的那種蛤貝（在一輩美國聽衆面前，做任何講演在形式上都需要講個笑話），無論在精神上還是在字面上，跟我提到的神話裡的蛤貝都並不矛盾。

＊　　　　＊　　　　＊

哈理斯的確也提到了後來兩個神話版本。在這兩個版本中，吸管來自很大的蛤貝。第一個版本是奧爾松（R. L. Olson）一九三五年和一九四九年收集的幾個故事中的一個。這是鮑亞士在原來的本文上作了「貝拉－貝拉人的全部文化實際上已經消失了」（1928年，第Ⅸ頁）這個註腳之後的十二年和二十六年之後。奧爾松本人也說：「用一九三五和一九四九年的術語來說，這個意思沒有充分地表達出來」（1950年，第319頁）。所以，神話按照這個日益消逝的方向發展，這往往成了其內容發展的正常現象。我們還知道另外兩個例子：現代夸丘特人雕刻家往往把女怪佐諾柯瓦（Dzōnoqwa）的像雕成有兩隻凸起的眼睛的樣子。這樣的肖像不用說是在強調女怪的凶殘，它們與被神話、面具以及其它雕刻所表明的古代傳說相對立，這些神話、面具和雕刻把佐諾柯瓦刻劃成近於瞎子，雙眼半閉或是深深地嵌在眼窩裡。根據同樣的思路，現代土著大概會想像到，作為女怪（同時

也是個龐然大物）的食品，巨大的雙殼貝要合適得多。這不是這
個神話版本的唯一特點，它隻字不提女怪攝取營養的特性，而且
是唯一賦與蛤貝迷惑女怪的犧牲品的文本。這就是女主角小心翼
翼，不去分享她的監護者的吩咐，她事先把這些吸管裝在一只籃
子裡。奧爾松的版本無疑也像別的版本一樣，是同一套神話中的
一部分，而且必須與別的文本放在一起研究，儘管如此，它的內
部組織系統還是很特殊，以致不能把它視為這組故事整體的代表
②。

　　另一個版本的時間更晚，它是在我做那次演講的一年以後才
出版的（儘管如此，哈理斯還是產生了這種疑問，即我為什麼沒
有借用這個版本）。這個版本具有一些別的版本所沒有的特點。
根據一位女性土著報導人的說法，必須先把吸管的尾部招掉，再
把吸管從裡向外翻過來，就像手套的手指部分一樣，這樣才能露
出吸管的內壁。一年當中有一部分時間吸管的內壁附著有有毒的
微生物而呈紅色。在這個季節裡，蛤貝也好，蛤貝吸管也好，都
不能吃。不過，把被認為有毒的部分去掉，這如果說已經成了這
個地區土著人的習慣，那麼我們就很有理由對亨特介紹夸丘特人
時沒提到這個習慣而感到驚訝了（亨特對夸丘特人烹飪術的描述
極為詳細。亨特兩次描述了處理一種附在岩石上的岩貽
（chiton，這是一種與蛤貝極為不同的貽貝）的方式：在吃這種
岩貽之前，捕魚人「要把它刮一刮，去掉岩貽身上的紅顏色」。
然後還有更進一步的描述，提到一位完成同樣工作的女人時說：
「她用刀背刮著岩貽身上看上去像紅漆似的東西，一直到把它們
從岩貽身上刮掉為止。」（鮑亞士，1921年，第485、487頁）前
面所說的那種忽略就和這些描述更不一致了。另一方面，在談到
蛤貝周期性有毒這個情況時，夸丘特人的看法與貝拉－貝拉土著
的看法似乎極不相同。根據其中一個本文的說法，這種毒性是以
地區劃分的而不是以季節劃分的：「格嘎克（Ge'gäqe）那個地

方的蛤貝有毒，所以這些（來自那個地方的）蛤貝不能吃」（鮑
亞士，1910年，第377頁）。這裡所說的地區正好就是河流入口
地區附近。③ 由此看來，哈理斯引用的第二個神話文本所描述的　126
習俗似乎不那麼眞實而廣泛，因爲它僅僅反映了一小羣人的做
法，甚至只是反映了少數幾個人的做法。這個文本大概是後來混
合而成的，它把人們對這個神話的傳統閱讀和AwiʼLidExᵘ人的
迷信混合了起來（它產生了這一神話的兩種變體，參看本書第
122頁）。根據這種迷信，爲了防禦那些超自然存在的侵害，必
須咬破自己的舌頭，再把嘴裡的血唾到它們上面，因爲這種血像
女人的經血一樣有毒，尤其像處女的經血一樣，可以祛除邪惡的
超自然存在〔鮑亞士與亨特，1902～1905年，第429～431頁；參
看鮑亞士，1895a，第21頁；鮑亞士，1916年，第481頁；斯萬頓
（Swanton），1905年，第148頁〕。不過，不論這種畸形的變體
採取什麼形式，它（依然像奧爾松文本一樣）還是屬於這組神
話，卻不能代表這一組神話。

　　爲了把這兩個變體放到它們應有的位置上，我這裡要介紹另
一個變體（儘管是朝另一方向的變化），這個變體再次詳細記述
了貽貝附肢的所有部分。這個變體是已知最爲古老的一個文本，
因此增加了我們的興趣──它是一八九五年出版的一個德文本，
被鮑亞士收入了《印第安人的神話》（*Indianische Sagen*, 1895a，
第224～225頁）這本書。這個神話來自河流入口地區的奧維克諾
（Owikeno），他們住在貝拉－貝拉人羣落的最南部，在語言
和文化上與夸丘特人有相當多的交混。奧爾松曾經以懷念的心情
指出，（1954年，前言）鮑亞士在這個地區工作的時候，他們的
文化依然很繁榮。

　　在這個變體中，那位超自然的女保護者要小男孩（他被女怪
所劫持）去撿些貝殼（德語：Muscheln），煮熟以後，把它們
清理乾淨，切成小塊，再把貝殼的「鬍子」（Bärte）做成鞘，

套在手指上。這個小男孩把手伸出來給女怪看，女怪叫道：「這是什麼東西？我從來沒見過這種東西，我害怕。」男孩按照女保護者教他的方式動了動手指，大笑起來，於是，女怪就倒下來死了。

　　鮑亞士這裡說的貽貝的「鬍子」是什麼意思呢？如果我們回過頭來，查閱一下德國學者布萊姆（Alfred Edmund Brehm）寫的十卷本巨著《動物的生活》（*Tierleben*，1864～1869年），就會找到鰓魚（Lamellibranchia）的解剖學名稱了，它們是"Bart oder Byssus"（鬍子或者絲足）〔施密特（Schmidt），1893年，第450頁〕。鬍子（Bart）或者絲足（Byssus）是一簇像線一樣的細絲，某些雙殼貝用它們把自己固定在岩石上，固定的時間或者是一段時期，或者是永久的。除非鮑亞士完全搞錯了為他提供信息的報導人的意思，把吸管（siphon）譯成了絲足（byssus），把蛤貝（clam）譯成了貽貝（mussel，這是另一種固定地附著在岩石上的雙殼貝）（但是在這種情況下，他就不會在三十年後的《貝拉－貝拉人的故事》中校正這個本文了。在那本書裡，他提到了這個變體卻未做任何評論（1932年，第95頁）〕④，否則，我們就不得不對有關馬蛤的一切可能性作出判斷。何況，這個變體與其它變體不同，它沒有提到吸管（德語：Siphonen），卻提到了一種絕不可能是吸管的附肢（appendage），這種情況出現在博阿斯知道 Barten 這個字是別的什麼東西，而絕不是絲足的時候。與哈理斯的見解相反，神話是距離繁茂的經驗主義最遠的東西，而這種經驗主義正是所謂「新馬克思主義」（neo-Marxism）的老年期疾患；神話的內容不是一成不變的，其內容也不會完全由某種罕見的雙殼貝上的某些器官的特徵所決定。神話在一種範圍內發生效用，這個範圍是由對同樣的器官（也和別的器官一樣）的各種經驗性例證組成的，它們也許彼此不同，甚至屬於性質截然相異的動物物種。假如這個派典

（paradigm）裡的術語能表達同一類型的正確意義（每個術語不是單獨存在，而是與另外一些術語相對立），這些類型在共時條件下發生著變化，那麼，只要加以變通，這個派典裡的全部術語就都可以用於神話思維了。

現在既然馬蛤回到了它應有的位置上，那就沒有必要糾纏在哈理斯對馬蛤吸管食用價值的討論上了，因為在我的討論所依據的那些神話裡，吸管毫無作用。其實，我也不是沒領會到蛤貝吸管是可以吃的，因為我本人就常常吃。問題的關鍵在於，神話為它們規定了那種語義位置。在這個位置上，它們與當地的實際之間存在那些聯繫。哈理斯引用的美國白人作者的故事根本沒有回答這個複雜的問題。而另一方面，古老的海蘇克人（Heiltsuq）土著報導人（他們來自貝拉－貝拉人羣落，受夸丘特人的影響最少）則認為馬蛤及其吸管只有一部分可以吃；夸丘特人自己把吸管全部扔掉（除非他們沒別的可吃的時候）。不過，我們說的這些神話還是沒特別提到馬蛤吸管，只提到丁蛤貝吸管這種更籠統的說法，有時這些神話僅僅提到沒有進一步分類的貝殼（shellfish）。在哈理斯提供的材料裡，我們應當記住：必須先把小哈貝吸管黑紫色的外鞘剝下來，才能吃這些吸管；還有，按照貝拉－貝拉人土著報導人的說法，所有吸管都必須割掉不能吃的部分——這些部分被描述成小蛤貝發黑的尖端。連最愛吃馬蛤吸管的人（哈理斯稱他們為目擊者）也懂得，能吃的只是吸管的內層，而不是那層粗糙而令人生厭的外皮，也不是吸管那種角狀的尖端。

128

我們來總結一下：

　　1.女怪喀瓦卡吃蛤貝（我再一次強調，任何一種蛤貝），但扔掉它的吸管，因為至少是在她看來，蛤貝的吸管不能吃。

　　2.就連最能放開膽子吃蛤貝的人在吃蛤貝吸管的時候，也要

扔掉吸管外皮或外鞘以及角質部分（如果有的話）。因此，他們認為蛤貝上面的一部分是不能吃的（何況這些部分連女怪也不吃，而男女主角正是拿這些部分去驚嚇女怪的）。

3.女怪扔掉了吸管（這是蛤貝上最好的部分），她一看見這些吸管就嚇壞了，因為它們含有致命的毒素，因而表現了女怪的愚蠢。這種說法無論如何是很令人驚異的（哈理斯分別在幾頁上兩次提出了這種說法〔1979年，第14、16頁〕）。

4.「可吃的」與「不可吃的」兩部分之間的區別（不可吃的部分先要撕下來扔掉），與夸丘特人在山羊的可吃部分與不可吃部分（羊角）之間的對比驚人地相似。夸丘特人的神話是這樣說的：

打山羊的人到外面打獵，做勺子的人請他把羊角取下來。因為打山羊的人只想要羊脂、羊臀脂肪和羊肉；他不要羊骨和羊角。所以做勺子的人請他把羊角給他留下來……當他（獵人）殺死一隻山羊以後，他就取下羊脂、羊臀脂肪和羊肉，最後，他沿著羊角根部的皮割了一圈；剝羊皮的時候，他用錘子把羊角敲下來，這樣羊角就從骨髓開始斷開了。（亨特記錄的夸丘特人的文本，鮑亞士翻譯，1921年，第104～105頁）

總之，山羊角（柴爾克汀人神話變體中的主角用它來恐嚇劫持他的怪物）在獵人的慣例中占據的位置，與這個主角在貝拉－貝拉人神話變體中的同類角色恐嚇劫持他的怪物所使用的東西——蛤貝吸管全部或部分佔據的位置，兩者之間有一種奇妙的親緣關係。從這個前所未有的角度看，瑪爾文‧哈理斯提供的簡要細節正好鞏固了我的解釋。

現在，我們繼續反駁哈理斯第二個決定性的論點——或者說，是他認為決定性的論點吧。他聲稱，我說女怪的財富完全來自陸地的論點純屬憑空杜撰。哈理斯在這裡譴責我立論不精確，

還說任何一個一年級的學生都知道，印第安人的誇富宴上所分發 **129**
的就是鮮魚、乾魚、魚子和魚油，還有五顏六色的鮑魚殼。哈理
斯這是在取笑誰呢？我也像他一樣，對由觀察者杜撰的東西也很
熟悉⑤；不過，在本書第七章中，我一次也沒提到過眞正的誇富
宴（也沒有隨之提到眞正的女怪）。我唯一提到誇富宴時是指在
神話裡，使用的是這些神話講到它們時使用的術語以及紀念儀式
上用的語言，這些儀式紀念的是那些本身就帶有神話性質的事
件。現在，這些神話就從分類上證實：(1)劫持小孩的女怪只擁有
來自陸地的財富；(2)人們欣賞這些財富，這些東西就被不斷地用
於誇富宴；而這些活動，正如我現在要證明的，具有一種模式的
價值。

　　那些神話呢？哈理斯在這個問題上引用我的話時，毫不猶豫
地從我的文章中斷章取義地引用了一些基本段落，以便把我駁
倒。他翻譯我的文章時，把我的話譯成「我們占有的神話學資料
以及有關喀瓦卡（Kāwaka）的儀式都趨向於證明喀瓦卡的財富
都來自內陸地區。」但是，我已經在原文裡作了具體說明：「這
個喀瓦卡就是夸丘特人所說的佐諾柯瓦。」我的話都擺在那兒。
我們確實知道，鮑亞士發表的貝拉－貝拉人的本文主要來自魯波
特要塞和河流入口地區——換句話說，也就是來自夸丘特人的村
落或者來自主要受夸丘特人影響的地區。何況由於這個理由，
「純粹的」貝拉－貝拉文化的强力支持者〔哈理斯也提到了這些
支持者）對鮑亞士的本文也心存疑問。他們認爲，這個本文不適
於用作夸丘特文化的代表。所以，爲了正確地解釋這些本文，我
們就必須參考夸丘特人的神話，而不是參考其來源在更北方的神
話（補充一句：這並不是說出哈理斯要這些神話說的：烏鴉有對
銅翅膀，但並不是「從天上把銅帶來」（參看奧爾松，1955年，
第330頁）〕。在任何情況下，一個神話如果提出銅的來源在天
上，那麼它往往會帶有奇姆希安人或者林吉特人的影響。準確地

說，在鮑亞士收集的本文中，一切有關喀瓦卡的神話，除了吸管
這個情節之外，幾乎都是夸丘特人神話的各種文字變體，而夸丘
特人神話的本文在鮑亞士的收集裡也能找到（1895年b，第372
～374頁；1910年，第116～122頁；442～445頁；1935年b，第
69～71頁）。在鮑亞士和亨特的收集中（1902～1905年，第86～
93、103、104、431～436頁），以及柯提斯（Curtis）的著作裡
（1915年，第293～298頁），也可以找到夸丘特人的神話。這沒
有什麼值得驚異的，因為貝拉－貝拉人神話中的喀瓦卡這個形象
不是別人，正是夸丘特人所知道的佐諾柯瓦（鮑亞士，1928年，
第224頁；1932年，第95頁 n. 1）。哈理斯的語氣沾沾自喜，這
更令人驚訝，因為他不是在挑我的毛病，而是在挑鮑亞士的毛
病。他說：「就連《喀瓦卡故事集》（*Kāwaka Tales*）這個書名
就犯了一個錯誤，因為，在貝拉－貝拉人神話的第三個版本中，
這個女怪的名字是 Ts! E'lk. ig. ila 或者 Adzi，即青蛙。」哈理
斯忽視了〈神話〉（Sagen）中的詳細註釋（鮑亞士，1895年a，
第226頁註 1）所說的那句話，即這不是別人，正是被夸丘特人
稱為 Tsonō'k. oa（Dzōnoqwā，佐諾柯瓦）、被拜拉庫拉人稱
為 Snēnē'ik（斯尼尼克）的那個角色。就是在同一種語言裡，
名字的重複也不值得大驚小怪；在夸丘特人的神話裡，佐諾柯瓦
有三個名字（鮑亞士，1935年a，第144頁）。

那麼，夸丘特人是怎麼解釋佐諾柯瓦的財富的呢？女主角殺
死了女怪，來到女怪的巢穴裡，發現了大宗財富，「啊！這是一
筆財富！這些四條腿的東西裡沒有河裡的食物，她〔女怪〕把肉風
乾以後招待別人……照她的方式，這裡沒有從河裡來的東西」
（鮑亞士，1935年b，第70頁）。我們終於知道鮑亞士的見解
了，他仍然堅持認為：「佐諾柯瓦很有力量但是很愚蠢。這個種
族住在內陸地區。她們唯一的食物就是陸地動物的肉。所以其中
的一個（通常是雌性）就到村子裡去偷魚……她也就是劫走那個

130

哭泣的小孩的女怪」（鮑亞士，1966年，第307頁）。

　　這樣，我們就證實了女怪的財富全部來自陸地的論點。事實上，人類獲得了這些財富，其中也包括了用於儀式的東西，像銅器、毛皮和漿果醬（它們都產自陸地）；這些財富的分配第一次可以用在今天的慶典活動和誇富宴上。這種傳統顯然來自有關佐諾柯瓦的全部神話，也來自鮑亞士收集的（1932年，第95頁）有關佐諾柯瓦的相應角色喀瓦卡的神話。

　　毫無疑問，夸丘特人的其它神話把誇富宴的起源追溯到一位掉進海裡的公主的奇遇上。財富的主人科摩哥瓦（Kōmogwa）在他另一個世界的王國裡歡迎這位公主。她在那兒生了孩子，這些孩子最終回到了他們母親的故鄉，他們帶回了銅器以及別的禮品（鮑亞士，1910年，第267～285頁）。不過科摩哥瓦也是個愛吃同類的傢伙，與佐諾柯瓦有某種親緣關係（相似關係）。儘管科摩哥瓦是海裡的神，但有時候還是被稱作山神（鮑亞士，1888年，第55頁；1895年a，第164頁）。在他巢穴入口的地方立著一座佐諾柯瓦的像。最後一點也是最重要的一點，這兩個怪物都擁有銅器，而銅器正是誇富宴上的一個基本要素，人類正是從他們那裡獲得這些銅器的。不過，科摩哥瓦是銅器最遠的主人，而銅器最近的女主人是佐諾柯瓦，所以從她那裡獲得銅器，要比從科摩哥瓦那裡容易一些。

　　印第安人誇富宴的儀式也證實了銅器與怪物之間的這種聯繫。為了慶祝誇富宴，酋長從助手那裡接過銅器（通常，這個助手背著裝銅器的筐子，這個筐子跟佐諾柯瓦的筐子相同），酋長在開始分配這些銅器的時候，要戴上一個佐諾柯瓦的面具。對於夸丘特人來說，在誇富宴上分配的銅器和其它東西，是神話時代人類從佐諾柯瓦那裡弄來的財富的複製品，沒有什麼比這更清楚的了。每次誇富宴都要重複它的原型，這個原型是因為怪物的來自陸地的財富而成為可能。⑥

131

　　比哈理斯更熟悉東北海岸神話的讀者會反駁說，貝拉－貝拉人神話中的喀瓦卡與夸丘特人神話中的佐諾柯瓦不同，喀瓦卡不單單靠吃陸產為生，因為貝殼也是她每日飲食的一部分。但是，我們還要對夸丘特人有一位「海裡的佐諾柯瓦」（她本來並不來自水裡，像那些住在下界的神祇一樣，她的入口通過海洋的洋底）這件事作些補充。夸丘特人的一個神話把這個巨型女怪對蛤貝的先天嗜好（更確切地說，她需要吃蛤貝）解釋清楚了。這個神話把兩羣人的生活方式加以對比：他們一羣是溫哥華島上的尼姆基施人（Nimkish）；另一羣是大陸上的闊克索特諾克人（Koeksotenok）。有一天，尼姆基施酋長的女兒（她嫁給了一個闊克索特諾克人）帶著自己的小男孩回到了父母家。在為她的到來舉行的宴會上，小男孩吃著做熟的蛤貝（蛤貝的「頭」上都是綠油油的汁液），汁液從他的嘴裡滴下來：

　　　　當孩子們看見綠汁從（這個男孩）嘴裡滴了下來時，就大聲喊道：「讓（個女人）來看看她兒子正在吞的綠汁吧。」（尼姆基施人的）這些孩子取笑這個男孩，因為（闊克索特諾克人的）祖先那裡沒有大河。因此（闊克索特諾克人）只吃貽貝和大大小小的蛤貝。所以（尼姆基施人）拿（闊克索特諾克人）取笑，因為他們沒有像尼姆基施人那麼大的河流（河裡還有鮭魚），尼姆基施人的大河裡有各種各樣的鮭魚，而這正是一切（尼姆基施人）的食物。這個意思由那些孩子表達了出來。因此他們取笑那個男孩（鮑亞士與亨特，1902～1905年，第134頁；鮑亞士，1895年a，第143、154頁）。⑦

132　　　這個情節的含義很清楚。貽貝、蛤貝（這裡也對它們的種類沒作任何區分）是許多住在水邊、但他們的地區裡又沒有鮭魚的人們所喜歡的食物。讓喀瓦卡成為吃貝類的生物，這就是另一種方式的表達──如果讓我來說明這種方式的話，那就是用「海洋

部記號」（sea clef）的方式（正如音樂裡的「低音部記號」和「高音部記號」一樣）──她被剝奪了吃魚的權利，而且，儘管她在海灘上出沒，她內在本質依然宥於陸地，正像她所居住的山頂一樣，即使她每天都到海灘上收集海中食物中最具陸地性質的東西，她也必須通過挖地的方式才能找到它們。這個故事引出了吃鮭魚的尼姆基施人以及他們那些鄙視貝殼的鄰居──不過他們實際上也吃貝殼。

奇姆希安人也持有這態度（鮑亞士，1935年a，第173頁）。他們的鄰居夸丘特人的神話──關於海達人和林吉特人的神話──只在必要的時候才提到貝殼可以吃〔斯萬頓（J. R. Swanton），1905年，第48頁；1909年，第41頁〕。根據為黎德博士（Martine Reid）提供信息的夸丘特土著報導人說〔黎德博士懂得夸克瓦拉語（Kwakwala）·我也必須說明這個信息是從他那裡得到的〕，蛤貝吸管普遍的確切意義是「陰莖」的委婉說法。四分之三世紀以前，斯萬頓（1909年，第21頁）講到林吉特人語言時，也得出過同樣的見解。這個含義被印第安人認為不合禮儀，並且受到譴責。這個直露的表達用語暗示出他們對吸管的評價甚至比對整個蛤貝的評價更低。

＊　　　＊　　　＊

在本書第七章那一個小時的講話裡，不可能把問題談得面面俱到。我不得不提綱挈領，何況，研究一種異族語言就更成為一種妨碍深入表述的障碍了。因此，我不得不捨棄許多觀點和許多問題──我所捨棄的東西其實比哈理斯想像的多得多。然而，哈理斯措辭格外嚴苛地指責我忽視了那個善良的忠告者這個主題，而這個忠告者在我引述的神話裡「被提到的次數是提到財富的次數的三倍」，因此，我現在接受哈理斯的挑戰，並且要表明在柴爾克汀人的神話中也同樣具備這個主題的對題（antithesis）。

但是，這個主題僅僅是一個龐大系統的一部分，所以，我們應該先來確定它在這個系統中的位置。

這個善良的忠告者（1974年和1975年，我在法國協會的課程中詳細討論過她）在夸丘特人的神話中佔有一個重要的位置。她用以下兩種偽裝出現：有時候是人，但不能移動，因為她身體的下半部分是石頭的，要不就因為她的根生在土裡，像一棵樹一樣，或是通過一根充滿血液的臍帶連接著地面；有時候，她以一隻老鼠的偽裝出現，在地表和地底世界間自由活動。由此可見，133　前者在水平的橫軸上是固定不動的；她常常是人類中的一個女兒或是一個姊妹，她在一個遙遠而邪惡的世界裡迷失了方向，她不情願地和那個世界妥協了。她無法回到她的族人那裡去，因此就自我約束，並且幫助她的同族人，他們迷路的時候、遇到跟她同樣的危險時，就給他們善良的忠告；與此相反，這個善良的忠告者的另一種偽裝——鼠女（Mouse Lady）在一條垂直的縱軸上卻可以移動，充當著超自然世界使者的角色，可以在超自然的世界與人類的世界之間來來往往。她的特徵因此就關聯著另一個女人的特徵，並且與之恰恰相反，那個女人代表陸地的世界，卻被留在另外一個世界裡當作人質。生根的女人和鼠女以各自的方式成了兩個世界的中間人，前者固定不動，起著軸心作用，各種角色都以她為中心轉動；後者則往返於兩個世界之間。

到目前為止，我考察過的貝拉－貝拉人和夸丘特人的神話中都講到一個孩子被怪物劫持的故事。在女怪巢穴裡，男孩子得到了一位善良的忠告者的幫助，這個忠告者以我剛才提到的兩種偽裝中的一種偽裝出現。如果這位善良的忠告者是那個生根女人，那麼她的忠告就能使這個被俘的孩子避免和她一樣的命運，並且從怪物那裡逃走，按照那個孩子的願望，返回自己家中。現在，我們只要讀一讀柴爾克汀（Chilcotin）的神話，就能弄明白這個好心的忠告者沒出現在他們的神話裡的原因了。柴爾克汀人神

話的主角不同於夸丘特人神話和貝拉－貝拉人神話的主角。他不
想返回家鄉，他覺得與劫持自己的人生活得很好；這個劫持者教
給他高尚的東西。當他的父母要帶他回家的時候，他們不得不費
很大力氣才說服了他。所以，這個神話裡生了根的角色正是這個
孩子，或者說，這個孩子快要變成生根的角色了；男孩的父母並
沒留在他們的村莊裡，也沒放棄他們的要求，而是成功地找到了
他們的孩子，幫助他違背了他本來的心願。為孩子提供幫助的女
人分裂成了兩種明確的功能：一種是生根的人物，這個角色由主
角自己充當；另一種是善艮的忠告者的角色，它由孩子的父母設
法充任（而且並非一帆風順）。兩組神話中都出現了同樣的功
能，但在其中一組神話中，這些功能被分配在三個代理角色身
上；而在另一組中，這些功能被分配在兩個代理角色身上，因為
在柴爾克汀人的神話中，這兩個代理角色除了其本身充當的角色
以外，還被賦與了幾種功能中與（夸丘特人和貝拉－貝拉人的神
話中的）第三個代理角色相聯繫的功能：

134

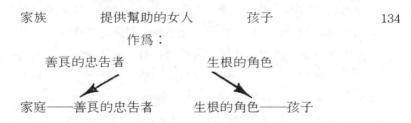

家族　　　　　　提供幫助的女人　　　　　孩子
作為：

善艮的忠告者　　　　　　生根的角色

家庭——善艮的忠告者　　　生根的角色——孩子

　　找出柴爾克汀人神話中這種平均的功能活動是如何分配的以
及這樣分配的原因，這將很有意思。目前我們擁有關於柴爾克汀
人文化的可靠資料，不足以使我們如願以償。在任何情況下，這
都不是調查的起點，這種調查要求我們對夸丘特人以及他們沿海
的和內陸的鄰居的各種神話進行有條有理的比較分析。

　　還有什麼問題要說呢？如果我們假設無論在加拿大印第安人
眼裡，還是在我們自己眼裡，野山羊角比雙殼貝吸管更富於侵略

性寓意，那麼，這樣的假設並不顯得不合情理。獵取山羊的人並非沒有意識到山羊有時會用角來發洩怒火。何況印第安人用動物角做鑿子劈樹椿〔柯提斯（Curtis），1915年，第10～12頁〕，而用鹿角做的作戰用的棒子在貝拉－貝拉人的語言中叫做「WoL! Em」——這個字既指鹿角本身，也包含了它們的性質的意義。在貝拉－貝拉人的一個神話中，叫這個名字的一種棒子具有一種魔力，只要當空一揮，就可以一次殺死十二個敵人（鮑亞士，1928年，第191頁；1932年，第141頁）。

　　說到用角刻成的勺子，正與哈理斯所認爲的情況相反，我並沒說它是女怪財富的一部分，也沒說它是贈禮節上分配的物品的一部分；我只說，這些勺子非常珍貴，「可能成爲財富的一部分」，而且在這方面可以和有齒貝殼相當。

　　哈理斯不承認貝拉－貝拉人的神話是柴爾克汀人神話的翻版，卻熱中於說它們是從一個相反方向上借來的。這個問題現在依然懸而未決，可以進行討論，但討論所依據的論點則與哈理斯提出的論點不一樣。哈理斯認爲，貝拉－貝拉人知道他們在沿海山中獵取的山羊（很顯然，除此之外他們還能在什麼地方得到山羊呢？）而柴爾克汀人經營海裡的貝殼，他們經常到海邊去，按照夸丘特人的傳說，他們最初就來自海邊（鮑亞士，1935年b，第91～92頁）。我們不必追溯那麼遠就可以注意到，十九世紀中葉，柴爾克汀人的戰鬥沿奈特河入口地區蔓延（鮑亞士，1966年，第110頁）。同一時期，一個仔細的觀察者發現他們進入了半游牧部落的行列，這些部落一年當中有一半時間在內陸活動，另一半時間在沿海活動，並且說他們把大部分時間都花在班汀克河入口（Bentinck lnlet）的貝爾呼拉地區〔梅內（Mayne），1862年，第299頁〕，或者在距離威特立多克斯（Uwi'tlidox）的村子（有關喀瓦卡的兩個神話都可以歸因於它）和河流入口地區六〇公里的直線距離的地方活動。鮑亞士在河流入口地區收集了

一些材料，可以斷定，柴爾克汀人也來自這個地區。

＊　　　　＊　　　　＊

　　我已經用了大量的時間來反駁哈理斯對我的批評，但是，如果不提一提兩個次要觀點，這種批評是終究不能成立的。這兩個觀點雖然不太重要，但也不能忽視不計。哈理斯正確地指出，「無害的」和「無意義的」這兩個形容詞不能用於那種最大的蛤貝吸管（我引述的神話裡根本沒提到過這種吸管）；他還說，被印第安人確定無誤地認為是「不能吃的」，只是一部分蛤貝吸管。我之所以又把話題扯回蛤貝吸管上來，是由於我希望從強調這些問題的複雜性中獲得收益，這些問題涉及對神話的結構分析──我只能稍加討論這些問題，因為我現在使用的不是我的母語，何況我的聽衆大部分都不是專家。

　　如果能允許我在我討論過的神話的有限範圍內列舉幾個有待結論的問題，那麼我們就來總結一下。首先，沿海部落的神話和內陸部落的神話不是用一種，而是用三種方式改變了柴爾克汀人的神話。在柴爾克汀人的神話關於山羊角的情節中，在某些拜拉庫拉人的神話變體中〔鮑亞士，1898年，第89頁；麥克伊爾弗萊思（MacIlwraith），1948年，卷Ⅱ，第446頁〕，我們必須不僅把各種蛤貝吸管並列在一起，而且還要把雙殼貝的絲足放在一起考慮（前面我已經提到過這種絲足了）；我們還應當看到，在拜拉庫拉人（Bella Coola）的幾種神話變體中，有一種還出現了第三種變形（鮑亞士，1895年a，第248頁）。在這個變體中，一個被女怪斯尼尼克（Snēnēik）囚禁的女孩在手指上裝上鷹爪去嚇唬女怪〔方法是戴上女怪的可以放射閃電的手套（麥克爾弗萊思，1948年，卷Ⅱ，第448頁）〕。由於傳統中往往賦與斯尼尼克食肉猛禽的利爪，所以，「手套」無疑就是與鳥爪相同的東西了。最重要的是，這樣一來神話中就出現了四部分動物，其中有

兩部分來自水（不過它們彼此對立），另一部分來自陸地，還有
一部分來自天空。它們的解剖功能不同，卻不那麼容易變換，因
此它們共同構成了一個神話的派典。這個派典中包括雙殼貝絲
足、同屬這個層次的各類貽貝的吸管、鷹爪及山羊角；也就是
說，這個派典裡包括了與某種動物的身體分離的各種器官，或者
是被割去了某一部分的動物，這樣，這些動物或者動物身上的部
分才能食用。咬破舌頭，再把血唾出來（見本書第126頁），因
此就可以在這個系統裡找到位置了。在這個派典範圍內，絲足與
吸管（它們都來自貝殼）有很多親緣關係。我們也可以說，爪子
屬於天上的世界，屬身體的下部；而羊角屬於陸地的世界，屬身
體的上部，儘管如此，這兩者之間還是存在一種親緣關係，因爲
它們都與海的世界相對，而絲足和吸管就屬於海的世界⑧。貝拉
－貝拉人的神話不僅在這方面與柴爾克汀人的神話看來非常接
近：有幾種文本實際上是相同的；另外一些文本也提到了男孩的
父母出來尋找孩子，而且在敍述中，讓一座小橋承擔了一種影響
全局的作用。

　　這些對立都與另一些對立相聯繫，而足以令人驚訝的是，它
們涉及了其它講到野山羊的神話，而那些神話並不特別強調山羊
的角。在貝拉－貝拉人一個提到「吸管」的神話變體中，善良的
忠告者（她身體的下半部分是石頭）告訴女主角，爲了免遭和自
己同樣的厄運，在女怪家中絕不要吃草莓，而僅僅吃羊脂，因爲
羊脂不會給她什麼傷害。在貝拉－貝拉人的神話變體中，山羊脂
也是一種無害的食物〔鮑亞士，1898年，第89頁；麥克伊爾弗萊
思（McIlwraith），1948年，第447頁，449頁〕。另一方面，在
涉及「絲足」的奧維克諾人（Owikeno）的文本裡，如果說主
角尚且沒在地上生根的話，那麼羊脂卻正好是他絕對不能吃的東
西（鮑亞士，1895年a，第224頁；參見奧爾松，1954年，第258
頁）；而在拜拉庫拉人涉及「羊角」或「爪子」的神話變體中，

一段用羊毛捻成的線則成了阿里阿德涅的線⑨，它使女主角和她的父母返回了女怪的家（鮑亞士，1895年a，第248頁；麥克伊爾弗萊思，1948年，卷Ⅱ，第447、449頁）。因此，取自山羊的一種物質所起的作用，在有的神話中是正面的，而在另外一些神話中則是否定性的。如果不是羊角，那麼這種物質的性質就或者是脂，或者是毛；並且根據這種情況，它在體內或體外發揮作用。至於說女怪的「奴隸」〔這是鮑亞士在《神話》中（一八九五年a）對女主角的叫法〕，我們己經看到，她被迫屈從的環境可以用三種不同形式出現，神話也使她具有不同的命運，或是死於出血症，或是不能被家人帶回去，或是得救後返回了自己的家鄉。

　　關於女怪本身也引起幾個問題。夸丘特人神話裡的女怪除了從印第安人那裡偷魚吃以外，這個佐諾柯瓦只能吃四足動物。貝拉－貝拉人神話裡的喀瓦卡吃貝類。然而，拜拉庫拉人神話中的斯尼尼克（Snēnē'ik）則以另外的方式與她在夸丘特人神話裡的相應角色（佐諾柯瓦）相對立：前者有個白色的前頸，後者則完全是黑色的；佐諾柯瓦苦於視力不佳，而斯尼尼克的眼睛則會放出閃電；一個說話時結結巴巴，而另一個走路時要放屁。最後，佐諾柯瓦是青春期少女的女保護者，而斯尼尼克則由於嗅到一種煙氣窒息身亡，這種煙氣是把一只裝滿老樹皮的火盆浸在經血裡時冒出來的。由此可見，這些相鄰人羣的各種神話直至最細微的枝節都是有系統地互相對立的，吸管與羊角的對立僅僅是這些對立當中的一種而已。

　　我還能把這個問題講得更長些，但以上的簡要評論已經足以表明，我談到的只是一個極其複雜，由各種對立物構成的網狀系統的片斷。在一次講演所允許的有限時間裡，我不可能對即使是少數幾種神話進行巨細無遺的分析。所以我把講演內容限制在幾個特徵上，即限制在我所說的「更爲顯著的特徵」上，以便解釋結構主義的研究方法，表明它的結構功能及其使用過程。

137

　　然而即使把結構分析用於更廣的範圍裡，它也並不自詡能為每個問題都提供一個答案。結構分析的目標依然十分謙遜有度，這就是找到並確定一些問題，把它們按一定程序排列起來，也許解決其中幾個，但尤其要為研究者提出一種有效途徑，以解決其中的大部分；這些問題懸而未決，並且有可能長期如此。

註　釋

① 以下所有哈理斯文章的引文及註釋都譯自《人類》雜誌。──英文版編者註

② 尤其是由於物質文化的偏愛，在薩爾斯語族的村落中，這組故事的遺跡就是在貝拉─貝拉人住地以南三五○英里之外還能找到。普龍特灣地區的印第安人（The Puget Sound Indians）挖蛤貝時用一種特製的籃子，名叫「Cannibal」。根據神話，有個老女怪裝小孩子用的就是這種籃子，這些小孩是她的食物〔渥特曼（Waterman），1973年，第8、12～13頁及插圖Ⅰ。〕。這裡的結局也把（任何種類的）蛤貝與女怪聯繫在了一起。更接近貝拉─貝拉人神話的，可以提到夸丘特人的一種信仰，他們相信森林精靈布克伍斯（Bukwus）吃扇貝，還據一個尼斯卡人（Niska）說，齊姆希安人（Tsimshian）用扇貝驅趕旱和其它一些邪惡的精靈〔哈爾品（Halpin），第21頁〕。

③ 很巧，提到受到北部地區排斥的被認為有毒的貝殼並不僅僅是這裡一次（儘管不是在同一地區）：尼姆基施人羣中的夸丘特人在一個神話中強調說：寇阿蓋姆〔Koa'qem，在東北方向上，位於查瓦特諾克人（Tsawatenok）居住的地域內〕這個地方的蛤貝有毒（鮑亞士，1895年a，第135頁）。「（有個土著人解釋說），奇姆希安人的村落裡的貝殼沒有毒，蛤貝也不像這裡〔指朗格爾（Wrangell）〕的蛤貝那樣有毒。阿拉斯加人〔即林吉特人（Tlingit）〕在四月份不敢吃貝殼，尤其不敢吃蛤貝，說它們有毒。」（斯萬頓，1909年，第130頁）。貝拉─貝拉人現在居住在夸丘特人北方，這正像林吉特人住在奇姆希安人北方一樣，他們自己就住在貝拉─貝拉人的北方。另外一方面，亞庫塔人（Yakutat）則住在林吉特人的最北方，他們認為一年四季當地的貝殼都可以吃，不過有時認為阿拉斯加南部的貝殼有毒。然而，他們的巫師就是在三四月間也不吃貝殼〔而這正是那個邦蒂女怪（Dame Bounty）到海灘上掠食貝殼的時候〕；否則他們就會生病〔拉古那

（Laguna），1972年，卷 I，第 392、393、404 頁；卷 II，第 683 頁）。我曾經在其它地方強調過，林吉特人神話中的「富有女人」和她在海達人（Haida）神話中的相應角色，與夸丘特人和貝拉－貝拉人神話裡的女怪在某些方面存在共同之處（李維史陀，1982年，卷 II，第 52～54 頁）。根據林吉特土著人提供的信息，邦蒂女怪在海灘上掠食的，是那些已經喪失了毒性的貝殼；這種毒性的來源是個謎，並不來自於自然。提到這一點也不能說與我們現在討論的問題毫不相干。

④ 鮑亞士在較早的《神話》（1895a，第243頁 n・1）中，已經決心校正誤譯了。

⑤ 觀察者並不總是能肯定他的清單。根據巴萊特（S. Barrett）的記述，儀式上獻給被邀請「部落」的肉食裡並不包括魚、貝殼和陸地動物——這些都屬於世俗的食物。主人只提供海豹、鯨魚、水果以及別的蔬菜產品〔利森塔勒與帕爾森斯（Ritzenthaler and Parsons），1966 年，第91頁〕。那麼在夸丘特人看來，海豹和鯨魚的含義裡海的成分要少於陸地的成分。

⑥ 哈理斯指責我「忽視了用於贈禮節的銅器的金屬，其實大部分是來自歐洲駛來的大帆船的船底」，他這一定又是在開玩笑。這是眾所周知的事情（參見李維史陀，1982年，I，第18～69頁，95頁；II，第35 頁，52～53頁，137頁〕。實際上向讀者隱瞞下面這個事實的正是哈理斯，即在有條紋銅器出現之前，當地人（從土地中提取的）金屬在沿海地區文化中已經占據主要地位了。

⑦ 這個原始文本上有鮑亞士用複雜的拼音記錄下來的各部落的名字，他們的個人名字並不是叫「這個孩子」、「這個女人」，而是十分繁冗的。我刪去了這些人名，並且用部落名稱的現代拼法代替博阿斯的拼法，並在改動的地方加了括弧。

⑧ 為有助於閱讀，可參看一個有關努特卡人（Nootka）的神話（最近他們改稱自己為「西海岸人」）。在這個神話裡，貝殼被逆轉成為鹿角（鮑亞士，1895年a，第98頁）。

⑨ 「阿里阿德涅的線」，古希臘神話中，克里特王彌諾斯的女兒用小線團幫助忒修斯逃出迷宮。現用這種說法比喻解決問題的辦法。──譯者註

第九章
語言學的教益

一本署著羅曼・杰科卜生（Roman Jakobson）這個名字的　138
書沒有作序的必要①，如果不是杰科卜生本人希望我談談我作為
他的聽衆和（請允許我冒昧地補充一句）作為他的弟子的感受，
那麼我是不會存有享受為他的著作寫序這種殊榮的奢望的。這些
演講是三分之一世紀以前，一九四二至一九四三年間我在高等學
術實習學校聽杰科卜生講的第一批課程，當時我們已經彼此聽對
方的課程了。現在，這些演講的作者終於決定出版它們了，他以
前常常打算出版他們，不過總是為一些更緊迫的事情所延宕。

我今天讀著這些演講內容，重新體驗到了多年以前體驗過的
那種激動心情。那時候，我對語言學幾乎一無所知，也從來沒聽
說過羅曼・杰科卜生這個名字。生於俄國的法國哲學家、歷史學
家亞歷山大・柯伊雷（Alexander Koyré, 1892～1964）使我初
次認識了杰科卜生的地位，並且使我和杰科卜生彼此有了接觸。
在認識杰科卜生的三、四年以前，我曾想精確地記錄中央巴西地
區的語言，但是困難重重，當時我還能感到那次經歷給我的衝
擊，所以我希望能從杰科卜生那裡得到我所欠缺的那些語言學基
礎知識。然而他的演講給了我一些迥然不同的東西，我還要補充　139
一句，其數量要遠遠多於我原先期望的。這些東西就是結構主義
語言學（structural linguistics）給我的啓示，它提供給我一套連

貫統一的概念。我可以用這套概念把我關於野花的思索具體化，這些野花是早在一九四〇年我在沿盧森堡邊界的某個地方觀察到的。那以後不久，我在蒙培利爾（在那裡，我平生最後一次教了一小段時間的哲學課）讀到了馬賽爾・格臘內（Marcel Gra-net）寫的《中國古代婚姻及親屬關係分類》（*Matrimonial Cate-gories and Kinship in Ancient China*, 1939），我讀完後產生過一種興奮與憤慨交織的隱約感情，並且進行了一番思考，而結構主義語言學提供給我的這套新概念使我把那種思考具體化了。格臘內那本書之所以使我產生那種混合的感情，一部分是由於他力圖把種種看似專斷的事實組織成爲一個系統；另一部分是由於他這種努力造成了一種令人難以置信的複雜局面。

　　結構主義語言學告訴我，一個人不應該被繁多的術語引入迷途，而要去考慮聯繫這些術語的最簡單、最容易爲人理解的種種關係。聽杰科卜生講話時，我發現十九世紀甚至二十世紀早期的人類學情願（像新語法學派的語言學一樣）「以完全屬於因果性的問題代替有關手段與目的的問題」（第35頁）。這些人類學家和語言學家從來沒有眞正地描述過一種現象，卻情願去大談這些現象的起源問題（第6頁）。這樣一來，這兩個學科就面臨著「驚人的多樣性變化」；而一種解釋應當始終具有一個目標，即「在這一切多樣性變化當中找出那些不變的東西」（第10頁）。杰科卜生的見解只要作那些相應的細節修正，也同樣適用於人類學：

　　　　誠然，語言的聲音實體已經被徹底研究過了，而且這種研究，尤其是在過去五十年間的研究，已經產生了極爲豐富的啟發性成果。但是，在這種研究中，被考察的現象大多屬於對其功能的抽象的調查。在這種情況下，爲這些現象分類，甚至是去理解這些現象，都是不可能的。（第26頁）

說到親屬系統（kinship systems）（這正是我在1942～
1943年授課的題目），伍頓〔F. A. E. Van Wouden（1908～
）,當時我還不熟悉他的著作〕和法國社會學家格臟內這些人
已經作了進一步的嘗試——但他們依然把注意力集中在術語上，
而不是集中在親屬系統之間的關係上。他們不能把握現象之間的
關係，因此他們必然就會進行探索事物背後的事物這種徒勞無益
的工作，而空想著獲得更容易被駕馭的事實，而不是使他們的分
析停滯不前的經驗性材料。然而，杰科卜生下面這段論述音位　140
（phoneme）的語言特性的話也適用於任何術語，不論它是真
實的還是想像的：「重要的事情……根本不是由單一的考察得到
的孤立存在的語音特性。關鍵是它們在一個……系統中彼此相反
的對立」（第76頁）。

　　杰科卜生把這些創新的見解表達得無比卓越，因而越發有說
服力。我自己對這些問題也作過一些思考（不過，我當時沒有足
夠的勇氣，也沒有找到必要的概念工具使這些思考成形）。杰科
卜生是我有幸聆聽過講演的一位最令人眼花撩亂的教員和講演
者。他這本書充分保留了他講演的優雅格調和說服力量。對那些
不幸沒有親耳聆聽過他的講演的人來說，這本書就格外意義重大
了。它展示了杰科卜生的課程和講演的本來面貌——同樣，這本
書也展示了作者八十高齡的風貌。②

　　不論使用哪一種語言，杰科卜生都具有同樣驚人的雄辯口才
（不過我們可以想見，他用自己的母語俄語最為出色）。這些講
演論述的主題明瞭清晰、尖銳犀利，他引伸一個抽象的、有時是
費解的論據時，每每總是用例證做具體的說明，這些例證取自彼
此最為不同的語言，也常常取自當代詩歌和造形藝術。他按部就
班地引述偉大思想家的見解——斯多噶學派學者、經院哲學家、
文藝復興時期的修辭學家、印第安話語法學家以及其它學者——
他以新的概念作為參照實景，並且時時讓聽眾頭腦中保持思想與

歷史連續性的觀念。他通過這些方法表明他始終一貫的思考。

　　在杰科卜生的著作裡，論述次序步步緊隨發現過程，這給他的聽眾一種對戲劇性的生動力量，把聽眾一直保持在緊張貫注的狀態中。在談到題外話時，他極力使講演富於戲劇性的驚人效果；這些題外話各自富於深刻的洞察力，都逕直引入一個結論，有時這種結論完全出人意料，但總是令人折服。

　　這六編講演和杰科卜生直接寫給讀者的著作一樣，可以作為他講話風格的樣本，把這些講稿出版成書，並沒使它們的風味有所損失。第一篇講演敍述了十九世紀末語言學的狀況。它批評了新語法學派（neo-grammarian）的觀點。在這個學派看來，聲音和意義是截然分開的兩類事物。杰科卜生既承認語言學的研究成果，又通過把運動發聲學和聲學發聲學相區別的方法，證明了把音義分開是不可能的，把語言手段和它的目的分開也是不可能的。

　　如果說音義是不可分割的，那麼，把二者結合在一起的機制是什麼呢？杰科卜生在第二篇講演中表明，「音位」這個概念可以使我們解決這個看似神秘莫測的難題。他為音位這個概念下了定義，追溯了它的來源，討論了人們從前對它的種種解釋。遵循同樣的思路，杰科卜生的第三篇講演論述了音位學（phonology）理論，這個理論建立在承認關係和系統的首要性上。杰科卜生不去窮究音位的本質（這是一種毫無用途、毫無結果的成分），而是通過把音位與詞素、詞和句子相比較，在具體分析中闡述了這種語言實體的創造能力。作為沒有概念內容的唯一的語言單位，音位自身不具有含義，而是一種用來區別意義的工具。

　　這樣，我們就面臨著兩個問題，而這兩個問題正是杰科卜生第四篇講演的主題。首先，說音位是具有區別意義價值的單位，也就包含了這樣的意思，即音位的作用不在於它們的聲音特性，而在於它們在一個系統中相互對立、但是，在相互對立的音位

中，我們並沒有分辨出任何邏輯上的連結：一個音位的出現並不
必然使另一個音位跟著出現。其次，如果音位之間的對立是其區
別意義的首要價值，那麼，這些關係的數量為什麼遠遠多於來自
這些關係的音位的數量呢？杰科卜生表明，這兩種看似矛盾的障
礙，來自一種把音位看成是不可分解的單位的錯誤概念；恰恰相
反，音位一旦被分解成具有差異的成分，就會產生一種新型的關
係，這種關係有兩個特點：一是在邏輯上對立，二是這些對立的
相互作用創造的音位的數量比任何語言中都要多。

　　杰科卜生的第五篇講演通過描述、分析法語的恆常系統，說
明了上述理論概念。在這篇講演中，相互結合的多樣性這個概念
得到了深化，作者以積極的方式解決了出現在歷時性與共時性的
交叉點上的音位的問題。這個成果一部分來自對「morae」③這
個概念所進行的獨創性處理。據我的回憶，當年，（逝世前不久
的）鮑亞士請我和杰科卜生共進晚餐，他對這種成果常常感到愉
快。

　　第六篇講演摘要總結了杰科卜生整個課程的論點。但是，杰 　142
科卜生從不重複自己的結論。這些結論把讀者帶到了超出讀者預
料的地方。在這種情況下，杰科卜生引導我們理解了索緒爾提出
的關於語言符號的任意規則。從同一種語言內部看來，這種符號
也許會顯得是任意的——換句話說，當把它和幾種語言中相同意
符（signified）的意指（signifier）相比較時，它是任意的。但
是，正如法國語言學家愛彌爾·班萬尼斯特（Emile Benve-
niste，1902～1976）指出的，語言符號是由各種語言分別來加
以研究的，因此，從意符與意指之間必然會被觀察到的鄰近語言
的角度來看，這些符號就不再是任意的了〔班萬尼斯特（Benve-
niste），1966年，卷Ⅰ，第4章〕。在前一種情況下，關係是內
部的；在後一種情況下，關係則是外部的。所以，一個說話者就
力圖通過以其中一種關係為根據，賦與語言一種語音的象徵意

義，以彌補另一種關係的欠缺。在其有系統的基礎已經被杰科卜生揭示出來的地方，再次產生了音義聯合。傳統語音學家誤解了這種聯合，這並不是因為他們把語言活動降到了它們的生理基礎層次上，（杰科卜生的第一篇講演已經批評了這種觀點），而是因為（我們現在所看到的）他們處理這方面問題的方法過於膚淺皮相。

　　　　　*　　　　　*　　　　　*

　　杰科卜生的講演論題曾經對我造成了極大影響，多年後的今天，我對這些論題的認識比以往任何時候都更深入了。無論我關於亂倫禁忌（incest taboo）的觀念多麼不合常規，其靈感還是完全從語言學家曾把它與音位（phoneme）概念聯繫起來這種做法中得到的。音位本身沒有自己的工具，卻有幫助形成意義的作用；亂倫禁忌也像音位一樣，以其作為兩個領域的聯繫而震撼著我。

　　這樣一來，音義的清晰表達問題就在一個不同的層次上，即在自然的和文化的層次上得到了回答。而且，正如「qua」這個音位形式被一切語言都解釋為建立語言溝通的一種方式一樣，亂倫禁忌（至今它在其否定意義的範圍內普遍存在）也構成了空洞而不可分割的形式，它使位於一張允許生物羣體彼此溝通的交換網中的生物羣體的清晰構成成為可能和必然。最後，婚配法則（marriage rules）的意義（如果分別獨立研究，則無法理解），只有把這些法則互相對立起來的時候才能顯示出來；這正如音位的現實並不存在於它的語音特性而存在於音位本身之間對立的、否定的相互關係一樣。

143

　　杰科卜生說：「索緒爾的偉大功績在於他清楚地懂得……我們無意識地利用了一種外在的東西」（第10～11頁）。毋庸置疑，這些講演強調了無意識心理活動在語言產生過程（以及象徵

系統的產生過程）當中的作用，這也對人文科學作出了很大貢
獻。的確，只有當我們承認語言也像其它社會制度一樣，無意識
地事先預定了我們準備完成的心理活動過程，在現象連續性這個
範圍以外，預先決定了「用以構成語言的規則」的非連續性時
（第11頁），這種非連續性往往會避開講話主體或思維主體的有
意識心理。發現這些規則，尤其是發現這些規則的非連續性，才
將會爲語言學以及其它人文科學的飛速展開闢一條道路。

　　這一點十分重要，因爲〔從音位學理論剛一誕生，尤其是俄
國語言學家特魯別茨柯依（ N. S. Trubetzkoy，1890～1938 ）〕
時常有人懷疑這個理論是否涉及了無意識基礎結構的運動問題。
我們現在只要把杰科卜生對斯杰巴（ Ščerba ）的批評與特魯別茨
柯依對斯杰巴的批評比較一下，就能看到它們在各個方面都是一
致的。如果我們想到杰科卜生和特魯別茨柯依的思想方法彼此關
聯多麼密切，那麼，他們這種近似的批評也就根本不算什麼令人
驚訝的現象了。杰科卜生寫道：「斯杰巴以及波都安・德・庫特
耐（ Baudouin de Courtenay ）的其他門徒……求助於講話主體
的語言本能」（第38頁），這是因爲他們不懂得「語言成分往往
停留在我們有意識思考的入口底下④。正像哲學家說的那樣，語
言活動在（主體）自己沒有意識到的情況下就產生了」（第39
頁）。特魯別茨柯依寫道：「音位……是個語言學概念，而不是
個心理學概念。任何提到『語言意識』（ linguistic concious-
ness ）的看法都沒有對音位下這種定義」（ 1969年，第38頁）。
特魯別茨柯依感到音位可以被分解成明確的成分──一九三八
年，杰科卜生就作出了這種分解；它使語言學家能夠明確地、
「相當客觀地、毫不含糊地」放棄任何對「說話者主觀本能」的
依賴（第85頁）。這些成分的明確價值構成了原初的事實，而我
們對這些成分採取的多少是有意識的態度，絕不是別的什麼東
西，而僅僅是一種繼發的現象（第38頁）。

在這些講演中，杰科卜生只在一個方面最不可能堅持自己三
十年前的見解。一九四二年和一九四三年，他覺得自己可以說
（而且當時恰逢時機），「語言是由各種既是意指、同時又不意
符任何事物的成分組成的唯一系統」（第66頁）。從那之後，遺
傳密碼（gentic codes）的發現引起了生物學的一場革命──這
場革命的理論成果必然會對其它人文科學產生影響。杰科卜生馬
上理解到了這場革命所包含的潛在意義，並且是頭一個承認並闡
明「存在於遺傳信息系統和語言信息系統之間程度驚人的相似
性」的人之一（1970年，第526頁）。他首先一一列舉了「遺傳
密碼……與存在於一切人類語言的言語代碼之間，同屬一類的結
構模式的一切特徵」（1970年，第529頁），然後進一步研究
「這兩種不同的代碼（即遺傳代碼和言語代碼（verbal codes）
的同型性質是否能解釋爲相似需要萌生的趨同現象，以及明顯的
語言結構的建立（它們的本質基於分子信息）是否並不直接依據
後者的結構規則而形成模式」（1970年，第530頁）。

這是個十分重大的問題，有朝一日，它將會通過生物學和語
言學的合作而獲得解決。至於現在，我們難道不是正處於提出和
解決一種與之相似的問題的位置上嗎？這個問題處在語言活動範
圍的另一端，不過更接近我們的目的。我這裡指的是對語言的分
析與對神話的分析二者之間的關係問題。關於語言的另一個方面
（它較多涉及的是世界與社會，而不怎麼涉及生物有機體），在
語言與另一種系統之間的關係上，也產生了同樣的問題。這種系
統當然更接近語言，因爲它不得不使用語言，這種系統按照不同
於語言的方式，由一些成分構成，這些成分之間互相聯合以形成
意義，但其中每一種單獨的成分並不包含任何意義。

杰科卜生在他的第三篇講演中恰恰和索緒爾（Saussure）相
反，他提出：音位與其它語言實體（即詞和語法範疇）不同──
因爲音位具有一套其它語言實體上從未呈現過的特徵。誠然，各

種語法範疇都是互相對立又互相聯繫的實體，也和音位一樣；不過，這些語法範疇在一點上與音位不同，即它們從不是否定性的，換句話說，語法範疇的價值並不單單在於它們具有示差性：每種語法範疇從其自身角度看都帶有一種詞義的負荷物（Sematic charge），它能被說話的主體所察覺（第64頁）。我們現在可以提出這樣一個問題：在（被我們戲稱爲）「神話素」（mythemes）中，音位的這一切特徵是否沒有顯示出來呢？所謂「神話素」，就是指神話表述的語法結構中包含的因素，它們同樣是一些互相對立、互相聯繫並且具有否定性的實體。我們把杰科卜生用於音位的公式轉而應用到神話素上，其結果是：神話素「是一種僅僅具有示差價值、而沒有任何內容的符號」（第66頁）。因爲，我們必須把一個詞在其所屬的語言中的一種或多種意義，與這個詞可能（部分或全部地）幫助指示的神話素分隔開來。在日常語言中，太陽是白天出現的一個星球，但是，在「太陽」這個神話素裡以及這個神話素本身卻並不包含任何意義。根據神話選定的不同被指代物，「太陽」可以包含一些觀念迥然不同的內容。實際上，誰都不曾在一個神話中發現對「太陽」本身的特徵、性質及其功能作過任何猜測。只有把它與一個神話中其它的神話素互相聯繫在一起，或是把他們互相對立起來，它的意義才能呈現出來。這種意義並不眞正屬於任何單獨的神話素，它是諸種神話素結合的結果。

　　我們試圖大致描述各種語言實體和那些我們認爲經過對神話的分析得到的東西之間形式上的聯繫，這時我們已經意認到這是在冒險了。毫無疑問，這些經過對神的分析得到的東西是語言的一個組成部分；但是，在語言的範圍內，支配它們的一些規則使其形成了一種單獨的範疇。無論在哪種前提下，把神話素與詞或句子歸入同一個範疇都是錯誤的。詞和句子是一些其一種或多種意義可以被界定出來的實體（不過，它們的意義是被假定性地界

定出來的，因為每個詞的確切意義都隨著上下文的變化而變化），並且被收入了辭典。神話表述的基本單位當然是由詞和句子組成的（在這個特定用法上、並且沒有過分擴大的類比），這些詞句在音位類型中卻更多：它們是一個系統中的互相對立的無意義單位；它們之所以在這個系統中創造出意義，這些對立是其唯一原因。

　　由此看來，從最理想的意義上說，神話表述不過是改變了一種表達方式而再度產生了語言的結構：神話表述基本成分的功能像語言基本成分的功能一樣，不過其性質從一開始就更為複雜而已。由於這種複雜性，神話表述就脫離了語言的流行用法（如果可以這樣說的話），所以，我們不能把它和由於不同類別的單位相互結合所獲得的最高成果完全等同起來。神話不同於語言陳述（它可以是命令、疑問、提供信息，可以被一種文化或次文化羣的任何一個成員理解，因為這個成員很熟悉這種陳述的前後關聯），神話從不為它的聽者提供確定的意義。神話具有一種柵網（grid），只有通過它的結構規則，才能變得為人理解。由於神話所屬的文化中其它因素的參與，這種柵網提供的不僅是神話本身的意義，也有其它各種事物的意義，即關於世界、社會及其歷史的想像的意義，一定羣體的成員可以多少領悟這些意義；因而也提供了參與者面對的各種問題的想像意義。總之，這些分散的、已知的東西並沒有互相聯繫在一起，而是經常彼此碰撞。神話提供的可以被理解的矩陣（matrix），使我們能夠運用連貫統一的系統把這些已知的東西清晰地表達出來。為了證實這一點，我們可以說，神話的這種作用與波德萊爾（Baudelaire）⑤賦與音樂的作用相同。

　　我們難道沒有再次發現（儘管是在這個範圍的另一端）一種和杰科卜生在他第六篇講演中討論的「語音的象徵意義」相似的現象嗎？即便語音的象徵意義來自「聯覺的神經生理規律」(the neuropsychological laws of synaesthesia)（第113頁）——並且更進一步的是，正是由於這些規律的存在——對每個人來說，這種象徵意義依然並不都必然產生。詩有種類繁多的方式去克服音義分離，馬拉美（Mallarmé）⑥曾在「jour」（白天）和「nuit」（夜晚）這兩個法文詞上悲嘆過這種情況。但是，請允許我在這裡提出我個人的看法。我必須承認，我從來都不把這種情況看成音義分離，它只是讓我用兩種方式想到這些時間段落。我認為，白天是一種持續狀態，而夜晚只是意外發生或出現的狀態，正如「夜晚來臨」（the night falls）這句話所說的那樣。「jour」（白天）標誌一種狀態，「nuit」（夜晚）則標誌一個事件。在能指及其代表的所指的語言特性之間，我看到的並不是對立，而是無意識地賦與這些能指的不同性質。「Jour」表示一種延續體，與抑音元音系統一致；而「Nuit」則表示一種完成體，與銳音元音系統一致；所有這一切都以其各自的方式接近於一種小型的神話體系。

　　我們在語言的兩端都遇到了杰科卜生所說的「空白」（empty），它們需要用內容來填充。然而，從這端到那端，內容的有無產生了逆轉交替（turned around）。在語言的最低層次上，我們看到的是相鄰關係，而不是相似關係；而在另一端上則恰恰相反（這一端可稱為「假定的一端」，因為它宣示了一種新範疇的性質），神話把語言轉向為它自身而存在，這端呈現的是相似關係：不同民族的神話不是象不同民族的語言那樣互不相同，而是彼此相似。在這個層次上，相鄰關係消失了，因為，正如我們所看到的，在作為能指的神話與這些能指可能適用的具體所指之向，不存在必然的連接。

　　因此，這種情況也像其它情況一樣，這種填充內容既非事先決定的，也不是強加在空白中的。語言的象徵意義可以在最低的層次上表現出來。在這個層次上，神經生理規律牢牢控制著語

言，這些規律代表著大腦同類的神經分布狀況的性質。在被神話

147　起越了語言與外界現實相銜接的區域內，語義的象徵意義在最高

層次上找到了自己的位置。不過，這兩種象徵意義（即語音和語

義的）無論在語言機能範圍的兩端相距多麼遙遠，它們都呈現出

了清晰的對稱性。它們都適應同一類型的心理需要，或者象徵人

體，或者象徵社會與世界。

　　把這些理論加以擴展（杰科卜生大概提出過一些可能性），

我們就了解到了杰科卜生已經為研究開闢的領域的廣度，並且領

會了由他們的建樹而提出的一些原則，這些原則可以用作我們今

後研究的指南。儘管這幾篇講演是在很久以前講的，但它們並不

僅僅說明了過去某一小段時期的知識狀況。今天如同昨天一樣，

這些講演為思維的偉大探索注入了新的活力。

註　釋

① 這一章原是作為羅曼‧杰科卜生《關於語音和語義的六篇講話》（*Six Lectures on Sound and Meaning*）一書的序言發表的（1978年，法國1976年初版）。杰科卜生的各段語錄，除了註出其它出處的之外，均引自這本書的美國版。

② 羅曼‧杰科卜生已於一九八二年去世，享年八十六歲。——英文版編者註

③ 在一些語言中，一個「mora」是可以負載聲音的最小語音片斷。有關這一點的論述，可參見R. 杰科卜生〈法蘭茲‧鮑亞士對語言的研究〉（Franz Boas' Approach to Language）（1971年a，第480頁）。

④ 斯杰巴（Lev. V. Ščerba，1880～1944）是一位俄國語言學家。他是波蘭著名語言學家揚‧波都安‧德‧庫特耐（Jan Baudouin de Courtenay，1845～1929）的學生。庫特耐首先使用了音位概念。關於斯杰巴著作目錄，參見杰科卜生，一九七九年，第二九二頁。——英文版編者註

⑤ 波德萊爾（Chals Baudelaire, 1821～1867）法國詩人。——譯者註

⑥ 馬拉美（Ste'phane Mallarmé, 1842～1898）法國詩人。——譯者註

第十章
宗教，語言和歷史：
關於費迪南・德・索緒爾的
一段未發表的筆記

　　在日內瓦大學圖書館收藏的費迪南・德・索緒爾（Ferdinand de Saussure）未發表的手稿裡，有一本筆記（Ms. fr. 3.951:10）。這本筆記是一八九四年寫的，主要是關於美國語言學家惠特尼（W. D. Whitney，1827～1894）的。羅曼・杰科卜生知道這本筆記（參看杰科卜生，1971b，第ⅩⅩⅤ～ⅩⅣ頁）。為了發表這本筆記，他把這本筆記的四頁影印稿寄給了我。索緒爾在這四頁文字裡提出了一個語言、歷史和宗教間的關係問題。他的原稿中有大量的刪塗、空白、補充、沒寫完的句子以及附注性的詞和實際上無法解讀的詞，要想完全恢復這幾段文字的原貌，那就非去求助銘文辨讀專家不可。所以，我將把我的討論僅僅限制在重建這些文字的主要觀點的範圍內。①

　　索緒爾很緩慢地才談到了正題。他以下面三句話開始，但這三句話都被劃去了：「衡量一種事物被視為神聖的程度的基本尺度……」；「一種事物（變為）清楚地進入（……）的瞬間與某種條件相聯繫……」；「相信……的瞬間，這將是道道地地的錯覺所致」。接著，索緒爾寫道②：

　　　　只要在落在感覺的對象③與（……）之間還存在一種名稱（僅僅是名稱）的一致性，就會存在神話存在物的原始類別。這

148

些存在物能作為基本類別與其它類別相對立，以作為神話思想的原始分類。因此，名字是（原始的）明確的規則，它不是發明神話存在物的規則（因為，誰會去仔細追究神話存在物的來由呢？），而是某一瞬間的規則。在這一瞬間裡，這些存在物變成了純粹的神話裡的東西，切斷了它們與地球的最後一條紐帶，以便（聚居）而（有幫助）在許多（其它存在物？）之後去移居到奧林匹斯山上去。

只要agni這個字還混合包含著雙重意思（一個是指日常所見的火，另一個是指阿哥尼神④），只要djeus這個字還是（……）的名字，那麼，不管你怎樣做，在與Varuna⑤或'Aπ ὸ λ λωυ⑥相同的分類法中Agni和Djeus都不可能成為修辭格，他們的名字（並不包含）具有（（今天的））在同一個瞬間不指示地球上任何東西的意義的特性。

假如有一個特定的瞬間，Agni不再參與（……），那麼這個瞬間就並不由（任何東西，只除了）（一種在思維中日益賦與它更多的神性）別的什麼東西，而僅僅由種種事件構成，這些事件將造成名字與可被知覺的對象之間的斷裂：這種事件受語言第一現實的支配，與神話思想的領域不存在必然的聯繫。假如一個人已經成功地叫出了（談及了）一口大鍋（cauldron），（……），那麼他也自然可以成功地叫出火（agni）或者（其它什麼東西？）

在這一瞬間，Agni神象Zeus神⑦和Varnna神一樣，將不可避免地被提到那個不可思議的神祇等級上，而不是象Ushas神⑧一樣、在最末一級（普通的）範圍內奔跑了。（不過）（現在要說的問題是）那樣一來，神話中這種重要的積極變化的原因何在呢？（在語言學中純粹是消極的）（純粹語言學的），這個事實不僅屬於純粹的語言學，而且在日常語言事件進程中沒有顯而易見的（特殊的）（引人注目的）重要性。

如果不是因為這個事實，那就不可能是別的了。根據著名的
表達用語，並非 nūmina 是 nōmina，而是在 mōmen（「名
字」）的命運上維繫著（絕對的）極其明確的（而且在每秒
鐘）以及可以說是從一秒鐘到另一秒鐘，它的 nūmen（「神
聖的尊威」），正是在這裡，它才是完全真實的。

　　誠然，現在置於每個古代種族的萬神廟裡的最龐大的存
在種類，並不來自由真實物體造成的印象（例如 agni），而
是來自表示性質和特徵的形容詞的無窮變幻，這種變幻涉及
每個名字，並且能夠（這並不顯得特殊，對於）在每個瞬
間，創造物（the）（at will）象（為了「　　」）一個所希望
那麼多的代用詞……這不會使我們完全不受名字和修辭格所
創造的語言的原始影響。我們如果贊成……詞是……（這裡
僅指那些明確的詞）這裡所說的詞僅僅是（明確的和）確定
性的；存在一種（難以解讀的補充）第一的（唯一的和最後
的）暗示者和唯一的註釋。（將被創造的）新的神明的最後
（理由）將有一天承接著前一個被創造出來。

＊　　　　＊　　　　＊

　　毫無疑問，對眾神起源的這種粗略的語言學解釋，多少可以
算作一個著名題目的變體——把神話當作一種語言病症加以研
究。然而，對於人類學家來說，索緒爾的見解在一些離語言學那
麼遙遠的領域裡都享有聲譽。他從這個領域中援引事例，這個領
域和語言學領域之間的距離，就如同澳大利亞和北美之間的距離
一樣大。這些例證當然並不直接涉及諸神名字的起源，而是涉及
人類名字的相關領域，在這個領域裡可以直接觀察到索緒爾引述
的幾類現象。

　　在《野性的思維》（ *The Savage Mind*, 1966, 第149～150
頁，167～168頁，172～218頁）中，我已經注意到了澳大利亞的

150

幾個部落中的姓名系統的某些特殊性。由於種種原因，提維人
（Tiwi. 他們居住在澳大利亞北部的梅爾維爾和巴瑟斯特羣島
上）有許多個人名字。每個提維人都有好幾個名字，這些名字只
有他自己才有。當一個女人再次結婚的時候（這種情況經常發
生），她所有的孩子就會得到新的名字。最後，一個人的死亡把
一種忌諱（interdict）加在了他所有的名字以及他贈給別人的所
有名字上。因此就出現了一種運用語言機制活動創造新名字以滿
足使用要求的需要。對某些名字的禁用自動地擴展到發音與之相
近的普通名詞上。但這些名詞並不完全被禁用，而是進入了祭祀
語言，這種語言是專爲儀式保留下來的，它們在儀式中漸漸脫離
了它們的原始意義。這種原始意義完全被忘卻以後，什麼也不能
阻止任何人運用一個已經意義全無的詞，並且給它加上字尾，以
便把它變成一個個人名字。這樣一來，從開始就沒有任何意義的
個人名字就獲得了一種「意義的模擬物」，和被它們玷污的普通
名詞連繫在了一起，一旦進入了祭祀語言，這些名詞就表失了意
義，而祭祀語言又使它們再度變爲名字。

151　　我們知道，北美太平洋沿岸地區也存在同樣的體系。最適於
在這裡用作比較的一種體系是特瓦納人（Twana）的姓名體
系，他們居住在胡德河一帶，而這個地區現在屬於美國華聖頓州
西北的一部分。根據艾爾門多夫（W. W. Elmendort）的說法
〔他寫過關於特瓦納人的一本專著（1960年）和幾篇論文（1951
年）〕，特瓦納人在（根據身體和精神的特點所起的）兒童綽號
與成年人名字或「完整的」名字之間有明確的區分。如果對後者
進行語法分析，那是毫無意義的，而且是不可能的，它們屬於家
族譜系。只有一個人活著的時候才使用這樣一個名字，除非他放
棄了自己的名字而使用另一個有用的名字，並且極力讓這個新名
字傳播開來。

　　只有在不尋常的環境中才能叫出一個活人的名字。只要作爲

家族財產的名字由於人的死亡而失去了它的以其爲名的人，那麼就絕對禁止提到這個名字了，直到它被一個旁系親屬繼承下來，或者被傳給了一個後代，這種忌諱才能解除。在提維人當中，這種忌諱可以擴大到與那個人名發音相似的某些名詞上。在這種情況下，一個普通名詞就會從詞彙中完全消失，甚至當使這些名詞遭此厄運的人名幾年後被另一個人再度起用的時候也是如此。這個程序也許不是自動產生的，只有高級家族才能利用各種有效機會去引導這一程序，因爲只有通過耗費昂貴的儀式才能確定一些普通名詞的專用性。然而，艾爾門多夫已經證明，由於這種習慣代代相傳，所以必然會給詞彙留下深深的痕記。的確，我們所選的例子顯示，爲代替那些被忌諱限制使用的詞而杜撰的名詞大多帶有描寫性的特點，而且可以對它們進行語法分析，例如：用「紅腳」代替「野鴨」，用「做飯的圓東西」代替「石頭」（特瓦納人由於沒有陶器，就把燒熱的石頭扔進水裡，使水沸騰），用「抓住腳捉到的」代替「鋸齒喙鴨」，用「鹽水流盡」代替「潮水」，如此等等。這個程序可以解釋成年人的名字爲什麼沒有任何含義的原因，這是因爲可能衍生出這些名字的普通名詞早就被排除在詞彙之外了，因爲它們的發音與這些名字近似。最後，由於每一小羣人只遵守他們自己的忌諱，並沒意識到鄰近村落的那些忌諱，所以這種習慣就僅僅有利於同一語族方言的內部分化過程（1960年，第377～396頁）。

上述例子說明了那些喪失了意義的詞。另一方面，按照亞馬遜盆地西北部的威托托人（Witoto）的習慣，也可能出現這種情況，即普通名詞原先沒有什麼意義，而後來僅僅是由於被使用才獲得了一個或者更多的意義。伽斯杰（Jürg Gasché）對這個部落作過研究，並且欣然同意我在這裡引用他的見解。他曾問過威托托人土著：在他們看來，氏族或者個人爲什麼要起個動物名字或者植物名字呢？這些印第安人激烈否認他們這種做法。他們

152

說，詞首先是沒有任何意義而存在的，僅僅出於偶然，人才使用一些詞，一方面用這些詞稱呼植物和動物、另一方面則用這些詞稱呼氏族和個人。但是也有一種情況，即在鄰近的方言裡同一個詞可以作為另外一些事物的名稱。

＊　　　　＊　　　　＊

在諸如索緒爾引述的那些情況下，歷史、語言和宗教密切地融為一體，互相影響。但是，兩種神的名字之間的這種對立，是否像一八九四年筆記中認為的那樣，屬於一種最基本的特徵呢？即使在希臘語中，阿波羅這個名字也沒有貼切的詞源。這個名字在亞洲民族和北極民族的語言中依然具有意義，希臘人大概就是從他們那裡接過這個神的。在這種情況下，我們往往還是要面對一種語言事實，儘管這個事實與索緒爾思考過的事實不同。那麼，如何解釋諸神中的赫耳墨斯（Hermes）⑨的職能作用呢？怎樣解釋他跟印度神中的火神阿哥尼（Agni）的相似關係呢？〔荷喀特（A. M. Hocart）非常執著地堅持這種觀點（1970年，第17～21、57～59頁〕如果賦與這個神的名字一種意義，或者是取消它的意義，從積極意義上看，這一切可以被改變嗎？赫耳墨斯這個名字的意義會不會與阿哥尼這個名字的意義迥然不同呢（這兩種論點都有擁護者）？退一步說，在柯亞克人（Koryak）中，每個家族似乎把燒火用的撥火棍（它往往被刻成人體形狀）奉為神明；這根棍子不是被稱為「火（神）」，而是運用迂迴說法（periphrasis），叫成「羊羣的主人」（這個詞也用來稱呼赫耳墨斯），或者甚至叫「父親」（約切爾森[Jochelson]，1908年，第32～35頁）。在為某些「同時又存在於地球上的」事物命名的諸神名字中，也有必要把一種具體現實（例如火或者黎明）有聯繫的名字和那些涉及一種抽象概念的（如財富或者契約）名字區分開來（這常常很難堅持進行下去）。

即使一個神的名字毫無意義，它也會暗中獲得一種或者更多種意義。如果這個名字被所有用來描寫某一特定的神的力量和屬性的性質形容詞所「污染」的話，那就會產生上述情況。神的名字也許會全無意義，但是，由它構成的形容詞往往還是會具有意義的；與此相反，如果一個神的名字本來具有某種意義，那麼，它最終將會喪失這種意義（正像由事物甚至事件而得的人名的命運一樣），並且不再使人聯想到這些名字的來源了。提到一個名叫「羅絲」或者「瑪格麗特」的女人時，誰會聯想到一朵花或是一顆珍珠呢？⑩提到「莫里斯」、「勒內」或是「渥大維」這樣的人名時，有誰會聯想到摩爾人的黝黑、復生和「8」這個數字呢？⑪諸神的名字沒有什麼理由比人類的名字更受限制而被約束在這個警戒圈中，除非我們假定這種由索緒爾事後假定的成形過程已經得到了證實。因為只有我們能夠證實，一切神祇的名字本來就是為真實對象命名的，那麼，這些名字不再包含意義這種情況，才不得不被我們解釋為它的原義喪失了，或者被損壞了。但如果真是這麼做的話，我們就犯了循環論證的邏輯錯誤。

　　最後，為了使我們自己相信我們進行的是一種普遍性的解釋，我們就應當揭示：失去意義的諸神名字與將會代替它們的名字之間，多少存在一種持續性聯繫。這些替代的名字的作用，是給普通名詞和個人名字範圍的事物命名。這種方法已經被清晰地展示出來了，例如提維人和特瓦納人的那種做法。因為我們知道在這兩種人的語言裡，二者的明確性質何以具有彼此相反功能的原因。這種相反功能的表現是：特瓦納人（Twana）的正式名字不具有詞源學上的意義，而他們那麼多的普通名詞都確實具有這種意義。從語言的共時性結構中找出語言表層的有系統的特徵，我們把這一建樹歸功於索緒爾。索緒爾不可能決心把同樣的概念，擴大到僅僅在其歷時性發展中才會被觀察到的事實上。索緒爾在他一八九四年的這本筆記中，提供了關於這個主張的新例

證：身為結構主義語言學的先驅，索緒爾從不認為諸神的集合
（ensemble）來自僥倖和偶然的累積。他也不認為這種趨勢
（set）會像語言本身一樣（也正如著名的印歐意識形態史專家
杜梅吉爾〔Georges Dumézil，1898～　〕⑫的著作曾經充分論證
過的那樣）會形成一個系統，在這個系統中，每一位神明（從這
個意義上說，甚至當這位神的名字是「不可思議」的時候，也從
不顯得「不可思議」）只有與整個系統相聯繫才會得到理解。在
同一語族內，相鄰人羣的名字系統的分歧和對應影響，如果不考
慮到這個系統的前後歷史，那就似乎很難理解了。這幫助我們理
解這些分歧的系統特徵，而不是理解它們本源的系統特徵，因為
這種本源是專斷的、無法解釋動機的。

　　根據吉布斯（G. Gibbs）一百多年以前提供的證據，普蓋特
灣的印第安人給他們的狗起名字，卻不給他們的馬起名字，只有
一些描述馬的皮色的用語（1877年，第211頁）。離海岸大約一
二〇英里的湯普森印第安人往往按照狗皮上的斑點或者顏色給狗
起名，卻極少按照同一性情的四足動物或者鳥來給狗起名字，而
儘管他們有時候也按照給狗起名的辦法為馬命名，但他們更經常
地還是按照人名為馬命名（泰特，1900年，第292頁）。根據這
個信息，這個系統似乎從一羣人中轉移到了另一羣人。有關薩爾
斯語族各個部落的名字系統的可靠資料顯示，事情實際上並不這
麼一清二楚，而是更為複雜。不過與此同時，這些情況卻促使我
們去考慮歷史的因素了，例如，馬是十八世紀末、十九世紀初才
被引進湯普森人文化的，而馬被引進普蓋特灣地區的時間更晚，
它被引進沿海部落文化的同時也很晚，在沿海部族裡，只是偶爾
才使用馬（僅限於所謂「騎馬的人羣」），也並不具有同等的重
要性；另一方面，普蓋特灣和沿海地區的一些部落除了馴養獵狗
之外，還養另外一種狗，他們把這種狗的毛剪下來用編織──湯
普森印第安人不會這種技術，他們只用植物纖維和野山羊毛來編

154

織——他們從來不殺這些「長毛的」狗，這些狗住在主人屋子裡，享受著特殊待遇。

最後，在這兩組部落（即普蓋特灣和沿海部落以及內陸的部落，如湯普森部落、里洛埃特部落、奧卡那貢部落等等）當中，狗和馬的名字與給男人起的名字，為女人保留的名字以及給男女小孩起的名字和奴隸的名字之間，都存在某些對立關係或是相關關係——儘管這種關係並不總是十分清晰。在普蓋特灣或沿海地區，蓄養奴隸的活動比內陸地區更為發達，並且分解為一種三級的等級制度（貴族、普通人和奴隸），奴隸和狗常被歸為一類：「如果好好對待的話，連狗和奴隸都會盡心竭力」。何況奴隸不允許有成年人的名字，而用描寫性綽號給他們命名或授洗禮名，像那些給孩子起的綽號一樣〔艾爾門多夫（Elmendorf），1960年，第346～347頁〕。與此對應的是，里洛埃特（Lilloet）和奧卡那貢人（Okanagon）這種內陸部落則往往把狗和女人歸為一類、把她（它）們列入緊密關連的類別中。奧卡那貢人的一種神話就想簡單解釋今天為什麼有狗和女人的原因〔克萊尼（Cline）etal.，1938年，第227～228頁〕。里洛埃特人在他們對熊的祈禱儀式上的祝辭裡說：「願沒有女人吃你的肉，沒有狗會侮辱你。」他們極力阻止女人和狗在男人浴室附近小便。如果那隻狗在一個女人洗澡的地方撒尿，它就會被殺死，原因是防止這隻狗對這個女人和別的女人產生性慾（泰勒，1906年，第267、279、291頁）。現在，在里洛埃特人當中也像在湯普森人（Thompson）和奧卡那貢人當中一樣，男名的字尾與女名的字尾截然不同。來自奧卡那貢人的當地證據表明，人們只給雄狗起名字，這些名字往往來自為別的動物命名的平常詞彙系統。人們也以同樣的方式構成男人名字，卻從不用這種方式構成女人的名字（克萊尼，1928年，第106頁）。

＊　　　　＊　　　　＊

155　　這些一致性及其逆反性對各種名稱系統都產生了滲透性影響，它使我想到了幾年以前對《野性的思維》這本書的一種有趣的批評。當時，有個不知姓名的英國讀者寄給我一封信，指責我對賦與人、狗、小牛、賽馬的名字的解釋毫無效用，並且指責我想證明這四種名字都來自構成一個系統的明確類別的嘗試。給我寫信的這位英國人說，他的同胞往往喜歡給狗起個人名，並且，他的一位死了孩子的鄰居的確是買了一隻狗，給狗起了那個死去的孩子的名字。

　　這不僅是對人類學方法論的反駁，而且是對一切人文科學方法論的反駁。批評我的這位讀者並不懂得在我們這個學科中絕不能孤立起觀察事實，而必須把它與同一類型中的其它事物聯繫起來觀察。我並沒有自稱以我引述的法國例證為基礎，去建立一種普遍適用的類型學。我僅僅是想表明在任何社會裡（甚至當人們認為這些社會都是在自由地活動時），人們對正式名字的選擇和使用，都反映著社會宇宙和道德宇宙的分割，反映著對個人進行的分類化處理，反映著把每種文化如何傳達人與他們各種家畜之間的相互關係翻譯出來的過程。並非一切社會都採用同樣的模式，也不是一切社會都由一種單一的模型所刺激而成。法國人和英國人給他們的狗起的名字類型不同，這個事實並沒有使我的論點失敗，反而進一步支持了我的論點。英國人用和法國人不同的方式為他們的狗起名字，他們也就流露了對他們的愛畜的某種心理態度，這種態度和我們法國人的不一樣。我們法國人有時候也給我們的狗起人的名字，不過可以說，這麼做與其是為我們四條腿的朋友考慮，不如說是出於對我們同類的嘲弄更恰當。給我寫信的那位英國讀者提到的那個情況，在法國實際上是不可想像的，那種做法會激起普遍的震驚，使人不以為然⑬。

　　這種情況就像在其它情況中一樣，關健在於存在一種系統，　156
而不在於它是否採取出某種形式。在西班牙語中，mezo這個字
可以指一隻貓、一個小男孩或者一個男僕人；在加勒比地區的語
言裡，親屬詞彙表中把孫子和半家養的動物（semidomestic
animal）列為同一類〔泰勒（Taylor）1961年，第367～370頁〕；
加利福尼亞的約洛克人（Yurok）也把家畜和奴隸等同起來（艾
爾門多夫，1960年，第115頁n. 89）。這些都是衆多的有價值的
標誌，都表明了不同的文化把人類王國與動物王國、自然與社會
切開或者疊置起來的種種方式——保留某些選擇出來的名字，供
人類的名字使用（男人或者女人）；或者用於某個動物家族，有
時我們也給它們起人類的名字——以及這些實踐涉及的歷史進程
的各個方向，它們與其它的政治、經濟或文化的自然變形過程或
者互相聯繫，或者互相對立。這些都可以為歷史學和社會學家提
供一種資料，這些資料在我們這些社會中更有用處，至少已經取
得了更豐富的、跨越一段長時間的檔案資料。不久以前，有位地
理學家提出了進行這類研究的一種步驟〔澤林斯基（W. Zelins-
ky），1970年〕。儘管他的著作僅限於對個人姓名的研究，他還
是表明了正在實際應用的名字已經大大增加了，從兩個世紀以前
的幾個增加到了今天三千多個。這些數字促使我們去思考這樣一
個問題：地域間的水平轉移〔它們在文化上結構相似，即屬於同
質（homogeneous）〕是否已經逐漸讓位於在更廣闊得多的區域內
形成了不同層次的次文化羣（subcultures）之間的垂直轉移。

　　即使索緒爾關於諸神名字的提綱要點並不能為我們無保留地
接受，它對於重新喚起對正式名字的形成和命名等相關問題的重
要性的認識和對它們的興趣，仍然很有作用；到目前為止，人類
學和社會學還沒有充分注意到這些問題本身。不過這塊幾乎是未
經耕作的領地會為這些學科提供一個共同工作的機會，而這個機
會過去往往經常被人忽視。

註　釋

① 以下抄錄的索緒爾筆記中，如果有空白以及由省略號標出的省略，我就把被劃去的詞補在空白裡。各種解釋均在腳註中給出。

② 索緒爾這幾頁筆記的文字斷續而晦澀，有的地方不成句子，無法解讀，故有的地方只能照英譯者的方法處理，譯文僅供參考。——譯者註

③ 即「顯而易見的」。——英文版編者

④ 阿哥尼神（Agni），印度神話中的火神。——譯者註

⑤ Varuna，印度吠陀神話中的天神瓦魯納。——譯者註

⑥ （Απόλλων），是阿波羅（Apollo）的希臘文。——英譯者註

⑦ Zeús是宙斯（Zeus）的希臘文。——英譯者註

⑧ Ushas，即Aurora女神，羅馬神話中的黎明女神。——譯者註

⑨ 赫耳墨斯，希臘神話中眾神的使者，亡靈接引神，掌管商業、交通、畜牧、競技、演說等，即羅馬神話中的墨丘利。——譯者註

⑩ 「蘿絲」（Rose）和「瑪格麗特」（Marguerite）的法文意義分別為「玫瑰」和「珍珠」。——譯者註

⑪ 在法文中，「莫理斯」（maurice）、「勒內」（rene）、「渥大維」（octave）三個字的意思分別為「摩爾人式的（黑色）」、「再次出生」和「（第）8」。——譯者註

⑫ 法國著名歷史學家、考古學家、語言學家、神話學家，已於1986年逝世。——譯者註

⑬ 艾德蒙・李區（Edmund Leach）曾舉過一個例子，「我有隻狗叫彼得（Peter），這件事……」（《Goody》，1958年，第124頁）。為狗起名字時，「彼埃爾（Pierre）」當然不是最先躍入一位法國人類學家腦海中的名字。

卡洛爾博士（Michael P. Carroll）專門批評我的觀點，卻不知道我寫過那些東西（見本書第207～208頁），他想用美國的狗名駁斥我的觀

點（1980年），卻不知道我在《野性的思維》中已經回答過這些詰難了。我以法國人的制度說明理由，狗名在法國與在盎格魯—薩克遜世界不同，這只會支持我的論點，因為在那種文化中，狗的地位與在法國文化中不同。

第十一章
從神話可能性到社會存在

在某些社會科學家看來，把習俗、信仰和制度的多樣性說成　157
選擇的結果（這種選擇是各個社會在全部觀念的組成部分當中進
行的，其中事先規定了種種可能性），這就像在濫用語言、濫用
修辭手段，像一系列任意的比附，像一種令人不快的擬人法，而
與任何可以想見的現實毫無瓜葛。因為社會並不是一個人。無論
什麼都沒有給我們特權，來把社會說成像個顧客一樣，匆匆翻閱
抽象的分類表，從中找出一些適合其需求的模型，而這些又不同
於任何社會用來達到同樣目的模型。

儘管如此，這個隱喻本身還是可以受經驗的支配。一則神話
提出了幾條情節規則，而人種學考察則證明了一個事實，即：從
同樣包羅萬象的文化中萌生的各種社會（與所說到的神話來源相
同），實際上已經採用了這些規則中的某些條。在這些情況下，
上述隱喻本身就要受經驗的支配了。每個社會根據自己的環境，
都從同時呈現在集體的想像（collective imagination）面前的一
系列解決方式中，作出自己實踐中的選擇。

可能會有人反駁說，這就等於把問題顛倒了，神話其實的確　158
是一種事後的（a posteriori）嘗試，試圖以性質迥然不同的規
則為基礎，構成一個性質相同的系統。這種假設也會包含這樣的
意味：或遲或早神話思維也會試圖把這些規則當作對一個問題的

衆多可能的答案。

在這裡，我想提出一個來自玻里尼西亞的例子。毫無疑問，我們將要考察的這個神話並不屬於其選擇自由似乎僅僅限於兩種可能性的那種社會，但是我們知道，玻里尼西亞居住的以航海爲生的人羣都來自共同的來源，他們在各個島嶼間航行。這種遷移的階段性已經被重建出來了，而且（儘管在方言上存在一些差異）他們還是有一條緊密的語言紐帶，保證了他們全部文化的整體性。所以，把世界的這一部分當作一個整體來描述，這是合情合理的。這方面的專家把玻里尼西亞人的習俗、信仰和社會制度看作揭示了共同繼承性的主題的各種變體（從薩摩亞、東加到夏威夷羣島，從馬貴斯羣島到紐西蘭）。

在斐濟羣島上的部分地區，父系制意識形態曾經占據過統治地位。無數家族的親屬之間可以不受限制地內部通婚。但是，在每一族的親屬當中，兄妹都要受到一種禁忌的嚴格限制：他們必須避免一切肉體接觸，甚至不能彼此交談。在東加，這種禁忌禁止兄妹的子女之間的任何一種婚配。在薩摩亞，兄妹的遠系後代之間也不能婚配。

根據荷喀特（A. M. Hocart, 1952）和奎恩（B. Quain, 1948）兩個人的著作中說，其他斐濟人羣體都帶有母系制的明顯傾向。這些羣體有時分成族外婚的半偶制（exogamic moiety），於是就不受兄妹婚的禁忌了。奎恩指出過，在瓦努阿—勒伍島（Vanua Levu）上其實並不存在兄妹婚禁忌（sibling taboo）（這個島上就有族外婚半偶制）；而哪裡存在兄妹婚禁忌，哪裡就沒有族外婚半偶制。這兩種現象不能同時存在，這種不相容性引起了一個問題，由於禁止眞正的交表婚配的禁忌被加在了族外婚半偶制的規則上（酋長除外），這個問題就更令人吃驚了。

研究大洋洲的專家很久以前就注意到，在玻里尼西亞，兄妹關係與夫妻關係恰好對立。這種差異十分明顯，但它並不是這些

形式（有時是這種，有時是那種）在不同地區更為「顯著」的原
因，尤其是從玻里尼西亞西部到中部。在薩摩亞羣島西北大約三
○○英里的環礁羣島——托克勞羣島（Tokelau）上，兄弟和姐
妹分別在彼此尖銳對立的領域內生活。由於他們居住地點的分
隔，他們力圖維護這種隔絕，而且必須避免在同一時間處於同一
個地方。另一方面，丈夫與妻子的活動就沒有明顯的領域；在兩
性關係上，也沒有證明情歌具有什麼重大價值。夫妻都同樣參加
家務勞動，這與一種生育觀正好一致，這種理論為夫妻雙方都規
定了生育上平等一致的角色（漢茨曼〔Huntsman〕與胡坡爾
〔Hooper〕，1975年）。

159

　　庫克羣島（Cook Islands）北部的普卡普卡人（Pukapu-
ka）當中，這種各自封閉的狀態尤為突出。兄妹之間並無禁
忌，但是生育理論為兩性規定了各自的作用，情歌在當地文化中
也很重要，這表明男女間的感情關係在該地是很重要的（海希特
〔Hecht〕1977年）。

　　現在，普卡普卡人關於他們起源的神話（它存在於幾種神話
變體中）把這兩類規則並置在了一起，並把它們作為對同一個問
題的等值解決辦法而提了出來。這個神話告訴我們，島上的人口
來自兩個人的結合，一個是土著男人（他住在一塊岩石上），另
一個是來自外部世界的女人。這對原始的夫婦生了四個孩子，老
大老三是男的，老二老四是女的。老大與老二交媾之後生了酋長
血統的一族人，而老三與老四交媾之後生了普通人，這些人後來
分成了兩個母系半偶制。這些人羣十有八九本來就是族外婚的，
其中一個半偶制被稱作「地上的」，另一個半偶制被稱作「海上
的」。這個神話的作者對這個神話作了非常豐富的評註（海希特
〔Hecht〕，1977年），他正確地指出，為了與當地習俗取得一
致，酋長血統的一族人從最開始就不得不把具有明確功能的一兄
一妹包括進去，男的繼承酋長的位置，他的妹妹變成了聖女，過

著獨身生活，沒有後代。這就是普卡普卡人的情況。由此看來，
這個神話提出了掩飾亂倫（即一種可以歸咎於延續後代需要的
「惡行」）的兩種方式：一種是貴族的方式，它把那個獻祭的妹
妹變爲一種禁止觸動的女人（forbidden woman）；另一種是普
通平民的方式，它把人們分成了兩個部分。儘管普卡普卡人
（Pukapuka）的神話距離我們十分遙遠，它還是回答了瓦努
阿—勒伍島上同時存在兩種相似而對照的習俗這種現象帶來的問
題。禁止亂倫的族外婚半偶制使兄妹婚禁忌成了多餘的東西。在
沒有這種半偶制的地方，這種禁忌就形成了一道有效的屏障，換
句話說，同一個問題可以引出兩種不同的答案——一種是按照等
級方式的答案，另一種是按照關係方式的答案。

　　我引用玻里尼西亞南部的一個神話去解釋在斐濟（距離玻里
尼西亞約一二〇〇英里）發現的斐濟人的習俗，有人可能會對此
感到不以爲然那麼，現在我要請人們注意一種情況：除了我提
出的全部玻里尼西亞人都有共同祖先這一點以外，東加（在斐濟
附近，受斐濟的影響）也有一個關於一對兄妹的神話。神話中
說，這對兄妹生自一塊石頭，他們結了婚。另一方面，斐濟人的
傳說也像普卡普卡人的傳說一樣，把當地人說成是一種極端的族
外婚結合的後代。這種結合的一方是個男性的外來人，另一方是
個本地女人。這樣，這個神話就把普卡普卡人的神話的結局顛倒
了過來，只是對前後次序作了相應的轉換，因爲依當地的慣例，
斐濟女人的地位不如男子。一位報導人說，一個妹妹「把她的哥
哥視作一個神聖的生物」，因此，兄妹之間的任何肉體接觸和直
接交往都是被禁止的。另一方面，在薩摩亞和東加，父系的女性
代表（即姐妹或父親的姐妹）也像在普卡普卡人當中一樣，占據
著享有特權的地位。不過，在這種情況下，相距最遙遠的兩個地
區（薩摩亞和東加）之間又出現了另一種差異：父系的女性代表
可以詛咒她的侄子和外甥，並且使他們不生育——這與普卡普卡

160

人中兄長對妹妹行使的權利相同，他也詛咒妹妹不生育。但是，在普卡普卡人裡，如果妻子沒給丈夫生孩子，則是由妻子詛咒丈夫。在托克勞羣島，結局又發生了與之不同的交換。姊妹（像在薩摩亞一樣）可以詛咒她的侄子和外甥，並且使他們沒有後代。這樣的姐妹被稱爲「神聖的母親」（sacred mother）：「神聖的」是指像普卡普卡人的姐妹一樣，她也以不生育著稱；而「母親」是指像普卡普人中的妻子一樣，爲了懲罰自己的丈夫而對丈夫和她自己進行詛咒。不過，托克勞與普卡普卡之間距離九〇〇英里左右。這進一步表明，一種文化在採用一種社會制度的同時，也暗暗意識到了可能存在與之對立的制度。

不同規範的相近似（儘管一切規範都來自同樣的聚集）引出了一個問題。我們將回過頭來討論這個問題，但這個問題涉及另一個必須在此一提的問題。像在東加一樣，當一個姐妹的地位高於她的兄弟時，她又能嫁給誰呢？在這種類型的社會中，習俗要求丈夫具有比妻子更高的地位，不過這種地位要低於她姐姐的地位，這或者因爲這個地位與長子繼承權的聯繫比與性別的聯繫更爲重要，或者因爲（正如麥布齊〔T. Mabuchi〕已經指出的那樣〔1952年，1964年〕）在世界的這些地區，女人被認爲具有一種精靈力量。遠在台灣和琉球羣島也是如此。

在東加，國王的姐姐很可能長期不嫁——這很像普卡普卡人當中的情形。到了後來，她也許會獲得嫁給一個外人的權利，甚至可以嫁給一個地位低於她的外人。他們的結合產生了塔瑪哈（Tamahâ），即王國裡地位最高的女人。夏威夷羣島的人逆轉了這種情況，允許甚至提倡貴族兄妹的結合。在東加也實行這種解決辦法的一種弱化形式，貴族往往跟他們的交表親結婚，破壞了兄妹禁忌，而禁忌不允許交表親子女結婚。

我們還可以用另一種方式來解釋姐妹在社會中地位較高的原因。在族外婚的社會裡，地位很高的貴族中的姐妹應當跟低於自

己身份的人結婚（這是一種無法達到的假定性要求），其中一個解決辦法就是，無論誰和她結婚，都應該先假定他的地位高於女方。這樣一來，姐妹的優越地位就會由於制度的強制性而得到解決，這種強制性會賦與合法的虛構以真實的表象。

　　無論如何，前面的討論都再次證明，玻里尼西亞人的一則神話表明了對一個特定的問題有兩種可以想見的解決方式，鄰近的羣落（他們也屬於產生這則神話的文化區域）已經把兩種可能性中的任何一種付諸實施了。因此，在實施中，他們已經在由一種思維方式提供的兩種可能性中做出了選擇，他們並沒有意識到這種思維方式，卻依然是它的代表。

＊　　　　＊　　　　＊

　　上述情況有兩種例外。首先，一則單一的神話把社會組織的兩種樣式合併了起來。其次，產生這則神話的地區既存在同時實施兩種解決方式的社會，又存在選擇其中一種解決方式的社會。生活往往不那麼簡單，神話也並不必然會立即揭示出幾種理論上的解決辦法來。相反的，它們似乎是互相分離的，每一個神話都由一種變體加以說明，只有把全部變體都進行比對，我們才能觀察到整幅畫面。最後，我們也並不經常作出直接與真實選擇相聯繫的哲學和倫理的推測。我在自己的《神話學導論》（ Science of Mythology ）的一系列著作中（ 1970，1973，1979，1981年 ）已經列舉過眾多的此類情況，所以，在這裡重複那些例子就顯得多此一舉了。

　　不過，我這裡還是要提醒人們注意一種中間性狀況，其中，一羣人用他們神話的幾種變體來檢驗各種可能性，唯獨不使用與這羣人所面臨問題的事實相悖的變體。這樣一來，在種種可能性的序列裡就只剩一個空隙了，鄰近的羣體（他們並沒有面臨同樣的問）可以接過這個空隙，把它填充起來——不過先要把這則神

話從它本來的目標上移開，甚至要深刻地改變它的性質。因爲在這種情況下它已不再是個神話，而成爲一種「家族史」了。這是收集這則神話的亨特和發表這則神話的鮑亞士的見解（1921年，第1249～1255頁）。或者更準確地說，這則神話是一個貴族之家的傳說，其作用是建立和增強這個家族的特殊地位，半是推測思維，半是政治現實──所以說，它是在現實中體現神話想像可能得出的成果的另一種方式。

　　我對一個神話的幾種變體（這個神話叫做〈阿斯迪瓦爾人的故事〉〔The Story of Asdiwal〕）進行過兩次研究。這個神話來自英屬哥倫比亞的奇姆希安印第安人（見李維史陀，1976年，第146～197頁）。我力圖表明這則神話同時使用了幾套代碼──宇宙論代碼、氣候學代碼、地理學代碼、地形學代碼──以便找到自然對立物（上界／下界、高／低、山／海、上游／下游、冬／夏）之間與社會學或經濟學對立物（血緣關係／依賴關係、族內婚／族外婚、狩獵／捕魚、富庶／貧瘠）之間的相似特徵。這則神話彷彿力圖記錄這樣一個事實：即母系舅表親之間的通婚（儘管被一種由彼此勢均力敵的家族組成的社會所採用）並沒能克服家族間的對抗性。由此可見，這個神話的功能就是指責本身性質截然對立的兩極之間沒有中間性的結局，以此爲一種社會的過失開脫。

　　這個深浸著悲觀色彩的神話的不同變體盡情表現了一個單一情節的全部否定性結局。主角無法適應他先後經歷的生活方式，死於他對這些方式中的某一種難以磨滅的渴望（1895年文本，1912～1916頁）。如果說，他竭力想避免被永遠打上任何一種生活方式的印記，他也無力承擔神話已經賦與他的使命──這種使命就是調和這些神話的矛盾（aninomy，1902年文本）。前三種文本來自斯齊納河谷地區，最後一種文本來自納斯河谷地區。至於對同一個主題爲什麼會有不同的處理方式（帶有每個河谷地區

特定生活方式的印記），這裡我就不加以評論了。

　　夸丘特人是奇姆希安人（Tsimshian）南方的鄰居，他們借用了阿斯迪瓦爾（Asdival）的神話——準確地說，借用這個神話的不是泛指的夸丘特人，而是夸丘特人當中的一個部落闊克索特諾克人，而且是這個部落中的一個特別高貴的納克斯納蘇拉家族（Naxnaxula），這個家族把這個神話當成了自己家族的傳說。考察一下一個容易為人辨認出來的故事怎樣被挪用而產生了新的結局，怎樣在內容和形式上都被修改，這是一項很值得一做的工作。

163

　　乍看起來，夸丘特人的神話是從它的模型中提取出來的各種片斷的雜燴。一八九五年和一九一二年文本中有這樣一個情節：一個超自然精靈與一個人類的女子結了婚，他用魔法使他們的兒子長大成人。一八九五年文本中有這樣一個情節：他（超自然精靈）讓自己的魔法服從於未特別指出的一些禁忌。但是，這種相似情況在一九〇二年納斯文本中增多起來：女主角是兩姐妹，而不再是斯齊納河文本中的母女倆了；那個超自然的保護者（他娶了兩個女人中的一個）犯了第一個錯誤：他給兒子做了一雙雪鞋，又給了兒子兩隻可以隨意長大變小的魔犬。只有在這兩個文本中，保護者才透過讓兒子與一個對手打鬥的辦法試驗兒子的狩獵才能，當這個兒子的內弟們回到他們的姐姐身邊時，這個保護者隱瞞了這件事。同樣，在這些神話文本中，主角追趕一頭超自然的熊，一直追到了山頂上，卻沒能進入熊窩，只是在熊窩外面聽見熊在唱一支歌，歌詞雖然用了各種不同的語言，但意思完全一樣。

夸丘特人神話文本情節梗概

　　兩姐妹（一個已婚，另一個未婚）由於飢餓離開了各自的村莊，朝對方的村莊走去，中途她們相遇了。妹妹一路上都在祈求

精靈的幫助，精靈現在以一個英俊男子的偽裝出現了。他給了她食物，娶了她，她生了一個孩子，孩子的父親把孩子訓練成一個出色的獵手，並且賦予他魔法的力量，然後就消失了。

兩個女人的兄弟們出發去尋找她們，把她們找到了。他們一同返回自己的部落，主角（超自然保護者的兒子）成了這個部落的酋長。

有一天，他出發去追趕一頭超自然的熊，這頭熊把他引到了一個山頂上，這個男主角沒能趕到熊窩裡就下了山。後來，他來到了另一個夸丘特人的部落，娶了酋長的女兒。

他的內弟們帶他到海邊打獵，他們嫉妒他的成功。就把他囚禁在一個島上。島上的下界居民救了他，把他迎到了它們的海底王國中。在那裡，他治好了受傷的動物，它們把能行魔法的物品和武器給了他作為報酬。他憑藉這些東西的幫助，向他邪惡的內弟們復仇。他被宣布為他們部落的酋長。從此以後，他用從海洋中捕獲的獵物供養全部落的人。

夸丘特人和奇姆希安人都很善於跋涉。他們乘船去對方的部落，有時是去打仗，有時是去貿易，有時則僅僅是去拜訪。這些部落有時很友好，有時充滿敵意，他們抓俘虜，搶女人，要麼就締結婚姻。因此沒有理由不做這樣一個假設：夸丘特人聽說過鮑亞士從奇姆希安人那裡搜集到的神話，也聽說過我們尚不知道的其它一些神話。現在所剩的只有一個事實了：在相距最遠的神話變體之間呈現出了最清晰、最大量的相似性。兩個神話變體的來源地一個是納斯河口地區（鮑亞士從那裡獲得了一九○二年文本），另一個是闊克索特諾克人（Koeksotenok）居住的地區，這兩個地方之間的直線距離是400到500公里（250～300英里）。這個地區從陸地上很難穿行，如果像印第安人常做的那樣走海路，那要幾乎走上兩倍的距離。這種相似性似乎有些奇怪，值得

我們注意。我們將看到，這種奧秘並非源自尼斯恰人（Nisqa，納斯河地區居民）與闊克索特諾克人之間的特殊關係，而是由聯繫夸丘特人神話變體和納斯人神話變體的傳統原因（儘管它們在各種情況下都不相同）來解釋，而這些原因又使這兩個神話變體與斯齊納河地區的三種神話變體區別開來。

如果我們同意把奇姆希安人的各種神話變體暫時看作一個整體，那麼，我們就能看到它們與夸丘特人的神話變體之間存在著多麼鮮明的差異了。奇姆希安人的神話產生於河谷地區——或者是斯齊納河谷，或者是納斯河谷——大致處於東西方向的軸線上。夸丘特人的神話產生於離沿海很遠的內陸地區，正處在南北方向的中點上，與河流的走向垂直。這個神話變體最先出現於現在的哈達（Hâda），在邦德灣（Bond Sound）盡頭（鮑亞士，1944年13. 103），然後，運動的方向轉向東南，朝向了湯普遜灣（Thompson Sound）盡頭的瑟克維肯（Xekweken）（15. 13）。瑟克維肯在夸丘特人的神話裡占有重要的地位。從天上飛下來的時候就落在這個地方的一個山峯上（第29頁）。所以毫不奇怪，主角在追趕那頭超自然的熊的時候，正是從這裡爬上了危險的陡坡的。他沒能進入熊窩（這個熊窩在天空世界裡，這是一八九五年和一九一二年奇姆希安人神話文本的說法），其原因（由於文本講得不很清楚）大概是「他違反了他父親訂的規矩」（鮑亞士，1921年，第1253頁）。（也許是由於他違背了父親的教導，在出發獵熊時忘記帶上他的魔犬）。

夸丘特人的神話變體從最開始就解釋說，由於一場飢荒，兩個女人中年輕的一個離開了哈達，希望她那位已經結了婚的姐姐（住得很遠）的處境會好一些，但是，這個姐姐也遭到同樣的厄運，也打算去找妹妹。這樣一來，姐妹倆就在中途相逢了。奇姆希安人的神話變體詳細地敍述了這兩個女人的旅途，而夸丘特人的神話變體則根本沒提到第二個女人從那裡出發，也沒提到第一

個女人到哪裡去。姐姐不大可能來自瑟克維肯，因爲文本裡說她結了婚，住在「一個很遙遠的村子裡」，而哈達與瑟克維肯之間的直線距離似乎頂多不超過七英里，如果沿著海岸走，頂多不超過十五英里①。這種變化的原因很容易理解。夸丘特人的神話變體保留了奇姆希安人神話變體中的情節，但作了不同的處理：那個「年輕處女」很快就成了男主角的母親，她把她尋找食物的活動當作一種精神需要，她的成功將是對她情願在野蠻的鄉間冒險跋涉的補償。一條衆所周知的旅行路線將會跟女主角冒險的意圖不相適應，因爲她在每個階段都被純潔化了，並且希望一位護佑精靈（一位超自然的保護者）會出現在她面前——這與奇姆希安人的神話變體中的情節不同，在奇姆希安人的神話變體中，這位保護者出人意料地出現了，而且是自願地出現的。只有一八九五年文本中才提到了兩個女人的宗敎態度：她們作禱告、獻祭品，不過，這是在那個護佑精靈以一隻名叫「好運」（Good Luck）的鳥的形體出人意料地出現之後才進行的。

說到，夸丘特人神話變體中的那位保護者，他的名字叫「Q! ômg.ilaxyaô），鮑亞士沒有翻譯這個合成詞。但是我們注意到，這個同是由q!ôm（「財富」）這個字變來的，因此這個名字把它負載的意義放在了海底世界一邊，科摩哥瓦統治著海底世界，他是財富的主人，我們不久將會談到他。這個海洋世界或者陸地世界與天空世界截然對立，奇姆希安人神話中的對等角色以其鳥的本性與這個天空世界相聯。由此可見，這位超自然的保護者的夸丘特式名字從一開始就證明了夸丘特人神話變體的典型的環境方向性，即從高到低，我們將討論這個問題。

奇姆希安人和夸丘特人的全部神話文本不管存在什麼樣的差異，這位保護者都採用了人的外形，娶了兩個女人中年輕的一個，並且成了一個男孩的父親，他給了這個孩子一些具有魔力的東西，然後消失了。夸丘特人的神話變體說，這個男孩長大以後

和母親定居在瑟克維肯，這個地方位於有關他的傳說產生的地方的最南端。他成了瑟克維肯的一個偉大酋長，不過我們已經看到，他想到達天空世界的努力並沒如願以償。因此，他決定到另一個夸丘特人的村落查瓦特諾克（Tsawatenok）去，以便與那裡酋長的女兒結婚。這將是他唯一的一次婚姻。而從一九一二至一九一六年的奇姆希安人神話文本中看，主角先後結過四次婚，他的兒子結了一次婚，每次結婚都具體說明了一種不同的婚姻形式。

166

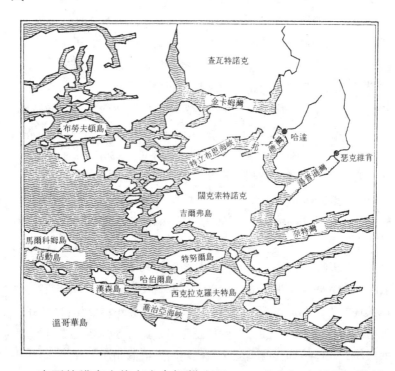

查瓦特諾克人住在金卡姆灣（Kingcome Inlet）地區，位於哈達的北面，他們的鄉間（主角最後定居在那裡）是主角旅行到達的最北地區。這樣一來，兩個神話的全部情節都是在從南方的湯普遜灣到北方的金卡姆灣之間展開的。只有一個情節例外：男

主角婚後和他的內弟在活動島（Moving Island）上獵取海獺，
叫這個名字的小島大概位於漢森島（Hanson）和馬爾科姆島
（Malcolm）之間（鮑亞士，1944年，卷Ⅱ，第21、50頁），喬
治亞海峽（Strait of Georgia）於此和大海相通。這次狩獵探險
的結局和奇姆希安人神話變體中的結局一樣：主角被嫉妒他的內
弟們囚禁在島上，後來被地底世界居民帶到了它們那裡（在夸丘
特人看來，這個地底世界也是個海洋世界），他在那裡照料受傷
的海豹和海獅，治好了它們的傷口。這些海豹和海獅是科摩哥瓦
的僕從，科摩哥瓦是大海的主人，也是一切財富的主人。主角得
到了可行魔法的東西作爲回報，其中有一間房子，可以隨著他的
意願變大縮小，有一條船、一隻槳、一柄魚叉，它們都自己會
動，還有一根能噴出火焰的棍子以及可以起死回生的水和用之不
竭的食物，還有個新名字「廣闊海洋的酋長」（Chief-of-the-O-
pen-Sea），以代替他原來的名字「最英俊的獵手」（Pret-
tiest-Hunter）。主角回到妻子住的村莊，用魔棍點燃了村子，
把他的仇人變作岩石。他的魔法武器威力太大了，以致把他的妻
子也變成了岩石，不過他又用生命之水使她復活。在來自斯金納
河地區的奇姆希安人的神話變體中，主角自己（1912年文本）、
他的兒子兒媳（1916年文本）也被變成了石頭（這是因爲有勇無
謀地進山冒險），這次冒險的目的是尋找食物。但是夸丘特人的
神話變體說：「主角成了他妻子部落的偉大酋長，他的魔法武器
使他能供給自己部落的人豐富的海味。

　　我曾經爲奇姆希安人的神話變體作過一些註釋，我認爲這些
神話是用「以一種無法抑止的活動爲特徵的最初局面」開始，而
又用「以一種永恆固定性爲特徵的最後局面」結束。我還補充
說，奇姆希安人的神話「以其獨有方式表達了土著哲學的一個最
本質的觀點」，這就是在這個神話看來，「唯一積極的生存方
式，就是『不存在的否定性命題』（a negation of nonexist-

167

ence）」（李維史陀，1976年，第175頁）。

　　對於夸丘特人的神話變體來說，以上的結論顯然不適用。夸丘特人的神話變體是以需要一位護佑精靈爲開始的——這種需要是自願的，而飢餓在哈達這個地方肆虐，對這種需要來說只是提供了一個契機。在神話的末尾，主角根本沒被凍結在一種毫無生機的惰性裡，他的魔法武器給了他最大的機動性，他不費吹灰之力，就把自己的房子搬到了水上，他的船自己開動，他的魚叉變成了一條蛇，自動撲向海豹，一個一個地把它們殺死，然後再回到主人身邊。總之，這個故事以一個最初的需要爲開端，以這個需要得到滿足爲終止，主角是因爲他母親的宗教狂熱才終於得到了魔法物品的全副武裝的。從這方面看，夸丘特人神話裡的那個超自然保護者往往更帶些經濟學意味。

　　在主角沒能進入那隻天國的熊的窩這個情節上，上述那種最終結構也表現了出來。我已經說過，夸丘特人文本在這一點上逐字照搬了一九〇二年奇姆希安人文本，但是這個情節所起的作用卻有所不同。在奇姆希安人文本（它是在納斯河一帶收集到的），主角的兩次宇宙旅行都被說成毫無意義的：他沒取得探訪上天世界的成功；他離開了海豹，心裡一點也不懊悔。另一方面，夸丘特人文本則把主角對上天世界探訪的失敗，和他對地底世界探訪的巨大成功（主角除了從這個地底世界之外，不可能從別的地方獲得這樣的收益）對立起來。但是，夸丘特人的神話邏輯有一條普遍規則，即貴族之家的祖先往往是從天堂來，而不是到天堂去，但他們的後裔不管願意不願意，都要進入地底世界。地底世界是科摩瓦哥的管轄範圍，他們的珍貴禮物正是從科摩哥瓦那裡得到的。

　　這種方向性涉及夸丘特人神話變體的框架結構，而且，如果像我假定的那樣，主角對神熊的失敗歸咎於他忘記帶魔犬，那麼，這種方向性也可以證明是正確的了，因爲神熊正是未成型的

狄俄斯庫里②（李維斯陀，1976年，第223頁），在一系列媒介
中由最弱者祈求幫助的需要表明，從神話講述者的角度看，從低
向高的運動不太符合事物的秩序，而從高到低的運動則更符合事
物秩序。

$$* \qquad * \qquad *$$

　　我們怎樣根據這一切，把夸丘特人的神話變體和奇姆希安人
的神話變體聯繫起來呢？斯齊納河地區文本的幾種形式（即這個
文本的一九一二年文本、隨後的一九一六年文本，也可以見於一
八九五年的幾個文本）都是極端的，而且幾個文本相互對照。在
頭一個本文中，儘管主角娶了沿海部落裡的幾個女人，並且曾經
旅居水底世界，他還是懷著難以泯滅的懷鄉之情，思念自己曾在
那裡度過了童年時光的羣山，當年，他曾經去過深山裡，迷了
路，被變作一塊岩石，而一九一六年文本則把這段經歷留給了主
角的兒子。在一八九五年文本裡，主角雖然當過一個時期的山中
獵手，他卻依舊懷念著水底世界。由於他對水底世界的記憶猶
新，因此他洩露了水底世界的秘密，而死於超自然的懲罰。

　　在這個極端形式的正中間，納斯河文本（1902年）把二者折
衷了。主角定居在沿海並且結婚以後，既不思念羣山（他曾經在
山裡試驗他作為一個獵手的勇氣），也不懷念海底王國（他已經
成了這個王國的被保護人）。他結束了浪跡生涯，在沿海定
居──這就是說，他的位置處在廣闊的大海和羣山之間──他隱
居在那裡，過著寧靜的生活。按照這個文本，主角無法調和構成
這個神話框架的矛盾（antinomies，根據斯齊納河文本）也無法
越過這些矛盾，因為他完全等同於一種意義，並且使自己完全區
別於另一種意義。不論怎樣，阿斯迪瓦爾就是這樣一位「反主
角」（anti-hero）。奇姆希安人的神話變體別無選擇，只能在一
首史詩裡或是用一種散文體裁來描述這個阿斯迪瓦爾了。

　　為了把阿斯迪瓦爾變成一個真正的主角，即一個高貴體面的

169

家族的光榮祖先，就必須指出奇姆希安人無法填補由於在這個範圍內互換而出現的間隙，這是因為他們賦與那個神話的是一種否定性功能（即用神話表明，他們的社會組織中存在著一種固有的矛盾，他們那裡的事物本質就是如此）。一個夸丘特人家族的「族史」填補這個間隙的辦法十分簡單：只要把納斯河文本的框架反轉一下就行了，而正像我們剛剛看到的，納斯河文本平衡了斯齊納河的各種文本，只是具有一種靜態的平衡，並用另一種方式說明了奇姆希安人的所有文本結束時的那種惰性狀態的原因。

由此可見，夸丘特人的故事不像納斯河文本那樣中和兩種對立的的結局，而是把它們綜合了起來：它調和兩種結局；並且絕不讓二者的正面意義彼此抵消，而是把它們的正面意義加在了一起。像在納斯河文本裡一樣，主角的父親組織的競技使主角能夠展開他的狩獵才能；也像在納斯河文本中一樣，主角對海豹的照顧也得到了報答。不過只有在夸丘特人的故事裡，主角才一方面成了他母親和他妻子部落的酋長，因而克服了血緣關係與聯姻關係之間的矛盾；另一方面主角成了新的獵手（但是卻是廣闊大海上的獵手），因而克服了羣山和海洋之間的矛盾。這個神話取得了兩種因素綜合的成果。這種結果其實已經由主角的前後兩個名字預示出來了：他前半生的名字是「最英俊的獵手」，而去海底照料海豹以後的名字是「大海的酋長」。

如果我們緊緊抓住後一組矛盾，把全部的神話文本按照每個結局是否使主角獲得顯著的地位來劃分一下，那我們就會得到下面的表格，這個表格總結了我們全部的論點：

		山	：	海
奇姆希安人文本	1912～1916：	＋		－
	1895：	－		＋
	1902：	－		－
夸丘特人文本		＋		＋

這樣一來，夸丘特人的故事就位在一條與經過逆反的斯齊納　170
河故事（1912～1916年，1895年）的線段垂直的軸線上，並逆反
了納斯河故事（1902年），如果用空間方位的術語表達，就反映
了這些文本的典型的東西走向的軸線被轉換成南北走向的軸線的
情況：

奇姆希安人文本：1912～1916　　1902　　1895

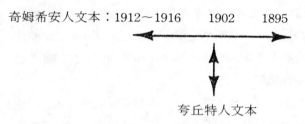

夸丘特人文本

上面的解釋甚至可以說明神話裡的一個細節。這個細節僅僅
出現在夸丘特人最後那個文本中，而且似乎毫無理由。作為科摩
哥瓦的海底王國中海豹的客人，主角卻並不需要跟它們進行口頭
語言交際，因為沒等他開口說話，它們已經知道他在想什麼了。
這種超自然通訊是陰間的典型特徵，它顯然跟那種通訊匱乏相互
對立。通訊匱乏使主角沒有能夠進入那隻天國的熊的家，因為主
角忘記了或是誤解了他父親的教導。我不久前指出所有關於阿斯
迪瓦爾神話的奇姆希安人文本都使用不同的通訊形式：以欺瞞作
為與他人過度通訊的結果；以誤解作為與他人通訊匱乏的結果，
以遺忘作為與自己通訊匱乏的結果；以思鄉作為與自己過度通訊
的結果（李維史陀，1976年，第190～191頁）。而夸丘特人神話
的主角沒有思鄉的理由，因為他懂得怎樣從作為山中獵手和海底
世界的被保護者的經歷中獲得益處而不是喪失利益。同樣，讀心
術（mind reading）儘管也可以算作通訊的一種超自然樣式，但
它依然沒有涉及欺瞞、誤解和遺忘的否定性含義；恰恰相反，讀
心術使受到主角照顧的海豹了解了主角的每一種願望。結果在這
種情況下，夸丘特人的故事就把其它文本裡的否定性價值轉變成

了肯定性價値。

　　奇姆希安人不能給神話動這樣的手術，其原因有兩個：第一，奇姆希安人給自己提出了一個在其用語範圍實際上無法解決的難題；第二，他們想把這個問題放在最廣泛的視野裡，也就是放在社會（或者世界）的視野裡，這個社會或世界就隱藏在神話的形像體系裡面，在社會或世界裡，矛盾是無法調和的。實際上，社會就是由居住在一種不穩定的平衡狀態中互相對抗的家族構成的，這種狀態在不斷地變化，其中出現的衝突給整個社會造成了強大的否定性衝擊。

　　另一方面，對每個家族本身來說，這種互相對抗也具有一種肯定性的價値，因爲它爲一個家族提供了一些機會，使它能實現自己的目的。奇姆希安人神話本來帶有否定性價値，要使它獲得肯定性價値，就必須同時具備兩個條件：第一，必須首先從一個並不承認神話的否定性價値的羣體那裡借來一個神話，再把它庸俗化，變成一塊空白畫布，好在上面畫上別的動機；第二，這個神話不應該被整個社會接受，只應該被社會中的一部分人接受——具體地說，這些（一個貴族家族）的接受，使神話的否定性價値可以爲了他們而變成肯定性價値。一種社會與自然的哲學可以排除觀念的某種聯合，或者把它們保持在潛隱的、尙未實現的狀態裡。但是，這個神話只要一傳到別的人手中，那就什麼都不能阻止這種觀念的聯合在雙重意義上參與實際存在了；既作爲敍述神話的一種陳述，又作爲一種政治的工具。

＊　　　　　＊　　　　　＊

　　這兩個例子一個來自玻里尼西亞，另一個來自北美洲，它們都或詳或略地表明，神話有時會提出一些可能性的藍本，而憑經驗可以被觀察到的社會羣體（一個神話中這些羣體是一些社會，另一個神話中則是一些貴族家族）也會發現這些藍本中的一些法

則，並且用這些法則來解決內部組織問題或者來加強面對面的抗衡中的威望。神話闡釋的這些法則因此可以被實際應用，我們可以說，在這個意義上，神話的推測先於行動。更進一步說，神話推測既不必然會知道它在觀念形態的層次上所作的陳述，實際上是否就是對某個具問題的解決辦法，也不必然會知道爲了解決一個問題，能不能在衆多的解決辦法裡選擇一個。爲普卡普卡人神話證實了這種情況的只有斐濟羣島上一部分人羣的人種志。更簡要地說，這個神話如果想在一個單一社會（即它自身）的兩個社會階層之間平分這兩條法則而在實踐中取得效果，那它就還是不懂得兩個相距很遠的社會已經各自採用了一種解決辦法，但並不是同樣一種辦法。神話推測也並不肯定知道（正如我們在奇姆希安人的神話中看到的那樣）這些法則（每一條法則都被一個神話變體加以解釋）涉及了另外一條法則。我們透過簡單的邏輯過程就可以把這條法則演繹出來，但這條法則的內容依然空缺，直到鄰近的羣體承當起填補這種空缺的任務爲止。

所以，即使在這種情況下，神話思維也證明了不可思議的豐富性。神話思維彷彿從不滿足於僅僅爲某個問題提供一種反應，一旦形成了這樣的反應，這種反應就進入了變幻多樣的變形過程，而其它一切可能的反應在這個過程裡都或同時或相繼地呈現出來。相同的概念經過重新排列和交替，對立或者逆反了它們的價值和功能，直至這種新組合的能量耗盡爲止。

最初，一種智力本能（intellectual intuition）用各種對立的術語去理解世界或者世界的一部分。但它並不就此爲止，這種對立的模式擴大或者縮小其網絡的網眼，它透過邏輯演繹繁衍增殖，獲得了最初已經包括在內的一些面貌，或是包含在其中的一些面貌，因爲它們都是以相同的關係聯結在一起的。更具體地說，就像一塊廣告牌上閃爍的照明燈泡一樣，這些燈泡構成了不同的形象——明亮形象突出在黑暗背景上，黑暗形象突出在明亮

172

背景上（這同樣是大腦所創造的效果），這些圖案並沒失掉任何邏輯一致性，卻在進行著一系列的變換，其間，某些或者肯定性或者否定性的因素彼此融合了。否定性因素具有肯定的價值，反之亦然③。只要在部分之間還存在某種對應關係，一系列複雜的心理手段就可以按照全部可能的排列，把概念的片斷整理出來。

　　總而言之，人們能夠情願相信智能活動所展示的一些特點和那些在感覺和知覺範疇裡更容易辨認出來的特點相同。一個落在視網膜上的明亮形象並不和它的刺激源同時消失。當你閉上眼睛或是把目光轉向別處的時候，閃光的燈泡或是正沉入地平線的紅色落日就會變成一個綠色的圓斑。從更複雜的角度上說，我們今天已經知道，神經節細胞在最初收到視網膜印象的時候，細胞的中心與邊緣之間表現出一種對應作用。這樣一來，一個不斷被黃色刺激的細胞對藍色的感覺並不遲鈍，藍色絕不是聽之任之，而是保持著一種負像的（否定性的）反應。一個中心被紅色刺激的細胞，當其邊緣被綠色刺激的時候，會作出積極排斥的反應。全部色彩代碼似乎都建立在這種對抗反應的相互作用的基礎上。

　　一段管道或是一段樓梯的幾何投影圖，在初看的幾秒鐘時間裡，既能被看成俯視圖，也能被看成仰視圖，既能被看成後視圖，也能被看成正視圖。如果你專心注視一張三維物體的照片，你就會不由自主地看到這個物體隨著每一瞬間輪流凹進凸出。在松奈錯覺④（Zöllner illusion）中，平行的線段被一些歪斜的短線交叉穿過，這些短線的方向似乎在平行線之間逆轉，平行線本身也會顯得歪斜，彷彿歪向了相反的方向。我們也很熟悉下面這種情況：一些幾何圖案或者裝飾圖案，其圖形（figure）與背景（background）互相抗衡；它們的圖形有時似乎是背景，而背景有時似乎是圖形，假如二者所描繪的是同一個物體，那麼圖形就會在我們眼前交替變換，我們就會把它輪流看作暗色背景上的明亮圖形，甚至可以看成明亮背景上的暗色圖形。在這一切情況

下，大腦都好像被一種內在衝動驅遣，超越了它原來觀察到的物體。

這些例子說明了由神話的創造所闡釋的那些更複雜的活動形式。神話思維被一種概念關係所刺激，產生了其它一些關係，它們跟最初的那種關係相平行或者相對抗。如果頂端是肯定性的而底端是否定性的，那就會直接引出相反的關係；同屬一個網絡的術語的多重軸線之間的互換，彷彿成了大腦的一種自動的活動，所以，任何一種聯合狀態都將足以使大腦開始運動，並且用一陣陣波浪式的運動匯成了其它一切狀態的「瀑布」。

上界的天空和下界的世界之間的最初對立，派生了氣象學意義上的天空與陸地之間的對立（這種對立不那麼尖銳），也派生了山頂和山谷之間的對立（這種對立更不那麼尖銳了）。這種「瀑布」也能從最弱的對立流向最強的對立，例如山頂和山谷之間、陸地和水泊之間以及高與底之間。用空間方位的術語說，這些對立透過共振激起了其它的對立。每個「瀑布」或者上升，或者下降，都釋放出另外一些「瀑布」，透過共鳴，匯入原來的「瀑布」裡。甚至就是在別的領域裡也是如此，不是空間領域而是時間領域；甚至可以經濟的、社會的或者道德的領域。同樣，這些「瀑布」的每一層都橫向相連。

這種運動跟音樂中所說的「發展」大致相同。所謂「發展」，也就是用更豐富複雜的母題（motif）把一個簡單母題包圍起來（例如《貝利阿斯與梅麗桑德》〔*Pelléas and Mélisande*〕⑤的序曲），或者是把原有母題潤飾得更完美細膩（例如《萊茵河的黃金》（*Das Rheingold*）⑥的序曲），甚至是把原有母題轉入不同的調子。但是在這些樣式裡，原有母題和圍繞它的或被它圍繞的母題之間，外部的豐富與內部的充實之間，都必須始終保持一種同源性（homology）：否則，即使是最微不足道的發展也會喪失意義。

174

　　最後，讓我們從造形藝術中再舉一例。北美洲西北沿海印第安人的繪畫，與西方畫家的作品之間（在這方面，甚至是與遠東畫家的作品之間）存在許多差別，其中有一種差別格外鮮明。如果一個歐洲畫家感到有必要使用大型畫幅，他通常是打算描繪更多的對象或者更廣闊的場景，因為小幅畫布上畫不下那麼多。但是，北美西北沿海的印第安人卻從來不做這樣的選擇。他們認為，無論畫幅有多大，對象十有八九都是相同的，一幅畫常常描繪出整個對象。作畫的布局不變，如果畫幅擴大了，所改變的只是那些附屬母題的數量和複雜程度，畫家用那些附屬母題去修飾主要對象。在這方面，第二級的母題往往是主題絲毫不差的重複，或者它至少在形式和內容上與主題相關。

　　正如普卡普卡人神話的情況一樣，各種文化彼此不同，並且意識到了這種差異，從神話思維（無疑還有音樂）可以同時進行相互對照的發展類型中作出選擇：一種是歷時性的發展，另一種是共時性的發展，二者都存在於轉喻（metonymy）和隱喻（metaphor）的兩條軸線上。視覺錯覺中已經呈現了這種二重性。這種錯覺有時是因為出現了相鄰的形像，因而破壞了產生原來視像的形像，有時則來自一個形像的內部能力，這個形像的顏色也許有，也許沒有，把自身變成了它的補色或是它對稱的投影。

　　傳統心理學把知覺上的錯覺歸因於過度的感官活動或者過度的心理活動。在我看來，這並不是什麼「過度的」活動問題，而是內部力量的一種基本表現，大腦的全部活動都源於這種能量⑦。所以，大腦的最主要功能就是創造一些可能性，並且把它們符合邏輯地整理出來，在這之後，經驗和教育就會擔當起沖淡那些不那麼符合需要的可能性的任務了。所以說，神話影響著心理學家和哲學家，也影響著人類學家。這些神話構成了眾多領域中的一塊領域（因為我們不應該忘記藝術），在這個領域中，大腦

相比之下不太受到外部限制的約束，仍舊在進行著其全部的新鮮活力和自發性仍能被我們覺察到的天然活動。

註　釋

① 這裡我向英屬哥倫比亞博物館人種學館館長麥克耐爾博士（Peter L.
Macnair）致謝，是他精確地確定了這兩個地方的位置和兩地之間的距
離。

② 狄俄斯庫里（Dioscuri），古希臘神話中宙斯之子卡斯托爾和波呂丟
刻斯的合稱──譯者註

③ 請讀者在一種不同的層次上想一想《名歌手》（ Die Meitersinger）第二
幕結尾時賽歌的管弦樂爆響的可怕音響。這種音響中斷了人聲的喧
囂，被當成一種附加音響，反襯了重新建立起來的靜寂。

•《名歌手》，全名為《紐倫堡的名歌手》（ Die Meistersinger von Nurn-
berg），由華格納作曲的一部歌劇（1868年），該劇第二幕結束時由
守夜人上場，中斷了市民夜間的喧嚷，歸於沉寂。──譯者補註

④ 平行線由於受許多方向不同的交叉線條的影響，彷彿改變了方向，顯
得不再平行，這種現象在心理學中被稱為「松奈錯覺」。──譯者注

⑤ 《貝利阿斯與梅麗桑德》德步西一九〇二年作的五幕歌劇。──譯者注

⑥ 《萊茵河的黃金》，華格納歌劇《尼伯龍根的指環》四部曲之一。──譯
者註

⑦ 本書正準備付印時，我讀到了一位專家的這樣一段話：「形式知覺是
一種比我們所承認的更接近認識層次的過程。不能把形式知覺解釋為
刺激視網膜的各種輪廓線的心理過程的直接後果。」（羅克〔Rock〕，
1981年，第153頁 ）。

第四部分
信仰，神話與儀式

例如，在《海關》（Sekinoto〔關喉〈せきのと〉〕）（1784年）中，當「Ki ya bo……」（它們的意思分別是「居住」、「曠野」和「傍晚」）被唱出來時，演員並不管這些含意，卻做出「樹」（ki〔木〈き〉〕，日語「樹」）、「箭」（ya〔矢〈せ〉〕，日語「箭」）和「棍子」（bo〔棒〈ぼう〉〕，日語「棍子」）的姿態……很可能，這是世界上唯一以雙關語爲基礎的舞蹈技巧。

詹姆斯・R.布蘭頓（James R. Brandon）
《日本歌舞伎研究》

第十二章
世界主義①與精神分裂症

　　瑞典的一位精神病專家托斯頓・埃納爾（Torsten Herner）　177
博士曾闡述過關於精神分裂症的一些觀點，這些觀點會引起人類
學家的思考。他對一個特殊病例（1965年）的研究使他得出了這
樣的見解：精神分裂症源於一種病態的家庭結構，這種結構的特
徵是父母雙方未成熟，尤其是母親一方，她或者是拒絕自己的孩
子，或者不能理解孩子與她的分離。對新生兒來說，如果世界本
來是相互依賴的（在這個世界中，孩子與母親先是合爲一體，後
來逐漸擴展，其間伴隨著對母子二元性的知覺和認可，直至形成
家庭，最後構成整個社會），那麼可想而知，精神分裂症早期病
理症狀的持續可能表現爲兩種極端的情緒之間的擺動：一種認
爲，自我（ego）對於世界毫無意義；另一種認爲自我就是世
界，過分誇大了自身對社會的重要性。結果，前一種情緒變成認
爲自己毫無價值的惶惑感；後一種情緒則會變成目空一切的狂
妄。由此可見，精神分裂症患者絕不可能得到正常的生活體驗。
在患者眼裡，部分會等於整體。他不可能建立自身與世界之間的
關係，因此，他也就不能洞見自身的界限和世界的界限。「正常
人能夠體驗自身在世界上的存在，而精神分裂症患者則把他自身　178
體驗爲世界」（埃納爾，1965年，第460頁）。這種區分能力欠
缺的狀況將貫穿於人理解世界的全部四個階段中。這四個階段

是：對自己身體的理解、對自己母親的理解、對家庭的理解和對社會的理解，所有這一切都可以被理解爲若干個世界。並且，這種疾病按照其造成的退化的程度，患者上述的無能將表現爲不同的錯亂，它們都具有既看似矛盾的分裂又是意識混亂的雙重表現：從（病理性）言語、動作的模仿到不斷變換的情緒，有時認爲自己被一種作爲世界的統一體完全控制，有時卻可能對那個統一體行使一種不可思議的主宰權。

在退化的最後階段，世界與人的身體意象混爲一體，身體的界限就被內在化了。這些界限不再和內心與外界、圖形與背景之間的界限相應：分裂開來的正是身體意象，創造了高低、前後、左右的對立。在各種病例中，患者想像性的邊緣都將身體一分爲二。因此，有些患者說他們的器官錯了位，感到十分痛苦。此外，這兩半身體往往獨立地展現出來，患者將它們視作兩個人，一男一女，時而無情地打作一團，時而處於性本能的結合中。這種內在的分裂可以和外在的混亂同時產生，在患者與天體之間建立起各類關係，「仿佛患者與星星、月亮和太陽是同一家庭裡的成員」（埃納爾，1965年，第464頁）。所以根據這位作者的說法，個人所理解的第一個「世界」往往相當於他自身的意象，但這種意象要受到內在二元論的折磨。在正常的心理發展中，這種二元論會逐漸被克服，但是，如果父母之間存在著對抗，如果母親與新生兒之間存在著潛在的對抗，那麼在家庭整體中也會暴露出這種分裂。

埃納爾博士意識到了比較神話學爲他的觀察提供了相應的結果，但沒有認眞研究其中任何一種原始資料，就隨便引用了巴霍芬（Bachofen）、弗羅貝紐斯（Frobenius）、羅伯特·赫茲（Robert Hertz）、阿道夫·冉森（Adolf Jensen）、赫爾曼·鮑曼（Hermann Baumann）、懷海姆·馮·洪堡德② （Wilhelm von Humboldt）以及諾斯蒂教徒（Gnostics）和猶太教神

密哲學家的見解。然而這些資料散亂無序，難於進行清晰的表
述，沒有形成任何可以將各種事物聯繫起來的意義。何況，個別　179
信仰、個別症狀之間細節上的相似，並不能解釋在當代西方社會
的個人狂亂症和一些外來社會集體描繪的傳統中的相似的主題。
因此，回顧馬塞爾・莫斯為心理學家寫的一段話，現在是再合適
不過了：「你們可能儘儘抓住了這些情況的一小部分，它們往往
是些反常的事實；而我們則不斷地把握了大部分事實，它們是大
量的正常事實」（莫斯〔Marcel Mauss〕，1950年，第299頁）。
如果神話也抱有這種願望，那它就完全可以描述精神錯亂。神話
敍述一個人物生活中的偶然事件，是這些事件最先引起了混亂；
然後神話就按照下面的樣子去描述它們：或者它們是一次次的社
交性失誤，並用不為人接受的行為作為補償；或者把它們說成是
造成有時危及性命的狂鬱精神病的創傷性體驗（在其他地方我引
用過許多例子，參見李維斯陀，1973年，第179頁；1979年，第
114～121頁）。

　　神話學中提到精神錯亂不能與神話語言及一些瘋子的語言中
出現的類似主題相比較。神話用臨床診斷的冷靜態度對待瘋狂，
而瘋子的言語總被歸入許多狂妄症中的一種症狀。這種最後的混
淆造成了無數的濫用。羅杰・巴斯蒂德（Roger Bastide）儘管
總在人類學和心理學的交界處工作，他仍然總是設法避免這種濫
用。他的工作顯示，比較來自不同地區的資料而不輕信那些資料
的方便結論（它們用相互借用的解釋填補自身當中的漏洞），這
是可能的：「類比（Analogy）並不是社會結構減弱與之不同的
心理結構；類比既能闡明相似性，又能闡明差異性，它介於『相
同種類』與『另一種類』之間」，但是，巴斯蒂德又意味深長地作
了具體說明，「它並沒有被包括進個體的無意識當中」（巴斯蒂
德，1972年，第222、228頁）。因此，作為對我的同事的敬意，
我在此舉一個實例，以便簡要說明一種研究方法，它不必以精神

病學資料作爲人類學資料的基礎，反之亦然，就能說明在那兩個種類之間有時會被觀察到的一些相似性；不過同時，這種研究方法所重視的是我們在每個種類中必須承認的特殊性，而不是想讓這種方法變得更便於利用、更帶任意性。

　　現在可以證實，埃納爾博士爲構成一種特定的精神分裂狂妄症的病因所列舉的母題（ motif ），與齊努克印第安人（ Chinook Indian ）一則特殊神話中的主題，二者實際是一致的。這個北美部落的人曾住在哥倫比亞河下游和入海口一帶，即現在的俄勒岡州和華盛頓州的交界處，那裡的河水流入太平洋。這個神話由已故的梅爾維爾・杰科卜斯（ Melville Jacobs，1959年 ）記錄並發表，我在《赤裸的人》（ *The Naked Man* ）一書中已經注意到這個神話。不過，我現在將從一個完全不同的角度來考察這個神話。我先簡單地敍述一下它的主要情節，這個神話講的是一個男主角的奇遇。他出生後不久父母就離異了。他的母親爲了去參加她前夫擧行的一個慶典（ 這是不合禮儀的 ），把他交給五個女奴照顧。他被從搖籃中偷走。他的母親很快迷失在一大羣旁觀者裡，被舞蹈迷住了，連自已的嬰兒也忘了。被指定照顧孩子的五個女奴一個接一個地去找女主人，向她報告孩子被偷走的消息，說孩子哭著在找媽媽；但是她們誰也找不到女主人，並且也都沒有回去，只有最後一個女奴成功地找到了女主人，並經過一陣責罵，才把她帶回來。但她們回來得太晚，一個吃人女妖已經帶走了孩子。女妖對這個孩子已經產生了好感，決定養育他。

　　這個孩子長大了，女妖無論什麼時候出去捉蛇和青蛙，都要把孩子用籃子背在背上，以便餵他。這個主角頭戴爬行動物和蛙類的帽子，偶然抓住一個樹枝，女妖就伸出像線一樣的彈性的脖子，接著主角放開枝，女妖的脖子就恢復了原狀。但是有一天，主角聽了一位超自然的保護者的忠告，切斷了女妖的脖子，爬上了他抓住的那棵樹枝。這種爬高使他進入了天上的世界。他在天

上遇到了跳蚤和蝨子，後來遇到了食人生番，他把他們的胡作非為減到了日常能接受的程度。後來，他遇到了夜晚的女統治者，並且迫使她從此後日夜交替。他在一個岔路口上碰上了兩個獵人，獵人告訴他要走與現在這條相反的路。頭一條路把他引向食人生番。他假裝也愛吃人肉，但他不吃人肉，而是用一根空心管插進自己的身體，避開他的食道，來吸吮人肉。他因此成了一個被穿透的人。他不能娶在婚禮上給他的那個姑娘，因為與他相反，這姑娘像她的姐妹們一樣被塞住了，她們沒有陰道。

主角按原路走回來，然後選擇了第二條路，來到了一個更和藹慇勤的家族。這就是太陽的家族，他與太陽的一個女兒結了婚。不久，她就生出了一對連體雙胞胎（Siamese）的男嬰。她為了滿足她思鄉的丈夫的要求，就答應帶著雙胞胎男嬰跟著丈夫回到了地球上。他們發現主角一家和半個村子的人都成了盲人，這是因為大家為他失蹤並以為再也找不回來而痛哭造成的。他的太陽妻子使村裡的人重見光明。不久以後，一個巫師想用手術分開連體男嬰，孩子立即就夭折了。悲痛萬分的母親決定帶著孩子的屍體重返天空，她說要把他們變作兩顆星星；當黎明太陽升起時，如果太陽（即太陽妻子）兩邊能見到兩顆星，那它們就宣示著死亡。至於村民，因為他們為孩子的夭折痛哭不已，所以又再度失明了。

181

很顯然，這個神話集中了所有致病因素和症狀，埃納爾博士在對一個特殊病例的描述中提到的正是這些：父母之間的不和；由於母親的不成熟，所以她非去參加那個慶典不可，因為那是她的前夫舉辦的，而她這樣做法不合禮儀。由此，嬰兒兩次被家庭拋棄，先是被父親拋棄，後來是被母親拋棄。孩子失掉了家庭這個世界，只剩照看他的五個女奴組成的社會世界了。然而，正如劫持孩子的女妖的脖子被切斷一樣，女奴一個接一個地走掉了，最初孩子搖籃周圍剩下四個人，接著剩了三個，然後是兩個，最

後是一個，終於一個不剩了，這條最後的紐帶也漸漸延伸到了斷裂點上。這些分離的體驗同時被投射（project）到兩種象徵層次上，一是身體層次，一是宇宙層次。

在身體層次上，我們可以首先指出一些對立，它們很接近埃納爾（Herner）博士對女患者的狂妄症的觀察中看到的情況。例如，高與低的對立：女妖的脖子長得很長，變細時像一條線，主角可以輕而易舉地把它切斷；左與右的對立：連體雙胞胎由一種膜連接，無論其中哪一個孩子的轉動，這個膜都會變薄。除此之外還有失去的或挪位的器官：主角臨時湊成一個人工消化道，以使自己不去吃人肉，而他發現自己娶的是一個沒有陰道的女人。

女妖家族在家庭的身體和社會的身體之間形成--種聯繫，因為女妖的家族是由各種樹木組成的，為了向殺死女妖的人復仇，各種樹木都紛紛撲向主角，唯一例外的是白雲杉，主角攀著它的枝幹逃跑了，不過白雲杉除了作木料和當柴燒，別無其它用途。植物的這種「分裂」（split）是以其它「二分法」（dichotomy）來呼應的，這種二分法影響了整個宇宙。白天與黑夜之間存在著周期性分裂，這要由主角負責；空間上各種方向之間也存在著分裂，主角最初是這種分裂的受害者。這種空間上的分裂把超自然的人分成了兩類：一類是食人生番，他們都具有封閉的身體；另一類是太陽人，他們歡迎主角，為他娶了妻子。後一種結局（作為天空結構分裂的序幕，當太陽兩邊可以看到各有一顆星時，這種分裂就宣示死亡了）引出了家庭與天體之間的紐帶這個主題。我們已經知道，這個主題也被包括在精神分裂症患者的妄想中。

在其它民族的神話中，很容易找到並分解出部分整合的這類主題。這個神話的獨特性在於它集中了所有的主題，並把它們圍繞著「二分法」這個命題組織起來。二分法確實是這個故事的中

心主題。對二分法的偏愛無疑解釋了一種家庭結構——離異的夫婦，不負責的母親——除此之外，在美洲地區的神話中，尤其是在故事的開頭，很難找到其它的解釋。齊努克人的神話似乎重新解釋了精神分裂症妄想的病因和它的主題。

潘乃德（Ruth Benedict）把夸丘特人說成是妄想狂體質，我們能像她那樣把齊努克人說成是精神分裂症體質嗎？但是（我們後面還要討論這一點），齊努克人具有精明商人的名聲，他們的腳跟結結實實地踏在這塊土地上。因此（今天我們已經知道），南方的夸丘特人贈禮節的眞實特徵並不符合潘乃德的診斷，而齊努克人也不符合對他們的這種診斷（德魯克〔Drucker〕和海澤〔Heizer〕，1967年，第112～113頁）。何況，這裡誰是精神分裂症患者呢？並不是講神話的人（他並非神話的作者），他之所以講這個神話，並不是因為它在他身上激起了一種病態，而是因為他從別的講故事人那裡聽來了這個神話，那些講故事人自己利用的是類似的無名氏傳說。那麼，我們能說，這個神話從外部描述了精神分裂症患者的妄想，而我們並不是從主觀上表述這個神話，因為神話中講述的體驗並不是主角一個人的體驗，所以不能把他比做患者。的確，即使他體驗了故事開頭所講的家庭痛苦的磨難，神話敍述的反常事件的受害者也不單單是他自己。旁系化（lateralization）現象所影響的不是他的身體，而是女妖的身體，然後影響他的孩子們。主角並沒有因為暫時更換消化道而吃苦，他是為了躲避危險而天眞地製造出這種東西的。不具備某種器官的並不是主角，而是他的妻子。每件事情都是這樣出現的，彷彿患者的精神分裂症妄想的內部主觀因素在幾個角色身上被某種相反的運動分配開來，在宇宙各個方面分配開來。像征服材料儘管可能相同，但是神話和妄想則以互相對立的方式運用這些材料。

但是，這個神話中隨處可見的折衷性（eclectic quality）　183

（它多樣化地使用了在妄想中綜合匯集在一起的因素）也可以在
齊努克人的神話中發現，而且可以聯繫到其它的神話。我在《赤
裸的人》一書中考察的主要就是這最後一方面。我在那本書中強
調了神話的「雜錄性」（porpourri quality），或者你如果願
意，可以說強調了北美神話學的詳細複述性質。我已經說過（第
238頁），這種神話借用並有系統地逆反了不同來源的神話中的
範例，透過這種方法，構成了它自己的句法序列（syntagmatic
series）。完全熟悉北美這些地區神話的讀者，會在這個神話的
一開始就意識到被稱為「情婦」（Loon Woman）的循環圈，
在更南邊的地區也出現了這個循環圈。唯一不同的，主要是一個
迫切想和哥哥亂倫的已婚妹妹在這裡換成了一個離婚的母親，她
拋棄自己的孩子，親近她的前夫（禮儀禁止他們再次見面），她
和前夫犯了社交亂倫罪。

　　身為養母的女妖這段情節發展並逆反了另一個循環圈，即
「放蕩的老太婆」（libertine grandmother）循環圈。最後，齊
努克人的神話還與「羣盜」（nest robber）和「星星妻子」
（star wives）這兩個循環圈有聯繫，但如果在這裡敍述其聯繫
的來龍去脈就太冗長了（詳細分析可參見李維斯陀，第237～242
頁）。

　　我們可以從兩方面對這種折衷構造加以評述：一是神話的形
式方面，一是神話的內容方面。首先，父母離異、母親不成熟這
個起始局面的動因並不（實際上也不應該）以一種（在齊努克人
看來是）特殊的身體素質決定一種基本個性，也不以他們文化的
任何一個心理的或社會的觀點依據決定這種基本個性。敍述的起
始局面而及其後續局面都可以被完整地演繹出來，不過，這並不
是從齊努克人的個性、家庭和社會（這羣人的每一成員自出生以
後就體驗著這一切）的個別特徵中推導出來的，而是從其它神話
中推導出來的。那些神話起源於其它羣體，而在借用過程中則變

了形。在開場的格局中，這種關係格外明顯，它用一個妻子代替了一個妹妹，用對一個丈夫的社交活動代替了對一個哥哥的性活動；而且，為了從邏輯上證明後一種轉換的合理性，這個開場格局不得不求助於「離婚」來作為建立對夫妻間先定性距離的方法。同樣的論證過程也可以用於其它的情節，並且可以證明它們特定的情節結構總是產生於其它神話邏輯上必然的相互對應（vis-à-vis）。而認為這些情節源於一種精神現象（psychism）（以及假定性的精神現象），並推斷這種精神現象應該是產生這些神話的社會所特有的性質，這種看法恐怕是毫無效用、毫無價值的。

不過（這正是我要說的第二點），齊努克人的神話為什麼會 **184** 具有這種鮮明的折衷結構呢？鮑亞士已經強調過了：蘇語族（Siouan）和阿爾公金語族（Algonquin）的傳說中也存在這種神話中的許多因素，並且經過哥倫比亞河谷，傳到了齊努克人那裡（鮑亞士，1895年a，第336～363頁）我們對這個問題的比較研究則發現它們也傳播到了其它方向，即俄勒岡州以南、加州以北，華盛頓州和英屬哥倫比亞。這種調和趨向在齊努克人的神話中非常明顯，如果不參考社會學研究，那就不可能對它作出解釋。我們知道，在哥倫比亞河下游和太平洋沿岸地區，齊努克人確實地位特殊。相比之下，海灣一帶的部族離部落間的大型市集地點較遠，這些市集是他們鄰近的部族和與他們有血緣關係的維施拉姆人（Wishram）和瓦斯科人（Wasco）管理的，但這些沿海部族還是全力以赴地投身於商業活動，在遠遠近近的部落之間做買賣、做中間商。更有甚者，正由於他們這種經商活動，其語言才形成了被稱為「齊努克」的行話。這是一種混成語（lingua franca），在加州沿海到阿拉斯加沿海地帶被使用，甚至在頭一批白種人到達美洲以前就有了這種語言。

齊努克人的神話（齊努克人不斷與有著不同語言、不同生活

方式和不同文化的部落交往）似乎不像是「原始文集」（ori-
ginal corpus），倒像是轉述的匯合（在這個意義，首先指的是
這些神話的構成步驟）；它們採用了屬於其它部落的神話，對這
些神話進行了加工變形，但仍舊與多種多樣的神話素材相一致。
因此，齊努克人的觀念形態就反映了在一個不可分割的世界裡的
政治、經濟和社會體驗。它們透過逆反精神分裂症的一種過程
（這種病的患者對身體分裂的體驗產生出一種世界分裂的意
象），在這裡，把世界體驗爲分裂的這種感受，就使講神話的人
預先帶上一種傾向，即想像出另外一些分裂，從世界想像到家
庭，從家庭想像到身體。不過，即使把這種逆反過程考慮在內，
我們也絕不能由錯覺而假想出在個人無意識與集體無意識之間存
在著平行關係。神話與狂妄不屬於一類，神話並不事先假定在講
神話和聽神話的人身上存在或明顯或潛隱的狂妄。就是加上我們
形成公式的全部保留意見，齊努克人的神話也並不是在說明一個
精神分裂症病例或某種與之相似的病狀。它不是把精神錯亂翻譯
成神話，而是以自己的方式提出一種理論，因此，神話站在醫生
一邊，而不是站在患者一邊。更精確的說，齊努克人的世界主義
使他們格外喜歡按照一種分裂（split）的模式去思考世界，並且
這個觀念用於一切可以應用的領域。齊努克人的社會不同於精神
分裂症患者心中的社會（這些患者是把內心體驗投射到外部的分
裂的受害者），由於這個社會在世界上特定的存在方式，這個社
會就運用「分裂」這一觀念創造了一種哲學。

註　釋

① 　根據作者在本文中對這個字的使用，這裡的「世界主義」指的是對世界構成的看法，類似於我們所說的「世界觀」。——譯者註

② 　巴霍芬（1815～1887），瑞士法律學家，歷史學家，以討論母系氏社會的著作聞名；弗羅貝紐斯（1873～1938），德國人類學家、探險家；赫茲（1882～1915），法國社會學家；冉森（1899～1965），德國人類學家；鮑曼（1902～　　），德國人類學家；洪堡德（1767～1835），德國哲學家，外交官。

第十三章
神話與遺忘

　　爲了激發自己的思維，著名印歐語言學專家艾米爾·班萬尼　186
斯特（Emile Benvenist）並不輕視對北美印第安語言的考察。
正是逆反這一過程的方法，才是表達對他尊敬的方式，甚至連美
國的人類學學生也能從舊大陸與新大陸①的比較中獲益匪淺。在
這簡短的一章裡，我將力圖透過一個實例使讀者看到，古希臘神
話的哪些主題可以幫助我們去證實美洲印第安人神話引出的某些
推測。

　　我在最近一部作品（1976年，第189～191頁）中簡要說明了
北美神話中「遺忘」（forgetfulness）這個動機的作用。遺忘絕
非獲取某種廉價效果的平庸技倆，而似乎是一種與自己通訊
（communicate）的失敗有關，因而它是一種現象的表現樣式，
我們往往透過對這種樣式去辨認神話思維所屬的眞正類型。按照
這個前題，遺忘與誤解（可以解釋爲與他人通訊的失敗）和欺瞞
（可以解釋爲與他人的過度通訊）構成了一個體系②。同一個神
話的各種變體中這些動機的交替和積累爲上述觀點提供了證據。
我曾向我在法蘭西學院的同事、希臘宗教專家維爾南（Jean-
Pierre Vernant）請敎過希臘神話本文中「遺忘」所起的作用的
來源，他熱心地指出了一個出自普魯塔克③的來源和兩個出自品
達④的來源。經過對這三個來源的考察，我覺得它們使我的解釋

得到了證實。

在《希臘問題》（ *Greek Problems* ）（28）一書中，普魯塔克試圖解釋爲什麼不允許演奏長笛的人踏入愛琴海上特內多斯島的特內斯（Tenes）神廟，以及這裡爲什麼不能公開提到阿基里斯⑤的名字。根據普魯塔克的記述，當國王西克努斯（Cycnus，特內斯的父親）的第二個妻子（由於他的繼子拒絕她的求愛，她便親自向他復仇）欺詐地指控繼子強姦她的時候，有個叫摩爾波斯（Molpos）的長笛演奏者爲她製造了僞證。結果，特內斯被趕出了這個王國。他姐姐也隨後被流放。當時阿基里斯的母親特提斯（Thetis）告訴她的兒子永遠不要進攻特內斯，因爲特內斯是阿波羅的兒子（或孫子）。她甚至派了一個僕人在必要時提醒阿基里斯記住她的警告。但是阿基里斯一看到特內斯的姐姐，就對她起了邪念，並且對她採取了無禮行動。她的弟弟干涉這件事並保護她，阿基里斯一怒之下殺死了他這個對手——那個僕人忘記了履行自己所負的責任。波塞尼厄斯⑥（X，xiv）和狄奧德魯斯⑦（V，i）儘管與普魯塔克的措詞稍微不同，但他們講出的這段故事卻是相同的。

讓我們以普魯塔克的故事進行分析吧。這個故事以平行方式聯系著兩種結局。一種結局是主角被流放，因而被排除在社會之外（被社會消滅了）。另一種結局是他在肉體上被消滅了。在這兩種情形中，造成結局的責任卻由一個次要角色來承當，無論他的話說得太多還是太少，他都有罪。在提供僞證時，摩爾波斯的罪孽就在於與他人的過度通訊，這個行爲相當於欺瞞。阿基里斯的僕人在緊要關頭忘記自己的職責，他的過失就是與自己通訊的失敗。這些過失是（如同北美神話中一樣）病態通訊的兩種類型，它們在這個神話裡一起被提了出來。

在品達第七部奧林匹亞頌歌講述的故事中，出現了更多的情緒⑧。赫拉克勒斯⑨的兒子特萊波萊姆斯（Tlepolemus）大發

雷霆，並且（這並非出於自願，根據阿波羅多魯斯⑩的說法）殺
死了黎基姆牛斯（Licymnius），他是特萊波萊姆斯曾祖母
（Alcmene）⑪的異父兄弟。這個有罪的人乞求赫利俄斯（He-
lios）⑫的神諭。赫利俄斯命令他把船開往羅德島⑬，並且在那
裡的雅典娜⑭祭壇上供奉祭品。然而，「有時，遺忘的烏雲出現
了，它使頭腦偏離了正確的思路」（Ⅴ・第45～48頁）：羅德的
人們登上祭壇時，忘記了帶火種，這就是作祭祀時沒有火（這是
羅德島特有的）這種習俗的起源。

　　品達告訴我們，當初眾神分割世界時忘記了赫利俄斯，因此
赫利俄斯就要求把羅德島歸屬於他，當時羅德島還沒從水底升出
水面。宙斯將這個島給了他，而赫利俄斯愛上了這個地方的女
神。

　　這個故事中相繼出現了三個記憶的錯失，那就是：特萊波萊
姆斯的頭腦出現了混亂（「由於記憶混亂，甚至把這個賢明的人
引入歧途」〔Ⅴ・第31～32頁〕），並且（正如我們講到的），他
「忘記了他自己」，因侵犯了一個親戚而獲罪；第二個錯失是：
羅德島的人們在祭祀時忘記帶火；第三個錯失是：宙斯主持劃分
眾神領地時忘記了赫利俄斯。

　　第四首〈皮西安⑮頌歌〉（Pythian ode）把這個母題與另外
一個母題緊密連在一起，而且從某種意義上說，在有關領土主權
起源方面比第一個母題更有意思。美狄亞⑯告訴亞爾古英雄⑰
說，一位來自海上的神，將交還波塞冬⑱的兒子幼菲姆斯（Eu-
phemus,他是地球上的一塊泥土，他將保證他的子孫掌管他們對
利比亞〔Libya〕的領土主權）。在航程中，負有保衛珍貴禮物重
任的僕人忘記了他們的使命，把這些禮物倒進了大海裡，致使對
利比亞的占領被延宕了十三代；並且，根據第五部《皮西安頌歌》
記載，利比亞被征服，只是神諭允諾幫助克蘭尼學派⑲的奠基人
巴托斯（Battos）治癒他的口吃之後（他遇見了一頭獅子，恐懼

188

使他的舌頭麻痺——根據波塞尼厄斯〔Pausanias〕X，xv）。因此，神話中兩次提出了一個相似的事實——一個是記憶錯失，另一個是語言障礙，也就是說，這是一種與自己通訊的失敗，然後又是與他人通訊的失敗。讓我附帶提一下，北美的兩個相鄰部落（奇姆希安人〔Tsimshian〕和夸丘特人）在一個被稱爲《瞎子和潛水鳥》（*Blind Man and the Diver*）（鮑亞士，1916年，第246～250頁，1910年，第447頁）的神話中，把遺忘和誤解（我們賦予它們同樣的定義）作爲一種戲劇性手段使用。

　　希臘神話的這些實例因而就加强了這樣一種假設，即遺忘產生於與欺瞞和誤解相同的語義學領域內，雖然在其它方面與此兩者相對立。我們可以更進一步地辨別出遺忘動機以某種特殊方式參與的神話所具有的共同特徵嗎？爲了進行這一步工作，我們必須首先考察某些北美神話。

　　印第安希達查人（Hidatsa）居住在密蘇里河上游，與曼達人（Mandan）和阿里卡拉人（Arikara）一樣，都屬於所謂平原村落部族，他們用兩個與衆不同的神話來解釋它們的起源。根據第一個神話，兩個造物者創造了地球，並使最早的人類從地裡出現。在部落及語言多樣化以後，在某個地方，一個婦人爲她小叔子奉獻了「喝的東西」（這可能是個委婉說法）。這個年輕人認爲這種奉獻是不適當的，就拒絕了。這個遭到拒絕的婦人大發雷霆，指責他要强姦她，這婦人的丈夫輕信了，就假口帶自己的弟弟去打仗把他拋棄在一個島上。衆神捲入這場爭端，分別支持這對兄弟一方。弟弟的保護者終於占了上風並且在村子裡放了一把火，燒死了哥哥和幾乎全村人。幸存者四散他鄉。其中逃往北方的人成了克勞—希達查人（Grow-Hidatsa）；逃往南方的人羣成了阿瓦克薩威人（Awaxawi）。後來，一場洪水迫使後者遷到密蘇里河一帶。他們在那裡隨後又遇到了另一羣希達查人即阿瓦蒂克薩人（Awatixa）。至於嚴格意義上的克勞—希達查

189

人，他們遷回到了南方，在那裡又分成兩個部落，即克勞部落和希達查部落（鮑渥斯〔Bowers〕，1965年，第298～300頁）。

而在另一個神話中，希達查人的部落則來自天國。這些人跟隨他們的一個名叫「查萊德—巴第」（Charred-Body,意為「燒焦的軀體」）的人離別了天國，這個人來到地球上是為了尋找一頭離棄了上天世界的野牛。這個新來的人住在十三間小屋中，每一間小屋都是一個後來部落的起源；而地球的精靈又恰恰忘記了毀壞這些小小的移民區。在一個人間早期居民居住的村莊裡，有個標緻的姑娘。查萊德—巴第向她求愛遭到了拒絕，他一怒之下殺死了她。造物者科約特（Coyote）與希達查人的祖先有關，他告誡查萊德—巴第，被他殺死的那個人的同胞要向他復仇，由於他犯下這些罪行（像特萊波萊姆斯一樣，他曾經「忘記」了他自己），他的靈魂常常會誤入歧途。他的敵人將趁機利用他這漫不經心的瞬間殺死他和他的人民。

而事實上正是如此。這座村莊幾次遭到攻擊；查萊德—巴第飛著去參加戰鬥，但在路上他完全忘記了他這般緊促兼程的原因。還有一次，一隻鼬鼠穿過他走的那條路，於是他就去追趕那隻鼬鼠，忘記了自己的使命。這個村莊遭到了破壞，除了科約特和主角身懷六甲的姐姐（造物主小心翼翼地把她藏了起來）之外，全村人都死了。後來，有人告訴主角的姐姐，為了防備吃人的妖魔要鎖上房門，可是她忘記了。妖魔進了屋子朝她撲過去，她就這樣死了。她懷的雙胞胎卻活了下來，她們歷盡了種種風險，幾乎被死神拉去，這又是遺忘所致——這是第二個神話中的母題的再現（貝克威斯〔Beckwith〕，1938年，第22頁～52頁）。

另一方面，第一個神話中則絕對不存在這個母題。這兩個神話之間還有別的不同之處嗎？如果沒有的話，那是因為我們注意到了第一個神話，它指出，希達查人起源於下界，幾乎完全講的

是歷史上確實存在的羣體的遷移、混合和分離。的確，這些移民
是由林地的奧基布瓦人（Ojibwa）的侵略造成的，他們是被加
拿大的法國殖民者裝備起來的。結果，克勞人和希達查人的共同
祖先顯然是被迫到平原來避難的。考古學進一步證實了這些人口
的遷移。阿瓦蒂克薩人到達密蘇里地區，與克勞—希達查人後來
分成兩個部落，這些史實同樣被歷史所證實（參見李維斯陀，
1976年，第239～255頁）。

　　但是，當第一個神話認爲那些部落起源於長達三個世紀的歷
史事變的時候，第二個神話就表現出了完全不同的特點。它的每
一段情節都極力爲某種宗教儀式尋找依據。儘管這兩個神話互相
平行，並且顯然以它們各自的情節互相反映或互相轉換，兩個神
話依然具有截然不同的作用。第一個神話爲一系列歷史事件提供
了一個結構，而第二個神話則爲禮儀的日程表建立了一種依
據——因此，它是按連續性排列的。的確，根據土著報導人的說
法，這種禮儀可以比作在一條繩子上打結：「這些禮儀都好像是
各自獨立（獨立於其它結之外）的結，而同時，這些禮儀又像這
些結按它們在繩子上的順序相互連接的方法連接並且相關的」
（鮑渥斯〔Bowers〕，1965年，第294、303～306頁）。

　　在這種情況下，引人注意的是，遺忘動機在第二個神話中重
複出現，而在第一個神話中則告闕如。因爲，在希臘神話中，遺
忘用於建立禮儀的禁令和規定：不允許吹長笛的人進入特內斯祭
壇，禁止來賓說及阿基里斯的名字，在羅德島，祭祀時沒有火；
而君主有權占有一塊獻給一位神明的土地，這起碼經由儀式認可
了。

　　亞爾古英雄的神話使這種解釋更加完滿。如果把這個神話看
作某種隱喻，它就描繪了一羣與（不過要在細節上稍加修改
〔mutatis mutandis〕）研究美國原始居民語言（文化）的專家稱
之爲「轉化者」（transformers）相似的人物的成長，即把事物

按一定次序進行安排的人物。但爲什麼這些事物不能在一開始就
秩序井然呢？希臘神話暗示我們兩個原因：一個是過分忠實於誓
言（拉俄墨冬⑳用女兒赫希俄涅㉑作了祭品；對克麗佩脫拉㉒的
兩個兒子不公正的懲罰，是因爲他們的父親過分相信了一個繼母
的話）；另一個是背棄諾言（拉俄墨冬未履行報答一位建築特洛
伊城的神而失信；拉俄墨冬拒絕把赫希俄涅和赫拉克勒斯交給自
己照看的馬匹交還給赫拉克勒斯；吉生㉓忘記了他的婚約）。因
此，第一種情形是記憶錯失的逆轉（因爲忘掉一個人在心血來潮
時對自己或他人所立下的諾言，這樣更有利一些），而第二種情
形則表現爲一種遺忘的變體──這一次是心甘情願的。另一方
面，亞爾古英雄向神立下了恰如其分的諾言，並小心謹愼地恪守
它們，因此他們的事業獲得了成功。

　　現在，當我們從頭至尾讀這個故事的時候，這故事的句法上
的鏈條似乎旨在解釋一些地名的來源，這些地名在空間上相繼而
來，如同儀式慶典一年到頭相繼而來一樣。正如地點構成了巡游　191
位置一樣，確立了慶典日程表的階段。地點固定在空間範圍內，
而慶典的舉行則被固定在時間範圍內。

　　從這些簡短的思考中，我們可以得到兩點教益：首先，使神
話和禮儀看上去十分相似，就像同一種事物一樣（一些英國和美
國人類學家就提出過這類見解）──這是個嚴重錯誤。我們從希
達查人那裡引用的例證顯示，一種用於建立禮儀體系基礎的神話
變體，處於來自相鄰變體的不同限制之下，那些相鄰變體並不直
接與原先的變體構成相似關係。

　　其次，如果神話中出現的遺忘母題標志著一種與自己通訊的
失敗，如果在完全不同的社會和時期中這種母題主要用於奠定禮
儀習慣的基礎的話，那麼禮儀的眞正作用（正如我在其他場合
〔1981年，第668～675頁〕指出的那樣），就是維護經驗的連續
性。因爲，遺忘在心理層次上所破壞的正是這種連續性，當我們

說到「記憶錯失」時，就是在承認這種過程。通常，無論在北美還是在其他地方，當神話把遺忘歸咎於「失算」（fauxpas）時，也承認了這一點——主角被絆倒或是他的腳踏進一個洞裡，他就失去了記憶力，這是一種肉體秩序的間斷（湯普森〔Thompson〕，1966年，J2671以及D2004.5）。巴托斯是個口吃，他講話時磕磕絆絆。

　　讀者一定注意到了，引進遺忘母題、誤解母題或者欺瞞母題時，希臘神話也好，北美神話也好，都選取了同樣的主題：誘奸的繼母或是嫂子、弟媳（sister-in-law），以及被誘奸的姐妹等。我現在已經獨自把前一種主題歸入（1973年，第302頁）了病態婚姻的範疇，這是通訊的一種社會學形式。同樣，一個人與他姐妹的任何一種越軌行為都減少了她進入與其他人羣通訊的機會，因為亂倫禁忌和族外婚的習慣使她注定要直接或間接地被交換出去。因此，在一些通訊的正確運用受到過分通訊或通訊失敗的挑戰的神話學體系中出現了這兩種主題，這是不足為奇的。

　　然而，我們還可以看到，希臘神話與北美神話之間的類同，已經擴展為一種真正的隱喻。這將證實（如果需要證明的話）即使是在無視地理聯繫和歷史聯繫的情況下，神話思維從中汲取主題和母題的各種手段的資源也是有限的。

註　釋

① New World and Old World，即美洲和歐洲。──譯者註

② 參見本書第十一章內容。──譯者註

③ 普魯塔克（Plutarch）是古希臘傳記作家、散文家──譯者註

④ 品達（Pindar）是古希臘詩人。──譯者註

⑤ 阿基里斯（或譯為阿喀琉斯〔Achilles〕）是希臘神話中的神，他出生以後被其母倒提著在冥河水中浸過，除未浸到水的腳踝外，渾身刀槍不入。──譯者註

⑥ 波塞尼厄斯（Pausanias）是二世紀下半葉活躍的希臘的旅行家、地理學家。──譯者註

⑦ 狄奧德魯斯（Siculus Dlodorus）是約公元前一世紀時人，古希臘歷史學家；著有《歷史通覽》40卷。──譯者註

⑧ 情結（complex）即一種不正常的心理狀態。──譯者註

⑨ 赫拉克勒斯（Heracles）是希臘神話中的神。他力大無雙，是宙斯和阿爾克羅涅的兒子，曾完成了國王歐律斯透斯交給的十二項英雄業績。在羅馬神話中，他被叫作赫丘利。──譯者註

⑩ 阿波羅多魯斯（Abollodorus），公元二世紀人，古希臘建築家。──譯者註

⑪ 阿爾克墨涅（Alcmcne）是希臘神話中的神。底比斯王安菲特律翁的妻子；她丈夫外出時，宙斯扮作她丈夫與她生了赫拉克勒斯。──譯者註

⑫ 赫利俄斯（Helios）希臘神話中的太陽神，許伯里翁和忒伊亞之子，法厄同之父。他每日乘四馬金車在天空中奔馳，從東到西，晨出晚沒，用光明普照世界，洞察人世活動。──譯者註

⑬ 羅德（Rhodes）希臘羅德島上的港口城市。──譯者註

⑭ 雅典娜（Athena）希臘神話中的智慧女神和女戰神。──譯者註

⑮ 皮西安（Pythian），古希臘的競技會。──譯者註

⑯　美狄亞（Medea），希臘神話中科爾喀斯國王之女，以巫術著稱，曾
　　幫助伊阿宋取得金羊毛。——譯者註

⑰　亞爾古英雄（Aigonaut），希臘神話中隨伊阿宋到海外覓取金羊毛的
　　英雄。——譯者註

⑱　波塞冬（Poseidon），希臘神話中的海神。——譯者註

⑲　克蘭尼學派（Cyrenaic），古希臘一種提倡享樂主義倫理原則的學
　　派。——譯者註

⑳　拉俄墨冬（Laomedon），希臘神話中的神；特洛伊王，普里阿摩斯之
　　父，他由阿波羅和波塞冬幫助建了特洛伊城。——譯者註

㉑　赫希俄涅（Hesione），希臘神話中的神；特洛伊王之女，她曾被海怪
　　棄於海岸邊，赫拉克勒斯把她救起。——譯者註

㉒　克麗佩脫（Cleopatra），公元前五十一年到公元前三十年的埃及女
　　王。——譯者註

㉓　吉生（Jason），希臘神話中的神；忒薩利亞王子。曾率亞爾古英雄到
　　海外覓取金羊毛。——譯者註

第十四章
畢達哥拉斯在美洲

　　一些在時間和空間上相距遙遠的人羣賦予豆科植物（Legu-　192
minosae）或豌豆科植物（pea family,蝶形花〔Papilionoideae〕就
屬於這類古老種科的亞科）的種子以特殊的重要性，我將在本章
討論這種特殊重要性。

　　瑪塞爾・德希安尼（Marcel Detienne, 1970年，第141～162
頁；1972年，第96～100、110～114頁）探討了自古代起由畢達
哥拉斯傳說中產生的代代相傳的爭論，並對這些傳說作了卓越的
分析。但是，人類學則要注意研究這樣一種現象，即相同的信仰
和習俗不儘在畢達哥拉斯學派之外的古代世界中重複出現，而且
更普遍地遍及舊大陸（歐洲）和（我將在這裡表明的）新大陸
（美洲）。在用比較的方法進行研究的人看來，畢達哥拉斯對待
豆子（beans）的見解也許是更早的觀念和實踐的一個具體實
例，這些觀念和實踐似乎比對古代世界的有限閱覽所認爲的傳播
得更廣泛。何況，即使是在古代世界裡，也存在與此截然相反的
有關豆子的信仰①。

　　除了畢達哥拉斯之外，在希臘，有關俄爾甫斯②的傳說和埃
留希斯城③的禮儀都排斥蠶豆（fava beans）。各種資料（其中
最重要的資料中包括普魯塔克（Plutarch）④的作品）顯示，這
種禁忌通常都應用於每一個希望生活潔淨無瑕的人。除了希臘之　193

外，（根據希羅多德的記載）還不准許埃及的教士吃蠶豆，甚至連看也不能看。在羅馬，不准祭司迪阿利斯（Flamen Dialis）⑤吃這種豆子，也不准他們提到它的名字。但是，在古代世界中，也總是有一些專橫的規定使用蠶豆的場合。在雅典城邦，人們在皮安尼普西亞節（Pyanepsia）⑥時吃煮熟的豆子；羅馬人在父母節（Parentalia）、野性節（Feralia）和狐猿節（Lemuria）時用蠶豆爲眾神和死者獻祭。據老普林尼（Pliny the Elder）⑦在一世紀的記載，羅馬人把這些豆子視爲護身符，與其它東西一起拍賣。

　　雖然畢達哥拉斯的信徒或許曾詛咒豆子，但是我們看到，在一些環境中也盛行著與之對立的見解。實際上，普林尼對此所作的一段評論使這種稱極見解似乎更經常出現。普林尼先回顧了畢達哥拉斯學派的蠶豆禁忌的主張是由於這些東西被用作死者靈魂的居處，然後他又說，「由於這個理由，人們一般都在葬禮和出殯時吃蠶豆」。他繼續說，因此「古代人提起蠶豆時總是極爲虔誠，萬分莊重；因爲他們說到交好運的時候從來不提穀物，而只提豆科植物，由於常常提到它們，就把它們叫作『Refrina』（refriva）」。這個詞的詞源可能模糊不清，但在這個詞的前面幾句簡要說明已經顯示，在古人對蠶豆所懷著的感覺中，畢達哥拉斯提到的禁忌只是其中的一方面。我們不能只用對蠶豆的否定性感受來解釋這種態度。爲什麼蠶豆會激起恐懼或者敬畏這兩種感覺，爲什麼有時禁止消費蠶豆有時又提倡，或（一言以蔽之）豆科植物在古人眼中無論在其肯定意義還是否定意義方面爲什麼都具有鮮明而強烈的特徵？如果僅僅憑藉一條基本解釋去說明這些問題，那就非得有一番巧舌不可了。

　　在北美，我們發現了這些信仰眞正的回聲，它與蠶豆在新大陸的親族（baricots）有關。密蘇里河上游的波尼族印第安人中流傳著一個神話文本，其流傳之廣，遍及全北美。這是個類似於

俄爾甫斯和歐律狄克⑧神話的傳說，講的是主角如何從地獄中搶救他的妻子之後，住在一位超自然的女保護者家裡；在去地獄的路上，他曾經到她那裡造訪。當時，女保護者給他一些紅（蠶）豆，讓他把這些豆分給他莊上的人吃，「這樣他們就能夠獲得與死者的靈魂交往的力量」。根據這個神話的一個變體的說法，這些蠶豆被用於以魔法攝人生命（多塞〔Dorsey〕，1966年，第413、537頁）

194

這些豆子的確不是同一種，而是同一科中的另外一些種類——Sophora Secundiflora 或是 speciosa；在北美的一些部落裡，它是以兄弟關係與行祭禮時的崇拜物。從他們的信仰中產生了上述神話，人們在儀式上飲用具有麻醉作用和致幻作用的種子的浸液或煎湯，不然就要把作為護符的種子佩帶在身上。然而值得注意的是，歐洲的民間傳說也把更普遍的蝶形花與超自然世界聯繫在一起：錢福特（Chamfort）在十八世紀引用的義大利格言是這樣說的：Chi manga facili，caga diavoli（吃進去容易，拉出來難；1982年，第561頁）。這種聯係並不是由大眾的智慧賦予豆科植物（baricots）的生理特性所建立起來的⑨。

讀了本章第一版之後，紐約大學教授吉田貞伍（Yoshida Teigo）告訴我，在日本的一些地區，人們（正如我們所熟知的）不儘春天到來之際的立春節⑩把烤熟的大豆撒在家裡以驅魔避邪，而且也在十二月底和一月初，（錢勃倫〔Chamberlain〕，1902年，第159頁）⑪。在日本北部的九州，也有類似的風俗，那裡的漁夫把大豆收集在一起並把它們投入大海，以平息暴風雨。甚至這些普普通通的大豆也如同古希臘、古羅馬的那些蠶豆和北美印第安人的槐豆（Sophora beans）一樣成了信仰物。儘管在一年之始禁止食用米飯和紅豆湯，但在某些日期和某種場合則規定要吃（例如生孩子、遷居、葬禮，或者在古代獻給猨和天花神的祭品）。在日本同樣一些地區裡，人們可以吞咽或拋擲生

的紅豆來禦寒，或防止野兔進入田裡。

　　儘管各地的根據可能不同，但無論是在歐洲舊大陸，還是在美洲新大陸，似乎都賦予蝶形花科植物各種代表一種神秘的效力（virtue）。因此，把日本人和印第安人投擲豆種的儀式與羅馬人狐猿節儀式相提並論，這並非沒有道理。每一個家庭中的父親，用黑豆填滿自己的嘴，然後跑遍他的家，把黑豆噴在身後。他認為有個無形的影子跟在他後面採摘黑豆……他懇求它離開他的家（奧維德⑫ V，第436頁，無年代）。在我討論過的三種情況中，蝶形花種子起著建立或中斷與彼岸通訊的作用。我們可以把這個派典擴大到包括「荷包牡丹屬」（Dicentra）種、藍董（Fumariaceae）科；（奧嫩達加人⑬認為是死人食物）他們把這些植物稱為「精靈的穀物」（Corn of the spirits，比奧查姆普〔Beauchamp〕，1898年，第199頁）。這些野生植物的果實與法國植物園的「新娘之心」（Coeur-de-Marie）同類的東西（Dicentra spectabilis──荷包牡丹屬植物），是一種塞滿種子的橢圓形莢果。當它們成熟時，莢果裂開兩半，一直裂到莢果底，這時，它們就與美洲豆科植物相似了⑭。

　　美洲印第安神話能幫助我們理解這些印第安人分配豆科或外形相近的同科種子在生與死之間的作用嗎？在北美，豆類與穀物常常構成性別上的一對，但是這個部落對植物性別的說明與第一個部落可能正好相反。在易洛魁人看來，穀類植物是雄性的，豆科植物是雌性的。他們往往把豆科植物種在已經長到六英吋高的穀類植物附近的地方；爾後，這兩種植物往往長在一起──硬挺的玉米桿作為一根支柱，而豆莖則攀繞在玉米桿上。另一方面，一棵葫蘆的莖在地表蔓延，似乎要逃離最近的那棵玉米桿。因此，一個神話中默認，穀物與豆子小姐結了婚，取代了她們的情敵──葫蘆（比奧查姆普〔Beauchamp〕，1898年，第196～197頁）。

　　然而，講蘇語的印第安⑮突太羅人（Tutelo）對調了這種性
別關係，儘管（或者正是由於）他們住在與易洛魁人相接的地
方：前者，賦予穀物以雌性、給大豆以雄性，其理由正如他們所
說的，「男人依靠女人，就好像豆類在成長過程中要纏住玉米
（桿）一樣」（斯佩克〔Speck〕，1942年，第120頁）。易洛魁
人的象徵方式在墨西哥和瓜地馬拉又重新出現了，（在那裡）印
第安人常常把穀物和豆類種在一個洞內（潘寧頓〔Penning-
ton〕，1969年，第59頁；沃格特〔Vogt〕，1969年，第54頁）。
在瓜地馬拉的仇爾蒂人（Chorti）、墨西哥以及米特拉（Mit-
la）地區的仇爾蒂人中，穀物的精靈是雄性的，豆類的精靈是雌
性的（維斯多姆〔Wisdom〕，1940年，第420頁；帕森斯〔Par-
sons〕，1936年，第324～329頁）。我們說不准美洲印第安人把
豆類視為雌性是否像某些新幾內亞人（貝恩德〔Berndt〕，1962
年，第41頁，腳註八）那樣把土地母親想像為能產生許多種子的
豆莢。有關植物種植起源的美洲神話把植物描述為生自一種有時
是雌性，有時是雄性的生物的不同部分。下面儘舉幾例：根據易
洛魁人、休倫族人⑯、柴羅基族人⑰的說法，穀物來自一個婦女
的乳房、一隻大腿、腹部以及陰道；豆類則來自她的前肢（易洛
魁人說是她的手指）、她的另一隻大腿和她的腋窩。與此相反，
巴西南部的凱恩剛人（Kaingang），說是一個雄性生物的陰莖
變成了穀物，他的睪丸變成了豆類，他的頭成了一個葫蘆（普洛
茲—梅特數〔Ploetz-Métraux〕，1930年，第212頁）。

　　後一種相應體系派生出另外兩個體系：一個與之相類似，一
個似乎與之矛盾。在古代印度祈求多子多孫的儀式中，用大麥粒
象徵陰莖；用兩粒大豆象徵一對睪丸（英德拉迪瓦〔Indrade-
va〕，1973年，第37頁）。但是在日本的神話中，黃豆以及其它
豆類米來自保食女神⑱的生殖器官（阿斯頓〔Aston〕，1896年，
卷一，第33頁）。如果我們承認，在男人的性器官中，陰莖（它

與玉米桿及穀物桿相似）比睪丸更「雄性化」，那麼，這樣的偏轉（divergences）就可以得到解釋了。與在美洲一樣，雄性的穀物與雌性的豆類之間的對立也往往是從一種絕對等值的關係中發展而來的，這種等值關係就是：在性徵上，雄性本能對之於雌性本能，就等於男性特徵上的陰莖對於睪丸：

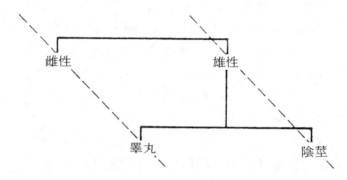

吉田貞伍教授在寫給我的信中提出：可以指稱蝶形花各種不同的種子的日語間「mame」⑲，也可以隨意指稱陰蒂,旣然這個器官是雌性生殖器官中最「雄性化」的部分,那麼它就具有我曾經提出過的與雄性生殖器結構中的睪丸相當的對應位置。

不過，能夠證實這一假設的資料主要還是來自新幾內亞。這一地區的某些人羣把椰子和檳榔樹的果實看作不同性別的一對──但是，其中的每一種要素都具有雙重性別，只有一種例外：奧羅開瓦人（Orokaiva）當中有一種歷時性的雙重性別（每種植物先被賦予一種性別，以後這種植物又獲得另一種性別），而在坦古人（Tangu）那裡則呈現爲共時性的雙重性別。然而，儘管這兩羣人之間在地理上相隔一段距離，但對他們來說，椰果旣象徵雌性的乳房，又象徵雄性的睪丸（施維摩爾〔Schwimmer〕，1973年，第109頁，布立奇〔Burridge〕，1969年，第390頁）。至於檳榔的果實──按照奧羅開瓦人的說法，它先是雄性的，後來是雌性的（施維摩爾，1973年，第168～170

頁）──而坦古人則認為它既象徵睪丸，又象徵性成熟的女孩子
（希立奇，1969年，第251、306頁）。這個資料清晰地表示出，
最少雄性特點的雄性器官睪丸，在世界某些地區的神話所表現出
的相互對立的範疇之間，處於模糊愛昧的位置上。

這些思考引導我們回到希臘，回到從古代起一直沿襲下來的
有關畢達哥拉斯講到的食物禁忌的爭論。戴奧眞尼斯・拉爾修⑳
（卷ⅤⅢ,34）曾經記載，亞里士多德把蠶豆與睪丸之間的相似
性作為對這種禁忌的一種可能的解釋。奧盧斯・杰留斯㉑甚至說
得更明白：「Kúamous hoc testiculos significare dicunt」
（Ⅳ, xi）（「人們說這個『Kúamous』的意思是『睪丸』」）；同
時他又不認為這種由畢達哥拉斯提出並由埃佩多克勒斯
（Empedoctes）闡釋的禁忌是與營養有關的。杰留斯引用了阿
里斯托克森㉒的話，提出蠶豆是畢達哥拉斯最喜歡的一道菜（順
便說一句，這是有關蠶豆的雙重性別的一個良好實例，這裡集中
在它的提出者身上）。當時，有位作者解釋了這種豆類的希臘文
名稱──「Kúamoi，蠶豆──卵形物，囊托結實繁殖」──並
把它與一個包含著「隆起、受孕」的動詞「Kuein」聯繫在了一
起（昂尼安〔Onians〕，1954年，第112頁）──這是古代希臘人
和坦古人信仰的一個驚人的巧合。

如果有誰敢於斷言（正像我在提到美洲的例子時的說明和在
提到新幾內亞的例子時所證實的那樣）：睪丸通常是作為對立的
兩類性別之間一個折衷的術語，那麼，在與「生」的範疇相一致
的食物中，把蠶豆視作睪丸的象徵（不像穀物那樣）相形之下更
接近「生」的對立範疇──「死」，就不那麼使人感到唐突了。
在這兩者之間，我們的確能觀察到一種清晰的相同之處：

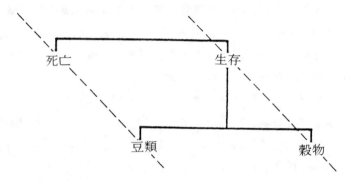

198　　　　這種雙重關係可以解釋蠶豆在死亡與生存之間所處的兩可位置；這種解釋是由馬賽爾・德希安尼（Marcel Detienne）全力堅持的（1970年，第153頁）。而且，在相同的文化或不同的文化中，這種兩可位置事先賦予它們（這些文化）一種或肯定性或否定性的含義（這要看情況而定），作為一種媒介手段，以便用這種手段去使兩個世界間的通訊暢通，或是使通訊受阻。

　　　我想再補充的是，這種多義性也見於烹飪這個層次上。蠶豆（羅馬人認為它是最早被種植的作物）可以在未成熟時生吃；否則，蠶豆就必須先用沸水煮熟，或在水中泡軟再吃。希羅多德仔細分辨了蠶豆的這兩種吃法，而強調埃及教士「不大聲咀嚼蠶豆，並且不吃煮熟的蠶豆」（卷Ⅱ，第37頁）。另一方面，烹調穀類食物的最原始的方法很可能像我們「爆米花」那樣，把穀物放入火中爆開（布萊伍德〔Braidwood〕，1953年，第515～526頁）。因此，豆科植物不像穀物那樣經過短時間焙烤就可以吃，它們搖擺於生的與煮熟的這兩種類型之間（這後者，正如我在其它地方已經說明過的，同樣也屬於腐爛的食物這種類型），被置於在靠近自然、靠近死亡的位置上。

　　　我們姑且承認，在前面提到過的那個日本風俗中，每個家庭中的父親都要把焙熟的大豆拋向空中。這種準備食物的方法，不屬於現代日本的烹調技術，這已經不證自明了。因此，它將使人

們不禁想到，豆類植物注定要作爲彼岸世界居民的食物（日本古代神話把它描繪成一個腐敗的世界），用這種方式準備豆類這種食物，比用普通方式更引人注目。

在我們已經提到的這種場合（第194頁），吉田貞伍教授指出，在奄美諸島（屬於鹿幾島縣，在九州島沖繩島之間）有一種薩滿教徒㉔風俗儀式，在這些儀式中，在擧喪房間的裡裡外外遍撒烘烤過的大豆——首先，這是爲了召喚死者的靈魂，然後再把它（靈魂）送到另一個世界中去，不必去冒靈魂再返之險。正如煮過的種子不能發芽一樣，據說死者的靈魂也不能再生。薩滿教婦女於是就用一小捆禾木科植物（Graminaceae）——芒（Su-zuki）或安德斯「芭茅」（Miscanthus sinensis Anders）擊打親屬的肩膀，這樣，他們的靈魂才會與他們的軀體牢牢地處在一起，而不是屈服於自然傾向去追隨死者的靈魂。

這個信息值得加倍重視。在世界上一個與古希臘、古羅馬傳說相分離的地區中，我們發現一種豆處於生命與死亡之間相同的兩可位置上，發現了在這兩端之間所起的中介作用。何況上述奄美諸島的習俗說明了豆科植物與草本科植物（Graminaceae）之間同樣的對立，一些完全不同的思考使我們事先假定穀物之間也存在這種對立。然而，爲什麼是芒（一種不能吃的植物）而不是（比如說）稻子呢？在這些儀式中，芒的作用通常是作爲稻子的一種能指（signifier，拜蒂厄—凱葉〔Berthier-caillet〕，1981年，第215、33、337頁）。也許，這種存在於豆科植物與草本科植物之間的對立，在這裡與另外一種對立——即栽培的植物與野生植物之間的對立重迭起。因爲，如果說大豆在日本烹飪術中擔任著重要角色，那麼，芒頂多就處在野草（科比〔Cobbi〕，1978年，第14頁）的位置上，並且在侵占那些不毛之地或已經變成不毛之地的領域時，表現出了巨大生命力。

儘管如此，我們依然不應該忘記，這些思考產生於那些來自

美洲的資料，並且只能被有保留地加以運用。這種資料的某些方面依然模糊不清，例如，爲什麼人們賦予槐科的種子有機性質（把這些種子裝在皮匣子裡作爲護身符隨身攜帶，必須在皮匣子上打幾個洞，因爲如果這些種子不能呼吸，它們就會死掉〔霍沃德〈Howard〉，1965年，第123頁〕）以及槐科種子與動物世界的關係（尤其是與馬的關係）。吉田教授曾經告訴我，在奄美諸島上也存在相同的精神，把烤熟的大豆撒遍房子中和房子四周，人們認爲這種做法能幫助死者的靈魂返回來，因爲它沒有腿。十三世紀朝鮮的一部著作「Samguk yusa」㉕（其中包括了許多比十三世紀早得多的成分）記載（艾爾雍〔Iryon〕，1972年，第334頁）說，一個魔法師把白豆子和黑豆子變成了武士，這些武士去和一個虐待公主的妖魔作戰，並把它趕走。還有，莫希甘人（Mochica）的陶瓷製品（希辛克〔Hissink〕，1951年；庫謝爾〔Kutscher〕，1951年；夫利伯格〔Friedberg〕，和霍根海姆〔Hoquenghem〕，1977年；1979年）的半腰上（friezes）呈現出半人半豆的流動圖形，只要我們還不能對這些圖形隱含的問題作出清晰的解釋，那麼美洲這些有關豆子的習俗就依然有待進一步確定。在目前情況下，盡管評注專家對此已經做了相當多的努力，這些表現仍然保持著它們的奧秘。

註 釋

① 豆科植物在這裡指「fèves」，即生長在歐洲的蠶豆（fava beans, broad beans），它們與在美洲發現的許多種豌豆科和莢豆科植物（baricots）有關。蠶豆（broad bean）是一種歐洲植物，它可能種源於非洲。後面的文字如果本章沒有另作說明，那麼豆科（bean）就是指生長於美洲的品種（haricots）。──英文版編者註

② 俄爾甫斯（Orphic），希臘神話中的豎琴名家、歌手。──譯者註

③ 埃留希斯城（Eleusinian），希臘的一座古城，是崇拜穀物女神和宴後的舉行儀式之地。──譯者註

④ 普魯塔克（Plutarch）（46～120），古希臘歷史學家，傳記作家，以其作品《名人傳》而著名。──譯者註

⑤ 祭司迪阿利斯是古羅馬神話中忠心為丘比特服務的教士。──英文版編者註

⑥ 皮安尼普西亞節是雅典的阿波羅節日。──英文版編者註

⑦ 老普林尼（Pliny the Elder，23～79）是古羅馬政治家，百科辭典編輯者。──譯者註

⑧ 歐律狄克（Eurydice），希臘神話中的神，俄爾甫斯之妻。──譯者註

⑨ 弗朗西斯·H·艾爾黙（Francis H. Elmore）在他那部資料極其豐富的討論那伐荷人的種屬植物學專著中並沒提到Sophora secundiflora的存在和應用，只提到了一種山羊吃的Sophra sericea（1944年，第58頁）。不過，那伐荷人的語言中有一個術語（譯成英語就是「豆子飛射」〔bean shooting〕），這個詞用來指用魔法把煤渣、稀有材料或是骨頭置於敵人體內，以使他生病或死亡的動作（海爾〔Haile〕1981年，第22頁）。

⑩ 立春節（festival Setsubun，日語作「節分」），即春分的前一天。──譯者註

⑪　我與吉田貞武教授在八月十日和十二月三十日進行了私人交往。我非
常感謝他所提供的寶貴告誡。

⑫　奧維德（Publius Ovidius Naso）（公元前43～約公元後17），古羅馬
詩人，代表作《變形記》敘述希臘、羅馬的神話故事。──譯者註

⑬　奧嫩達加人（Onondaga），北美印第安人，易洛魁人的一支。──譯
者註

⑭　一些人可能對我沒講到被稱作蠶豆病（favism）的變應性反應而感到
奇怪。但無論如何，屬類和種類植物的極端差異包含著豆的崇拜，事
實上，這些豆科植物使這種現象互不相關，並在地中海的某些地區受
到了根本限制。

⑮　講蘇語的印第安人（Siouan-speaking），指印第安人中說蘇語組諸語
言的蘇人。蘇語組是北美中部和東部一大語系。──譯者註

⑯　休倫族人（Huron），北美易洛魁人族印第安人之一支。──譯者註

⑰　柴羅基族人（Cherokee）北美印第安人的一個部族。──譯者註

⑱　保食女神（the goddess Ukemochi），日文為「受持」。──譯者註

⑲　mame即豆子。──譯者註

⑳　戴奧真尼斯‧拉爾修（Diogenes Leartius，約200～250），古希臘哲
學史料《名哲言行錄》的編纂者。──譯者註

㉑　奧盧斯‧杰留斯（Aulus Gellius）是寫作《古代風俗與自然科學》的公
元二世紀的拉丁語作家。──英文版編者註

㉒　阿里斯托克森（Aristoxenes），公元前四世紀古希臘音樂家，音樂學
奠基人之一。──譯者註

㉓　更何況，前面的評論也許幾乎沒觸及到一套廣泛的符號對應體系的表
面隨處時時可見的變形中，都表現了這種對應潛藏的、也許是普遍的
存在：例如，畢達哥拉斯信仰變形為古代道教（Taoists）的與之相反
的信仰，道家禁用穀物，但對肉食並無偏見。

㉔　薩滿教徒（Shamanist），即主要流行於亞洲和歐洲極北部的教
徒。──譯者註

㉕　「Samguk yusa」，根據其讀音和內容，可能是《三國遺事》。《三國遺
　　事》是朝鮮高麗時代僧人、文學家一然（1206～1239）晚年時，根據大
　　量歷史資料和傳說寫成的高句麗、百濟、新羅的歷史及佛教傳布的文
　　獻集，共五卷。——譯者註

第十五章
孿生性的一種解剖學預示

在杰爾曼妮‧迪特萊恩（Germaine Dieterlen）致力於研究　201
的非洲部落的自然哲學裡，「孿生性」（twinship）這個概念具
有重要的地位。因此，爲了向我們的同行聊表敬意，我認爲，簡
要地考察來自世界完全不同地區的一些神話是十分適宜的，因爲
這些神話中的一個主題與「孿生性」這一概念之間存在著出人意
料的聯繫。

在一六二一年出版的一部著作中，巴勃羅‧何塞‧德‧阿里
亞加（Pablo José de Arriaga）神父講到了他在一次旅行中見到
的一些怪事（1920年，第183頁）。在某一地區開始結冰的時
候，人們把所有孿生子和一切足先產出（難產）的、或長著兔唇
的人（los que tienen partidos los labios）都召集在一起。祭司
指責他們，由於他們吃鹽和西班牙甘椒而造成了嚴寒，並命令他
們用禁食、禁欲、向上帝懺悔的方法以苦行贖罪。

幾乎在世界上所有的地方，尤其是在美洲，雙胞胎與氣候反
常之間的聯繫都可以透過一種或者肯定或者否定的方式得到證　202
明，人們或者認爲雙胞胎具有吸引寒冷和雨的能力，或者認爲他
們具有驅逐寒冷和雨的能力。對這種聯繫可以作大段論述，但我
無法在這短短的一章中全部加以引用。雙胞胎與嬰兒難產之間的
聯繫，雖然貝爾蒙特（N. Belmont）已經強調過了，而我還要

在這裡重複一下。我在這裡特別加以考慮的是他們之間的第三種
關係。古代秘魯人根據什麼理由非把雙胞胎與兔唇人連繫在一起
呢？據我們所知，沒有一個作者提出過這個問題——連詹姆斯‧
弗萊哲都未提出過，但不管怎麼說，他還是大量引用了阿里亞加
（Ariaga）的神話文本（1926～1936年，卷Ⅱ，第266～267
頁）。何況，舊時的神話分析家大概都滿足於一種概括性的回
答，只是簡單地把兔唇和孿生混爲一談，說他們是先天畸形。而
我們的要求則更進一步，並希望我們的解釋能夠說明神話和儀式
的主題內容及其形式——毫無疑問，這是由於我們已經懂得形式
和內容之間並不存在眞正的區別。

　　正像在新大陸經常發生的情況一樣，北美洲西北部神話爲來
自南美洲的資料中的疑問提供了解決線索。但是，爲了打消讀者
對我準備加以比較的原始資料之間的地理距離產生的顧慮，我想
詳詳細細地說明在整個新大陸都存在（在南美，甚至在秘魯都存
在）這裡所講的那些神話。北美的神話文本都清晰地提到兔唇這
一主題，而這一主題在南半球的神話中並未出現，卻出現在那裡
的宗教儀式中。這一點使北美神話十分有趣。

　　在把西南海岸上古老的圖皮納姆巴人（Tupinamba）和華
羅契里（Huarochiri）地區的秘魯人中（艾維拉〔Avila〕，1966
年，第2章），流傳著這樣一則神話——一個姑娘或婦女，因爲
受到一個邪惡的畸形人的誘騙而懷了孕。這則神話最完整的文本
是安德烈‧塞維特（André Thevet）在巴西找到的（1575年，
第913～920頁）：這個文本說，這個婦女生下一對孿生子——其
中一個是她丈夫（造物主）的；而另外那個孩子是騙子的。由於
兩兄弟的父親不同，所以這弟兄兩個有著恰恰相反的性質：一個
刀槍不入，另一個則易受傷害。這個故事也賦予了他們明確的功
能：他們成了印第安人和白種人的保護者；在印第安人中，他們
成了圖皮納姆巴人或者他們的敵人的保護者，而且或者掌管富

庶，或者掌管需求。

在北美洲也發現了相同的神話，主要是在北美西北部，大致從南方的俄勒岡州的克利齊塔特（Klikitat）部落到北方的英屬哥倫比亞的柴爾克汀人（Chilcotin）部落，這一神話密集而連續地分佈開來。。對於後一羣體的神話，我已經在其它地方研究過了（1969年b，1971年），因此，在這裡我只想指出，與南美洲的神話文本相比，北美洲神話存在兩種變體。一種變體是（像在落磯山地區的庫特奈人① 當中那樣〔鮑亞士1918年，第119頁〕），一次受孕所導致的雙胞胎後來成了太陽和月亮。另一種變體是（像在湯普森人〔Thompson〕和奧卡那貢人〔Okanagon〕的神話中那樣，這兩個部落屬於哥倫比亞高原的薩爾斯語族② ），神話講到兩姐妹因爲受到兩個與衆不同的生物的欺騙而懷了孕，這兩個生物一個是科約特③（或海鷗神〔Seagull〕），另一個是天貓神（Lynx）。兩姐妹各生了一個男孩；這兩個男孩正因爲他們的母親懷孕時境遇相似，才算作孿生子（泰特，1898年，第36～40頁；1912年，第213～217頁；希爾—都特〔Hill-Tout〕，1911年，第154～158頁）。

我們將看到，後一種文本最爲有趣。它們把主角的孿生性減少到極限，雙胞胎在這裡是表親，他們的出生僅僅是表面上驚人的平行：都是透過一種欺騙的方法孕育的。在上述兩種情況下，兩個爸爸所用計謀不同，這也是值得註意的。海鷗神使用的是換喻的方法，他把他的乾精液（partie du coit）說成是一種磨粉，給姑娘吃了；而天貓神用的是隱喻的方法，（或者蓄意，或者無意中）他在另一個姑娘的嘴上和腹部用他流出的一滴尿和一滴唾液（喻爲精液）使她懷孕。

透過對南美神話文本再加工，北美的神話依然保留了對同一目標的忠實。由於這兩個男孩有不同的父親，甚至有對立的性格（這種性格繼續造成了他們各自後裔的性格差別），所以這兩固

主角沒有一處可以算作真正的雙胞胎。因此，這一對被認為是孿生的孩子其實不是孿生。要麼根據我所引用的庫特奈人的文本，就算他們真是雙胞胎，那麼他們互相對立的命運也使他們成了「非孿生」（untwin）。在各類動物所參予的競爭結果中，一個主角變成了太陽，在白天發熱，因此而得到了令人滿意的裁決；另一個主角變成了月亮，在夜間照明，也得到了令人滿意的裁決。這個宇宙的寓言也聯繫到了其它一些神話。正如我們已經看到的，儘管圖皮納姆巴人（Tupinamba）神話中的兩兄弟④，似乎是孿生子，但他們在性格和功能上是正好相反。在薩爾斯人及其附近部落人的神話中的海鷗神和天貓神或他們的兩個兒子也是如此：一個發明了防火線（firebreak），另一個是溫水澡堂；一個與「熱」相聯，另一個與「冷」相聯；一個是風的主人，另一個是霧的主人。同一個神話的內慈—珀西人（Nez Percé）的變體（菲尼〔Phinney〕，1934年，第465～488頁）試圖為不相稱的婚配尋找解釋；也就是說，為什麼一切夫妻都不是「孿生的」。我們在弗萊希特人和桑波伊爾人（Flathead and Sanpoil）當中記錄的一個神話（霍夫曼〔Hoffman〕，1884年，第34～40頁；雷伊〔Ray〕，1933年，第142～145頁）也明顯屬於同一組，在弗萊希特人文本中，用一種意味深長的方式講到了天貓神和美洲獅神（Puma），他們從太初時代就屬於孿生的物種〔Lynx canadenis和Lynx rufus〕）怎樣發展成了不同的屬——其中一種失去了尾巴，而另一種獲得了尾巴。

　　正如我指出過的，高原薩爾斯語族的神話文本減少了孿生性這個母題，用同一血源的表親取代了孿生子。按照這個思路，這些文本間接地以一種不完全的形式重新引進了孿生性這個動機，這是很有啟發性的。姐姐離開妹妹以後到祖母（野綿羊神〔Wild Sheep〕或野山羊神〔Mountain Goat〕）那裡尋求庇護（而妹妹由不幸的命運支配，嫁給了海鷗神），祖母催她快來，派兔神給她

送吃的。兔神藏在一棵橫倒在路上的樹後，這姑娘被絆倒了。兔子瞥見了她的隱私處，並因那裡的暴露而取笑她。姑娘盛怒之下用棍子去打兔子，把兔子凸出的嘴和鼻子打成兩半，這就是兔科動物（Leporidae）有兔唇的起源。換句話說，如果她繼續往下劈的話，就會把這動物的身體分成兩半變成孿生。

那麼實際上，這一地區的居民又如何解釋這種孿生起源呢？據住在（美國）亞利桑那州的哈瓦蘇帕人（Havasupai）說（斯皮爾〔Spier〕，1928年，第301頁），當一個躺著的孕婦從一側突然翻身時，她子宮中的「流體」就因此被分成了兩部分。易洛魁人的塞尼喀族（Seneca）的一則神話把雙胞胎的出生歸因於父親把自己的下身分成兩部分的力量所致（卡爾汀〔Curtin〕和赫維特〔Hewitt〕，1918年，第551頁）。無論在南美還是在北美，我們都發現了一種信仰——「一個懷孕的婦女，必須避免睡覺時仰而朝天；否則，那些性液（sexual fluids）就會分割開來形成雙胞胎。」這些信仰也是巴西中部的波羅羅人（Bororo，克羅克爾〔Crocker〕，〈無日期〉，卷二，第14～15頁）的信仰，同樣，也是為普蓋特灣（Puget Sound）的薩爾斯語族的特瓦那人（Twana，他們居住的地區離我們的神話更近）所信奉的（埃爾門多爾夫〔Elmendorf〕，1960年，第421～422頁）。特瓦那人還禁止懷孕婦女吃鹿肉，這是由於鹿屬於偶蹄科動物。如果不依據現在的知識，那就很難解釋魯米人（Lummi）的一種信仰（魯米人與特瓦那人有關）；如果一個懷孕婦女吃了鱒魚，那麼她的孩子就會長出兔唇（斯特恩〔Stern〕，1934年，第13頁）。我在《赤裸的人》（*The Naked Man*）中介紹並討論了一系列美國西北部神話，在這些故事中，一隻箭射向天空落下來，把雙生子看似單一的身體分成了兩半（他們的祖母把他們的身體聯結在一起），這樣，故事中的雙胞胎就先是「黏在一起」而後又被恢復成了他們最初的兩個人。拜拉庫拉人（Bella Coola，他們是

205　薩爾斯語族中一個獨立羣體）則相信吃了叉燒鮭魚的女人將會生出雙胞胎（岡特〔Gunther〕，1928年，第171頁）。現在，我們如果認為孿生產生於一個胚胎，一個兒童，一個已經分割的或者將要被分割的動物的話，那麼這個神話就證明，一隻兔子或一個兔唇人，本身就是被分離的。內慈—珀西人的故事講述了兔神在誘拐了雷神（Thunder）的一個妻子之後如何設法繼續占有她：他劈開了雷神威脅自己的暴風雨烏雲（鮑亞士，1971年，第177～178頁）；或者根據另一種文本，他把這個婦女藏在雙腿或一對前肢中間（斯帕頓〔Spinden〕，1908年，第154～155頁）。有關這些內容，夸丘特人（柯蒂斯〔Curtis〕，1970年，卷Ⅹ，第295頁）講到一個小女孩由於長了兔唇而遭鄙視的故事。然而，當這個小女孩和拒絕與她玩耍的兒童們被女妖抓走的時候，她成了搭救這些兒童的人之一——她用一隻鋒利的海貝劈開了放在女妖身後的盤子（這籃子裡裝著女妖抓來的小受難者）。由於這個女孩正好坐在籃子的底部，所以她是第一個（用雙腳）逃出來的——這恰恰與我們神話中的那個兔子一樣。兔神蜷縮在小徑中央，他正蹲在女主角的陰道下面，看到了她的陰道（他位於這個婦女的大腿之間；而在內慈—珀西人的故事中，卻是這婦女蜷縮在兔神的雙腿之間），因此，兔子與她相聯繫，也處在同樣的位置上，彷彿兔子的腳最先從她的子宮裡出來一樣。

　　在雷察德（Reichard，1947年，第170頁）用來與柯赫達蘭（Coeur d'Alene）印第安人（他們是湯普森人和奧卡那貢人在高原上的薩爾斯語族鄰居）的神話相比的一個庫特奈人文本中，兔神遇到了這個女孩，只有在她心甘情願地稱他為丈夫之後，才答應帶她到她的祖母家（這一次，她的祖母是一隻青蛙）。這種差異，為貝爾蒙特（Belmont，1971年，第139～147頁）所進行的一些有趣思考提供了證據，貝爾蒙特表明了當地人的信仰有時會把足先產出（難產）和倒錯的性交聯繫在一起的原因，嬰兒從

母親身體離開的地方，正與陰莖進入的位置相同。在由北美阿爾公金族印第安人（Algonquin）中的密克馬克人⑤講述的故事中兔唇與穿透力（度）之間建立了一種對稱關係：兔子因為極力仿效啄木鳥啄樹皮找幼蟲，而形成它裂開而凸出的口和鼻子，但不是兔子穿透了樹，而是樹穿透了兔的鼻子（斯佩克〔Speck〕，1915年，第65頁）。玻里尼西亞人的一則神話與把孿生看作分開的觀點樹立，提供了一種「反孿生性」的生物（anti-twin），因此，他被描述為分割者；塞摩阿那（Semoana）的名字所指（Signifies）「病態的出生」（the ill-born），他打算把他的孿生伙伴丟在後面，因此穿過他母親的頭，離開他母親的身體——使母親的頭裂成了兩半（弗斯〔Firth〕，1961年，第30～31頁）。

在蒙受兔唇之苦的人們中，在有時因此而命名的嚙齒動物中，兔唇構成了胚胎的孿生性，這個假設說明了幾個問題。首先，它可以使我們了解為什麼古代秘魯人把孿生和兔唇人擺在同等位置上。我們必須補充一句，根據阿利亞加的說法，當地人認為孿生的人是閃電的兒子（這可能是由於閃電具有劈裂的力量）。此外，在我們這個時代，卡爾斯特恩（R. Karsten，1935年，第219頁f.）所訪問的秘魯卡尼羅人（Canelo）和厄瓜多爾山區部落的人，把雙胞胎的父親身份歸於一個魔鬼，所以他們常常為此而殺死雙胞胎中的第二新生嬰兒。甚至今天在墨西哥，人們的信仰仍然堅持認為，兔唇人所缺的嘴唇部分是被日食吃掉了。在加利福尼亞，孿生子（他們掌管打雷）據說是個遺腹子的後代，這個遺腹子是由一頭雌狗養大，並且按照它的命令，沿著它身體中間垂直平面一半處一分為一的（蓋登〔Gayton〕和紐曼〔Newman〕，1940年，第48～50頁）。

阿利亞加說，當地人在遭到西班牙的掠奪之後，就採取了一個習俗（教會反對這種習俗），那就是要永遠賦予被認為是閃電

206

的孩子的孿生子以「聖地牙哥」（Santiago）的名字（1920年，第58頁）。在這方面我們必須註意，在秘魯東部節日裡，聖地牙哥的塑像與被叫作Bocaiyanyi（波猜宴伊）或者Poshayni（波沙亞尼，他們兩個構成一對）的塑像同時出現（懷特〔White〕，1942年，第263頁）。實際上，波沙亞尼是對抗白人的印第安人當中的佼佼者，他的塑像與基督教使徒的形像相似，這種做法似乎是恢復了古代圖皮納姆巴人賦予神話中陸續出生的兩兄弟以對偶性功能：蘇美爾人⑥和非印第安人的祖先；圖皮納姆巴人的祖先塔蒙多阿雷（Tamendoaré）和圖皮納姆巴人的敵人祖先阿里庫蒂（Aricouté）；最後是瑪利·阿塔（Mairé Ata）那個刀槍不入的兒子和他易受傷害的假孿生兄弟，即薩利戈伊斯（Sarigoys）的兒子。

　　在另一方面的首要問題是，兔唇與眞正的孿生性的結合使我們有可能解答美洲神話詮釋者深感困惑的一個問題；北美奧吉韋印第安人（Ojibwa）和另一個阿爾公金族羣體，在他們的神廟中爲什麼把兔神奉爲至高無上的偶像？對此，不知提出過多少種解釋，如兔子這一物種的繁盛，其食用價值，或者它們奔跑的速度等等。這些假設中，沒有一個具有說服力。根據前面進行的思考，指出（與大多數兔科動物相同）兔子在解剖學上的特點，使它們能被看作一種潛在的甚至是眞正的隻胞胎，這種做法似乎更能引起人們的興趣。

　　一種叫作那那波佐（Nanabozho）的兔子是雙胞胎，有時甚至是四胞胎中的幸存者（迪克遜〔Dixon〕，1909年，第6頁；費雪〔Fisher〕，1946年，第230～232、238～240頁）。當地人認爲，母親體內這種大量存在的嬰兒，具有嚴重的後果，即使只有兩個兒童，他們也必定爲爭取先出生的榮譽而發生爭執，爲了先出生（正如我們所引用的蒂克比亞〔Tikopia〕神話），他們當中的一個要毫不猶豫地尋找一條捷徑，而不去採用自然分娩。我認

為，這種特性解釋（起碼是對美洲而言）了為什麼把足先出生
（難產）與雙胞胎聯繫在一起。事實上，對於孕婦睡覺時仰而朝
天的禁忌，普蓋特灣的特瓦那人（Twana）認為，這是為了防
止孕婦生雙胞胎，而亞利桑那州的尤馬人⑦（參見第204頁），
這是為了避免嬰兒難產（斯皮爾，1933年，第310頁）。這兩種
情形儘管原因不同，但這種事或者預示著一種毀滅性的出生，或
者（從最好的方面看）預示著一種英雄的出生。這種多義性解釋
了某些部落殺死雙胞胎和足先出生（難產）的嬰兒的原因；而阿
里亞加訪問過的秘魯人部落則對這些特別的兒童非常敬畏，把他
們分別稱作「楚楚斯」（Chuchus）和「查克帕」（Chac-
pa），如果他們早年夭折，人們還把他們製成木乃伊（1920
年，第16、30、50～57頁）。

那那波佐的兄弟或兄弟們都急於出生，就衝破了他們母親的
身體，使她死亡。這種「反自然的出生」（birth against na-
ture）；在阿爾公金人文化中占有中心位置；而薩爾斯語族的故
事中，這種出生方式在兩條軸線中變化成為「反文化的交媾
（coitus against culture）：兔神透過與他祖母交媾而殺死了
她。在同一主題的這兩種極端形式中，兔神藏在路上，向上窺視
他「妹妹的」陰門這個情節代表著一個均衡點，這就是，一方面
是一種隱喻上的交媾；另一方面也是一種隱喻式的出生，但這種
出生卻與自然對立，因為兩種特徵的位置與一個人從另一個人身
上足先生出來是一致的。

講到這位母親的死亡時，阿爾公金族神話注重為那那波佐兔
開脫。他的祖母以從屍體掉出來的血塊為偽裝去歡迎他，但不久
又變成一隻長著裂縫口鼻的動物——兔子，其孿生性實質都集中
在這一點上。在一套美洲土著信息源叢書中（我以前在其它地方
用一篇舊文章概括出來的〔李維史陀，1963年，第2章，Ⅱ，第
223頁〕），這隻「巨大的野兔神」（Great Hare）所處位置介

於兩兄弟與騙子之間正中。因此，就出現了他的多義性的甚至是矛盾的性質（這點將由另外一些評論家進行最徹底的討論，參見費雪（Fisher），1946年，第230頁）。他有時是一位英明的宇宙執掌者，有時是個歷盡重重災難磨劫的怪誕人物。如果這種二重性包含著一對同性的介體的萌芽，而這個萌芽比如說嫁接在更謙遜的形象上（他的偶然出生使這種形象失調），那麼，這種二重性就將成爲他本性的一部分。

　　在沒有讀到本文的最初版本（1978年）的時候，米歇爾・卡洛爾（Michael P. Carroll）就指責我不懂得野兔神也是一個騙子的化身。卡洛爾讀過我的文章以後宣布說，他「在我的文章中沒有什麼要加以改動的地方」，因爲我的論據與我以前對北美神話中騙子形象的分析時提出的論據「截然不同」（卡洛爾，1981年，1982年）。

　　前面這些思考說明，這個批評我的人是錯上加錯了。我處理野兔問題，（而且絕不是使用了不同的論據，而是）直接提到（並且略加補充）了我在《結構人類學》中提出的中介角色（mediator figure）的類型學問題，現在正在表明野兔神怎樣和爲什麼從本質上屬於這個位置，即處於兩兄弟與騙子本人之間。

　　這些推測僅僅適用於美洲神話嗎？它們在別的地方擴展其廣度與深度嗎？至少，在亞洲出現了類似的現象。吉爾亞克人（Gilyak）的一個神話說，以野兔神和松鼠神（Squirrel）爲首的一個委員會命令：從今以後，雙胞胎的出生是違反自然的。這個委員會由大洪水（Deluge）以後的幾個幸存者組成（布萊克〔Black〕，1973年，第54頁）。賦予這兩種嚙齒動物的重要性，可以透過下面這一事實得到解釋：由於它們（指兔和松鼠）都長有兔唇，每一種都接近於天生的雙胞胎；而無論如何它們當中的兩隻不能構成一對雙胞胎。但是我們特別想知道，這個兔唇主題是否也出現在非洲神話中，孿生概念是否在那裡也起了主要作

用，以及它們是否用相似的方法去處理這個主題。而實際上，這似乎已經成爲事實了。

　　首先，在非洲（正如在美洲一樣）孿生被認爲是一種分割的產生物。在達荷美（Dahomey），泥土占卜的符號之一（第八個）叫作：Aklān-Meji（孿生的首領）。毛波伊爾（B. Maupoil）根據一個當地人所提供的資料，注意到了這個名字與fon——動詞Klā（「分離的」）之間的同音異義現象（1943年，第493頁）。一句含有這個動詞的格言道出了其中的實際意義：「觀念造成了雙胞胎，然而他們（爲了出生）卻分離了。」有個傳說解釋了猴子爲什麼保持著人類性（因而有了人類的孿生）：「他們開始齊聲喊叫『Klā we!』這個詞就是Klā（不完全變化的）！」這就是雙胞胎不准吃猴肉的理由，「因爲猴子是森林雙胞胎的化身」（第497、499頁）。

　　同樣在非洲，兔唇可以所指一種雙重天性，它使一個等級的人或單獨的個人趨向孿生性。根據奴普人（Nupe）有關起源的神話，宮殿的建造者特索伊德（Tsoede）不小心削開了自己的嘴唇；結果，所有天生兔唇的兒童都要取一個來自特索伊德的名字。現在，特索伊德的成就應當歸功於他是半個奴普人，這使他「在異族的羣體和文化之間強行建立一種聯合」——這是一項「事先設想到了反抗和爭吵的」事業（納德爾〔Nadel〕，1971年，第127～128，146頁）——而且註定要居於一元性與二元性的一種中介狀態（像兔唇一樣）。

209

　　我們知道另外一些有關非洲王朝的神話，其中，君主「分成」生物意義上的和社會意義上的兩種（他們的父母來自不同背景，或是有兩個母親）。其它資料（在這裡我們不能進行討論了）也同樣可以支持這樣的假設：非洲的國王具有一種孿生的本質。透過這種方式，可以解釋貢加（Gonja）國王要和雙胞胎結婚的特權（如果不是義務的話）。無論哪種情況，根據我們收集

在這裡的這些事實的思路，在孿生子和奴普王朝的締造者自己造成的兔唇之間建立一種聯繫，這似乎並不會有多大風險⑧。

註　釋

① 庫特奈人（Kutenai），居住在美國蒙大拿和愛達荷兩州，以及加拿大哥倫比亞省的印第安人。——譯者註

② 薩爾斯語族（Salish），美國印第安十五個語族之一。——譯者註

③ 科約特（Koyote）在本書第十三章中曾作為一個造物者出現，為保證這個稱呼在本章的協調與統一，後面一律稱之為「海鷗神」。——譯者註

④ 原文是dioscuri（狄俄斯庫里），指希臘神話中宙斯的兩個兒子卡斯托爾和波昌丟剋斯兄弟，在這裡是指圖皮納姆巴人神話中的兩兄弟。——譯者註

⑤ 密克馬克人（Micmac），印第安人在紐芬蘭和加拿大沿海各省的一支。——譯者註

⑥ 蘇美爾人（Sumé），古代幼發拉底河下游居住的居民。——譯者註

⑦ 尤瑪族人（Yuma），亞利桑那州與加利福尼亞州科羅拉多河下游的北美印第安人。——譯者註

⑧ 本書的法文版已經作出證明：當瑞德瑪（R. T. Zuidema）教授使我在反對的對稱性問題上對一九七八年出版的普萊特（T. Platt）的一篇文章引起注意時，本文作為第一版在同年出版了。這位作者寫入了一條最新的見解，它直接使我對有關孿生與兔唇之間聯繫的解釋更加具有說服力：「它也說明，如果懷孕婦女受到了雷閃電的驚嚇，那麼嬰兒在她肚子裡就要分成兩半。我最近說過，有時可能生出嘴唇被從中垂直切下的雙胞胎：這也應歸因於受到了雷和閃電的驚嚇」（普萊特，1978年，第1097頁）。

第十六章
一個小小的神話
——文學之謎

詩處於純感覺與純智能這兩點正中——處於語言領域。

——保羅·瓦雷里①《筆記》

　　阿波利奈爾（Apollinaire）的詩《秋水仙》（*Les Colc*　210
hiques，1965年，第60頁）太著名了，以致我不用再寫出它的原
文②。而且我不打算把註意力集中在整首詩上（尚·克勞德·科　211
凱〔Jean-Claude Coquet〕在《閃米特人的文學》（*Sémiotique lit-*
téraire）〔1972年，第6章〕中，曾對這首詩作過非常精闢的分
析），反而不如討論一下對評論家而言仍然像謎一般的細節。詩
人為什麼要把「母親，女兒的女兒」（mères filles de leurs
filles）這個表示性質特徵的詞組與秋水仙等同起來（參見詩文
第10～11行）呢？

　　尚—克勞德·科凱在研究中僅僅指出：「這種表達方法在法
語中屢見不鮮」。為了支撐他的論點，他引用了拉·封丹③使用
過的「他作品的兒子」（fils de ses oeuvres）的表達方式；但
是這種教化的隱喻並不會使阿波利奈爾產生他那個隱喻的靈感；
由此，我們也看不出作者為什麼或是怎樣把這句詩引伸到無生物
中去。

　　當然，科凱之前也有人提出過一些使人解除疑慮的解釋——伏利松（R. Faurisson）說：「母親往往會荒謬地濃妝艷抹而使別人誤認其爲自己女兒的女兒」（然而秋水仙有一種審愼而細膩的色彩）；杜雷（M. J. Durry）則認爲這是把開花與兒童出生聯繫到了一起，兒童「是人類的花朵」。這離結論多少更近一些。勒菲弗爾（R. Lefèvre）看出了「這句詩可能暗指秋水仙在植物學上的一些特性」；但是他緊接著又說：「現代植物學著作並沒給人啓示」；從而否定了這種觀點（關於這些作者情況，參見科凱，1972年，第127頁）。勒菲弗爾大概不屑於翻閱舊一點的植物學著作，而在觀察事物可以被知覺的現象方面，這些舊的植物學著作比新的植物學著作更爲縝密。秋水仙是「一種不易區分的植物種類，在植物學上非常容易被搞混」（拜雷〔Bailey〕，1943年，卷Ⅰ，第824頁）。它至少有三個特徵（更嚴格地說，其中有些特徵與其它植物相同），每種特徵都以它自己的方式，不但解釋了阿波利奈爾的這句詩，而且也解釋了他在那段特定的文字中運用這句詩的基本理由。

212　　在法國，秋水仙「在秋日來臨之前的時節長時間開放」（《拉羅斯字典》〔Larousse〕第1866～1876頁），所以它不僅被稱作"colchique"，而且還叫作"veillote"。秋水仙開出長長的花，它在秋天迅速開花並凋落。秋水仙的花只有雄蕊，子房在球莖一側，球莖埋在深四至八英吋的泥土下面。授精的時候，花粉落進花被裡（花被像一個空筒），再向下形成一個五六倍於花葉主要部分的筒狀莖；因此，它整個的距離大約有十二英吋。

　　秋水仙有一種更特別的地方：「球莖旁邊的殘存子房，一直在地裡埋到第二年春天。這時，它在泥土表面隆起，然後不斷生長，露出地面；在六月份成熟時，結出豆莢狀三細胞果實。」（佩羅特〔Perrot〕，1947年，卷Ⅲ，第67頁）。

　　秋水仙的第三個特質，被《皇家花園及巴黎各主要學校專家

編‧自然科學辭典》强調了出來（勒弗羅特〔Levrault〕，1816～
1830年，卷5，「秋水仙」條目）：

> 這些花，每年九、十月份萌生，直到次年春天才長葉
> 子。……它貯藏養料的球莖（"la bulbe"這個詞，根據老一點的法
> 國植物學家的用法，應當屬於陰性名詞），每年開花結果後就枯
> 竭壞死了，代替它的是在近旁長出的新球莖；由於球莖年年更換
> （它總是在同一側長出新球莖），這棵無性分離植物也每隔一年
> 便移動一球莖寬的距離。

秋水仙的雄性器官和雌性器官之間距離極大，所以，嚴格說
來，如果它是雌雄同株，那麼這種兩性體植物則是相當特殊的。
它的雄性器官長在花裡邊，而且常常長在花的頂端；雌性器官長
在地下幾公分的地方，它是孕育球莖（而這個球莖不僅僅是現存
的植物球莖之源，它也是將長出的植物的球莖之源）不可或缺的
部分。因而，這種時間上的聯繫與空間上的分離匹配在一起。按
照《猶太法典》（*Talmudists*）的準確記載，亞當在創造夏娃之前
就是具有一個雌體和一個雄體的雌雄同體。在這種兩性體中，按
照某種方式連接起來的雄性器官，為了觸及雌性器官使雌體受
孕，就必須移動相當大的距離。這種膨脹的的雌雄同體幾乎可以
使人們聯想到在一定距離上分開而又聚擾的性行為。

我們已經注意到，秋水仙在秋天開花，比它的花葉和種子要
早幾個月，而長葉和結子要在第二年春天。然而在繁殖中，它的
種子似乎只起著一種相對次要的作用，一般說來，它的種子不過
等於球莖的加倍罷了。換句話說，秋水仙屬於無性系科（如果並
非不可能的話），我們知道在一些個體中要辨別它們的母親和女
兒是很困難的。禾本科的某些草本植物，可以構成一個長達數百
公尺，繁衍上千年的生殖繁殖系統。在美國，人們發現了一個無
性系林帶，在那裡生長著大約五萬株白楊樹，覆蓋總面積將近二

213

○○英畝；據推算，另一個無性系白楊林帶已有八○○○歲了。既然如此，絕對或相對地區分植物的世代，就完全喪失了意義。

因此，在秋水仙科植物中，各種混亂要素對應平衡於幾種轉移性，例如受精方式特性表現爲垂直轉移，繁殖方式特性表現爲水平轉移。除了這兩種空間上的轉移之外，又加上了一種時間上的轉移，因爲一種植物開花，是在它的葉子長出之前的八九個月。

在上面這些特性中，只有後面這個特性才足以解釋「母親女兒的女兒」這個表示性狀的形容詞組④ 植物學家曾把「父前子」⑤（Filius-ante-patrem）這個專業術語，不僅用於秋水仙屬植物，而且也用於款冬屬植物（Tussilago）、菊科蜂斗葉屬植物（Petasites）以及柳葉菜屬植物（epilobium）或柳蘭（Willow herb）（見狄德羅・達朗貝〔Diderot-d'Alembert〕編《百科全書》〔*Encyclopédie*〕「父前子」（Fils avant le père〕同條）。之所以可以這樣使用這些術語，或者是由於所有這些植物的花或莖都出現在花葉出現之前，或者由於甚至在它們的花朵尙未綻開前，它們的果實就已經完全可以看到。阿波利奈爾博學多才，使他完全可能見到並選用這些古老的術語。並且，正如我下面說明的，他有非常充分的理由把它們看成是陰性的。

＊　　　　　＊　　　　　＊

詩人可能也知道這種術語遙遠的神秘起源，從而使這些術語更辛辣、更貼切以適應詩的功能。在這些術語最古老的用法中，我們可以引用奧古斯丁僞經（pseudo-Augustinian）中有關聖母瑪麗亞的段落，其中一段是五世紀或六世紀的，另一段也許只是八世紀的：「造物主生出了造物主，女僕生出了主人，女兒生出父親：說她是女兒，指的是她的神性；說她是母親，指的是她的人性。」⑥因此就有了第二段末尾那句講到瑪麗亞的話：「上帝

的女兒（就是）上帝的母親。」這種表達方式在克雷斯蒂安·德·特洛阿的作品中也可以找到──「願此事得到光榮的父親的應允，他使自己的女兒成爲他的母親！」（1947年，第195頁）⑦──在但丁的作品中，也可以找到同樣的表達方式。

在另一種不同的（儘管依然是理論性的）段落裡，語言的修辭方式是屬於古代的。杜梅吉爾（Georges Dumézil）寫道：「維狄克印第安人（Vedic Indians）把火的能力想像爲……使自身更新和不斷再生自身」；同樣，他們把火稱作「他自身的後裔」（Tanūnapāt，1975年，第66頁）。以同樣的精神，〈馬比諾吉翁〉（Mabinogion）中的故事〈庫爾奇和歐爾文〉（Kulhwch and Olwen）⑧提到「卡達恩之子納爾斯」（Nerth son of Kadarn），「艾爾瓦之子拉威」（Llawe son of Erw）；這就是說，他們分別代表強壯和力量、壟溝和泥土，即：「強壯之子是力量」（Force son of Strong），「壟溝之子是泥土」（Soil son of Furrow）。但是（按羅斯〔J. Loth〕的觀點），人們卻往往會期待與之對立的東西（1913年，序言）。

我已經提過了克雷斯蒂安·德·特洛阿；而且的確，這種表達方法在亞瑟王傳奇的文獻中似乎特別幸運。在艾森巴赫寫的《柏西法爾》（Parzival）中，黑塞雷德（Herzeloide），（她已故丈夫加姆雷特〔Gahmuret〕使她懷了孕）說：「到現在我還比他年輕；我既是他的妻子，也是他的母親。我把他的身體和生命的種子帶到這裡」（第109節）。在梅爾維耶堡（Castle of Merveille），阿奈夫（Arnive）是這樣對高文（Gawain）騎士滔滔不絕地發表他的看法的：

母親把兒童帶到這個世界上；然後兒童成了他母親的母親。冰正是從水裡來的，但是什麼也不能阻止冰離開水。當我想起我的生命時，我不得不回想到我的誕生是歡樂幸福的，如果我再次

懂得這種歡樂的話，我們將會看到果實離開了那個它曾給予生命
的果實。

現在，我們又該回到植物學上來了！在對這段話的一段註釋裡，
頓奈拉（E. Tonnelat）引用了拉丁謎語集的作者塞姆波修斯
（Symposius）的話，據說，中世紀的人常常模仿那些謎語
（1934年，卷Ⅱ，第194頁）。我沒有查詢過打丁語的根源，但
離我們更近的則有維尼（Alfred de Vigny）說過的這樣一些關
於他祖先的話：「如果我為他們寫歷史，他們就要承襲我」（維
尼，1978年，第249頁）⑨。最後，讓我來重述讓‧普依隆
215　（Jean Pouillon）新近的論文，以證實我們語言中這種思維修
辭手段的生命力吧：「傳說向生物遺傳特性發展，但常常表現為
對生物遺傳特性的模式化，的確，傳說總是顛倒遺傳血統的：兒
子生出父親──並且這就是他自己能有幾個父親的理由」（1975
年，第160頁）！同類的語義區域（其中允許根據習慣術語的可
逆性來解釋事物）也可以解釋「亞瑟王傳奇」中（阿波利奈爾可
能知道這些文學，他曾把《柏西法爾》的近代文本譯成了現代法
語），柏西法爾如何有時成了普萊斯特‧約翰（Prester John）
的繼承人，他取了繼承人的名字（在沙封勃格〔Albrecht von
Scharfenberg〕所著《Titurel》⑩中），或者柏西法爾有時取了他
父親的名字（在荷蘭文的《蘭斯洛特》[Lancelot]中）。

*　　　　*　　　　*

為了找到對阿波利奈爾使用的「母親，女兒的女兒」這個表
示性狀的形容詞組的一種解釋，我們首先從解剖學和生理學上考
查一下秋水仙。舊植物學家對秋水仙以及其具有相同特徵的植物
種類所使用的術語（除性別外完全相同）「父前子」證實了這個
解釋。最後，我們去追溯可能被稱作這種思維修辭手段的人種學

背景的情況——也就是說，在一種已知的文化中，這種思維修辭
手段萌生、存活和遷移的歷史條件和意識形態環境。我這裡指的
是：高深莫測的思考（其中謎語作爲一個種類，代表著微小的變
化）和理論上的一些玄秘用語（它們逐漸被學院派詩歌、宮廷味
的文學以及自然主義作家的語言所世俗化）。

　　總之，這些思索幫助我們懂得了一個也許被視作偶然的形容
詞的「存在依據」（raison d'être）。這個詞的意圖首先就似乎
是給花賦予人性，至少是把花變成有生命的生物，如果把它們放
在三角關係的一個角上就更好了（這個三角關係的另兩個角由母
牛和兒童占據）。作爲雄性的兒童（在法文中enfant〔兒童〕是陰
性名詞）將長大成人並且離去；但此時此刻他們在採擷花朵，他
們粗野、喧囂、富於破壞性。正如科凱所評論的那樣（1972年，
第125頁），兒童的活力是由詩中的第八、九兩行的語言所喚起
的：

> 學校的孩子喊叫著走來，
> 身穿粗布衣，吹著口琴。

與此相反，作爲雌性的母牛則隨著抑抑揚格（anapest）的緩慢
拍節咀嚼著青草（科凱，1972年，第118頁），它們不久將被屠
宰或是被牧草毒死。在這兩個斜面（一個是上升的，一個是下降
的）中間，只有秋水仙將存留下來，留在一個水平面上（既是水
平上的水平面，又是修辭上的水平面）——這是因爲，秋水仙處
於靜止或幾乎靜止（這種植物要不斷以一個球莖的厚度移動）的
狀態，這還因爲它們再生產著同一性質的自身。這樣，秋水仙就
扮演了牛棚以及永久性要素的角色，並且根據它這種地位，這首
詩就有了《秋水仙》這個標題。

　　此外，當我們剛剛大致勾勒出的這種解釋承認了母牛、兒
童、秋水仙這三個用語的象徵性價值時——前兩個術語的象徵意

216

義還是不明確的。這首詩中沒有什麼東西能證實它，對此只能進行推斷。另一方面，第三個用語的象徵能明確宣布甚至提供了這首詩最初的中心思想。秋水仙透過它們的顏色，透過花兒隨風搖動，象徵著心上的女人的雙眼和眼瞼，詩人只爲它們而活著，它們使詩人慢慢中毒，結果，這裡只有秋水仙才具有充分而完整的符號價值。

最後，讓我們聽聽偉大的數學家勒內‧多姆（René Thom）的一段話吧：

在所指（signified）與能指（signifier）的相互作用中，所指被普遍用語的潮流所沖擊而發散，產生出能指；這些能指連續不斷、縱橫交錯、雜亂無章，但是，當我們每次去解釋這些符號時，這些能指又會再度創造出所指。而且，正如生物形式所表明的那樣，能指（後代）能夠創造出所指（父母），而且這一切都發生在同一代中。

象徵意義的動力正是透過這兩種形態結構之間的精確平衡，透過它對可逆性與不可逆性的共時性要求，才使自身（以狹義或濃縮的形式）帶上了科學世界觀的全部矛盾，因此，象徵意義的動力是生命的最真實的寫照（1974年，第233頁）。

＊　　　　＊　　　　＊

爲了理解一種特殊表達方式（乍看起來，它用在某些植物上似乎稀奇古怪），我們開始進行植物學方面的考察，並且，在回顧了各種觀念的歷史以後，把我們這種考察與一位最抽象科學的專家的思考匯合在一起：這些思考就是對象徵意義的某些形式特徵的思考，尤其是在我們所分析的詩中提到的那些植物的象徵作用方面。因此，由大自然賦予他們的具體特性和由詩人賦予他們的語義功能，就可以在這些花上結合起來，這些花已經成了符

號。秋水仙是「母親，女兒的女兒」，一方面是因爲它們的無性系屬性，二方面是因爲它們開花和生葉之間的時間間隔，因爲它們作爲能指功能的結果（它們在所指的範圍內被賦予了能指的功能）。在大多數植物中，葉子是作爲花朵的前輩出現的；但在這裡，情況則完全相反。正常的間隔並非絕對穩定，因爲這正如多姆說的，我們每次去解釋那個符號時，它都要改變。這種不穩定性也出現在這首詩中，阿波利奈爾先把秋水仙描繪成「一種傷痕的顏色」，後來又描繪成「你眼瞼的顏色」，他這是在把眼眶作爲花的能指，這花便從作爲眼瞼的能指，變形爲所指了。

　　因此，科凱在他對這首詩的分析中正確地強調說：「這兩個詞可以互相解釋」，「我們由此走進了一個神秘的宇宙，……只有在這個宇宙中；才能可能把屬於兩種矛盾的同位素（isotopes）的屬性協調起來」（1972年，第120頁）。不過，他認爲他注意到的這個矛盾來自他對於本文的主動範疇和被動範疇的解釋過程中的選擇。然而，這些範疇是不恰當的。如果用能指和所指兩種範疇代替了這些範疇，那麼這種矛盾就消失了，因爲，正如我們所見到的，在能指與所指之間的關係最根本的特徵之一，就是無盡的可逆性（reversibility）。

　　我邀請讀者參與的這場簡要討論，就因此而證明了：結構分析產生在一個連續統一體（continuum）中，其中，對自然世界的最微末細節的經驗性觀察，與對思維功能本身固有的正常性質思考是不可分割的。在這兩極之間，存在著一整套中層層次。由此可見，《秋水仙》中「母親，女兒的女兒」的功能似乎就被分析的稜鏡折射了出來，透過從這首詩的植物學方面以及它與神學的和象徵意義的關聯中，分辨出它的結構意義（即語義的多義性），這種分析在這首詩中行使了鑒別的量。一種神話而詩意的（或者更廣泛地說，是藝術的）修辭格之所以能打動我們，這是因爲它爲每一個層次都提供了一種特定的意義，這個意義仍然可

以和其它意義保持平行；這也因為我們不知為什麼，似乎在同一時間內領會了全部這些意義。

　　但是，當我們為了說明美感的性質而努力使上述那些因素分離時，我們除了人種史和歷史的方法以外，別無它途。這就是說，人類曾經用來體驗和想像（以及仍然正在體驗和想像）世界的種種方式從來就各不相同，而人類只是這個世界的一部分。如果我們準備突破介於對這個世界的直覺觀點和可理解觀點之間的障礙的話，那麼，我們成功的唯一希望就是求助於精密科學、自然科學以及人文科學。

註　釋

① 保曼・瓦雷里（Paul Valery，1871～1945）。法國象徵派詩人和理論家。提倡「純詩」，認為詩的形式就是詩的目的。著有長詩《年輕的命運女神》，詩集《魅惑》等。——譯者註

② 法國詩人阿波利奈爾（Guillaume Apollinaire，1880～1918），是一個精力充沛的技巧革新家，也是一個早期超現實主義者。他最有影響的抒情詩有《酒精集》（1913年），本書所引用的《秋水仙》以及《加利格朗姆》（1913年）。由於阿波利奈爾在美國的名氣沒有在法國大，所以本書所選用的《秋水仙》是特麗薩・克雷格（Theresa Craig）的譯本。——英文版編者註

《秋水仙》

秋天這草地充滿毒汁，卻美麗無比，

吃草的母牛正漸漸把毒汁吸進，

這裡盛開著秋水仙，顏色淡藍青紫，

你的眼睛宛若那花朵，

像它的傷痕一般青紫，也像這秋日，

我的生命為你的眼睛被緩緩灌入毒汁。

學校的孩子喊叫著走來，

身穿粗布衣，吹著口琴，

他們採集秋水仙，它們像母親，

女兒的女兒，也正是你眼帘的顏色，

你的眼帘像狂風中的花兒一樣飄動。

放牛人唱著徐緩的歌，

牛兒哞叫著，步履緩慢，

永遠離棄這片被秋天修剪的草原。

③ 拉·封丹（Jean de la Fontaine，1621～1695），法國寓言詩人。──譯者註

④ 寫這篇文章的時候，我並不知道隨著尚·克勞德·科凱（1972年）的單行本出版發行的同時，論述中所提到的這種連接關係已經為米切爾·狄蓋（Michel Deguy，1974年，第456頁）和瑪利亞·維拉蒂（Maria Vailati）所創用，我感謝科凱，當我打算使用自己觀察的資料之前，在許多觀點中為我提供了這個解釋。

⑤ 按照法文逐字譯為「Son-before-father」。──英文版編者註

⑥ 《聖母瑪麗亞的佈道》（帕蒂諾羅基亞·拉丁那〔Patrologia Latina〕補遺，卷Ⅰ，1187年收集）。佈道第195條，第3段，同上書，第39頁（2108）。經過保羅·威格諾（Paul Vignaux）教授家族干預後，修習奧古斯丁教義的神父喬治·弗列特（Georges Folliet）查證了這些文字，並提供了精確的依據。藉此機會，我對他們雙方表示感謝。

⑦ 克雷斯蒂安·德·特洛阿（Chretien de Troyes）是十二世紀末的法國詩人，他在亞瑟王傳奇《柏西法爾或威爾士人》中採用了《聖杯》的傳奇文學手法（參見本書第十七章）。──英文版編者註

⑧ 《馬比諾吉翁》（Mabinogion）是一部中世紀威爾士故事集，其中收集的故事包括亞瑟王傳奇文學，其中有《庫爾奇和歐爾文》傳奇，該作完成於一一○○年以前。

⑨ 阿爾弗萊德·德·維尼（1797～1863）是法國浪漫領袖。──英文版編者註

⑩ 「Titurel」為聖杯傳奇中的人物「提突萊爾」，詳見本書第十七章。──譯者註

第十七章
從克雷斯蒂安・德・特洛阿
到理查・華格納

我的兒子，你看這裡，時間變成空間
(Du siehst, mein shon/zum Raum wird hier die
Zeit)

　　這幾句台詞是格爾尼曼（Gurnemanz）在《柏西法爾》① 第　219
一幕中的場景在觀衆眼前變換時對男主角說的；這也許是所有賦
予神話的定義中最爲深刻的一種。如果把這些詩句運用到《聖杯》
（Grail）傳奇② 中將更爲貼切。有關《聖杯》傳奇的歷史淵源以
及它所產生的地方，人們已經提過各種各樣的推斷，甚至仍舊在
繼續作出各種推斷。有些留心古埃及、古希臘神話的評論家把
《聖杯》故事看作一些遠古崇拜的回聲，這種崇拜關係到一位神明
的死亡和復活。不論那位神明是奧斯利斯③、阿蒂斯（Atis）、
還是阿多尼斯④、抑或是墨特爾⑤，對格萊爾城堡（the castle
of the Grail）的造訪都恐怕是進入一種豐富儀式的失敗入場
式。

　　其它一些評論家儘管以不同方式來設想這個問題，他們還是
一致提出了與基督教有關的起源。在聖餐儀式這個層次上，對
「聖杯」的考察，可以使人回想起那種可怕的甚至充滿拜占庭味
道的聖餐儀式，例如像希臘正教的儀式那樣，在這種儀式中，神　220
父用一把叫作「Holy Lance」的小刀爲主持人象徵性地刻上傷

痕。人們還推測聖杯故事把從《舊約》到《新約》的演變象徵化了——中了魔法的城堡代表所羅門的神廟（Temple of Solomon），豐裕的聖杯或者寶石代表〈摩西十戒〉（Tables of the Law）和聖餐（mannah）⑥；而長矛代表亞倫⑦的權杖（rod）。然而，從基督教觀點看，（像在古代傳說中描述的那樣）由一個女人攜帶著「上帝的容器」（聖餐杯或聖體盒），這是不合常規的。據說，這個女人寓言性地代表神聖的教會，主角對格萊爾城堡的訪問使他自己回到了人間樂園。

從伊朗人的傳說中產生了一種不同的解釋，其中提到一個神話人物，決意向以一羣魔鬼為首領的上界軍隊搏鬥。他落到了地上，受了傷，因此他準備等待他的孫子再次拚爭而取得勝利，並用這一次打擊來恢復健康。這個傳說大概萌生於某種理論，它是由一些與外界隔絕的、使用希臘語言的埃及哲學家提出的，並且是阿拉伯人把它們傳到了西方。根據這個理論，神的智慧將降到地球上，落到一個巨大的火山口中，人們只有跳入火山口中才能獲得至高無上的智慧（實際上這是一種智能的基督教浸禮）。這個火山口恐怕是與同名的星座混為一談了⑧。現在的古法文詞graal（「聖杯」）就是由希臘語 crater 一詞衍生的，也許它是先變成拉丁語的 cratis（「囚籠」），或者，它一定是先變成了中古拉丁語 gradalis（缽，或單柄金屬淺杯）。因此，詞源學允許我們賦予 Grail（聖杯）這個詞一種帶著神秘效力的重大起源。

如果精神分析家不說一說他們的見解，那會令人驚訝的。他們把流血的長矛看作陰莖崇拜的象徵，把聖杯本身看作雌性的性象徵；由於一些文本把長矛描繪成槍尖向下，插在聖杯中，這就更使這種見解顯得理由強硬了。

然而，當今的學者往往總是從另一個不同方向看這個問題。「聖杯」的故事似乎包容了大量來自凱爾特人⑨神話的成分，古

代威爾斯和愛爾蘭文獻中還保存著這些神話的片斷。「聖杯」很有可能是那些有趣的容器之一（盤子、籃子、單柄金屬淺杯或碗、飲酒角杯、大鍋），這個容器把取之不竭的有時甚至是永存的食物供給使用者。在《瑪比諾吉昂故事集》（*Mabinogion Collection*）收集的愛爾蘭傳說和威爾斯傳說中，也講到了流血的魔法長矛。

這些文本描寫的格萊爾國王腿部受了傷。他不能騎馬狩獵，只能以釣魚爲消遣，因此，人們稱他爲「漁夫國王」（Fisher King）。在華格納的歌劇中，他第一次出現，是在他去湖裡洗澡的半路上。這些水上姻親把阿姆弗塔斯（Amfortas）與一個超自然物聯繫在了一起，這就是威爾斯神話中的「受到賜福的布蘭」（Bran the Blessed），他與愛爾蘭神努阿都（Nuadu）相應（他的名字確切意思是「漁夫」）。這兩個人物都擁有一柄奇劍和一口魔法鍋。在凱爾特人的傳說中，性無能或君主的道德敗壞常常使他的王國衰落，也使他們國家的人丁不旺、牲畜不肥、土地不毛；換句話說，這些所招致的禍殃比起格萊爾王國所遭受的衝擊（因國王生病，後來國土變成廢墟）毫不遜色。只有當一個陌生的來訪者提出一個或幾個問題，這個符咒才會被解除——在愛爾蘭和威爾斯傳說中，已經出現過這個主題了。

然而《聖杯》故事已知的最早文本並非來自不列顛，而是來自中世紀的法國，來自詩人克雷斯蒂安‧德‧特洛阿（Chrétien de Troyes）（法國香檳省人），這個故事是他在一一八〇至一一九〇年間創作的。一一九〇或一一九一年他在去世前還在寫這個故事。人們給年輕的主角柏西法爾（Perceval）起的綽號是「Le Gallois」（威爾斯人）；作者解釋道，他寫這個故事的靈感來自他從資助人菲力浦‧德‧阿爾薩斯（Philippe d'Alsace）那裡得到的一本書——此人是法蘭德斯⑩伯爵，這本書是他在出發去進行第三次十字軍東征之前給他的，伯爵死於這次東征。在

221

這個時期，諾曼第人征服英格蘭已經將近一個世紀之久，是克雷斯蒂安開始創作他的史詩的五十年前，安茹家族的親王們（他們與諾曼第人通婚）作爲英格蘭的統治者，繼承了諾曼第人的統治，建立了金雀花王朝⑪。無論在英吉利海峽兩岸的哪一邊，人們都使用法語，至少是使用諾曼第方言或皮卡德（Picard）方言講話；宮廷詩人都跟著他們的君主輾轉奔波。因此毫不奇怪，克雷斯蒂安·德·特洛阿當年使用的（而現已遺失的）那本書涉及了一個或者更多的威爾斯傳說，這正像他透過對他主角的國籍和描述，透過他使用的其它許多人名和地名，透過繼續完成他的工作的那些作家的作品表現的一樣⑫。

＊　　　　　＊　　　　　＊

雖然如果我們一步一步地追述克雷斯蒂安的敍述會是件饒有趣味的工作，不過那將要要花費過多的時間，其實，有一個簡短的梗概就足夠了。在這種不幸的災難（她失去了丈夫，兩個最大的兒子也在戰鬥中犧牲）之後，一個遺孀躲入一個原始森林裡，她在原始森林中養育著最小的兒子，沒有告訴有關他的出身和森林之外的世界。一天，這個天真的孩子看到一些騎士，在他眼裡，這些騎士英俊非凡，致使他最初認爲他們是一些超自然的生物。儘管他的母親哭泣不止，他還是決定隨那些騎士而去；經歷了各種各樣的劫難，他來到了亞瑟王的宮廷，在那裡，一個六年不曾發笑的姑娘打破了緘默，並且把一個美好的前程許給了他。連自己的名字都不知道的柏西法爾卻希望成爲一名騎士，然而，由於他沒有佩劍，也沒有甲冑，所以受到了嘲笑。他的要求被駁回，於是就離開了那裡，他遇見一個不知姓名的騎士。這男孩用一杆標槍一下子就獲得了這個騎士的盔甲，然後他來到年高德郡的葛霍特（Gornemant de Gohort）家裡，他把男孩讓了進去，教他劍術，讓他披掛成騎士模樣。但柏西法爾懊悔拋棄了母親，

並且馬上離開這裡去找她。

　　路上，他營救了一個正受到圍攻的采邑封地上的女人，把她從敵人手中解救了出來，並與她訂立了婚約。但是，對母親的思念依然困擾著柏西法爾。於是他放棄了結婚的計劃，再次踏上了尋母的路程，他進入了一座峽谷，發現谷間的河水水流湍急，他不敢渡過河去。有兩個漁夫坐在一條船上，其中拿漁線的那個告訴他如何到附近的一個城堡去。柏西法爾到了那裡，這個漁夫迎接了他，此人就是這個國家的國王，但是自從一柄長矛扎破了他的雙腿以後，他就成了跛子。在城堡的大廳裡，柏西法爾接受了主人贈給他的劍。接著，他注意到了一種神秘的儀式，在參加這個儀式的人們當中，有個年輕人舉著一隻槍尖帶血的長矛，還有兩個少女──其中一個拿著一只聖杯，這杯子是純金的，上面還鑲著珍貴的寶石；另一個少女拿著一只銀托盤，托盤裡裝的是為來賓準備的切成薄片的肉。拿聖杯的女孩一刻不停地從每一個人身邊繞過去，進入了隔壁的一間屋子。儘管柏西法爾對此十分好奇，但他仍然不敢問「她們在為誰服務？」他記得，首先是母親，然後是葛霍特都曾經告誡過他，在任何情況下都要保持謹慎，不要信口發問。

　　這頓奢侈的筵宴拖到很晚才結束，柏西法爾被領到了他的房間。他第二天清晨醒來，那座城堡杳無人跡了。他徒勞地敲著門，但沒人回答他的喊叫。他不得不自己動手穿上衣服，披上盔甲，然後，在院子裡發現他的馬已經裝上了馬鞍，馬旁邊是他的長矛和盾牌。他剛要過吊橋，那吊橋突然升了起來，把他撞倒了。

　　在這場新的冒險中，柏西法爾從新近結識的表妹那裡知道，他本應當向那位受訪的「漁夫國王」請教關於帶血的長矛和聖杯的事。男孩的問題將治癒他主人的傷口，破除施加在他王國之上的沉重魔法。柏西法爾的表妹還告訴他，他離開以後，他的母親

223

悲傷而死。這消息使柏西法爾昏了過去。透過一種類似的啓示，他猜到了自己的名字，在此以前他一直不知道自己的名字。

柏西法爾繼續流浪，在一次爲一位女人榮譽復仇的格鬥中，他成了勝利者。一天，白雪覆蓋了大地，一隻野鵝被獵鷹咬傷，它的三滴鮮血落雪地上。這件事使柏西法爾想起了他心上人的美麗面龐和朱唇。他沉浸在甜蜜的回憶中，突然，亞瑟王的騎士們發現了這個孩子。亞瑟王的宮廷就在離這裡不遠的地方。他們中的一個騎士高文（Gauvain，他是亞瑟王的侄子），把柏西法爾從沉思中喚醒，並設法把他帶到國王那裡。亞瑟王一直爲沒有詢問他最後一個客人的身分而鬱鬱不樂。從那時起，他一直不停地在院子裡走來走去，希望找到那個陌生的來訪者，人們曾向亞瑟王報告了這位客人的高超武藝。

但是在北部有一個「可怕的姑娘」騎著騾子出現在聚集到一起的貴族和淑女們面前。她侮辱柏西法爾，指責他在格萊爾堡緘默不語。她說，他應當對國王蒙受的痛苦負責──國王的痛苦本應由柏西法爾的詢問來結束；他對於國家的崩潰和貧瘠也是有責任的。接著，這個「可怕的姑娘」列舉了一些可以誘使騎士爲之奮鬥的顯赫功績。高文騎士選擇了其中一個，一段長篇敍述描述了他的冒險活動。

當高文再次回到柏西法爾邊時，五年已經過去了。柏西法爾歷盡千辛萬苦，但仍然沒有找到格萊爾城堡。他慢慢地喪失了記憶，甚至忘記了上帝。在一個耶穌受難日（復活節前的星期五），他全付武裝地騎馬出行，一羣懺悔者爲此而指責他。在他們的勸誡下，他來到一個隱士住的小屋去作懺悔。這個隱士泄露他就是柏西法爾的叔叔，是他母親和一個爲聖杯盡責的看不見的人的兄弟。這個看不見的人是個禁欲主義者，他雖然身體消瘦，卻具有一種精神上的自然力，這足以使格萊爾堡的一位主人讓他生存下來。這個人物也是「漁夫國王」的父親，因此他也是柏西

法爾的表親。克雷斯蒂安把他的主角交給了這位隱士，又回過頭來敍述高文的冒險活動。

　　正如我說過的，死亡阻礙了作家完成他的工作，使我們無法知道他打算怎樣繼續尋找這只聖杯。

＊　　　　　＊　　　　　＊

　　從十三世紀初開始，另外一些作家打算從這個地方繼續完成　224
這個傳奇故事，其中一些人甚至是按照克雷斯蒂安留下的創作提綱工作的，並且有了《高文續篇》（*Gauvain Continuation*）以及《柏西法爾續篇》（*Perceval Continuation*），每一本書都是按照主角的名字命名的；此外還有《馬涅西爾續篇》（*Manessier Continuation*），這是按照它假定的作者命名的；至於《第四續篇》（*The Fourth Continuation*），大概是吉爾伯・德・蒙特留伊（Gerbert de Montreuil）創作的。《馬涅西爾》文本包括了某些基督教主題，這些主題可追溯到由羅伯特・德・布隆（Robert de Boron）大約「寫於一二一五年的數量很大的組詩，此人是弗朗齊─孔德（Franche-Comté）的一個貴族，住在英國。這個聖杯不是別的，正是耶穌在「最後的晚餐」上使用的吃羊羔肉的大碗；根據那本被人認爲是僞聖經的《尼科德姆斯福音書》（*Gospel of Nicodemus*），「阿利瑪西的聖約瑟」（St. Joseph of Arimathea）⑬正是用這個碗裝從十字架上流下來的鮮血。同樣，帶血的長矛是朗吉努斯⑭用來給耶穌基督（The Savior）致命一擊的武器。據推測，約瑟把「聖杯」帶到了英格蘭聖杯一直由他的後裔在那裡守護著。那位「漁夫國王」是末代後裔。而自從羅伯特・德・波隆以後，「漁夫國王」就成了柏西法爾的祖父，這男孩就成了「聖杯」王位的繼承人。這個情節很可能（在克雷斯蒂安的作品中沒有找出這個情節的半點痕跡）是羅伯特・德・波隆從英國格萊斯頓伯里（Glastonbury）教堂獲

得的，這個教堂急於為金雀花王朝提共他們光榮的祖先（據信，人們一一九一年在格萊斯頓伯里發現了亞瑟王和桂內維爾王后的墓穴）。這個修道院還想為英格蘭提供一種基督教的古代遺物，他們應該像法國的凱普希安國王們（Capetain Kings of France）在使他們獲得榮耀的加冕禮的隆重儀式上所使用的那些東西一樣令人尊崇。

　　總之，人們對於同時代的大量文獻和後來的文獻都力圖綜合其中的所有要素，或根據需要重新解釋它們，例如《Perlesvaus》創作於一九二五年前後的英格蘭，用的是法蘭克—皮卡德（Franco-Picard）方言；《Elucidation》和《Bliocadran》是無名氏為克雷斯蒂安的作品寫的序言，寫於克雷斯蒂安死後；還有散文《蘭斯洛特》（Lancelot）、《偉大的聖杯》（Grand Saint Grail）和《聖杯的來歷》（Histoire du Saint Grail）。對此，還必須加上威爾斯的《神父》（Peredur）以及十四世紀以後的英國、義大利、西班牙、葡萄牙和斯堪的納的納維亞人的文本。

　　然而，正是在德國和瑞士講德語的地區，克雷斯蒂安的作品產生了巨大的影響，例如：沃爾夫萊姆・馮・埃森巴赫（Wolfram von Eschenbach）的《柏西法爾》（成書日期至少是在十三世紀初（以及他未完成的作品《提突萊爾》（Titure），還有海因里希・馮・德姆・杜爾林（Heinrich von dem Türlin）後來的詩作《Diu Crône》，以及烏里希・馮・札茨柯文（Ulrich von Zatzikoven）和維爾特・馮・格雷溫伯格（Wirt von Gravenberg）的詩歌。沃爾夫萊姆是華格納最熟悉的人，華格納使他成了《湯豪舍》（Tannhäuser）⑮ 中的一個角色，在他的《柏西法爾》最後幾頁中找到了《羅恩格林》（Lohengrin）⑯ 的主題，並且考慮到讓尋找「聖杯」的男主角出現在《特里斯坦與依索爾德》⑰ 中。從華格納產生《柏西法爾》的創作構思到它的完成的四十年間，華格納始終沉浸在沃爾夫萊姆寫的史詩當中。

如果我們確信科西瑪（Cosima）一八七九年六月二十日星期五在《評論雜誌》中所寫的這段話，那麼毫無疑問，華格納本人就會斷然否認這種陳述：

把理查（華格納）的作品與沃爾夫萊姆的《柏西法爾》冗長地聯繫在一起，這種做法被華格納說成是賣弄學問，他說他的劇本其實與它毫無瓜葛；當他讀這段史詩時，他最開始對自己說的話是「這些東西絲毫派不上用場」，「不過我腦子裡始終有一個想法──即耶穌蒙難日。

康德里的野蠻面容。這就是全部。（華格納，1980 年，第327頁）

兩年後，一八八一年六月十七日，星期五，科西瑪說，「一個人從杜維斯堡（Duisburg）寄來一封信，打算把《柏西法爾》研究和對沃爾夫萊姆的《柏西法爾》的評論聯繫起來，這封信激怒了理查，他說，「我也完全可能是從我的保姆給孩子上床時講的故事中受到的影響。」（第677頁）

把這些否定歸結於華格納的妄自尊大這太輕而易舉了。他針對《聖杯》神話所提出的問題採用的解決方法，帶有非常強烈的獨創性，而且正如我將表明的那樣，他意識到了自己這種獨創性，這一點也沒有什麼可以驚訝的。然而，按照科西瑪的說法，華格納所爭論的要點，是他與沃爾夫萊姆之間存在的一種「因果」關係（甚至華格納是在一段時間內直覺地抓住了他重新思考、重新組織和改造過的這種因素關係）。換句話說，在句法的軸線（syntactical axis）上一種欠缺的或次要的關係，仍可以在派典的軸線（paradigmatic axis）上顯現出來。在這種情況下，要想說明這兩個例證之間關係的真實情況及其性質，運用差異的體系是最得心應手的。這個問題，首先是由克雷斯蒂安和華格納文本的主題提出來的。

　　毫無疑問，沃爾夫萊姆熟諳克雷斯蒂安的作品，他按部就班地仿效克雷斯蒂安的作品，並且通常滿足於直接翻譯這些作品（但並非沒有弄錯的地方）；沃爾夫萊姆甚至承認他曾好幾次照此辦理。從主角的姓名開始，他的詩歌通篇都是法語詞彙和法國人名。因此，我們可以排除似乎起源於阿拉伯語的fal（法爾）和parsi（柏西）那種奇特的詞源。這個人名是華格納從十九世紀初一位德國作家戈利斯（Joseph von Görres）的作品中得到的。"Parzival"就是"Perceval"（柏西法爾）：他看破了幽谷（Valley，這個詞法語為"val"）的奧秘，格萊爾堡就隱藏在這個幽谷中。

　　但是沃爾夫萊姆的記述中，也許有許多脫離原作的地方，一開始，他在一定程度上詳細描述了主角雙親加姆雷特（Gahmuret）和黑塞雷德（Herzeleoyde）的生活，他說加姆雷特以前曾娶過一個異教的王后，那王后為加姆雷特生過一個膚色有黑有白的兒子（這個角色再次出現在故事的最後）。而最重要的問題在於，柏西法爾與隱士（他這裡的名字叫特萊維茲蘭特〔Trevrizrent〕）旅居之後，沃爾夫萊姆也像克雷斯蒂安一樣，採用了從寫高文冒險傳奇轉到寫柏西法爾上來的方法。柏西法爾來到格萊爾堡，提出了預定要提的問題，治癒了安福爾塔斯·（Anfortas），並繼其位成了格萊爾國王，也拯救了他的妻子肯德維拉莫斯（Condwiramurs）和他們的兩個兒子。

　　最後，從克雷斯蒂安到沃爾夫萊姆，聖杯的性質發生了本質上的變化。在克雷斯蒂安看來，"grail"（聖杯）這個詞是指一個裝聖餅（host）的金質容器，這聖餅是那個不被注意的、不可思議的、住在隔壁房中的人的唯一食物。沃爾夫萊姆讓我們看到了這個人，並認為他就是提突萊爾，他是已故弗利姆台爾（Frimutel）的父親，此人就是安福爾塔斯的父親，至於聖杯，不再是一個容器，而是一塊寶石，一個由沃爾夫萊姆謎一般地稱

之爲「哲人石」（lapsît exillis）的聖物；並且，每個耶穌受難日，從天國都要飛下來一隻鴿子，在杯中放入一塊聖餅，並保持聖杯的魔力。因爲，當客人要吃的時候，聖杯就會按照管家的吩咐，產生出一切做熟的菜餚和飲料。此外，聖杯還可以治癒病人，並且能使那些渴求青春永駐的人如願以償。聖杯上還刻著每一個服務於它的人的姓名和祖先的簡短題詞。

這塊具有魔力的寶石的名稱，被認爲取自「哲人石」（the philosophers' stone），又稱「lapsis elixir」，它來自天上，屬於星星的一種。天使們把它帶到地球上，交給提突萊爾保管。由此看來，我們是否應該遵循一種具有獨創性的觀點，去糾正沃爾夫萊姆那種含混的表達方式呢？因爲他把"lapis lapsus ex illis"（從它們〔星星？〕那裡掉落的寶石）簡縮成了"lapsit ex illis"。

因此，沃爾夫萊姆懂得去利用克雷斯蒂安著作以外的資料。他公開引用了一個人的作品——此人是個普羅旺斯詩人，名叫克約（Kyot，這不是法國南方的名字，而是德國化了的名字；Guyot這個詩人根本無案可查），有些學者認爲此人是沃爾夫萊姆憑空捏造出來的。另外一些更細心的學者則提出了一些看法。一方面，沃爾夫萊姆《聖杯》中的騎士就是聖殿騎士⑱的法蘭西支隊；另外一方面，他又讓加姆萊特成爲安茹（Anjou）親王，並且用一種在德國詩人看來非常奇怪的方式去爲安茹王朝增添榮耀。最後，沃爾夫萊姆的史詩中包含的因素，在他的法蘭西原型中並不存在：這些原型就是一些基督教的文本以及許多似乎是「非基督教的」文本；更確切地說，這些在淵源上都是猶太—阿拉伯人的文本。其中一個因素是提到了一個叫作佛萊杰塔尼斯（Flegetanis）的人，沃爾夫萊姆賦予他雙重血統，他可能是有關《聖杯》歷史的第一個作家，其中可能已經包括了那個不可思議的人物克約（Kyot）；並且以此爲基礎構成了他自己的作品，這次是沃爾夫萊姆說，他以這部書爲依據來糾正克雷斯蒂安・

227

德‧特洛阿作品中的錯誤。認為《聖杯》傳奇起源於東方的評注家，從沃爾夫萊姆的記述中找到了最有力的論據。

＊　　　　＊　　　　＊

華格納從沃爾夫萊姆的作品中發現了什麼呢？對於他的偉大先驅者的作品，華格納又更動了哪些地方？添加了些什麼內容呢？人們只要把他們二人的作品放在一起閱讀，就可以發現作曲家充滿了奇特的「半基督教」以及我剛剛說到的「半東方色彩」。但是，華格納著重強調了沃爾夫萊姆作品中出現的人物對比。華格納使康德里（Kundry，格萊爾王國一個頭腦簡單的信使）成為希羅底⑲的轉世再生（這是由於她總嘲弄釘在十字架上的耶穌基督而注定要永遠流浪，直到基督轉世再生）。華格納也脫離開沃爾夫萊姆重新使用了有關聖杯的基督教概念，在羅伯特‧德‧布隆的作品中可以找到這些概念：

> 這只凹空的容器，
> 是耶穌在愛的最後的晚餐上飲酒的器具，
> 他的聖血從十字架上淌入這容器裡。

據華格納的描述，在「聖杯」儀式上同時再現「最後的晚餐」、天主教眾的聖餐儀式及麵包與魚奇跡劇⑳。然而，這個值得模仿的基督教獻祭㉑發生在兩個世界㉒的交界處，這地方在阿拉比（Araby）的邊境，這是康德里尋求止痛藥膏以減輕安福爾塔斯苦痛的地方，它靠近魔法師克林梭（Klingsor）的邪惡住所：這是另一個維納斯伯格（Venusberg），在那裡同樣用儀式來慶祝異教的神秘事物。

在《柏西法爾》中，耶穌受難日符咒緊密聯繫著華格納的另外兩部歌劇的情節，即《齊格弗里德》（Siegfried）中的森林低吼和《名歌手》（Die Meistersinger）最後一幕的五重唱。在這三種情

況中，戲劇動作懸置延宕時，都出現了一個特殊瞬間，這是年輕
的男主角進一步去領受神聖使命之前的相對寧靜和宇宙和諧一致
的瞬間。這在理查・華格納的思想和作品中是一個基本模式。但
奇怪的是，我們能在沃爾夫萊姆的作品中發現這樣的模式，他對
這一情節作了發展，並賦予它比克雷斯蒂安更濃重的詩意色彩。
華格納也從沃爾夫萊姆的作品中借用了那個魔法師的名字：克林
肖（Klinschor在華格納的作品中叫作克林俊），這個名字在十
三世紀，想必非常普遍，因為它在那個時期的史詩《內戰記》
（Der Wartburgkrieg）中占有重要的地位。事實上，沃爾夫萊
姆是在講到高文的冒險活動中涉及這個魔法師，而不是在講到柏
西法爾時提到的。克林梭是一座中了魔法的城堡的主人，他在那
裡監禁夫人和年輕姑娘。在城堡頂上的瞭望台裡，有一根磨光的
圓柱，這柱子像鏡子一樣可以反射出六里格㉓範圍內發生的一切
事情。沃爾夫萊姆的作品和華格納的作品都對克林梭這個人物作
了閹割──這種閹割不是由他本人的行為造成的，而是由一位遭
到背叛的丈夫尋求復仇的手來進行的。華格納也從沃爾夫萊姆的
作品中取用了另一些人物的名字：格爾尼曼茲（Gurne-
manz）──克雷斯蒂安用如格爾內曼特（Gornemant）以及康
德里、提突萊爾等。阿姆佛塔斯（Amfortas）──在沃爾夫萊
姆的作品中叫作安福爾塔斯（Anfortas），這個詞的來源無疑是
拉丁語的infirmitas，意為「怯懦」（weakness），這些人在克
雷斯蒂安的作品中都沒有姓名。

　　與此同時，華格納濃縮並徹底簡化了沃爾夫萊姆的故事，還
常常轉而敍述種種其它的方面。有一個情節是一隻受了傷的鳥兒
在雪地上滴了三滴血，這使沃爾夫萊姆筆下的男主角想起了妻子
的面龐和朱唇。他結了婚，是兩個孩子的父親，這時他還不是後
來一些文本中純潔的化身，特別是與純潔的人（Galahad）混同
起來的時候。對於這一點，華格納遵循的是後來的文本，但是，

228

他並不刪除這隻鳥兒的那段情節，而是把它換成一隻受傷的天鵝的故事。同樣，他把格爾曼茲這個人與隱士特萊維茲蘭特（Tre-vizrent）合為一體。在克雷斯蒂安和沃爾夫萊姆兩人的作品中，男主角去亞瑟王宮廷並且把自己訓練成為一名騎士以後，格爾尼曼茲才迎接了他。沃爾夫萊姆也讓他成為一個楚楚動人的女兒莉亞茲（Liaze）的父親，她是柏西法爾的第一位情人。除了這些細節之外，華格納筆下的格爾尼曼茲在第一幕中所扮演的角色，是那位老作者賦予他名字的角色，而在最後一幕，他扮演的是那個隱士的角色。

現在，讓我們看一看「花一般的少女」（Flower Mai-dens）。聖杯傳奇的一些古老文本中沒有包括她們，而亞瑟王傳奇則確實把柏西法爾和高文帶到幾座迷人的城堡中，那裡居住著誘人的少女。克雷斯蒂安作品後來的一篇序言《解釋》離華格納的處理方式更近一些，它解釋了格萊爾王國所遭受的災難的起因，這是由於一位王子和他的同伴搶來了幾個好客的仙女。然而華格納受到佛教徒傳說的影響似乎更多，尤其是其中一個故事的影響。這個故事說，有位在一棵樹下沉思的聖賢，抵禦了惡魔女兒的引誘，而惡魔射出的箭變成了花朵。一八五六年前後，華格納起草了一個講佛教徒的劇本《勝者們》（The Victors），他後來放棄了這個劇本，而代之以《柏西法爾》。在更早寫成的一個情節中，佛祖最喜歡的弟子、高潔的阿難陀㉔，在抵禦一個淫蕩的妖婦，她後來對早年生活的卑劣自覺有罪，透過摒棄肉慾而獲得新生。

法蘭西學院終身書記、著名的華格納專家尚‧米斯特勒（Jean Mistler）讀過拜羅伊特㉕演出節目單上的這段劇情之後，非常熱心地讓我注意《亞歷山大傳奇》（Roman d'Ale-xandre），這是十二世紀初期的一部法文著作。而實際上，華格納看來很可能從那部著作中發現了「花一般的少女」的一段情

節。除了其它的冒險之外，亞歷山大還沒設法進入一個由妖魔看守總入口的森林。在此，他發現了一些令人迷醉的年輕女人，不過，這些年輕女人不能離開這座森林，否則她們就會殞命。亞歷山大向他的嚮導問起這件奇怪的事情，他聽到的回答是，在冬天，這些少女就轉入地下。她們將在天氣轉好的時候萌芽開花：「當花兒開放的時候，正中間的芽就變成身體，而芽周圍的小花瓣就成了她的外衣」（威尼斯版 §368，Ⅴ，第 6165～6167 頁，拉‧都〔La Du〕；參見阿姆斯壯〔Armstrong〕，巴黎版 §200，Ⅴ，第 3531～3534 頁）。

　　一八五〇年前後，當華格納正開始構思《柏西法爾》時，《亞歷山大傳奇》在德國非常流行（如果我可以這樣講的話）。第一部法文版（米契朗〔H. V. Michelant〕作），一八四六年出版於斯圖加特。一八五〇年，魏斯曼（Weissman）出版了十二世紀由拉姆普雷契特（Lamprecht）根據法國最初本文（這一本文從那時起直到現在，幾乎一直不為人們所知）翻譯的德文版。這兩種譯本出版後，《德意志》（Germania）雜誌上發表了大量的學術論文。不過，儘管法文版和德文版都包括「花一般的少女」這個情節，但由這個傳奇的作家所使用的希臘文和拉丁文資料中，都根本沒有這個情節。正如另外一些思考所顯示的，這個主題的真正精神是指向東方的——這個推斷已為亞歷山大‧馮‧洪堡德所證實（梅也爾〔Meyer〕，1886 年，第 182 頁）。

　　我們所了解的康德里，在克雷斯蒂安‧德‧特洛阿的作品中是無名無姓的。雖然沃爾夫萊姆給她起了名字，但仍保持著她令人厭惡的容貌，並且保持著她作為聖杯使者的角色：「她長著一隻狗一樣的鼻子，兩顆公豬般的獠牙從她嘴裡伸出來……康德里有一對熊一般的耳朵……這位嫵媚而可愛的人兒的雙手有如猴皮。她的手指甲……伸出來就如同獅爪」（艾林巴赫，1961 年版，第 169～170 頁）。而同時，這位少女「學識淵博」，並且

230

衣著華麗。在沃爾夫萊姆的記述中，還有第二個康德里，這個人勾魂奪魄地美麗。因此，我們可以提出這樣一個問題：華格納是否（透過賦序康德里雙重的生物性）不是有意識地回溯到一種非常古老的傳統——而這傳統在沃爾夫萊姆作品中只有某些痕跡幸存。凱爾特人的文學有時描繪一個令人厭惡的老醜婦，她把自己獻給主角，然後，當主角接納了她以後，她就變成了一個絕頂美人——據說，這是妄圖得到王位的人必須贏得的權力的比喻。

　　此外，為了塑造康德里這個人物，華格納把克雷斯蒂安和沃爾夫萊姆作品中的四個女主角混合成了她個人。這四個女主角是：已經提到的這個「醜陋的女人」；那個從來不笑的少女——她只告訴柏西法爾他未來的命運；把柏西法爾母親去世的消息告訴給他的那個表妹（在沃爾夫萊姆作品中，是那個第一次用柏西法爾的名字稱呼他的那個表妹）；以及那個「邪惡的少女」，克雷斯蒂安稱她是「傲慢的洛格萊女人」（Orgueilleuse de Logres，沃爾夫萊姆也遵循克雷斯蒂安的叫法，把她稱為「奧格呂絲」〔Orgeluse〕）。根據沃爾夫萊姆的敍述，後面這個人對安福爾塔斯受到的打擊，要負間接責任，這次打擊使安福爾塔斯倒在地上，並且（由於對克雷斯蒂安本文的誤解）使他喪失了生殖能力。

　　讓我們在這裡說幾句題外話吧。在古代亞瑟王傳奇作品中，一個主角（或幾個主角）經歷了千般磨難之後，設法進入了中魔法的城堡（格萊爾城堡，或者奇蹟城堡，魔法師克林梭——他是詩人維吉爾〔Virgil〕的一個後裔，統治著一羣幽靈），這時，主角實際上進入了「另一個世界」，可能那就是陰間。因此，以下這點也是可以理解的：聖杯使者才享有在神界和地球上的世界之間巡遊的特權，她具有雙重的屬性和一種不斷變幻的外表。她從另一個世界來到這裡時，她就是艷麗動人的美女；而當她成了暫時壓在她身上的詛咒的化身時，她就變成了一個醜陋巫婆。

這種對立闡明了那個「必不可缺的問題」的主題，我們知道這個問題在聖杯傳奇的古代文本中是十分重要的。一個符咒，曾經破壞了那個世界間的聯絡，這種聯絡是獨特分明的——儘管它在凱爾特人的頭腦看來人們很可能從一個世界進入另一個世界。自從這種聯絡中斷以後，代表地球世界的亞瑟王的宮廷一直在不停地運動，它在等待著消息。因此，這個地球上的宮廷要求對一些問題的解答，這些問題永遠是由這個王國焦急的、激動的心情造成的。格萊爾宮廷（其固定性由國王的下肢癱瘓象徵出來）也同樣是以對稱的方式永久性地提供了一些問題的答案，而誰也沒有提出過這樣一些問題。 231

從這個意義上，我們可以說存在著一種「柏西法爾的」神話模型，它不可能是普遍性的。它是另一個帶有普遍性的模型的反面，也就是「戀母情節的」神話，其或然性結構是對稱的，儘管它們是逆反的。因為「戀母情結的」神話所提出的通訊問題最初是格外富於效果的（對那個謎語的解答），但後來卻轉入了耽迷於亂倫的形式（在本應彼此遠離的人們之間的性結合）和瘟疫的形式（它加速並瓦解了偉大的自然循環而蹂躪著底比斯㉖）。另一方面，柏西法爾神話涉及通訊受阻有三條途徑：第一，答案是為一種沒人問出的問題提供的（這問題是一個謎語的對立物）；第二，貞潔需要一個或更多的主角（與亂倫行為相反）；第三，荒地，也就是說一個能使植物和動物以及人類繁盛不衰的自然循環停止的地方。

＊　　　　＊　　　　＊

據我們所，知華格納拋棄了這種回答不了的問題的母題，代之以一個多少算是被逆反了的母題，同時，它與原母題具有同等作用。通訊不是由智能活動而是由感情上的認同作用㉗來確定並重新建立起來的。柏西法爾不理解格萊爾堡之謎，而且一直不能

解開這個謎，直到他在這個謎底的一場大災變後「劫後餘生」
（relive），才能找到這個謎的答案。這次災變是一次決裂
（rupture）；由於主角的肉體感到了這種決裂，所以，這種決
裂不再存在於自然世界和超自然世界之間了。現在，它居於情感
與理智、蒙受苦難的人性與另外一些生命形式之間，居於現世價
值和精神價值之間了。因此，華格納通過叔本華與尚一雅克·盧
梭匯合了，他是第一個在憐憫和認同作用中看到通訊的一種原始
樣式的人，這種樣式先於社會生活和清晰的表達方式——這種樣
式具有把人類彼此結合在一起，或把人類與全部其它的生命形式
結合起來的功能。

　　然而，正是沃爾夫萊姆，已經向華格納揭示了這條危險之
路，它將從倫理學和形而上學的問題代替社會學和宇宙論問題。
這不僅是由於沃爾夫萊姆用以安排他主角冒險活動的倫理學和哲
學廣闊的範圍（它比克雷斯蒂安·德·特洛阿廣闊得多），而且
也是由於一個從表面上看較爲次要的原因：由於沃爾夫萊姆和克
雷斯蒂安對於「聖杯」這個概念的理解迥然不同，所以，他們的
作品中用以解除符咒而提出的問題也必然各不相同，要尋得一塊
魔法寶石（可以施捨各種酒類及做熟食物的，類似我們常常在公
共場所中看到的快餐製做機一樣的東西），「它爲誰服務」這個
問題是荒謬的，因爲它服務每一個在場的人。因此，這個問題的
性質必須改變。在沃爾夫萊姆的作品中，這個問題只涉及到安福
爾塔斯一個人。一旦柏西法爾消除了疑慮，克服了這種靈魂上的
腐敗，透過蒙恥和悔過來彌補這種最大的罪孽，他就下定決心提
問了：「好叔父，您得了什麼病？」換句話說，這個問題站在倫
理學的角度，假定了一種心甘情願地分擔他人不幸的博愛觀念。
人們承認十二至十四世紀的德國吟遊詩人（Minnesinger）是位
造詣極深的作家，沒有比這更高的獎勵了：這個故事依然非常接
近於從中衍生出來的那些神話，並被變形爲一種眞正的倫理反

232

思。

　　但華格納甚至處理得更徹底。在處理潛藏在聖杯傳奇中的舊神話時，他同時超越這些舊神話，賦予它們新的形式，並且把它們合爲一體。他創作了一種保留了原來神話韻味的合成物，使他的《柏西法爾》成爲一部獨創性的神話變體，它沿著幾百年中形成的樣式，建立在消失於時間的霧靄中的原始材料的基礎上。在華格納的作品中，實際上不存在亞瑟王的宮廷；因此，它的結局並不是地上世界（這個世界以這個宮廷爲代表）與彼岸世界通訊的恢復。華格納的戲劇是在格萊爾王國與克林梭王國之間全面展開的：兩個世界中，一個是（並將重新是）被賦予了全部的美德；而另一個則是邪惡的、注定要被毀滅的。因此，在他們之間不存在恢復甚至建立任何和解的問題。透過一個世界的滅亡和另一個世界的恢復，只有後者必須忍耐，並且把自己建成一個和解的世界。

　　現在，在古代傳說中（這裡指在克雷斯蒂安，他的繼承者羅伯特・德・布隆和沃爾夫萊姆的作品），只呈現著兩種面貌，有時它們各具特性，有時它們又互相混合在一起。所以，在華格納的作品中，交錯的形象變成了迷置的形象，但是它們是恰恰相反地對立著的。

　　它們是透過什麼方式彼此對立的呢？我提供的答案，就是揭示伊底帕斯（戀母）神話和柏西法爾神話之間的關係。正如我說過的那樣，這兩種類型說明了兩種互相補充的解決辦法，它們是人類爲有關通訊的兩個問題而設計的解決辦法。一個問題是過於直接、迅速因而它是毀滅的過分通訊；另一個問題，如果不是被阻礙通訊的話，那麼它就是一個帶來遲鈍和貧瘠的過分緩慢的通訊，華格納的天才預測到了普遍性神話的綜合（以前從未有人夢想過把這些神話聯繫在一起），而且提前了整整一個世紀。克林梭的世界是個伊底帕斯（戀母）的世界，因爲它充滿了一種準亂

233

倫（quasi incest）的氣氛，柏西法爾和康德里的幽會就發生在
這種氣氛之中。康德里想利用說自己是柏西法爾的母親的手段來
引誘他：

> 帶著你媽媽這最後一個吻；
> 來接受這一次愛之吻。

接著，康德里甚至要求柏西法爾像他父親加姆雷特曾經擁抱
黑塞雷德那樣地擁抱她：

> 應當這樣去學會這種熾愛，
> 它曾將加姆雷特環繞起來，
> 那就是黑塞雷德用愛之火，
> 填滿了他整個身心的時刻。

克林梭的世界也是個「加速通訊」的世界：魔法器具幫助他
看到非常遙遠的地方。「如花的少女」（她們把兩個自然領域王
國聯合起來）是淫蕩奢華活生生的例證，音樂的色彩表達了他們
不健康的熱忱，並伴隨著她們的奢侈無度的行為。最後，康德里
（她是她自己，同時又是另一個人；是現在，又是以往是母親，
又是妖婦；帶著嬌卡絲特㉘和史芬克斯的雙重面目）則體現了一
個謎，只有柏西法爾才能解開這個謎。

對於這個淫逸和恣妄通訊的世界來說，安福爾塔斯的世界提
出一種通訊被凍結了的對立形象，這個世界由一個無能的君主統
治，他沒有能力行使他的職能。在這裡，有關植物、牲畜和人都
消失了，並且徒勞地提供了一個無人想提的問題的答案。調和兩
個世界是無效的，這是由於一個世界通訊過度，而另一個世界通
訊缺乏。其極端表現由基督受難時希羅底的「笑聲」和安福爾塔
斯痛苦時格萊爾城堡的來賓的「沉默」標證出來。因此，在神話
範圍內，這個問題將要在兩個對立的世界間建立一種平衡。為了

這樣做，人們可能應當像柏西法爾那樣，進出一個世界，而被排斥並再進入另一個世界。然而，最主要的是（這是華格納對於普遍的神話作出的貢獻），人們必須懂得他們不懂得的東西，「透過憐憫而去了解」（Durch Mitleid wissend）——不是透過一種通訊的行為，而是要透過憐憫的衝動，這種衝動爲神話思維提供了一條擺脫困境的出路，而長期未得到承認的智能活動一直冒險把神話思維禁錮在這個困境中。

註　釋

① 《柏西法爾》（*Parsifal*），華格納所作三幕歌劇。劇情取自中世紀宗教故事：聖杯（相傳耶穌最後的晚餐所用之碗）與聖矛（相傳曾用以刺中十字架上的耶穌）的護衛統領安福爾塔斯受女神巫康德里的蠱惑而犯戒律。女神巫則受妖術士克林梭的引誘，傾向邪惡，幫助妖術士竊得聖矛，刺傷安福爾塔斯。此傷百藥難治，只有天下之大愚收回聖矛，才能治癒。山村少年柏西法爾愚蠢之至；竟闖入妖術士園中，不為康德里的誘惑所動，取得聖矛。數年後，柏西法爾來到安福爾塔斯的城堡，用聖矛治好他的傷。諸將士感其恩德，擁他為新統領。——譯者註

② 《聖杯》（*Grail*）傳奇是取材於英國亞瑟王傳奇的騎士文學作品，它的作者，據說是十二世紀法國詩人克雷斯蒂安・德・特洛阿。——譯者註

③ 奧斯利斯（Osiris），古埃及神話中的主神，地獄判官。——譯者註

④ 阿多尼斯（Adonis），希臘神話中阿芙羅狄蒂（愛神）所戀的美少年。——譯者註

⑤ 德墨特爾（Demeter），希臘神話中的穀物女神。——譯者註

⑥ 指《聖經》中所說的古代以色列人漂泊荒野時上帝所賜的食物。——譯者註

⑦ 亞倫（Aaron），聖經中人物，摩西之兄，猶太教第一祭司長。——譯者註

⑧ 「火山口」原文為「Crater」，可譯為一種星座；巨爵座。——譯者註

⑨ 凱爾特人（Celt），公元前一〇〇〇年左右居住在中歐、西歐的部落集團，其後裔今散布在愛爾蘭、威爾斯、蘇格蘭等地。——譯者註。

⑩ 法蘭德斯（Flanders），歐洲中世紀伯爵領地，包括現在比利時的東法蘭德斯省和西佛蘭德省，以及法國北部的部分地區。——譯者註

⑪　金雀花王朝，又稱安茹王朝，指英國從十二世紀亨利二世繼位至十五世紀理查三世去世的王朝。——譯者註

⑫　對於前面的概括，我參考了佛拉皮爾（J. Frappier）的傑出著作《克雷斯蒂安‧德‧特洛阿和聖杯的神話》（1972年）。

⑬　「阿利瑪西的聖約瑟」（St. Joseph of Arimathea）《聖經》中的一個猶太畜商，他信仰基督，但不敢公開承認，在耶穌蒙難之後，他求到了復活的屍身，並把它存放在自己的墳墓中（參見《聖經‧馬太福音》第27章，57～60節，《馬可福音》第15章，13～16節）。傳說中說，他被聖杯囚禁了十二年，後來被威斯帕希安（Vespasian）救出，他六十三歲時把聖杯和刺死基督的長矛帶到了英國。——譯者註

⑭　朗吉努斯（Longinus或Longius）是用長矛刺死耶穌的羅馬士兵的名字。——譯者註

⑮　《湯豪舍》（Tannhäuser），全名《湯豪舍，瓦爾特堡的歌手比賽》，是華格納所作的三幕歌劇。該劇描寫了遊吟歌手湯豪舍與瓦爾特堡赫爾曼領主的侄女伊麗莎白之間的愛情悲劇。——譯者註

⑯　《羅恩格林》（Lohengrin），三幕歌劇，華格納作。作者以古代史詩為藍本自撰腳本，十世紀時，布拉本特公國的戈特弗里特公爵年幼，伯爵奉拉蒙德攝政。他與其妻共謀以妖術將公爵劫走，化作天鵝，而向德意志國王亨利一世控告公爵之姊埃爾薩為爭奪王位而謀害其弟，並聲稱反對其控告者將與之決鬥。埃爾薩跪求夢中所遇之武士出場代戰。天鵝引武士至，與伯爵格鬥，獲勝，赦伯爵不死，武士與埃爾薩相愛，但約定不得互問來歷。泰拉蒙德並於婚禮之夜持刀前來挑釁。武士希伯爵，並領埃爾薩向亨利一世陳述來歷，自謂係天國柏西法爾王之子，聖杯的護衛士，名羅恩格林，受命來救埃爾薩。今埃爾薩既追問其來歷，違背了誓約，自當返歸天庭。天鵝重現，羅恩格林破魔法，使天鵝恢復戈特弗里特人身。一白鵝自天降，引羅恩格林乘船隱去。埃爾薩悲痛慾絕，撲倒在地——譯者註

⑰　《特里斯坦與依索爾德》（Tristan und Isolde），華格納所作三幕歌劇

劇情取自凱爾特族的古代傳說：迎娶新后的途中，新娘依索爾德抑鬱不歡，由於她雖私愛著國王之姪特里斯坦，但她從前的愛人係被他所殺，故命宮女備毒酒，擬與特里斯坦同死。而宮女卻在酒中投入情藥，二人同陷情網。國王娶親後對他二人關係起了疑心，並發現了二人的私情，命侍衛將特里斯坦劍擊致重傷，特里斯坦被送回舊邸，昏迷，當依索爾德來探望時，掙扎起來擁抱她並在她懷抱中死去。依索爾德痛不欲生，亦死於特里斯坦身旁。——譯者註

⑱ 聖殿騎士（Templar）指一一一八年為保護聖墓及朝釋聖地的信徒在耶路撒冷組織的聖殿騎士團中的騎士。——譯者註

⑲ 希羅底（Herodias），聖經中人物，希律王的孫女，先嫁給叔父希律·腓力，生了莎樂美，又嫁給他的兄弟。她的名字，在中古傳說中叫作Joannes Buttadeus。——譯者註

⑳ 奇蹟劇（the miracle），中世紀用來表演基督教《聖經》故事的戲劇形式。——譯者註

㉑ 指基督獻身。——譯者註

㉒ 指神界與人間。——譯者註

㉓ 里格（League），長度單位。一里格相當於英美的三浬或三哩。——譯者註

㉔ 阿難陀（Ananda）即「阿難」，釋迦牟尼的十大弟子之一。——譯者註

㉕ 拜羅伊特（Bayreuth）是聯邦德國東南部的巴伐利亞州北部的城市，紀念華格納的音樂節每年在這裡舉行。——譯者註

㉖ 底比斯（Thebes），埃及尼羅河畔的古城，又為希臘古城。——譯者註

㉗ 認同作用（identification），心理學術語，即向理想中的某人認同的一種變態心理。——譯者註

㉘ 嬌卡絲特（Jocasta），希臘神話中的神，伊底帕斯的生母。——譯者註

第十八章
四聯劇的啓示

一九七八年，多倫多大學出版社的《神話及意義》（*Myth* 235 *and Meaning*）系列廣播講話叢書（共五本），是我在加拿大廣播有限公司播講馬西（Massey）講座的部份內容。我以一種滿不在乎地，十力無力地方式用英語透過電台播講。我又一次不得不認識到我的英語有多麼差勁，又一次知道我事後是沒有能力改進原稿了──厭惡感使我對用法語作播講都不感興趣。當我一看到這些抄本就有些心煩意亂。不幸得很，對於華格納，我的用語失誤（我曾用岡特〔Gunther〕取代了哈根〔Hagen〕，第49頁），破壞了我進行論證的全部思路。多虧納蒂茲教授（J. J. Nattiez）事後使我注意到了這個錯誤。

前一章基本上講的是華格納，它使我有了改正錯誤的體會，而最重要的是，它表達了我想表達出來的意思──這次比上次表達得更加有效果。上一次我十分疲憊，加上磁帶在錄音機裡靜靜轉動，我爲用一種外國語言講話而感到神經緊張，這一切都使我的表達受到很大限制。

我想說明，在十八世紀和十九世紀，西方音樂怎樣代替了神話的功能，訴諸與神話相似的過程去取得同樣的結果──正如我們看到的，這種方式在華格納的作品中得到了充分的表達。不用說，爲了分析一個主題的變化，我將不遺餘力地把注意力集中在

語義方面。因爲其它人比我更有資格去描繪和分析旋律、調性、
節奏或和聲的變化，它們豐富了整部作品的全部附加維度（di-
mensions）。

236　　　在華格納的四聯劇《尼伯龍根的指環》（ *Der Ring des Nibe-
lungen* ）①，所謂「棄絕愛情」（love-renunciation）的母題出
現了大約二十次之多。我並不打算考察這些母題在事件（e-
vent）發生那一刻所確切表明的含意或正在回憶的某種事件的含
意，甚至不去考察一種可以毫無歧義地與先前更清晰的事件相比
較的新事件（例如在《女武神》（ *Die Walküre* ）② 中沃旦〔wo-
tan〕對齊格蒙德〔Siegmund〕失去了父愛，後來又失去了布倫希
爾德〔Brunnhilde〕的孝心，布倫希爾德已用經用這種孝心征服了
他）。

　　　並非所有例子都這樣清楚。有時，一個主題的再現，是透過
指出情節所包含的平行或對立的東西，而與不同的、表面上並無
明顯聯繫的情節相聯繫。因此，在《萊茵河的黃金》（ *Das Rhein-
gold* ）③ 中的第二場，沒有最初的兩個母題的再現，人們也可以
觀察出戲劇動作（action）不是由一個而是由兩個「棄絕愛情」
的母題所推動的，並且這些母題互相依賴、十分密切。阿爾貝里
希（Alberich）棄絕愛情，以便成爲黃金的主人；而沃旦拋棄
（或假裝拋棄——這一點我打算回過頭再來討論）弗里雅
（Freia），這個掌管愛情的女神，就是爲了得到瓦爾哈拉
（Walhalla，她像黃金一樣是力量的工具）。他妻子弗麗卡
（Fricka）嚴厲他責備他對弗里雅的遺棄。這兩種棄絕愛情的行
爲（亦即交換婚約）屬於一套整體的變化，其不變的結構由母題
的重複標誌出來，即使在這個階段它的每一套變化都只被其中一
種狀況說明。

　　　阿爾貝里希拋棄了完全的愛情，他不能「強行」獲得這種愛
情，但可以從這種愛情當中分離出肉體快樂（他可以透過「哄

騙」來得到這種快樂）。因此，他預見到（並且在第三場中他將
回到這個情節上來）他將能夠以黃金爲誘餌去勾引格里姆希爾德
（Grimhilde）。如果說完全的愛情構成了一個整體的話，那麼
阿爾貝里希就將因此只能部分地放棄它：他棄絕愛情就如同擧隅
法④。相形之下，沃旦所棄絕的並不是愛的事實（他誇耀與弗麗
卡的艷遇），而是由弗里雅代表的隱喻修辭意義，因爲根據北歐
神話，弗里雅是色情和肉慾的守護神——而這正是阿爾貝里希在
其棄絕的完全愛情中唯一保留下來的。當阿爾貝里希保留了這一
部分時（這是他透過騙術所能保留下來的唯一部分），沃旦棄絕
愛情的行動本身就成了一種欺騙，因爲儘管他許下過諾言，但他
根本就不想把弗里雅交給這些巨人。

　　同樣，在《女武神》第二幕第二場中，音樂主題的重現突出了
在沃旦的失敗（他曾想依靠愛情去創造一個自由的人）與阿爾貝
里希的成功之間（他透過一種沒有愛情的結合，造就了一個服從
他意志的生物）的相互聯繫和對立。齊格蒙德和哈根就是如此對
稱的，彼此之間完全相反。這種關係有一個重要結果，齊格蒙德　237
對齊格弗里德預示了一種失敗的嘗試，接著就是哈根把岡特當作
一種失敗嘗試的預示——如果不是預示著一種失敗的嘗試，至少
也是一種無力的反映——岡特猶豫不決，讓自己被動地聽憑指
引，從來沒做完過他開始做的任何事情。這樣一來，我們就有了
兩套三因素，一方面是沃旦、齊格蒙德和齊格弗里德；而另一套
三因素爲，阿爾貝里希，哈根和岡特。

　　現在，我們從《齊格弗里德》（Siegfried）⑤（第一幕第二
場）的開場部分知道，作爲「光明的阿爾貝里希」（Licht-Al-
berich）的沃旦，相應於作爲「黑暗的阿爾貝里希」（Schwarz-
Alberich）的阿爾貝里希。我們剛好看到，沃旦的有缺陷的兒子
齊格蒙德，以及阿爾貝里希的能幹的兒子哈根之間的相應關係也
是如此。因此，由齊格弗里德和岡特代表的其餘兩種因素也必須

聯繫到另一個因素──透過《眾神的黃昏》（ *Die Götterdämme-rung* ）⑥，這種關係可以得到理解。

　　這個母題的再現，不僅使兩個相應的體系可以為人察覺，而且使我們把它們看作彼此平行的兩個體系，從而把握更深一層的含義，從這個層次上產生了每一個體系所揭示的局部意義。這個由《萊茵河的黃金》所提出的問題（其後續的那三部歌劇將尋求這個問題的解答），是關於社會秩序的對立需求之間的衝突的問題，在任何可以想見的社會共同體中，這種秩序禁止沒有付出的接受。正如沃旦在他的長矛上刻的那樣，法律的精神實質是一個人如果什麼都不付出，那就什麼也得不到，永遠如此（甚至在神中間也是如此，更不要說在人中間了）。

　　要運用詩歌與音樂之間的對位法，才能清晰地表現這條規則。當齊格蒙德從樹中抽出寶劍並征服了齊格琳德的愛情時，卻同時伴隨著「棄絕愛情」母題的再現──對於這個問題，我們應當如何解釋呢？在這個非常富於戲劇性的瞬間，這個戲劇動作似乎與音樂主題應當表現出來的信息不不符：借助沃旦的機智，齊格蒙德應當同時獲得權力和愛情（正如沃旦的第二種方案〔這個方案也注定要失敗〕，齊格弗里德將雙雙獲得指環的占有權和布倫希爾德的愛情）。但是恰好，母題威脅性的再現對抗了正在發展著的事件，並且揭示了表面成功背後的不幸後果。似乎要把這種矛盾更有力地強調出來，對題（antitheses）以及對比從齊格蒙德的嘴裡湧現出來：Minne／Liebe，Heiligste／Not，Sehnende／Sehrende，Tat／Tod ⑦ 等等。這些語義及語音的振動，只不過證實了：即使一個人認為自己已經有了這兩種東西，他也無法把握住這兩種東西──這是整個情節的不變因素。

238

　　如果這種以再現的音樂主題為線索的解釋是正確的，那麼，就會有兩種推論：其一，在一些「財富」之間存在著一種相應關係，這些財富是各種權力的工具：打造指環用的黃金；瓦爾哈拉

的眾神集結的一支爲他們打仗的武士軍隊；寶劍；以及布倫希爾德本人，她在《眾神的黃昏》（第二幕第五場）中解釋說，她爲了齊格弗里德交出了她的權力。因此，在最後一幕中，這個循環只能透過最初與最後術語相一致來結束：指環和布倫希爾德一道完成了他們的使命。

其次，如果說這部四聯劇的中心問題是交換及其法則的問題（因爲這條法則甚至先被加在眾神身上，而後才加在人的身上，它就更加難以爲人們所逃避了），那麼，人們可以期望這條法則是以親屬關係和婚姻規則擬定的。這種規則允許自然與文化的聯繫，並把它的規則給予社會。齊格蒙德和齊格琳德是兄妹，也是孿生兄妹，他們是在亂倫中結合的。因此，他們就形成了一種兄妹婚，這種婚姻與另一種（岡特與古特侖妮，他們也是兄妹，但卻是族外婚，他倆的全部問題在於找別人去結婚）婚姻之間產生了相互聯繫和對立關係。毫無疑問，「古特侖妮」（Gutrune）這個名字（齊格弗里德自己把這個名字叫成「good rune」）不會碰巧被隨意譯成「good law」（好法則）。

乍看起來，更加令人困惑的是，齊格弗里德和布倫希爾德的結合是由於他們親屬關係的紐帶（她是他雙親的異母姊妹）。但他們兩人更懂得，在她的第一句話裡，布倫希爾德就以「超級母親」（supermother）的地位出現（正如我們所說的「超人」〔superman〕一樣）。她說，她曾經在齊格弗里德出世之前就看護過他，並且從他出生起就保護著他。至於齊格弗里德，由於他發現了布倫希爾德，他只想到他的媽媽，並且深信他能在布倫希爾德身上找到媽媽。此後，在族內婚與族外婚之間，在權力與愛情之間只有混亂，此外沒有別的了（這種混亂是透過《眾神的黃昏》令人目眩和似乎支離破碎的情節表現出來的）。除了謬誤，棄絕愛情的母題在《齊格弗里德》中沒有出現，而在《眾神的黃昏》中僅僅再出現過一次：這是當布倫希爾德（在和瓦爾特勞特

〔Waltraute〕對話時）拒絕爲拯救瓦爾哈拉而交換指環時出現的，這種組織與四聯劇一開始時沃旦的行動相對立。但當時，沃旦僅僅把指環看作權力的武器；而在希倫希爾德看來，指環只不過是愛情的象徵。這枚指環（其本質只有哈根知道）一直在整個宇宙層次的代表中間流傳：從萊茵河（Rhine）的女兒們（水中）到阿爾貝里希（地獄）；從阿爾貝里希到沃旦（天空）；從沃旦到巨人（地球）。但是，指環一旦落到齊格弗里德手中，這指環就僅僅是在他與希倫希爾德之間流傳了（如果我可以這樣說的話）：他把指環給了她，又把它拿了回來，而她又重新找到了指環。現在，擺脫族內婚和亂倫，這將意味著指環回到萊茵河中（誰也不願意這樣做）；並且他還把布倫希爾德交給了岡特或者其它人。沃旦對布倫希爾德的請求作了讓步，他自相矛盾地犯了與向弗麗卡的要求讓步相同的錯誤；困住瓦爾契里（Valkyrie）的火圈只有齊格弗里德可以通過，因爲火圈也可以說就是亂倫的圓圈。在相同的意義上，岡特和齊格弗里德對於同樣的問題，代表了互爲補充的解決辦法。

　　這一系列混亂的狀態（由於它們互相迭置，就更加糟糕）除了全面崩潰，不可能有其它結局。奪自水中的財富，又回到了水中，取自火裡的物品，又回到火裡，這兩個要素在舞台上結合在一起。最終，什麼事情都不曾發生，因爲這部四聯劇本想在那種處於人類法則之上並有所區別的條件之間建立一種契合的關係，但未能如願。一旦這種關係被建立起來，人類歷史就真正開始了，它會取代有關神祇的傳說，把必然性世界與偶然性世界最高的交換成就奉獻出來——而由於沃旦無法確保這兩個世界的必然實現，他最後終於放棄了追求這種成就的努力。

註　釋

① 《尼伯龍根的指環》（*Der Ring des Nibelungen*）是華格納於 1853～ 1874 年創作的「有序幕的歌劇三部曲」（亦稱四部曲），由《萊茵河 的黃金》、《女武神》、《齊格弗里德》、《諸神的黃昏》四部歌劇組成；取 材於北歐神話《埃達和十二至十三世紀德意志民間史詩《尼伯龍根之 歌》──譯者註

② 《女武神》（*Die Walküre*）又名《英雄傳喚使》，是華格納所作的一部 三幕歌劇。劇情緊接《萊茵河的黃金》──神王沃旦預見阿爾貝里希將 從巨人法夫內手中奪回指環，然後進攻神殿，諸神必將遭殃，乃遣他 與智慧女神所生九位女武神往各戰場尋覓陣亡英勇武士，領回天界， 使其復生，以守護瓦爾哈拉神殿。沃旦生有一對子女，子名齊格蒙 德，女名齊格琳德，兩人分地成長，各不相識。齊格琳德自幼為人拐 騙，被迫嫁給武士洪丁。某晚，洪丁的仇人齊格蒙德到洪丁家，適逢 洪丁外出，齊格琳德款待他，兩人發生愛情。後互訴身世，始知同為 沃旦所生。齊格蒙德從屋旁大樹中獲得其父留下的一柄寶劍，於是兩 人偕奔。上述一切事實為沃旦預先安排，但遭其妻弗麗卡反對。弗麗 卡力主懲罰二人。沃旦無奈，乃遣其女（女武神之一）布倫希爾德兩 人送交洪丁處置。洪丁與齊格蒙德戰，布倫希爾德助齊格蒙德。沃旦 到場，擊碎齊格蒙德之劍，齊格蒙德被洪丁所殺。布倫希爾德將齊格 琳德藏匿，並預言齊格琳德將生下齊格蒙德的兒子──最勇敢的英雄 齊格弗里德。她並將齊格蒙德的寶劍碎片交給齊格琳德。沃旦不得不 懲罰布倫希爾德對父親的不忠，乃使她沉睡在山頂岩石上，命火神以 火焰包圍山頂，並預言「第一個喚醒你的男人將娶你為妻」。──譯 者註

③ 《萊茵河的黃金》（*Das Rheingold*）是《尼伯龍根的指環》的四部曲之一 部，華格納所作獨幕歌劇。劇情為：萊茵河底有萊茵女仙守衛的魔 金，取以鑄成指環，即可統治世界，但該人必須事先棄絕愛情。尼伯

龍根侏儒阿爾貝里希受到女仙的恣意嘲弄，得不到她們的愛情，憤而宣誓棄絕愛情，他奪得魔金，鑄成指環，成為世界之主。神王沃旦命巨人法索四爾特與法夫內建築瓦爾哈拉宮殿，以供諸神居住，並允以愛之女神弗里雅為報酬。宮殿建成，巨人索酬，神王悔約，答應以尼伯龍根指環代替弗里雅。沃旦來到尼伯龍根洞穴，用計迫使阿爾貝里希交出指環。阿爾貝里希咀咒得到指環的人必得災禍。果然，巨人得到指環後廝殺起來，法夫內殺死法索爾特。——譯者註

④　舉隅法（synecdochic），即語言學上以局部代表全體，或以全體喻指部分的方法。——譯者註

⑤　《齊格弗里德》（*Siegfried*），《尼伯龍根的指環》四部曲之三，華格納所作三幕歌劇。情節為《女武神》的繼續：齊格琳德生一子後去世。嬰兒取名齊格弗里德，由阿爾貝里希的弟弟、尼伯龍根銀匠米梅撫育成長。擬賴以奪取尼伯龍根指環。齊格弗里德力大無比，勇武善戰，不知恐懼為何物。他命米梅所鑄之劍皆為齊格弗里德折斷。沃旦喬裝流浪漢告訴米梅，只有不知恐懼的人能鑄成不折之劍。後齊格弗里德果以其母所遺之寶劍碎片鑄成不折之劍。巨人法夫內化為巨龍，深居林中洞穴，守護萊茵河金指環已久。齊格弗里德尋找巨龍，聞小鳥啁啾，但不解其意；俄而見巨龍出現，奮力斬之，龍血染其舌，頓解鳥語，遂知米梅將加害於他，並得知金指環所在。齊格弗里德取得指環，殺米梅。又聞鳥言有美女在山頂，即隨鳥上山，衝入火焰，喚醒布倫希爾德，兩人相見甚歡，即成夫婦。——譯者註

⑥　《眾神的黃昏》（*Die Götterdämmerung*），一譯《神界的黃昏》；《尼伯龍根的指環》四部曲之四，華格納所作三幕歌劇。劇情緊接《齊格弗里德》；齊格弗里德與布倫希爾德結婚。三個命運女神正在紡織世界之命運，命運之線突然自斷，預示毀滅一切的禍事即將來臨。齊格弗里德把金指環交給布倫希爾德，自攜神劍，策馬外出。至國王貢特爾宮廷，受到國王禮遇。侏儒阿爾貝里希之子哈根為朝臣之一。他精心策劃使貢特爾娶布倫希爾德為妻，而使齊格弗里德愛上國王之妹古特侖

妮。齊格弗里德中計，喝下了哈根的藥酒，頓時忘記過去的一切，願意與古特侖妮結婚。齊格弗里德喬裝裝國王，來催逼布倫希爾德進宮，並搶走金指環。後布倫希爾德發現金指環在齊格弗里德手上，始知有詐，乃當面斥其負心，但他無動於衷。布倫希爾德大失所望，對他轉愛為恨。後齊格弗里德又喝了藥酒，恢復了記憶，旋遭暗算，被哈根刺死，布倫希爾德命將他火葬，自己騎馬躍入烈火中與他一同歸天。少頃，萊茵河水泛濫，搶得金指環的哈根被浪濤吞沒，金指環回到仙女手中。此時只見天國火光融融，瓦爾哈拉宮殿傾塌，諸神與宮殿同歸於盡。──譯者註

⑦　這些字母的譯文是：「熱愛／被熱愛的，最神聖的／危險，思慕／傷害，行動／死亡」。其中「Minne」和「Liebe」這兩個詞的意思都是「熱愛」，前者是封建宮廷內的古詞語，後者則是現代意義的用法。──英文版編者註

第五部分
限制與自由

當我們仔細思考的時候，我們就不會得到任何令人滿意
的結論。

帕斯卡爾（Pascal）

《思想錄》（Pensées）

第十九章
一位善於思考的畫家

　　爲了組織來自外部的那些只能被稱爲「事物」的東西，作家　243
的頭腦在運作的時候只是一塊毫無個性特點的領地，因此，從這
工作一開始就一直被排除在外的自我（self）看上去像是這個工
作的執行者，作家則是被動消極的，很容易接受外部的影響。爲
了強調作家的這種性質，我在最近發表的《赤裸的人》（*The Na-
ked Man*）（1981 年，625～630 頁）這本書的結論中，無意中
採用了馬克斯・恩斯特（Max Ernst）①強調過的思想。其實，
斯恩特早在一九三四年就抨擊過他所謂的「藝術家的創造力」
了。他接著指出在詩人的創作過程中，作者只扮演一個被動的角
色，他只能袖手旁觀地聽任將被別人稱之爲他的「作品」的那種
東西誕生。準確地說，藝術家的作品只是那些「幸而未遭歪曲的
發現」的顯現，是意象（Image）發散出來的東西的顯現，這些
意象取之不竭，被埋藏在無意識的下面。

　　我和馬克斯・恩斯特的這種不謀而合，使我想去探討在現代
繪畫的種種形式中馬克斯・恩斯特的作品格外吸引我的主要原
因。我在自己的書裡所做的嘗試（這是在恩斯特之後很久才做
的）與恩斯特賦予繪畫的使命這兩者之間，是不是有些相似的東
西呢？我的神話學著作也如同恩斯特的繪畫和拼貼美術作品一
樣，其中也裝飾著來自外部的取樣手段（means of sample），

也就是神話本身。我每逢發現這些神話就把它們摘錄下來，就像剪下舊書裡眾多的插圖一樣；然後，我就按照它們在我頭腦中自動形成的順序，把它們排列在我著作的章節裡，但這種方式絕不是有意識的，絕不是苦心經營的。據我們所知，結構主義的方法，就是提出並按部就班地找到觀察所得的因素中成對的對立物，即語言現象或是人類學家的「神話素」，在馬克斯‧恩斯特一九三四年那段界說中，很容易辨認出這種方法。他在那段話裡推崇「在某個本質就與這些因素對立的水平上，把自然中兩個或者更多明顯對立的因素聚集在一起」的方法。這是對立與關聯的雙重展現，它一方面表現在複雜圖形與突出這個圖形的背景之間，另一方面表現在圖形本身的組成因素之間。

這樣一來，馬克斯‧恩斯特選擇「一台縫紉機和一把雨傘在一張解剖檯上不期而遇」（Chance encounter of a sewing machine and an umbrella on a dissecting table）這個著名的例子來說明他這個觀念，就顯得很有意義了。這個場面把三個物體集於一處，它們的相遇與詩人所說的恰恰相反，從日常生活經驗的角度看來，這只是一種隨意而偶然的片斷。這個場面正是因此而出名的，誰會看不到這一點呢？但是，恩斯特一直在告訴我們，它們彼此之間的毫不相關畢竟是表面的。如果這種以文化的產品代替天然物體的出人意料的替換，並沒有包含著一種隱秘的內在聯繫，那麼，發現一張解剖檯上相遇的是人造的物體，而不是檯子上通常放的活的或死的生物，才會使人十分震驚。這裡所說的「隱秘的內在聯繫」就是：在這種特定的檯子上，這兩種出人意料的物體的同時出現，將會透過把它們本身及其相互關係加以「解剖」，而消除它們集於一處的不協調感（這兩種物體本來就可能會「出故障」而有時必須加以修理）。

這兩種器具之間的共同點首先意味著它們都是以相似的方式按照它們固有目的命名的：其中一個是用來縫紉的（àcoudre，

這是法語中「縫紉機」machine à coudre的一部分）；而另外一個是「為下雨（準備的）」（à pluie，這是法語中「雨傘」parapluie的一部分）。不過很顯然，這種相似的方式是虛假的，因為parapluie中第二個 a 並不是介詞，而是構成詞素的必要組成部分。但是，這把我們引入了一個整體系統的序列中；在這個系統中，相似性與差異性互相聯繫在一起：機器是為縫紉而製造的；另外那件東西則是防雨的。機器作用於材料並改變材料的形狀；雨傘則為材料② 提供了被動抵制。這兩種物品上都有尖：傘尖保證了傘的防雨功能，或者說，傘尖作為一種裝飾，構成了傘面平滑柔軟的圓穹的頂點，使傘顯得靈活輕便；而縫紉機的尖則十分銳利、咄咄逼人，聯接在向下彎曲的帶角機頭的最低點上。縫紉機是固體部件有秩序的組合，機器上最堅硬的部分——針，具有穿透布的功能。與此相反，雨傘上則覆蓋著一塊材料，那些無秩序的液態微粒——雨無法穿透這種材料。

　　儘管乍看起來這裡沒有什麼意料之中的結果，不過，當兩件物品出人意料地並置起來，然後又與第三個物體並置在一起的時候，它們的並置就很有道理了。這時，下列的等式就成立了：

$$\frac{縫紉機＋雨傘}{解剖檯} = 1$$

因為第三個物體成為分析它們的概念的關鍵。這兩件物品區別鮮明，這時就變成了逆向隱喻（reverse metaphors）。透過直覺，這種隱喻能喚起「人們看到每一次成功的蛻變時的那種欣喜愉悅……（而且它聯繫著）長久以來對智慧的需求」（這是馬克斯·恩斯特一九三四年的說法）。

　　為了詳細說明這種需求的性質，馬克斯·恩斯特預想了莫里斯·梅洛—龐蒂③ 的某些思想。他們都認為，成功的繪畫必須能超出內心世界與外部世界的分野，為進入中間地帶（也就是古代伊朗哲學中所的 mudus imaginalis，散見於亨利·柯賓〔Henry

245

Corbin〕1972 年，之書中）提供了通道。馬克斯・恩斯特寫道：
「在這個地帶，藝術家可以自由自在、大膽無畏而又完全聽憑自
發地成長發展。」內外部世界的交接線由此變得比身體與精神兩
部分之間的交接線更加眞切，而身體與精神之間的交接線是由哲
學的傳統和普通常識所規定的。

　　但是，對於馬克斯・恩斯特來說，這種自由自在與自發狀態
是畫家必須首先贏得的狀態。一九三三年，恩斯特（1937）把他
運用的摩擦（frottage）和刮搔（grattage）的作畫方法說成是
「強迫靈感產生」以及「促進我的思考機能」的衆多方法的一部
分（1934）。他先是耐心地構思油畫和拼貼美術品，然後用很長
一段時間把它們做出來。他還常常拿出這些作品，把上面的筆觸
磨掉，使它們成爲半透明。他的作品極少是激情單純湧現的結
果，這種畫上的線條和色彩都是十分迅速地揮灑到畫布上的，快
得一天當中可以畫好幾幅，每次只稍有變化。在馬克斯・恩斯特
的藝術中，繪畫的本質仍舊停留在中世紀晚期、文藝復興時期到
十九世紀的範圍裡，這正是他高尚的藝術品味的泉源。他的創作
方法是經過一段時期的思考、練習和懷疑，再進行審愼細緻的勞
作。不論想得對不對，人們都認爲恩斯特創作時也經歷著安格爾
④繪製一幅肖像畫之前所感受到的那種劇烈的苦悶。在安格爾的
《羅杰爾解放安杰麗卡》（ Roger délivrant Angélique ）這幅畫上
有一隻半鷹半馬的帶翅膀怪獸，它跟馬克斯・恩斯特在一九三七
年構思並且戲謔地稱之爲《家庭天使》（ l'Ange du foyer ）的畫上
那個被壓扁的狂怒生靈之間，有一種隱約的相似關係。恩斯特在
一九四一年列出的他「最喜愛的畫家作品」的名單裡並沒有把安
格爾包括進去。可是，難道安格爾不是也曾經說過，必須懂得先
進行一番長時期的思考，然後才終於能「滿懷熱情，把一幅畫一
揮而就」嗎？這樣，我們又被帶回恩斯特所說的自由自在與自發
狀態這個問題上來了。

在恩斯特的《多米尼克‧德‧梅尼爾像》（ *The portrait of Dominique de Ménil* ）中，或是在他的《幻象內部》（ *A'lintérieur de la vue* ）中那種嚴謹而有節制的筆法中，在《家庭在家庭起源之時》（ *La Famille est à l'origine de la famille* ）中以及在《美麗的女園丁》（ *La Belle Jardinière* ）中（不過這幅畫還是讓皮貢〔Gaën Picon〕聯想到恩斯特與安格爾的親屬關係〔1980〕），我認爲，恩斯特與安格爾之間這種遙遠的、間接的親屬關係在這些作品中表現得並不像在恩斯特的大幅構圖中那麼明顯；這種大幅作品裡有幾幅完成於一九五五年到一九六五年之間。在那些畫面上，安格爾的純淨畫風被轉變成對恆久閃爍的結晶體和纖維束的近乎抽象的提煉。恩斯特用極其嚴謹的方法把它們繪製出來。它們神秘莫測，優雅和諧，在觀衆心頭喚起一種超感覺的玄想。恩斯特還畫過一些全憑想像的風景畫，在畫面上有遙遠的城堡或森林，它們彷彿在畫布上，在石柱上，以及在充滿了眼睛、苔蘚和昆蟲的熾熱的礦石上無限地延伸增長。透過這些畫面，畫家展示了對大自然的強烈感受力。一個畫出過這樣的作品的畫家，在他的技法演變過程中居然能出現上述那種近於抽象的風格，這實在是一個令人驚訝的現象。那些風景畫色彩厚重，風格強烈，包蘊著畫家與下列人物的親緣關係：居斯塔夫‧莫羅、居斯塔夫‧杜雷以及約翰‧馬丁⑤；在空間上更遠一些的有：太平洋西北沿岸的印第安人雕刻家，在時間上更遠一些的是丟勒⑥。在恩斯特才華的這種兩極的展現之間，還必須放上其它許多作品。也許，在中間的距離上是他爲艾呂雅⑦家中佈置的油畫：這是一些令人十分撲朔迷離的象徵，它們很像阿瓦托維（ Awatowi ）遺址的霍辟人（ Hopi ）壁面上那些象徵，也像後來希臘人看到的與埃及文明同樣聰明而不可思議的其它文明裡的象徵，而且這象徵也如同埃及文明一樣，一去不復返了。不過，這些象徵卻留了下來，跟我們在一起，其原因不僅是由於它們有

力的構圖，而且由於每個象徵都有珍奇、完美而考究的色彩，支配色彩選擇和色彩關係的是象徵的意義。

247　　如果按照索緒爾告訴我們的那樣，音和義是語言表達的不可分割的兩部分，那麼，馬克斯‧恩斯特的作品就說出了無數種語言——這種述說常由背景選擇與技巧運用（它能從各種泉源中吸取有益的東西）之間的不可分割、渾然一體表達出來；它常由線條、明度和色彩的處理表達出來；它常由畫面組織、由主體本身等因素表達出來。歌德談到植物世界時說過一段話，這段話常常給馬克斯‧恩斯特以靈感，他也把握了其精神實質（在他的作品中比在別人的作品中理解得更爲透徹）——歌德說，在植物世界範圍內的所有方面，人們都能看到一幅畫面構成一首合唱的情況，這種合唱「引導我們去發現一種潛在的規律。」

註 釋

① 馬克斯·恩斯特（1891～1976），德國超現實主義畫家，曾以拼貼和摩擦的方法創作美術作品。代表作有《風的新娘》、《巴黎之春》等。——譯者註

② 這裡指雨。——譯者註

③ 莫里斯·梅洛－龐蒂（Maurice Merlau-Ponty，1908～1961）法國哲學家，著有《知覺現象學》（1945）。——英國版編者註（又：他在1932～1934年與本書作者在同一所中學任教。——譯者補註）

④ 安格爾（Ingres,1780～1867），法國古典主義畫家。——譯者註

⑤ 居斯塔夫·莫羅（Gustave Moreau, 1826～1898），法國象徵主義畫家。居斯塔夫·杜雷（Gustave Dorà, 1833～1883），法國畫家，擅幻想風格，曾為許多書籍做插圖，其中有《聖經》、但丁的《神曲》以及《唐·吉訶德》。約翰·馬爾丁（John Martin, 1789～1854），英國風景畫家，歷史畫家，創造了歷史和哲理主題的大視野繪畫。——英文版編者註

⑥ 丟勒（Albrecht Dürer, 1471～1528）德國畫家。——譯者註

⑦ 艾呂維（Paul Eluard, 1895～1952），法國象徵主義詩人，恩斯特的朋友。——英文版編者註

第二十章
給一位年輕的畫家

　　造就一個畫家需要大量的知識和大量的銳氣。印象主義畫家　248
（impressionist）學會了怎樣作畫，卻極力要忘掉他們受過的訓
練——這種努力的收效並不大，眞是謝天謝地。然而，他們還是
極力設法使一大羣摹仿者相信知識毫無用處，一個人只要使自己
完全聽憑自發性的驅遣，按照一種本身的名聲就是災難的程式，
「像小鳥唱歌兒一樣地去畫」就行了。

　　印象主義儘管產生過許多出色的作品，但是，高更和修拉①
畢生從事的改革以及印象主義初期所顯示的簡潔明快，卻把人們
引入了一條死胡同。不過，即使高更（Gauguin）和修拉（Seu-
rat）兩個人（尤其是修拉）是了不起的畫家，印象主義本身的
局限還是旣狹窄又多得使他們無法做出一些簡潔明快的事情，這
些事情即是尋求一種解答使他們能回歸技巧的謙卑僕人。因此這
兩位畫家都和自己本來的目標背道而馳，修拉在繪畫上能力不
足，而高更的能力又遠遠超出了繪畫。無論是今天已經陳腐的物
理學理論（修拉曾經想以這種理論爲基礎，建立他的藝術），還
是高更曾試圖用來套住自己作品的混亂的神秘主義，都不能有助
於把一種已經迷途的繪畫引回正確的方向上來。

　　這一切都是不可避免的嗎？即使在今天，我們讀到「照相術
的發明似乎預示著自然主義繪畫的喪鐘」時，還是驚訝萬分。正

如達文西（da Vinci）深刻領悟到的那樣，藝術的首要任務是篩
選、排列外部世界持續不斷地發送出來、襲擊我們感覺器官的豐
富信息。畫家省略掉其中的一些材料，放大或減小其它一些材
料，把所掌握的材料納入某些程式；通過這些方法，他給紛繁眾
多的信息注入一種一致性。人們把這種一致性稱為風格。能不能
說，攝影師也在做同樣的工作呢？如果認為攝影師也在做同樣的
249　工作，那就忽略了這樣一個事實：照相機的物理限制和機械限
制、感光片的化學限制、可能成為拍攝對象的限制、視角的限
制、照明的限制，這些限制只允許攝影師在一個局限性很大的自
由範圍內活動。相形之下，畫家的眼睛和雙手，以及這些出色的
裝置所服務的大腦，則格外無拘無束，自由自在。

　　有一種觀點認為，繪畫獨一無二的偉大目標就是捕捉被當時
的理論家稱作事物的外觀（physiognomy）的東西。也就是說，
他們主觀的東西──以此來對抗客觀性，這種客觀性的目的在於
理解事物的本質。印象主義畫家向這種觀點投降得太快了。一個
畫家想透過一系列的畫面，把一個乾草堆在一天的特定時間、特
定光線下給眼睛留下的不斷變換的印象再現出來，這個時候，他
就是在對乾草堆進行主觀的考察。不過與此同時，他卻預先使觀
眾直覺地把握了什麼是乾草堆本身。更早期的畫家們也給繪畫規
定了相同的任務，他們從不去安排一塊布的褶皺，以便從衣褶內
部畫出織物下垂的無盡方式。織物褶皺形成方式要看它是毛織品
還是絲織品，是亞麻還是毯子，是緞子還是綢子；或者，要看它
是直接披在人體上還是披在外套外面；或者，要看它是順著布紋
裁開的還是斜剪的等等。有時候，一位畫家對總是同一種事物的
各種外觀十分執著；而在另外一些情況下，一位畫家會執著地追
求表現不同事物的客觀真實，人類一方面感受著知覺的快樂，另
一方面又對世界上的無盡財富十分崇敬（如果不是說謙恭的
話），這兩種態度形成了鮮明的對照。

塞尙② 所走的從印象主義發展成野獸派（cubism）的道路，也在另外一個領域及另一種程度上重複了修拉和高更兩人的歷程。用非歐幾里得幾何學和相對論解釋野獸派繪畫，這就如同用色彩物理學和照相術的發明解釋印象主義繪畫一樣荒唐可笑。同樣，藝術運動也不能從外部尋找其原因，恰恰相反，藝術運動是由內部關係連接起來的。儘管修拉和印象主義畫派有爭執，他還是一直迫使每一張畫都缺少自然，他幾乎排除了所畫對象本身與它們作用到畫家或觀眾視網膜上的方式之間的全部自然聯繫。為了避開印象主義畫派的死胡同，野獸派力圖把自己放在與自然相對立的一端。不過，在把繪畫建立在它自身的基礎上這個藉口之下，野獸派又以另一種方式使繪畫失去平衡而栽倒在地上。甚至即使野獸派產生的傑作為數廖廖，它的壽命還是比印象主義畫派更加長久。印象主義者認為，他們所關心的是正在掠過的瞬間，並且竭力要捕捉到它們的片斷；而野獸派則宣稱，他們所關心的是時間的延續。正如已經說過的，野獸派畫家畫的並不是一個物體相繼呈現出來的不同畫面，而是力圖去表現一種毫無間斷的畫面，不過，為了否定透視，他們採取的是一種時間以外的畫面。

250

野獸派想做的事情太多了。他們使自己的目標超出了繪畫的範圍，而且他們也像高更一樣（顯然是以截然不同的方式），在它自身的分析階段和綜合階段③ 都給自己規定了過高的目標，因此，野獸派也同樣「丟棄了客觀對象」。不論是最初，還是作為一種令人驚異的結果，原先似乎是一場超感覺啓示的工具的野獸派繪畫，今天已經墮入裝飾性構圖的等級中了——所以說，野獸派繪畫之所以今天跟我們產生聯繫，那只是由於它具體說明了當時那個時代的藝術趣味而已。相當具有諷刺意味的是，這一點對於野獸派畫家中最具哲理意識的朱安‧格里斯④ 尤其適用。不過，這一點對於勃拉克⑤ 和畢卡索⑥ 也同樣適用。我們就不必提

別的人了。

我們今天的繪畫是什麼狀況呢？一大羣畫家還是在擴大他們前代人策略上的缺陷，而繼續堅持這種策略。他們不是辛辛苦苦地去重新學習大量的知識，而是得意於比前輩走得更遠，達到前所未有的程度，並且也像他們的前輩一樣，朝截然相反的方向快跑。有些畫家在再現自然方面比印象主義者程度更深。他們把莫奈⑦之後本來就所剩無幾的寫實性藝術完全分解了，沉迷於一種非寫實性的形體、色彩動力理論。這種理論認爲，形體和色彩不但能表現畫家對所看見的事物的主觀反應，而且能表現一種所謂「抒情性（lyricism），只有作爲個體的個人才是這種抒情性的泉源。

另一些畫家也走上了相反的道路，在超越自然方面比野獸派程度更深。野獸派摒棄了風景畫，十分偏愛文化產品中的模型（model），與自然斷絕了關係。而更新派的畫家（如果可以這樣說的話）在唾棄仍然保留著幾分詩意色彩的客觀對象或附屬品方面，比野獸派更有過之而無不及。他們求助於文化產品中最醜齷的東西，以便用模型來裝備它們，這些模型與畫家的靈感的關係十分親近，甚至不必再加解釋（或者說，他們認爲無需解釋），就能使繪畫重獲新生。只要用依樣畫葫蘆的辦法把這些模型複製出來就足夠了，但是，他們失敗的原因在於他們技巧匱乏。

卡爾・馬克思說過，歷史以給自己畫漫畫的方式重複自己⑧。這個論斷完全適用於近一百年來的繪畫史。繪畫的發展經歷了從一次危機到另一次危機的過程，而且繪畫的每一個時期除了產生令人震驚的個人成就以外，可以說都一再產生了越來越多的額外偏差，它們都可以歸因於剛剛過去的前一時期。

251

＊　　　＊　　　＊

　　波德萊爾事先就預言性地把馬奈⑨推爲「他那門老朽的藝術中的佼佼者」。那麼，爲了避免被馬奈之後發生的種種事情逼入絕境，一個年輕的畫家應當做些什麼呢？目前，德國畫家阿妮塔・阿爾布斯（Anita Albus, 1942～）作爲少數幾個能夠回答這個問題的人之一使我感到震驚。因爲，爲了重新發現繪畫藝術，畫家們就不得不使自己相信阿爾瓦斯・黎格爾（Alois Riegl）的一種見解。儘管黎格爾並沒有賦予這種見解以後來的事件給它添加上的意義，他這段話的預見性也並不比波德萊爾的話遜色多少：「造形藝術的黃金時代在近代開端時就臨近結束了，文藝復興時期那種亂眞的寫實手法是這些藝術最後的火花，同時也是它們告別時代的驪歌。」（黎格爾，1966年，第56頁。）

　　面對被判定爲危機將臨的局面，藝術家決心倒退回去，在一個尚未危急其進展的轉折點上，重新肩負起藝術的任務，這已經並不是頭一次了。我腦子裡馬上就想到了拉菲爾前派⑩的例子。在阿妮塔・阿爾布斯看來，拉菲爾前派（正像他們採用的名稱所指示的）把義大利繪畫中的一段時期作爲分離點，這是很有意義的。埃爾溫・帕諾夫斯基（Erwin Panofsky）證明，這段時期的義大利繪畫從北歐繪畫中接受的影響，遠遠超過了後來它透過丟勒（Dürer）還給北歐繪畫的影響。更進一步的是，拉菲爾前派運動的起源表明它曾經受到德國的影響，即納查倫內斯畫派⑪的影響。爲了保證返回到繪畫的基本法則上去——十九世紀初，德國畫家表達了這種意圖（儘管我們不應該忘記，當時在羅馬，納查倫內斯畫派與安格爾都曾經互相讚賞），十九世紀中期，英國畫家也表達了同樣的願望——被證明可以最有效地實現這個願望的正是北歐的傳統，它產生於十五世紀初的法蘭德斯（Flanders），因為，正如黎格爾所說，這種傳統的典型特徵就是「運用一種旨在表現的藝術，並且把日爾曼民族深深記在腦子裡」（黎格爾，1966年，第118頁）。

　　現在輪到帕諾夫斯基（Panofsky）來分析十五世紀日爾曼正獨立形成的民族精神了，這種精神

252
> 可以在兩個領域同時發揮作用，它們都處在歌德所說的「自然界的」或「高貴的」自然之外，並且由於這一點，這兩個領域互為補充：即寫實的領域和幻想的領域。一方面是家族肖像畫、風俗畫、靜物畫和風景畫的領域；另一方面是夢幻的、幻影般的作品的領域……〔一個領域〕存在於「自然界的」自然之前……〔而另一個領域〕則存在於「自然界的」自然之外。（帕諾夫斯基，1974年，第270～271頁）。

　　使阿爾布斯的藝術如此引人玄想的，正是由於她奇蹟般地重新發現了一個蘊涵兩層意義的傳統。這個傳統可能（而且由於我已經提出的那些理由）只有一位德國的畫家才能使之復活。紋章學（heraldry）誕生一百年以後，日爾曼中世紀的動物寓言故事一直最為豐富多彩。正是在德國北方，植物被最頻繁地用作紋章盾片上的主要裝飾紋樣，因此才出現了「凱爾特族紋章與日爾曼－斯堪地那維亞紋章（它們都是由動物紋樣組成）之間的對比，以及與拉丁族紋章（它們更強調線條）之間的對比……這種對比一直延續到近代」（帕斯都羅〔Pastoureau〕，1979年，第134、136、158頁）。黎格爾本人也注意到，在十一世紀到十三世紀之間的日爾曼人藝術中，當地植物紋樣逐漸取代了拜占庭簇葉。他強調說：「日爾曼人的全部藝術的基本傾向是，要與有機的自然競爭。」（1966年，第50、108頁）

　　我們怎能不想到阿妮塔・阿爾布斯，怎能不想到她的藝術對現實的各個層面的激情關注呢？她滿懷柔情，注視著有生命的東

西──四足動物、鳥類、葉片、以及花朵──她那種縝密的嚴謹
態度堪與博物學家媲美。但是，正像她那個偉大時代的先行者一
樣，阿爾布斯並不僅僅去簡單地複製她的模型，而是透過手和畫
筆的運動，捕捉到了自然創造過程的律動，加深了我們對她所畫
的模型的認識。

所以，毫不奇怪，除了作為她的藝術來源的特定傳統之外，
阿妮塔・阿爾布斯的藝術還顯示出與另外一種傳統的親族關係。
那種傳統儘管產生於另一種地域風土中，卻和她本人的雄心抱負
相同。這種雄心抱負就是，把繪畫與知識結合起來，以審美情感
作為黏合劑──用作品再現轉瞬即逝的東西──把事物可以感知
的與可以理解的這兩種性質黏合起來。阿妮塔・阿爾布斯的藝術
不僅與日爾曼繪畫傳統有聯繫，而且與喜多川歌磨⑫的作品有聯
繫。喜多川歌磨是位傑出的畫家，擅畫鳥類、昆蟲、貝殼和鮮
花。他的老師千木寅（Sekiyen）在他的《昆蟲畫選》（*Selected
Insects*）的後記裡說：

> 先於頭腦中想像成有生命對象之畫面，再用毛筆將其傳移於　253
> 紙上，此為繪畫之真正藝術。吾高足喜多川歌磨於描繪此類昆
> 蟲時，已先具「心中之畫」。余仍記得，彼童年時如何養成仔細
> 觀察生靈之極微末細節之習；余常注意到彼與縛於一線繩上之蜻
> 蜓嬉戲時，亦或與手掌中一蟋蟀玩耍時，彼每每何等專心致志。
> （賓庸（Binyon）與塞克斯頓（Sexton），1960 年，第 75 頁）

在這樣一派畫家中，阿妮塔・阿爾布斯也自有她的位置。如
果把一切都考慮在內的話，我們對這一派畫家並不十分陌生。瓦
薩利⑬說繪畫是「智能的知識」，這只不過是與千木寅的思想不
謀而合罷了。而且，我們對日本繪畫的觀念如果不是被印象主義
畫派曲解而受損的話，我們本來是能夠更敏感地意識到「浮世
繪」藝術與追求黎格爾所說的「偶然的」、「短暫的」東西（按

照黎格爾的說法，這是典型的日爾曼式的）這兩者之間具有親屬關係。我還要補充一句以避免任何誤解，這裡所謂偶然和短暫的東西並不是意料之外的東西，如同印象主義畫家要捕捉的那樣，而是以楊・凡・愛克⑭的方式描繪出來，既渾然天成又是有意識的。這一點對日本繪畫也完全正確。因為，如果葛飾北齋⑮（他大概是當時所有日本畫家中最富於「中國味」的畫家）想描繪不同光線下的富士山，他就往往會悉心保留天空、雲彩和山的物理完整性，不讓它們互相融合在一起。

　　畫家全心全意地臣服於現實，這並不是使自己充當現實的模仿者。他從自然當中借來一些形象，不受拘束地把它們以出人意料的安排方式配置在一起。這種安排方式使我們看到了這些形象之間的新關係，豐富了我們對事物的認識。阿妮塔・阿爾布斯忠實恪守中世紀裝飾畫家的遺訓。這些裝飾畫家樂於把形體加以變形，用他們的邊飾包住了充滿意味的「笑料」。阿爾布斯既沒丟棄約・包西⑯那種寓言式的創造，也沒丟棄那種預言式的敏感。運用這種預言式敏感，格奧爾基・霍夫納蓋爾（Georg Hoefnagel）、格奧爾基・弗萊蓋爾（Georg Flegel）、瑪蘇斯・馮・施利克（Marseus van Schrieck）以及阿德萊尼・庫爾特（Adriaen Coorte）在十六世紀和十七世紀再現了真實。離我們更近一些的有隆格和寇爾伯⑰，阿爾布斯也記住了他們植物學家式的嚴謹；隆格以這種嚴謹進行一種近於自然哲學的研究，寇爾伯以這種極度的嚴謹再現那些很普通的植物。阿爾布斯發揚並且重新組織了他們這種精神，以便去構成豐饒華美引人遐思的森林。

　　阿妮塔・阿爾布斯的第一本書《天空是我的帽子》（Der Hinmel ist mein Hut）的意圖是可以讓孩子們對其內容自由地加以解釋；書中迴盪著遍及世界不同地區的神話學主題的回聲，不過，還不能證明她很熟悉這些主題。她處理這些主題非常具有獨創性，使人想要相信是她再次創造了這些主題。以「本地之

254

春」這個母題來說，她用一個雅緻的住所說明這個主題，住所周圍是一道圍牆，牆內有一顆樹，樹葉四散，飛落窗外，遠處的鄉村正是一派冰雪消融。或者用「通往另一世界的神秘洞口」這個母題爲例，她用廁所設備來代表這個母題，因爲在我們的社會裡，再沒有什麼比它更適合擔當文化與人類動物本性之間的中介的了。再以「生機勃發的羣山」這個母題來說，它喚起眼睛去注意岩石重疊的褶皺，眼睛越加恍惚地注視，就越能看到一片質樸動人而杳無人跡的景色。無論是一艘形單影孤的船在森林裡轉圈，還是一個火車頭噴出一團團煙氣，穿過海底峽谷，在海底，一大羣魚突然像幽靈似地出現在火車前燈的光柱裡（這時，火車的煙氣被困在一種比空氣更稠密的東西裡，看上去如同一條黏稠的軀體）——這些形象都會使研究美洲原始文化的人想到一件事：加拿大太平洋沿岸一帶的印第安人認爲，因爲有「大海中的鯨」，那麼一定有「森林中的鯨」。阿妮塔·阿爾布斯或者更進一步，她把口頭的老調整理成爲神話，恢復它們原來的動人力量。她讓我們看一個寧靜的湖泊——它的湖面平靜得能反映出一座剛被大火吞沒的房屋剛才還是完好的形象。

在《歌的花園》（ *Der Garten der Lieder* ）的書頁中，作者始終運用經緯線條交錯的邊框，上面裝飾著花朵、水果、鳥類、昆蟲和海貝。這些主題構圖精巧，色彩優雅，細節精確，採用忠實的寫實手法來表現，這些都使它們獨具動人心弦的力量。而最主要的是，每條邊框正中都畫著一個團花紋樣。阿妮塔·阿爾布斯在這些紋樣上顯示了她的美術趣味和詩意的想像力。這些團花紋樣有的直徑至多不超過十毫米，都依照比例畫出了色彩層次。它們如同微型畫上的一扇扇窗口，窗外所展現的場景有的光怪陸離，有的神秘奇特，而且都用引人入勝的寫實手法處理。技巧的完美使被表現對象的奇異性更加富有魅力了。

在《乖乖睡》（ *Eia Popeia* ）（1978）這本書中，阿妮塔·阿

爾布斯採用了另一種方法。她極其注意印刷格式，在每段文字內容的結尾用花體字母和花邊進行裝飾，而且還讓插圖與文字內容相互獨立。這些插圖與內容互不相干，顯然與其它插圖也無關聯；它們好像自成一體的獨幅作品。它們的版式這麼精巧，手法這麼考究，色彩這麼雅緻，使人不知道該把這些精巧的傑作歸入哪一類，因為它們既是寶石工藝品，又是繪畫作品。其中有一幅插圖，上面畫了一個女野人，渾身毛髮，碩大的腦袋上長著糾結在一起的頭髮，她似乎是從某一本中紀世宇宙誌裡蹦出來的。她的大腿上坐著個小孩，她自己則坐在一個灑滿月光的湖畔，做著甜夢。另一張插圖畫的是我們河流中的珍禽──一只小翠鳥──而且無疑很少有人能以這種夢幻般的精巧手法作畫。小翠鳥嘴裡叼著一條魚，歇息在一只錫鑞水罐上，水罐表面油亮，反射著亮光，和小翠鳥光亮的羽毛相映成趣。小翠鳥的形體由黑色的背景襯托出來，還有一條亞麻布帶，它的翻轉折疊和毛邊都被巨細無遺地再現出來。這條帶子與小翠鳥在構圖上取得了均衡，一只小櫥的架子上擺著許多古玩，而且在一塊帘子後面還藏著其它一些古玩，它們也許更罕見、更令人嘆為觀止。這塊帘子畫得可以亂真，以致剛剛把它畫出來的手禁不住要去揭開它。

　　更有意思的是，每幅畫都以各自的方式隱含著一個或者更多的謎，有的是主題本身構成的，有的則來自阿爾布斯對用圖畫來表現引文的強烈嗜好。她有意識地運用這些謎，但從不披露它們的來源──不用說，這種願望與其說是跟觀眾開玩笑，不如說是要使自己避免與其密切相關的作品直接遭遇。因此，《乖乖睡》封面背景上那個灑滿月光的湖泊就再現了亞當・埃爾希梅的《逃亡埃及》（ *Flight into Egypt* ）⑱。一件帶褶邊的襯衫裡露出一只乳頭，從一張被撕裂的書頁的縫隙裡朝外窺視，這幅畫使人加倍地想到了它與巴爾馬・伊爾・維其奧⑲的一幅婦女肖像之間的臣屬關係。

255

在這最後一幅畫裡，阿妮塔・阿爾布斯技巧嫻熟地畫出了樹葉折皺上掠過的陰影——葉子一個角上有一只小巧玲瓏的昆蟲正往前爬——她把我大膽提出的「亂眞的記憶」（trompemé-mo're）與「亂眞的假象」（trompe l'oei）連接了起來。她在其它作品中又以活潑亢奮的精神復活了這種「亂眞透視畫派」⑳，一個人絕不會料到哪位活著的畫家竟然具有這種精神。「亂眞的假象」再現了一塊裂開的玻璃底下的質地和紋理，陳舊古老，生動逼眞。另外一些作品則把完全不同的物體並置在一起，其方式表面上十分隨意（實際上並不那麼隨意），就像那個雨傘與縫紉機在一張手術檯上不期而遇的畫面一樣。

準確地說，阿妮塔・阿爾布斯的藝術並不僅僅浸透著古代精神，當代的影響也給她的藝術以靈感——首先是超現實主義。她十分明顯地注重精確嚴謹、巨細無遺，這使她處於離超寫實主義（hyperrealism）最遠的一端。她絕不絲毫不講技巧地描摩文化的垃圾，而是去描繪自然界中最精巧微妙的造物，把它們畫得新鮮動人，表現它們錯綜紛繁的複雜性；另一方面，她又忠於日爾曼繪畫傳統。這種傳統中具有把現實與夢幻結合在一起的衝動。阿爾布斯懷著這種衝動，這又使她很接近超現實主義，儘管在結合現實與夢幻方面她並不總是遵循超現實主義的道路。

超現實主義在有必要的時候，也會從以往的藝術中得到靈感。馬克斯・恩斯特正是從列奧納多・達文西的作品中學會從牆上的裂縫或是從地板的經年累月的舊紋理中「翻譯」出神秘莫測的人體來的。而阿妮塔・阿爾布斯則反用這種步驟：她不是要讓描繪對象成為並非它本身以外的東西，而是以極其嚴謹精確的手法，再現一塊織物的紋理和褶皺，或是再現舊木頭的裂縫和木紋。當我們看見這些東西的時候，就好像我們不再理解或是已經忘記了我們是能夠看見它們一樣。我們捕捉到了它們最原始的眞實面貌；我們感到驚異，產生了一種陌生感，這些感情修復了渥

256

林格（W. Worringer）㉑ 所說的「合乎法則的組織性」（Ge-
setzmässigkeit ㉒ ，〔1959 年，第 96 頁〕）。

　　當代繪畫的歷史正面臨著一種矛盾，正像繪畫在此前一百年
中的發展一樣。爲了有利於他們現在顯然審愼地稱爲「作品」的
東西，畫家們已經在作品中摒棄了所描繪的客觀對象；說他們的
作品只是一種「技藝」（craft），這也並不算太武斷魯莽。另
一方面，只有當你在繪畫中能不斷看到一種知識的工具——藝術
家作品以外的全部知識工具——時，那麼，從古代大師那裡繼承
的技藝才會重新獲得重要性，並且保持它被當作研究和思考的對
象的地位。

　　這門細緻的學問由各種處理方式、規則和程序構成，也是一
種要求數年理論和實踐訓練的精神鍛鍊門學問今天已經消失殆盡
了。我們耽心這會使人類走上動物和植物物種的發展道路，即人
由於盲目性，正在被一個接一個地化爲烏有。生命形式出現這種
情況是無法挽回的，除非有再造生靈的神力。不過，在傳統的知
識領域裡，這種破壞也許並不這麼糟糕。阿妮塔・阿爾布斯的藝
術表明了使繪畫復甦的方法——不過，假如一個畫家與模型、原
始素材、物理化學規律和性質進行了一番耐心的對話，然後想要
表現世界的眞理的一小部分，那他就會明白，對於生產一幅極小
幅的畫，數月的勞動並不算太久（或者甚至可以說，大幅畫也是
如此，安格爾爲了創作一幅大幅畫，往往要思考好幾個月，有時
甚至要思考數年）。繪畫的傳統只有在這種條件下才能得到復
甦，結果會產生出這樣一種作品：它以一種能夠被知覺的形式匯
聚了全部有關方面間的契約關係。

　　阿妮塔・阿爾布斯力圖讓眼睛、雙手和頭腦服從自我約束的
方法，以此想返回西方繪畫的源頭，並且恢復畫家技巧的全部嚴
謹性。她學會了像幾百年前的人一樣使用精製犢皮紙，運用水彩
暈染的方法，重新找到了中世紀和文藝復興早期裝飾畫家的明快

257

色彩和不透明的色彩。在這方面，阿爾布斯也忠實保留了她的民族傳統，因爲，給我們介紹裝飾插圖基本技巧的，——諸如顏料、場地、黏合劑的準備以及怎樣用溶劑去溶化顏料等等——正是十一到十二世紀的一位德國修士泰奧菲勒斯（Theophilus）和他那篇專論《作圖技法論》（De diversis artibus schedula）。阿妮塔・阿爾布斯的人品具有歌德式的美惠和純淨。她透過自己的藝術顯示，如果不使事物返回其兆端，如果不沿著那些偉大的發現者的道路一步一步地回到以往的藝術中，如果不一點一滴地恢復繪畫的要訣、步驟和方法，那就不可能獨立地創造出畫家的技藝。

如果一個人按照列奧納多・達文西的思想認爲重視自然應該勝過重視古人，因而他也就不得不去重視明暗法（Chiaroscuro）而忽略輪廓，那麼，繪畫也許已經走上了錯誤的方向。這兩種選擇之間沒有什麼聯繫。有些人稱自然是「狹隘平庸的」（塞律濟爾〔sérusier〕，1950 年，第 39 頁），但這個自然卻給藝術家提供了取之不盡的母題寶藏。假如藝術家懂得如何仔細觀察世界的景象，他就會無條件地放棄主觀性，不去尋找任何狡辯的藉口。不過，只有去對抗明暗法日益衰減的魔力，服從事物的無形規律的支配，繪畫才能重享作爲一種技藝的高貴地位，這也是千眞萬確的。十五世紀義大利畫家及法蘭德斯畫家懂得這一點；到十九世紀爲止的日本畫家懂得這一點；今天的阿妮塔・阿爾布斯也懂得這一點。

註　釋

① 高更（Paul Gauguin, 1848～1903），法國後印象主義畫家。修拉
（Georges Seurat, 1859～1891），法國點彩派畫家。——譯者註

② 塞尚（Paul Cézanne, 1839～1906），法國後印象主義畫家。——譯者
注

③ 這裡指立體派的前後兩階段，即1909～1911年的「分析立體主義」和
1912～1914年的「綜合立體主義」。——譯者註

④ 朱安・格里斯（Juan Gris, 1887～1927），西班牙籍的法國立體派畫
家。——譯者註

⑤ 勃拉克（Braque, 1882～1962），野獸派畫家，與畢卡索共同創立
「立體派」。——譯者註

⑥ 畢卡索（Picasso, 1881～1973），西班牙著名畫家。——譯者註

⑦ 莫奈（Claude Monet, 1840～1926），法國印象主義畫家。——譯者
註

⑧ 參見馬克思《路易・波拿巴政變記》第一章，「黑格爾在某一處說過：
一切巨大的世界歷史事變和人物，可以說都出現兩次。他忘記補充一
點：第一次是以悲劇出現，第二次是以喜劇出現。——譯者註

⑨ 馬奈（Eduard Manet，1832～1883）法國印象主義畫家。——譯者註

⑩ 拉菲爾前派（Pre-Raphaelite），十九世紀中後期，英國繪畫史上一次
以「真實」為宗旨的藝術運動，以D.G.羅塞蒂、M.布朗、米萊斯以及
H.亨特為代表，尊崇拉菲爾以前的大師。——譯者註

⑪ 納查倫內斯畫派（The Nazarenes），十九世紀初住在羅馬的一羣德
國畫家，他們的目標是恢復基督教藝術的中古純淨畫風。——英文版
編者註

⑫ 喜多川歌麿（Kitagawa Utamaro, 1754～1806），日本江戶時代「浮
世繪」畫家。——譯者註

⑬ 瓦薩利（Vasari，1908～　），法國光效應藝術家。——譯者註

⑭　楊・凡・愛克（Jan Van Eyck，約 1384～1441），尼德蘭肖像畫家，代表作有《羔羊的崇拜》等。——譯者註

⑮　葛飾北齋（Hokusai，1760～1850），日本江戶時代「浮世繪」著名畫家。——譯者註

⑯　約羅姆・包西（Hëonymus Bosch，約 1456～1516），尼德蘭畫家。——譯者註

⑰　菲力浦・奧托・隆格（Philipp Otto Runge，1777～1810），德國肖像畫、歷史畫畫家。卡爾・威爾海姆・寇爾伯（Carl Wilhelm Kolbe, 1757～1835），德國風景畫畫家。——英文版編者註

⑱　亞當・埃爾希梅爾（Adam Elsheimer，1578～1610），以伊爾・泰德斯科（Il Tedesco）聞名，德國畫家、雕刻家。他奠定了近代風景繪畫的基礎，是倫勃朗（Rembrandt）的先驅。——英文版編者註

⑲　雅各布・巴爾馬（Jacopo Palma），又叫伊爾・維其奧（Il Vecchio, 1480～1528），義大利威尼斯畫派畫家。——英文版編者註

⑳　「亂真透視畫派」（trompel'oei），這個法文術語指一切以照相寫實主義手法欺騙視覺的畫派。當代的「魔幻現實主義」與「超現實主義」畫派常在作品中採取這種手法表現夢幻假象的真實性（據R. Mayer《藝術與工藝辭典》，1969 年）。——譯者註

㉑　W.渥林格，德國藝術史家。——譯者註

㉒　Gesetzmässigkeit，德語，規律性。——譯者註

第二十一章
紐約，一九四一年

　　如果你在一九四一年五月踏上了紐約的海岸，會覺得自己沉　258
浸在熱帶的潮濕氣候裡。這種潮濕預示了一個悶熱潮濕的夏天，
它使作家不得不在自己胳膊上纏一條土耳其浴巾，這樣，他的汗
水才不致於浸濕稿紙。穿著薄薄的衣服，花上幾個小時，在紐約
市的各個地方走走看看，這可以加深你對自由的理解───一個人
剛剛通過重重關卡，而且多少要冒些風險，設法抵達了美國，產
生上面那種情懷是可以理解的。我徘徊在曼哈頓的大街上，深谷
似的街道兩旁呈現著摩天大廈那奇幻的峭壁。我漫無目的地走進
一條條小街。它們的外貌每過一條街就驀然改觀，有的衰敗貧
窮，有的是中產階級式的，帶些鄉土氣息，不過多數小街都是亂
糟糟的。紐約根本不是我想像的那種超級現代化大都會，而是縱
橫交錯，一派龐雜，這種龐雜與其說是建築師苦心規劃的結果，
不如說是來源於城市外殼某種自發的激變。這裡，古老的和新近
的礦層在某幾處依然原封未動，而在另一些地方，這些礦層的尖
端從周圍的岩漿中顯露出來，好像一些不同時代的見證，這些時
代以越來越快的節奏相繼出現，有時還帶著仍然可以看見的這一
切激變的殘跡，例如空地、錯落不齊的小別墅、茅屋、紅磚樓
房───這些樓房已經是個空殼，破舊不堪，即將被拆除。

　　那些最高的大樓巍然高聳，在一個島的狹窄地表上密密麻麻

地排列著，擠在一起（「這個等待你站立起來的城市」，勒‧柯
布濟爾〔Le Corbusier〕說過），顯得很神氣；儘管如此，我還是
259 發現，在這些迷宮的邊緣，城市結構網絡還是驚人地鬆散（這種
情況已經被當時一切擠進紐約的人們證實了），而我後來每次再
訪紐約時，這種情況都增加了我的壓抑感。但是，在一九四一
年，除了華爾街一帶的峽谷之外，紐約依然是一座人們可以輕鬆
地呼吸的城市。第五街兩側的街道就是這樣的地方，這裡可以看
到越來越多的工人階級，他們來自更遠的東西兩個方向；甚至上
百老匯（upper Broadway）和中央公園西（Central Park West）以
及哥倫比亞大學最高的樓羣一帶也是這樣的地方。哈德遜灣的微
風吹拂著這些高高的樓羣。

　　確切地說，紐約不是個城市，而是一些聚在一起的村莊（這
裡用的是巨型比例尺，只有踏上了新世界的人才能把握它的刻
度）。每個居民都可以終生住在各自的村莊裡，不必離開它，除
非是去上班。這樣就進一步解釋了地鐵通勤火車的深邃奧秘。如
果你上了一列地鐵火車，除非你能明白第一輛火車上面幾乎看不
出來的標記，你就會被火車帶著跑下去，或者是開往目的地，或
者是開往十幾英里之外的遠郊區，中途根本沒有機會下車。日復
一日，人們按照一成不變的路線往返，因此，大多數乘客根本不
必去了解其它行車路線，熟悉的標誌依然可以被人忽視。

　　在那些筆直的街道交叉的地方（它們交織在一起，彷彿形成
了一種叫不出名字的幾何圖形），構成紐約人口的各個民族的羣
體各自都找到了他們所選定的適當位置。你當然會立即想到哈林
區和唐人街，但是還有波多黎各區（這個區當時正在西23街一帶
發展起來）和小義大利（華盛頓廣場南邊），也還有希臘人、捷
克人、德國人、斯堪地那維亞人、芬蘭人和其它人的居住區，區
內有他們自己的飯店和進行宗教活動的地方及娛樂場所。每隔幾
條街，你就會感到像是到了另外一個國家。紐約已經領先於第二

次世界大戰以後的歐洲都市了，這些城市的標誌是工人階級的湧
入，以及與之相件的形形色色外國時裝店和大飯店的激增。實際
上從一九一〇年起，外籍居民的比例在美國依然在減少，而在法
國和其它歐洲國家這個比例已經迅速增長了。僅在法國，出生於
法國以外的居民的百分比現在是美國的外籍居民百分比的兩倍。

　　紐約的其它顯著特點表現出了更多潛在的相似性。法國的超
現實主義者和他們的朋友住在格林威治村（Greenwich Vil-
lage），從時代廣場到格林威治村只要坐幾站地鐵火車。在這
裡，你仍然能（像在巴爾扎克時代的巴黎一樣）住在一幢兩三層
的小樓裡，樓的後面還有小花園。我到這兒以後幾天就去訪問唐
居伊（Yves Tanguy）① 。在他住的那條街上，我找到了一間
畫室，立即把它租了下來。畫室的窗外是個無人照管的花園。穿
過一條長長的地下室過道，經過一座紅磚樓房後面的秘密樓梯，
你就能來到這個花園了。這座樓房屬於一位義大利老人，他幾乎
是個殘廢。他希望人家叫他「博士」，他的女兒照顧他和房客。
老人的女兒有貧血症，人到中年，一直沒有結婚，這也許因爲她
沒有多少魅力，也許是爲了照料父親。直到兩三年前我才聽說申
農（Claude Shannon）也曾經住在格林威治的那座樓裡，不過
他住在樓上一個面對著大街的房間。當時，他在創造神經機械學
（Cybernetics），我在撰寫《親屬關係的基礎結構》（*Elementa-
ry Structures of Kinship*）（1969〔1949〕），我們之間僅僅相隔
咫尺。其實在這座樓房裡，我門倆有一位共同的朋友，是個年輕
女人。我還記得，她有一次對我提到過我們的一位鄰居，不過沒
提到申農的名字，她說，這個人正忙於「發明一種人工大腦」。
這個說法很怪，使我吃了一驚，不過後來我沒有再想到它。至於
我們的房東，我覺得他就是那些義大利移民的「教父」。他經常
接待他們，幫他們住下來，還負責處理他們的問題。今天我卻在
捉摸，他那些微不足道的房產和那個邋遢的女兒是不是一種表面

260

僞裝，用來掩護一些可疑的黑手黨生意。

　　格林威治村以北充滿了工會和政治的氣氛，這要歸因於來自中央歐洲（Central Europe）的馬尿氣味，它發源於聯合廣場及其附近的外圍區。在離這裡很遠的地方，中產階級移民聚居在百老匯和濱河大道之間的上西城（Upper West Side）：這裡有令人討厭的林蔭路，曲曲直直，兩邊是世紀之交時崛起的公寓樓房，它們是給那些尋找十五間或二十間房間一套公寓的富裕家庭準備的。當年，這些大樓富麗堂皇，而現在卻已經瀕於坍塌，公寓已經被分成個別的房間租給較不富裕的房客。紐約的貴族居住的東城（East Side）曾經被重新修建過，這種辦法用一個半是美語、半是法語的字來表達，就是「remodelées」（因爲東城的房屋大多是十九世紀建造的）──也就是說，像我們法國今天的周末別墅那樣被整修一新。在鄉土氣息和昔日時尚方面，紐約社會要領先於我們法國。人們正是在這個時候開始推崇美國早期生活方式的。四分之一世紀以前，紐約的百萬富翁們把錢財花在從西班牙和義大利進口的大量十六世紀實心胡桃木家俱上，以便把他們的家佈置成古羅馬宮殿的模樣。可是現在，所有這些東西都被堆在第二街甚至第一大街的舊貨店後院的儲藏間裡，要麼就被放在帕克─伯奈特拍賣行裡的一羣漫不經心的觀衆面前拍賣。如果不是親眼所見，我幾乎眞不能相信有一天我只花了幾美元就居然買到一個十六世紀義大利塔斯堪式餐具櫃。不過，當時的紐約是個彷彿任何事情都能發生的城市（而這正是它的魅力所在，是它特別引人想入非非的原因）。紐約的文化結構也像它的城市結構一樣處處都有些空洞，如果你想在這面鏡子後面發現那些引人入勝、近於幻境的天地，那你只要選擇其中的一個空洞，然後滑進去就能如願以償了，就像愛麗絲②那樣。

　　當時，馬克斯・恩斯特、安德列・布列東（André Breton）③、喬治・杜兌伊特（Georges Duthuit）④和我經常光顧

第三街上的一家古玩店，這家舖子在滿足我們的要求方面成了阿里巴巴的山洞。我們很快就看到了泰奧提華堪（Teotihuacan）的精美石製面具和太平洋西北沿岸絕妙的木刻，當時連專家都認為這些東西只不過是人種學資料而已。下麥迪遜路一家商店裡有時還有些還沒被人發現的類似東西，這家商店出售玻璃珠子和五顏六色的雞毛，買這些東西的是童子軍，他們想模仿印第安人的頭飾。另外，麥迪遜路55街一帶還有家商店，經營南美小裝飾品。一旦你獲得了店主的信任，他就會把你帶到附近一條街上的一個院子後面，他會打開一個庫房的門，庫房裡塞滿了莫希甘人（Mochica）、納茲卡人（Nazca）和奇姆人（Chimu）的瓶子，它們擺在高達天花板的架子上。離那兒不遠，另一位店主常給我們看一些鑲滿紅寶石和翡翠的金匣子——這是十月革命以後那些俄國逃亡者隨身帶來的零星寶物，它們就像一個略具幾分實際經驗的人，在附近幾家拍賣行每星期拍賣的舊貨中一眼就能發現的真正東方地毯一樣。也有這種情況，你也許會走進一家古玩店去觀賞一幅漂亮的版畫，而店主就會告訴你，隔壁那座樓裡有個境況困窘的青年出售這種版畫。你按一下這個年輕人的小公寓房間的門鈴，他就會為你展示一整套現代印刷的喜多川哥麿的版畫。在上格林威治村六馬路，一位德國男爵（他是他的家族中血統最純粹的一個）住在一幢翩然獨立的房子裡。他常把一些秘魯古玩小心翼翼地賣給他的客人。他家中和他的箱子裡都是這些秘魯古玩。有的時候，《紐約時報》（The New York Times）上用整版篇幅刊登的梅西百貨公司廣告（Macy's ad）裡還會宣布，次日將銷售大批來自秘魯和墨西哥的古玩。一九四六年到一九四七年間，我在法國駐美大使館當文化參贊，當時常常有些中間商帶著裝滿前哥倫布時期的金銀珠寶的公文包來找我。他們有的還給我看些印第安人藝術收藏的豐富照片，而且提出要把這些工藝品賣給馬蒂斯和畢卡索。他們認為，法蘭西博物館有足夠的錢來

262

收買這些藝術品。但是，法國當局對我的請求充耳不聞，所以這些印第安人藝術收藏品就在美國各個博物館裡找到了歸宿。

這樣一來，紐約就同時呈現出了兩幅形象：一個是在歐洲已經消失的那個世界的形象，以及另一個將很快侵入歐洲的形象（當時我們對這一點毫不懷疑）。一種在時間上可進可退的機器，帶領我們不知不覺地經歷了第一次世界大戰前很久的時代之間的一系列不間斷且漫無目標的轉變，也經歷了緊接第二次世界大戰以後的一些時期之間的轉變。另一方面，我們也再度體驗了邦斯舅舅⑤的那個世界。在那個世界裡，動盪的社會秩序紛亂，社會階層劇烈分化，彼此滑向對方的階層，留下了許多巨大的空洞，吞沒了生活方式和知識主體，這使一代人離開了這個舞台，讓一種時尚成為明日黃花，而另一種時尚則尚未成型——人類歷史的一個片斷崩潰了，它的碎片成了垃圾。美國社會的變遷十分迅速，一陣陣移民浪潮不斷湧入紐約達一個世紀之久，相形之下，上述現象就顯得更加殘酷、更加慘烈了。每種新的人羣按照各自所屬的社會層次不同帶來了或豐富或貧瘠的財產，這必然會迫使這個人羣迅速解體。當地的財閥不得不滿足對大量消遣的渴求，這使這些消遣似乎成了全人類藝術遺產的標本，這些消遣出現在紐約。跟著社會起落沉浮的反覆無常的節奏，其中一些標本互相混合再混合，如同那些零星的寶物一樣，其中有些仍被裝飾在客廳裡或者進了博物館，而另外一些則被置於人們無法知道的角落裡。

誰想獵獲這些東西，只要具備一點文化和眼力，去打開工業文明這塊牆壁上的門，去揭示另外的世界和另外的時代就行了。當時的紐約無疑要比任何其它地方都更具備這種逃避現實的條件。當時的那些可能性在今天看來似乎近於神話，因為我們今天已經不敢再夢想做什麼關於房門的夢了，我們頂多會去捉摸那些可以退縮進去的壁龕罷了。不過，就連這些壁龕也已經成了激烈

競爭中的籌碼，這種競爭是在那些如果沒有友好的遮掩和（只有幾個摯友才知道的）秘密捷徑就不肯活下去的人們之間展開的。這個世界昔日的幾個維度（dimension）一個接一個地喪失了，它把我們擠回了僅存的一個維度中：一個人如果想探尋秘密窺視孔，他就會徒勞無功。

　　與此同時形成鮮明對照的是，紐約在當時就顯示了廣告業的巨大潛在力量（不過我們當時並不理解這一點）。四分之一世紀之後，這種巨大潛力將在歐洲擊敗我們。我還記得自己在紐約看到大多數所謂古玩店時產生的驚詫。這些美國商店不像我們剛剛離開的法國商店（那些法國商店的櫥窗裡擺滿了十七世紀和十八世紀的家俱和舊錫臘器皿以及上彩釉的陶器），它們裡面有舊式煤油燈、走了型的舊衣服、十九世紀末的工藝小擺設。而今天，所有這一切都被人們貪婪地收集到了巴黎的商店裡，這些商店也自稱是「古玩店」，不過它們正是二十五到三十年以前使我著迷的紐約商店的翻版。（這也正像那些除臭劑廣告一樣，它像做得隱蔽而巧妙，以致使我當時肯定在法國我們從沒見過任何類似的廣告，而現在這些廣告卻一下子四處都是了──但那是另一回事）。我們還是回過頭來說說那些雪花石膏和凸雕銅燈以及同一時期的東西吧。紐約使我明白了，美的觀念可以採取非常奇妙而古怪的形狀。如果那些被傳統趣味判斷為美麗的東西變得過於罕見，而且對於那些錢包不太鼓的人們來說過於昂貴，那麼，從前遭到人們蔑視的東西就受到了人們的青睞，而且能使獲得它們的人得到一種多少有些異樣的滿足──這種感覺並不像神秘主義或者（讓我們冒昧地說一句）宗教那樣富於審美意味。作為某種程度上已被工業化了的時代的遺跡和見證（但是在這個時代裡，經濟的壓力並不太緊迫，對大量產品的需求也不十分迫切，而且還可以允許昔日的形式和毫無用途的裝飾繼續存在），這些東西就獲得了一種近於超自然的性質。它們作為一個已經逝去的世界的

263

現實代表在於我們中間。一個人周圍之所以都是一些這樣的東
西，這並不因爲它們是美麗的，而是（由於除了對那些非常富有
的人之外，美對其它人都成了不可企及的東西）因爲它們以自己
的地位向人們顯示了一種神聖的特徵——所以人們就會被引導去
思索一個問題，即美感的最高本質究竟是什麼。

　　你如果想在曼哈頓找個住處，那也會產生同樣的情況。眞正
的舊時代的房屋已經不復存在了，而現代公寓又貴得嚇人，因
此，你就會發現十九世紀末建造的褐色沙石公寓的魅力了，它們
曾一度十分豪華，而現在卻衰敗破落了。二十世紀四〇年代甚至
更早一些，紐約在讓人們領會並捲入矯揉造成的藝術和「復古」
（rétro）狂潮；而法國現在正流行這種時尚。實際上，這些思
潮以兩種形式出現。一種是貴族審美趣味，它偏愛美國早期藝術
的稚嫩和鄉土氣息，而現在，有錢人正在拼命搜羅這些藝術品
（不過，作爲法國文化參贊，我試探過一些美國人是否贊成募捐
在巴黎籌辦一個美國早期繪畫展覽，他們誠惶誠恐地求我千萬別
動這個念頭，因爲他們怕給外國人留下一種不利於美國的印
象）。然而，有些美國人則感到他們與十八世紀末和十九世紀初
的美國有某種感情聯繫。他們認爲，早期的美國在時間上提供了
一個參考依據，一個年輕國家的居民在時間上不可能追溯得再早
了。另外一些美國人，他們在銀行裡的存款沒有那麼多，或者家
族的歷史沒有那麼悠久（不過還是可以上溯兩三代人）——他們
則偏愛十九世紀八〇年代的藝術，即「歡樂的八〇年代」或「九
〇年代」的藝術。我們法國人也學會了珍惜那個時代，這是由鑒
賞趣味的進化而造成的，這種進化（並沒有美國人的先例）也許
從來沒有當時那麼迅速而充滿活力。

　　實景模型（diorama）上我不敢斷定是否並不存在超寫實主
義（它從美國傳入了法國）的胚胎。在美國自然歷史博物館裡我
從不厭倦仔細端詳過這種實景模型玻璃後面（這些玻璃高和寬都

264

有好幾碼），你可以（現在依然可以）看到美洲、非洲和亞洲的動物羣（fauna）在其自然棲息地的標本。每種動物被殺死以後立即就會被剝皮，骨架也做成了標本，這樣一來，獸皮就會與肌肉系統嚴格相配了。而自然棲息地的岩石也被分散地擺在實景模型的地面上，當地的樹木也被收集進去了，富於特徵的樹葉也不例外，因此，實景模型裡連最微小的細節也都是完全真實的，實景模型的背景也都以令人瞠目結舌的高超技巧繪製出來。也許，除了十九世紀的約翰·馬丁（John Martin）的摹仿者之外，實景模型藝術還從來沒有受到這樣的推動，也從來沒被以這麼大的規模加以運用。我們可以肯定地說這是一門藝術。當時的藝術家宣布他們追求美的目標，對類似的作品懷著同樣的細膩關注和同樣的勤勉精神。

　　來自歐洲的參觀者大多被美國的博物館的一種矛盾現象所震動。這些博物館比我們法國的修建得晚得多，但是這種遲誤非但沒給他們的博物館造成損失，反而使它們在許多方面超過了我們的博物館。美國不能（或者說它不能永遠）獲得舊日歐洲已經被列為第一選擇的東西，有時也不能把那些東西在博物館裡保存幾個世紀之久，於是，美國就設法從被我們忽視的領域裡發現那些首選的東西，而且把這種不得已而為之的事情裝成出於好心才做的事情。其中之一就是自然科學，而從十八世紀起在歐洲自然科學一直就被放棄了。但是美國卻勤奮地創造出了礦物陳列館、古生物陳列館、鳥類陳列館，還有水族館。這些陳列館都很豪華，使歐洲來客眼花撩亂，這不僅是因為它們保留了來自未遭破壞的因而也是異常豐富的大陸的寶藏，也還因為它們跟我們自己那些破落失修的自然歷史博物館形成了鮮明的對比。經過長達兩個世紀的遮蔽，我們對這些收藏的興趣在歐洲已經復甦了——這種復興十有八九是由某種親切感引發的，歐洲人在第二次世界大戰以後從美國的博物館中體驗到了這種感情。

265

　　美國的美術博物館已經找到了一些捷徑，以彌補它們在這些方面落後我們的地方，有時候甚至是超過了我們的成就。他們用不被我們重視的古代石頭建起了回廊陳列館。他們的埃及藝術收藏不但有雕像和其它主要作品，而且也有謙遜的日用品，這些陳列提供了古人生活的更全面的景象，其效果比我們自己的收集強得多。說到來自歐洲的東西，美國人細緻地收集了武器和歷代服裝，而我們在這方面卻無法與美國人匹敵。在美國的博物館裡，儘管我沒得到有關委登（Van der Weyden）⑥、拉菲爾和倫勃朗從本質上看屬於新的什麼知識，不過，我卻在華盛頓區的國家美術館發現了馬格納斯科⑦的作品。

　　我們曾經議論過，在紐約，女人並不是在「穿衣服」（dress），而是在僞裝（disguise）自己。我們看見美國女人裝扮成小水手、埃及舞女或者美國西部拓荒女人，我們就知道她們這是在「過分著裝」了。我們發覺這一切都饒有趣味。但是今天，你只要隨便走進巴黎哪家的時裝店就會明白，紐約的時裝在這裡也自成一派。更進一步的是，商店櫥窗裝飾藝術（它們十分考究，別出心裁又大膽恣縱）也使人們產生了最奢華的玄思遐想。百貨商店用櫥窗裡的假人模特兒構成戲劇性的場景來展示它們的各種商品（這些場景包括強姦、凶殺、誘拐），配置佈景、燈光和色彩的技巧都無懈可擊，連那些一流的劇場也會爲之嫉妒。我曾經說過，在日常生活中突然變換服裝，這種做法也表達了一種逃避現實的需要。這種需要在別的領域也時時在困擾著我們。我們看到住在紐約的朋友懷著宗教般的狂熱，從東城的豪華住宅突然搬進長島（Long Island）盡頭的一個木窩棚裡去住，甚至住在火島（Fire Island）的狹長沙丘上，那裡絕無僅有的植物是有毒的野葛（poison ivy）。要不然，他們就搬到康乃狄克州的鄉間木屋裡去，像馬松⑧曾經住的那種屋子一樣，或者稍遠一些，像卡德爾⑨住過的那種屋子一樣，他們沉浸在一種幻象中，彷彿

266

這些屋子就是早期移民風格的住宅。當時有位著名的美國社會學家和我關係很好，這個人多少有點兒執拗，就是在交談的時候也用土氣的正經態度來表達自己的意思。有一次，我在他家度過了一個夜晚。他家是座木造房子，而由於城市的蔓延這座房子已經被擠成了城區中的一塊飛地（enclave）。當時，房子位於它最後一小片土地上，這片地周圍已經成了工業化的郊區。這房子是你能想像出的最具流浪色彩的地方，如果「嬉皮」（hippie）這個詞在當時存在，那用它來形容這個地方是再適當不過了。幾棵還活著的樹，一片雜亂的灌木叢，圍繞著一幢木造房子，房子的油漆全都剝落殆盡了。在房子裡面，浴室的浴缸裡積聚著我從沒見過的厚厚一層髒東西。但是，對於我的主人和他的一家來說，這種破敗凋零、雜亂無章勝似一座貴族城堡。他們棄絕了衛生慣例，棄絕了美國人引為自豪的舒適生活（這些人自己也肯定在城裡仔細觀察過這些生活方式），透過這種辦法，他們覺得自己彷彿正在維繫著與祖先的紐帶，幾代人以前，那些祖先作為移民在這塊土地上定居下來。這是在芝加哥市郊，不過即使在紐約，你也經常會注意到一種現象，那就是蔑視被新來美國的人稱譽的美國效率，蔑視對美國獲得了最完美的文明舒適的狂愛，這種蔑視情緒溢於言表。

　　總之，對剛下了輪船的法國人來說，紐約呈現的是一個令人難以置信的複雜形象（而且如果不親身感受，這種形象將會被認為是矛盾的）以及各種近於古代的生活方式。我的一些同行是民間傳說搜集者，曾在中歐、東歐最偏僻的鄉間搜尋過那些最後剩下來的「民間說書人」。他們由於戰爭到美國避難以後，正是在紐約州中部的移民同胞中作出了一些驚人發現。從一些家族到達美國算起已經五十多個春秋了，而這些家族還保留著一些習俗和民間傳說，這些東西在他們原來的國家已經不知不覺地消失了。我們曾經在布魯克林大橋一號拱門下面看過好幾個小時的中國京

劇表演，這也出現了上面說的那種情況。那些人很久以前就從中
國來到了美國，他們有一大批觀衆。每天下午兩三點直至過了午
夜，這些人都要以演出活動來維持中國古典戲曲傳統。每天早
晨，我都可以及時回到紐約公共圖書館美洲閱覽室裡工作。在那
裡，在它古典式拱廊底下，在鑲著舊橡木板的四壁之間，我坐在
267　一個印第安人身邊，他頭戴羽飾，身穿一件鑲著小珠子的鹿皮坎
肩，正在用一支派克牌鋼筆做讀書筆記。

　　當然，我們感到這一切遺跡正受到羣體文化（mass cul-
ture）的攻擊，而且幾乎要被這種文化所粉碎並掩埋——這種羣
體文化在美國已經達到高度發展，用不了幾十年，它也會到達歐
洲。紐約在我們眼前列出了一張處方表，多虧這張表格，在一個
日益咄咄逼人，日益喪失人性的社會裡，那些發現這種社會完全
不能忍受的人們，可以學會由一種幻覺提供的不計其數的臨時手
段，這種幻覺使人們覺得自己有能力逃避這種現實。這大概就是
紐約的萬千生活側面使我們入迷的原因。

註　釋

① 伊夫‧唐居伊（ 1900～1955 ），法國超現實主義畫家。——譯者註

② 愛麗絲（ Alice ），英國數學家兼作家路易斯‧卡洛爾（ 真名道格森 ）
（ Lewis Carroll, 1832～1898 ）的小說《愛麗絲漫遊奇境記》的主角——
譯者註

③ 安德列‧布列東（ 1896～1966 ），法國詩人、批評家，「達達派」成
員，超現實主義發起人。——英文版編者註

④ 喬治‧杜兒伊特，法國文學批評家、歷史學家，馬蒂斯的女婿。——
英文版編者註

⑤ 《邦斯舅舅》（ *Le Cousin Pons*, 1847 ），巴爾扎克的一部小說。——英
文版編者註

⑥ 凡‧德爾‧委登（ 約 1399～1464 ），法蘭德斯畫家。——譯者註

⑦ 馬格納斯科（ Alessandro Magnasco, 1667?～1749 ），義大利畫家，
專事靜物畫。——英文版編者註

⑧ 安德列‧馬松（ André Masson, 1896～　 ），法國超現實主義畫
家。——英文版編者註

⑨ 亞歷山大‧卡德爾（ Alexander Calder, 1898～1976 ），美國雕塑
家。——譯者註

第二十二章
關於富創造性的兒童一句
遲來的話

　　一九七四年慶祝阿爾薩斯學校（L'Ecole Alsacienne）建校　　268
一百周年的活動中有一項是在奧岱翁劇院（Théâtre de l'O-
téon）舉行的一個專題討論會，討論的題目是「學校與富於創造
性的兒童」。這項活動以其姍姍來遲的起始引人注目，來自十分
不同背景的與會者之間毫無共同語言，與聽衆進行的討論一直十
分簡單，所有這一切因素都能解釋討論雙方爲什麼都感到滿意。
不過，這個論題所提到的是個現實的問題，應該再次思考一番，
即使這是一種事後的思考，也應該進行。

　　馬上就產生了這樣一個問題：除了我們這個社會，有哪個社
會還會思考這個題目呢？據我們所知，幾乎一個也沒有。就是在
法國，鼓勵兒童的創造性這種做法也還是一種新近的收穫，因爲
它頂多開始於幾十年之前。那麼，是不是我們突然之間發現了傳
統教育制度的缺陷呢？我們法國的教育制度可以追溯到耶穌教
會，大約形成於十七世紀。十七世紀和十八世紀不需要富於創造
性的人，旣然如此，當時那些自己表現出明顯早熟的人的比例就
比現在多得多了。中學教育在十九世紀下半期和二十世紀早期發
展到了高峯期，這時只有很少的學生說自己對學校訓練感到厭煩　　269
甚至感到窒息；相反，不少學生都表現出了一種成熟和創造才
能，而那些素質在我們現代學校的學生裡有如鳳毛麟角。據我們
所知，儒萊斯（Jaurés）、柏格森（Bergson）和普魯斯特（Proust）

① 這樣的人在他們上中學的時候都感到十分輕鬆自在。十七歲的
少年甚至在他們上第一堂哲學課時，就已經具備了成熟的思維，
心中充滿了強有力的個性。在這一段短短的時間裡，蒙特朗
（Montherlant）寫的話劇《流放》（The Exile）正在上演。他是
十八歲寫出這個劇本的，在寫出劇本以前的七八年中，他一直在
筆記本上練習寫一些小型文學作品。假如不是這樣，他是寫不出
那個劇本來的。那些寫在練習本上的作品至今還在。這種例外情
況並不罕見。我雖然不能說富於創造性的兒童們都能夠充分實現
對他們的預估，不過我的確知道，我們自己這一代人的小學和中
學裡就有這種富於創造性的兒童。

　　當然，在那個時代，公立中學和私立中學的教育都是為少數
人保留的。不過，假如我們把「創造性」這個概念擴展到科學和
文學活動以外（我們應當這樣做），那我們就不能說舊時行會所
施行的學習技術和手藝的拘謹呆板規則扼殺創造才能了。我們只
要回顧一下舊日的工匠就可以明白這一點，這些人是由作坊這種
嚴苛的學校訓練出來的，要麼，我們也可以回顧一下十八世紀的
細木工匠令人目眩的繁盛狀況。這些已經消逝的工匠，每個人都
在自己的時代、自己那一行中留下了印記。儘管每一代人都由權
威把工藝技巧傳授給後人，不過在幾百年的時間中，還是極力啟
發後人進行創造。有些工匠的名字與一種創造、一種風格或者一
種樣式並無聯繫，但他們也從自己的工作中獲得樂趣，而且滿懷
鑒賞力和滿懷才能去改善他們的作品，這些鑒賞力和才能都是大
自然已經賦予他們的。我們對民間藝術與傳統博物館（Musée
des Arts et Traditions Populaires）裡最謙遜的展覽品的讚賞已
經足以向我們證明這一點了（如果我們需被說服的話）。

＊　　　　　＊　　　　　＊

　　關於富於創造性的兒童這個問題顯然不是由一種舊式教育制

度的不完善而引出來的，這恰好與這個專題討論會的題目所包含
的意思相反。從理論上說，這種制度在一段很長的時期裡還是屬
於我們的，它令人滿意地解決了這個問題。如果說我們今天還發
現存在這個問題，那麼其原因就不是這個制度不好了。它像所有
的集體制度一樣好，只是它變了質（而且不是由於其自身的理　270
由），現在已經癱瘓了。關於富於創造性的兒童這個問題首先是
個文明問題，而不是教育問題。

　　如果人們對某種技藝依然記憶猶新（我特地選擇了一種技
藝，它起源的時間並不太遠，而且沒有什麼個人自發性的餘
地），那麼，舊時的電話尋線員就會毫不猶豫地承認，他們用鎬
頭挖坑埋電線桿子，這比他們用機械裝置向地裡打入電線桿子要
快活得多。後一種操作沒有人的直接參與，而舊的操作法則要求
大量的肌肉動作，不過你能讓工作多樣化，而且每次操作以後還
可以停下來喘口氣，當你沿著當時還很幽靜的公路尋線時，還能
聊聊天。這種見解雖然很膚淺，不過把它們運用於類似的思考卻
很有說服力，這種思考已經在工作者的個性與他不得不進行的單
調動作之間看出了裂縫。

　　這樣我們就弄懂了為什麼報名入學的人數日增而中學教育在
師資和學生兩方面的素質卻已下降的原因，更進一步地說，這並
不是由於每班人數增多和過於繁重的科目。我們所說的「大衆傳
播」（mass communication）已經深刻地改變了知識傳授過
程。知識已不再是由這一代人篩濾之後慢慢傳給下一代人（其範
圍限於一個家庭、一種專業環境之內），而是在一個水平面上、
一些彼此之間存有裂縫的層次上，以一種令人頭暈目眩的速度傳
播開來。今後每代人在自己成員之間溝通，都要比與他們之前或
之後的一代人之間的溝通容易得多。學校依然忠於舊的體系，而
它們正在受到來自各個方面的襲擾，而且，因為家庭正在失去其
基本功能之一，家庭就不再擔負這種功能，也不擴展這種功能

了。學校已經不再是垂直方向上的過去與現在的交接站，也不再是水平方向上的家庭與社會的交接站了。

有些與會者很正確地強調說，要使學校適應這種新形勢，就必須對學校進行改革。但我們首先必須對進行改革的原因取得一致見解。及時進行改革，其原因並不是傳統方法不好，而是因為社會背景、文化背景和經濟背景這些環境已經改變了。歐洲的教育家想教育開發中社會的兒童，我們在自己家裡也發現面臨著同樣的局面。這種努力的結果往往令人失望。於是，教育家就得出結論說，這或者因為這些人天生智力欠缺，或者因為這些人的日常生活環境阻礙了他們的心理發展。無論是由於哪個原因，反正這些人是低能的。我們現在知道，這個結論是一派胡言。這些社會中在校學習的兒童僅僅透過死記硬背的方法去學習，然後很快就把學到的東西忘記了，而且幾乎沒有多少進步，如果是這樣的話，那麼其原因就在於教育者沒有把組織和結構他們新知識的方法，用他們文明中智力規範的術語傳授給他們。一旦作出了這方面的努力，那就會取得驚人的關鍵性改進。

因此，我們的教育家就必須成為一個社會中的業餘人類學家，這個社會運用的方式與這些教育家曾學會的方式完全不同。不過，即使新方式激發了兒童對他所做的事情的興趣，並且使兒童對教給他的知識十分樂於理解和接受而不是去死記硬背，那學校的傳統目標仍然是一如既往的。兒童還是不得不學習——這種學習無疑比以前的學習更加有效、更加明智，但是他們仍舊不得不學會如何消化知識以及學會過去的人們已經獲得的知識。

假定這些原則都是一致的，那這個問題也依然存在，只不過是一個專門的領域，在這個領域裡，教育方式的效果可以進行比較，這些方式都是經過檢驗的。有些與會者符合這種條件；而另一些與會者（包括我自己）由於缺少經驗，在這個陌生領域中就無法理解前一種與會者的見解了。我們所受的訓練、我們自己的

固定看法，已經把我們限制在一定理論見解的範圍內，而這些理論見解與能夠使有益的討論得到充實的那些技術問題的材料沒有什麼瓜葛。

但這並不是最嚴重的問題。我們一次又一次地感到，有些與會者和一些聽眾或者公開或者隱晦地傾向於對學校的傳統使命提出詰難。你想讓一個兒童去學習，這種意願就彷彿毫無用途，而且還侵犯了兒童的自由；如果排除一切限制，不讓學校束縛兒童的自由發展，那麼對兒童來說，天生的自發性和智力儲備似乎已經足夠了。爲了支持這種見解，有人甚至乞靈於尚・皮亞傑（Jean Piager）②那些剛剛被人們認識到其價值的著作。這位日內瓦大學的著名學者想必會對此驚訝不止，因爲他從來也沒說過，兒童發展的幾個連續階段中出現的日趨複雜的心理活動，不經過任何外部訓練就可以自行組織安排起來。更何況，如果這些結構不是以已經獲得的大量知識爲基礎（學校的目標之一就是提供這些知識），那它們也僅僅是個空架子，一直空空如也，毫無效用。

我們今天理解了皮亞傑的那些理論，任何人也別夢想貶低其重要意義。必須運用另一套遠爲不同的問題來解釋這些結論，那套問題的理論基礎是神經生理學。至少，在高級脊椎動物誕生以後，以及在這些動物童年期的大部分時間裡，它們的大腦結構始終還是極富於伸縮性的。把剛出生的老鼠分別關進籠子裡，第一組關進空籠子，第二組的籠子裡裝滿玩具（或者任何可以被認爲能充當鼠類玩具的東西），隨後對它們大腦的解剖觀察顯示：第二組老鼠大腦中連接神經原的神經網絡已經比第一組的更豐富複雜了。這個實驗當然不能在人體上進行，不過各種跡象都傾向於一種假設，即在人類兒童身上也產生了同樣現象。但是，如果把這個單一結論加以擴充，認爲當創造出某種聯繫之後，就限制了其它聯繫，這就錯了。形成結構與使結構解體這兩種共同過程還

272

要繼續很長的時間。由此可見，與某些心理學實驗使我們相信的事實相反，非常幼小的兒童具有邏輯過程活動的能力，而兩三年以後他們就無法重複這種能力，因而這種能力只能透過別的途徑表現出來。

我們因為在非常幼小的兒童身上看到了創造性而喜不自勝，這時我們就在某種程度上被一種錯覺矇騙了。這種才能的確存在，但是在早期年齡上，它要依賴許多開放的可能性，訓練以及器官發育的成熟最終也會啟發這些可能性。如果這一切可能性全都存活下來，如果它們彼此抗衡，如果來自截然不同本源的遺傳過程並沒有進行選擇，如果某些神經通道並沒有發現，並把它們的活動限制在犧牲其它神經通道活動的程度以內，那麼，大腦（因而也是思維）就永無成熟之日。在《人的聯合》（ *L'Unité de l'homme* ）（莫蘭〔Morin〕與皮亞戴利—帕爾瑪里尼〔Piattelli-Palmarini〕，1974年）這本書中，可以看到對上述研究的一種呼應。這本書十分引人入勝，是最近在羅約蒙（Royaumont）召開的學術討論會上的一個報告。這個研究並不把心理活動看成結構的產物。這種結構受到內在的決定性所驅動，以一種日益複雜的形式，逐步緊密累積而成。這種發展是不會改變、不會停止的。心理機能是一種選擇的結果，這種選擇壓抑了一切潛在能力。只要這些能力還存在，它們就會使我們感到驚奇，而且必然如此；但是，一切學習（甚至是在校學習）都伴隨著使這些能力逐漸枯竭的過程，如果不正視這一不可避免的必然現象，那就是天真幼稚。事實上，年齡很小的兒童身上的一些不穩定的能力退化之後，其它才能才會得到鞏固。

讓我設想一種情況，即在某種特別有利的條件下這些才能全都被保留下來——例如人們告訴我們，在某些詩人知藝術家身上就有這種情況發生。是否有人真的認為這些人的全部才能都來自他們自身的智力儲備呢？有人似乎把這種荒謬的見解歸咎於拉辛

③，因為我在聽眾討論時聽見有人為支持自己這種觀點，引用了《貝蕾妮絲》（*Bérénice*）④序言。拉辛說，發明是用無創造有的活動——而決不是從無開始創造有的活動。如果拉辛本人不曾坐在學校的板凳上背誦索福克勒斯和歐里底得斯的作品，如果他不長時期地熟讀希臘悲劇，如果他沒從羅馬詩人和劇作家那裡學會（他自己曾經談到過的）怎樣處理一個微不足道的題材，使之富於戲劇性力量，那他就絕不會寫出《貝蕾妮絲》或者任何其它作品。一個人只有從自己精通的事物出發才可能進行創造——他不應該把這些東西對立起來或是壓抑掉。

273

然而，有些教育者發現讓兒童接觸一些物質材料（像油漆、紙張、毛筆、黏土、木板和木塊等等）去磨練才能，這種辦法十分可取——而他們一想到要求兒童對一個已故作家或者活著的作家的作品做出反應就驚慌失措（法國人曾進行過這種練習）。因為據他們說，這些作家的作品不是兒童自己想出來的！這是同樣一種情況，誰會看不出呢？無論在哪種情況下，都要求兒童抓住一種或更多種他所不熟悉的關係（它們或者是物質關係，或者是精神關係）。人們希望這個兒童仔細觀察，再去理解這些關係的典型性質。最後，為了克服兒童在試圖操縱、理解它們時的限制，人們希望他能為全部要素創造出一種獨創性的綜合體。

各種現實（社會即其中之一）往往把限制加在一切參與現實的人們身上，學校的限制（這是批評家熱衷的靶子）僅僅是其中的一個方面或者一種表現。當今，嘲弄、責難社會環境加諸新作品上的限制這種做法被認為是一種時髦。這些批評家似乎沒有看到：從最高的意義上說，這些新作既受益於逆反甚至破壞傳統的規則，同樣也受益於社會環境，兩者程度相當。因此，每一部值得紀念的作品就是由那那些對它的產生造成障礙的原則（它不得不嘲弄這些規則）以及那些一旦得到承認就會也產生障礙的新規則構成的。關於這個問題，讓我們聽聽一位偉大的創造者在他一

部作品中論創造性的教誨吧——這位創造者是理查‧華格納，這
部作品是他的《紐倫堡的名歌手》（*Meistersinger*）：

> 學習大師們制定的規矩，
> 這樣它們才能幫你保留
> 春天時光和愛情在你
> 青春時揭示給你的東西。

後面還有一句：

> 創造出你自己的規矩，但以後要遵守它們。

274　　　沒有可以爭論的事情就不可能有任何爭論，這句話已經是老
生常談了——但是，這句話自有其益處，因為它強調的是，限制
是必要的，克服限制的努力同樣必要。《惡之花》（*Les Fleurs du
Mal*）、《包法利夫人》（*Madame Bovary*）的存在不僅需要波
德萊爾和福樓拜，而且需要此時此地的一種限制發揮作用，這種
限制活動要沿著想像的路徑繞行。否則，這些道路就永遠不會暢
通，或者即使通了，也不再是同樣的道路了。創造性作品是調和
與折衷的產生，它調和、折衷了創作者獨創性意圖（在這個階
段，這種意圖尚未形成程式）和他必須克服、以便表達那種意圖
的限制。限制畫家的是技法、工具和材料，限制作家的是辭匯、
語法和篇章結構，畫家和作家也都要受公眾觀點和一般規律的限
制。如果說每一部藝術作品都是革命性的，那麼這裡所說的革命
性也只是針對它所破壞的東西而言。作品的變革性特徵（如果在
它之前什麼都不存在，這種變革性就成了子虛烏有）產生於減少
障礙（不過也並非一點不向障礙妥協）以及盡量不受障礙的影響
而形成自己的模式。由此可見，一部出色的傑作是由兩部分組成
的，其一是作品本身，其二是被它所否定的東西、它所佔據的領
地以及它所克服的限制。傑作是劇烈對抗的結果，它調和了對

抗，但對抗的衝擊與反衝擊卻創造出了振動和張力，使我們驚訝
不已。

　　在人們於鄉村建造的房屋、別墅和草舍上（這些住所比另外
一些更糟糕），我們看到了自由創造的產物，這些作品既不是教
育的成果，也不是約束的造就。連最堅決地捍衛這種創造自由的
人似乎也贊成禁止風格混淆與風格退化，在各個地區，傳統材料
都應當用利，都應當受到重視。這大概可以算作一種檢察作用，
但即使是檢察作用，由頭腦清醒而稱職的法官來行使這種職能，
那也會有很大益處。剛才我們談到了鄉村，現在讓我們看看城市
的現狀如何。都市風景中一切過去和今天都很美的東西可以歸因
於某位君主的開明願望，這一事實難道不是造成城市新發展的原
因嗎？巴黎不正是由於得益於某位君王的這種開明願望，才有了
沃傑斯廣場（Place des Vosges）、旺多姆廣場和里沃黎路（Rue
de Rivoli）這般迷人的景觀嗎？另一方面，一個城市儘管是並無
什麼規劃建設起來的，卻依然很美，這個過程難道不是花了上千
年的時間嗎？這兩種極端的解決辦法之間（它們沒有一種能用於
我們這個時代）就要求某種折衷辦法了，而且這種辦法的確是人
人都求之不得的。

　　人類學家所研究的社會既沒提出富於創造性的兒童這樣的問
題，也沒有學校。在人類學家熟悉的那些社會中，兒童很少玩
耍，甚至根本不玩耍。更準確地說，兒童的遊戲都是對成年人的
模仿。這種模仿引導兒童不知不覺地參與完成生產性任務的活
動——這些生產性任務或者是盡其所能去獲取食物，或者是照看
比他們更小的同胞，或者是製作什麼物品。然而，在大多數所謂
「原始的社會」裡，這種漫無目的的訓練並不充分。人們在童年
或青年時期的某個時刻都必須經歷一種創傷性體驗（traumatic
experience），時間由幾星期到幾個月不等。這種成年禮（ini-
tiation）包括極其嚴苛的考驗，正如人類學家所說，通過這種方

275

式把社會羣體視爲神經的知識銘刻在初學者的腦海裡。這種成年
禮激起了我將稱之爲激情（如焦慮、恐懼和自豪）的積極效用，
以便鞏固持續數年而被沖淡了的報導。

　　像其它許多人一樣，我也曾經在學校（Lycée）中受過教
育。當時，每堂課上課下課的時候都要敲鼓，那怕稍稍違反了紀
律也會受到嚴厲處罰，作文事先要經過一番苦心準備，校長和校
長助理每次都莊嚴地宣佈作文成績，這成績或者使我們垂頭喪
氣，或者讓我們滿心狂喜。我認爲，我們大多數學生並不覺得這
種教育制度可恨可厭。今天，作爲一個成年人和一個人類學家，
我發現這些習慣反映的是普遍的習俗，這種習慣把每一個教學步
驟都神聖化了，每一代人都採用這種步驟讓自己作好與下一代分
擔責任的準備。爲了防止任何誤解，讓我們僅僅把個人深感與之
有關的集體生活的種種表現視爲神聖吧。這些表現也許會被曲解
成爲危險的東西，各個社會都出現過這種情況，尤其是我們這個
社會，這是因爲，我們讓兒童很小就受到學校紀律的約束。所謂
「純樸」，一般是指非常幼小的兒童心智不足的狀態。不過，只
要這種純樸狀態是適度的，並且使它的步驟與當時的道德狀況一
致，那就沒有一個社會會否定或忽視這個階段。

　　最後，事先不界定內容，人們就爲自己或爲他人制訂了某種
目標，那我們首先就應當懷疑這個目標，這是十分明智的。一個
富於創造性的人究竟是什麼呢？他是不是絕對意義上的發明家
呢？如果別人已經做過了他做的事情，或者把這件事做得像他一
樣好，他是否還是樂於自己去創造呢？

　　人類學家所研究的種種社會對新奇的東西幾乎沒有什麼興
趣：這些社會僅僅透過追溯自己習俗的歷史淵源來判斷其是否合
理。至少對那些至多不過數千人、有時甚至不到一百人（這當然
不可能）的社會來說，其理想就只能（根據他們的神話）還是神
在太初時代所創造的樣子。不過，在這些非工業社會的範圍內，

276

各個社會成員都知道如何自己去構成他不得不使用的全部物體，這裡誰也不說什麼「本能的模仿」之類的話。所謂初民最低水準的技能，也要求高度複雜的動手操作和智能操作。他必須理解並掌握這種操作，而每次操作都需要鑒別力、知識以及主動性。並不是任何樹的木頭都能做成弓，即使是適於做弓的樹，也不是隨便哪部分都能用的，挖樹幹、伐樹木所需要的數天或數月的時間也同樣重要。鋸木頭、削木頭、磨光、準備捆木頭的纖維和弓弦，以及搓緊弓弦、把弦牢牢拴在弓上，這一切操作都需要經驗、判斷力和手藝。人們全力以赴地解決這一系列問題，投入了他們的知識、技能和個性。製作陶器、進行編織也是同樣道理。各種手工藝之間的差別也許微乎其微，在沒有經驗的人看來則毫無二致。可是，工匠們卻能分辨出這些差別，這些技藝使他們產生了當之無愧的自豪感。

我們希望我們的兒童富於創造性，這是否僅僅要求他們像原始人或是前工業社會的農民那樣，（當適用於一切時代的、並且已經固定下來的公議規範已經存在時）自己孤立地從事與他的鄰人同樣的工作呢？我們是否還要求兒童具備更多的能力呢？如果要求我們的兒童具備更多的能力，那我們就必須把「創造」這個詞界定為一種真正的物質發明或精神發明了。偉大發明家當然必定有益於生活發展和社會進化，除非這樣一種才能（但我們對此一無所知）可以追溯到遺傳物質的基礎上（而不是潛藏在每個人身上）。如果一個社會要求它的全體成員都是發明家，那我們肯定會懷疑這個社會的存活能力。這樣一個社會是否能始終不斷地再生產出它自身，這大可懷疑，因為這樣的社會將永遠把它獲得的全部成果都消耗殆盡（更不必說再生產出比它更先進的社會了）。

在我們自己文化的某些部分中，我們也許親眼目睹過一種現象，尤其是在造形藝術中。印象派和野獸派這兩種繪畫中的主要

發明，在短短幾年時間裡迅速地相繼出現，這使我們大惑不解，我們後悔最初並不理解它們，這就使我們形成了一種新觀念：它並不是發明多樣化的觀念，而是爲發明而發明的觀念。現在我們並不滿足於把發明的實質奉爲神明，而是每天都祈求它向我們展示能顯示它的無限威力的東西。人人都知道這樣做的結果，那就是出現了風格和手法的雜亂陳列，甚至在同一個畫家的作品中也是如此。繪畫作爲一種形式（genre），從根本上說並沒能抵禦住要求它無休止地刷新自身的固有壓力。其它的創作領域也遭受著同樣的命運：全部當代藝術都受到了強大的壓力。最近的繪畫教育如此借助教學步驟（這些步驟的目的是解放兒童、激發他們的創作才能），這已經足以使我們對這種步驟產生疑慮了。

＊　　　　　＊　　　　　＊

讓我們回過頭來，談談本文的主旨吧。讓我們衡量一下「創造」所暗示的最有節制的宏願與我們實現這個宏願的機會之間的距離吧。我想到了一件事情：兩個年輕的美國女人曾在法國鄉間逗留，她們發現「香草」（vanilla）只不過是一種豆莢，而自己用一個雞蛋就能做出「蛋黃醬」（mayonnaise）來，眞是非常驚異。在這兩個女人看來，這些調味料和它們的滋味以前是來自製作香袋和匣子的不知名技藝，香袋和匣子裝的東西都來自同一出處。而一眨眼之間，她們的心理世界裡就建立了一種無可懷疑的聯繫，她們感到自己與歷史進程重新結合在一起了。她們僅僅自己動手做了些簡單的事情，就參與了一種創造活動。

這個微不足道的例子強調了我們文明中的戲劇性（在它轉化爲教學危機之前很久），它成了一個我們只能稍加涉及的問題的根本。我們的兒童生在一個由我們製造出來的世界裡，並且在這個世界中成長；這個世界預測到了他們的需要，預計到了他們的問題，並且早準備好足以淹沒這些問題的答案。從這方面看，在

使我們沈迷的工業產品和「想像博物館」（它以平裝書、超大號
的複製書以及無休止的定期書展的形式出現──它使趣味衰退遲
鈍、破壞閱讀效果、拼湊知識」這兩者之間，我看不出有什麼區
別。這些徒勞的嘗試的目的是滿足公衆貪得無饜的胃口，它們都
充滿了人道精神的產物。實際上，在我們這個生活輕鬆又浪費的
世界上，只有學校才是唯一的這樣一種地方：它使人們不得不去
吃苦、服從紀律、飽嘗挫敗、一步步地取得進展，去過一種「艱
苦生活」（人們常這麼說）。兒童之所以不願接受這種處境，這
是由於他們已經不再理解這種處境的意義了。因此，當兒童受到
種種限制的時候（而無論是社會還是家庭，都沒有讓兒童對此有
所準備），他們就破壞紀律或是被紀律窒息，而且，這種偏離他
們天性的行爲還會導致悲劇性結局。

　　這種失誤究竟歸咎於學校，還是歸咎於一種日益失去其職能
觀念的社會，還有待確定。我們提出富於創造性的兒童這個問
題，實際上是忽略了一個問題，因爲正是我們自己，正是我們這
些瘋狂的消費者變成了最沒有創造能力的人。我們苦惱於自己的
創造力匱乏，於是就急切地翹首鵠待那些富於創造性的人的到
來。我們在各處都找不到這種人的影子，就只好在絕望中寄希望
於我們的兒童了。

　　儘管如此，我們還是應當注意，爲了我們自我中心的幻想，
而犧牲了嚴格的訓練，我們也不能廢棄學校及其所代表的一切觀
念，而剝奪我們能夠傳給後代的傳統裡爲數不多的實實在在的東
西。如果我們打算透過藝術來引導我們的兒童進行創造，那麼，
採用由我們貧瘠的方法中取得的虛幻成果而形成的教學方式，這
就是一個錯誤。我們至少應當懂得，我們正在透過塑造兒童成爲
富於創造性人類的典型這種方法，去尋求一種安慰，我們爲聽憑
藝術降格爲兒童遊戲這種作法找到了藉口──但我們沒有注意
到，我們敞開了一個更加危機四伏的門戶，這就是把那種遊戲與

278

生活的其它嚴肅方面混淆在一起。可惜！並非生活中的每一件事情都是遊戲。正是這種基礎課程才能證明被稱爲藝術的那種事物的合理性。這種基礎課程的任務在於使年輕人的思維成型。這個任務要求我們摒棄僅僅讓兒童投入富於吸引力的練習這種幼稚的滿足心理（它以教學改革爲僞裝）。而成年人自己在這些練習中儘管不能發現更多的東西，但仍然可以發現一種充滿活力的樂趣。

註 釋

① 尚·列昂·儒萊斯（1859～1914），法國社會主義者、政治家；亨利·柏格森（1859～1941），法國哲學家；瑪賽爾·普魯斯特（1871～1922），法國小說家。──英文版編者註

② 尚·皮亞傑（1896～1980），瑞士心理學家、哲學家、生理學家，一九五九年起任日內瓦國際發生認識論研究中心主任。他的機能心理學思想深受結構主義語言學影響。──譯者註

③ 拉辛（Jean Baptiste Racine,1639～1690），法國古典主義戲劇家。──譯者註

④《貝蕾妮絲》（Bérénice），拉辛一六七〇年寫作的劇本。──譯者註

第二十三章
對自由的反思 ①

　　法國大國民議會（French National Assembly）的一個特別　279
委員會現在（1976年）正審議關於自由權和特許權的三項提案。
社會黨的提案完全是有關程序的，所以它不在哲理反思範圍之
內。另一方面，多數黨和共產黨的兩個提案在從不同角度探討和
解釋這個問題時，都重複了同一個觀點，他們都認爲自由觀念以
及從中引出的自由權的概念都具有普遍依據。多數黨把自由界定
爲「人類意志的一種明確特徵」。共產黨人則認爲，「人類每一
成員」都享有自由與行使自由的「不可讓予的權利」。

　　但是，人們往往忽視了這樣一些事實：我們所說的自由這個
觀念出現的時間比較晚近；這個觀念的內容是多種多樣的，人類
當中只有一小部分人堅信第一種界說並且享有第二種界說所談到
的權利（更何況這往往是一種錯覺）。一七八九年〈人權宣言〉
（Declaration of Human Rights）的偉大原則來自人們廢除歷
史上的具體特權的願望（這些就是貴族特權、宗敎人員與中產階
級社團行會的豁免權）——這些特權的存在，妨礙其它相同歷史　280
的具體自由權的實行。這種情況也如同其它情況一樣，實行這些
觀念的形式賦予了表達這些觀念的思想體系某種意義。這些信條
被一個世紀又一個世紀地反覆宣傳，因此，我們也許就看不到這
樣一個事實，即我們所進入的世界已經變了。這個世界所承認的

以及我們所要求的那些特定自由已經不同於以前了。

　　相形之下，所謂低度開發國家中自由這一觀念的相對性就更明顯了。我們是用一九四八年〈國際人權宣言〉（International Declaration of Rights）把一些毫無意義的定理販賣給那些低度開發國家，甚至是硬塞給他們──但是，我們卻沒有考慮到這些國家當時的甚至是目前的條件（在很大程度上說就是如此）。如果這些國家的條件要有改變，那麼那些饑餓以及其它身心災難的受害者也將不會在意這種變化是否在一種我們將認爲難以忍受的格局內產生。在一些被剝奪了一切的人們看來，一種強迫勞動、節制飲食、控制思想的政體也好像成了一種自由，因爲對這些人來說，這種政體是一種歷史的手段，它能使他們得到有報酬的工作，使他們填飽肚子，可以開闊他們對自己所遇到的與其它人相同的問題的認識廣度。

　　更何況，當信奉集權制國家思想體系的人按照法律所要求的方式去思考、行動時，他們照樣可以感到自由。孟德斯鳩（Montesquieu）當年沒有預見到民主制政府的誘人之處──美德（virtue）可能透過一種訓練過程僅在一個世代內就在民眾中被反覆宣教，而這種訓練過程則與美德毫無瓜葛。不過，一旦美德開始了統治（如在中國），社會全體中的個別成員、有時是絕大多數的成員，就表現得像孟德斯鳩在《論法的精神》（L'Esprit des Lois）中說的那種思想純正的人了：他是「熱愛自己國家法律的人，他的行動出於熱愛其國家的法律」（1765 年，第 LXXXiv 頁）。只有今天，經過以往半個世紀的經驗，我們才能領會美德這一觀念是多麼靠不住，我們才能懂得這個概念在自發的盲從狂熱與被控制的思想之間很難作出明確的區分。我們也說不準孟德斯鳩是否沈迷於把他所說的思想純正的人推到危險深淵的某個邊緣。例如，孟德斯鳩寫道：「自由是一個人能夠做他希望做的事，而不被迫去做他不希望做的事」②（第 255 頁）。

但是，人們怎樣才能知道什麼是他們應該希望的呢？況且，孟德斯鳩也完全知道，各個民主制國家的毀滅顯然是由於美德的衰朽。

　　所以，我們必須十分警惕那些雄辯的狂熱分子，他們企圖把自由說成是一種外表華美的絕對的東西，而實際上自由是歷史的產物。有一種觀點認爲，自由權利是基於人這種道德生物的本質。我們可以對這個定義提出兩個批評。首先，這個定義可以被貼上任意一種標籤，因爲，自由這個觀念在不同時間、地點、不同的政府形式中具有不同的結果。有好幾個世紀之久，舊制政府（Old Regime）一直把25歲以下青年之間未經父母認可的婚姻視爲違法，其理論依據是，由於法律旨在一定要使一切規約成爲自由自願的，所以必須防止個人受他的激情支配而採取的行動。

　　第二，提出這種定義的基礎一向十分脆弱，因爲必然性悄悄把與自由相關的性質歸還給了自由這個概念。所有已知的宣言（包括這些提案的文本）僅僅在法律許可的範圍內提出個人權利。然而這種法律限制並沒有被明確地界定出來，而且任何時候可以重新界定，換言之，立法者從來都是在保留削弱甚至（如果立法者處於唯一裁判者的那個環境所需要的話）廢除法律的權利的前提下才准許自由的。

　　根據上述理由，這兩項提案所假定的理論依據似乎頗不牢靠，我們有理由要求這些提案的擬定者仔細思考一下盧梭在《論不平等的起源》（*Discourse on the Origin of Inequality*）③（1755年）前言中提出的一些中肯見解：

　　　人們開始時尋求戒律，爲了公眾利益，他們應當一致贊成這些戒律；而後來，人們就把這些戒律的總和稱爲「自然法」。他們認爲普遍實行這些自然法可以獲得他們所感到的好處，除此之外，再沒有其它證據來爲他們這種做法作證了。要想提出一些定

義，再用近於任意性的規定來解釋事物的性質，這肯定是一種極
其便利的步驟（第152頁）。

$$* \qquad * \qquad *$$

我們是否可以假定，自由具有一種不證自明的基礎，以致它
自身就能不加區別地適用於全人類呢？這種基礎似乎只可能有一
種，不過它卻包含著這樣一層含義，即不是把人類界定爲一種道
282　德生物，而是一種活生生的生物，因爲這才是人類最顯著的特
徵。但是，如果說人具有作爲有生命的生物的種種權利，那我們
馬上會隨之得出這樣一個結論，即人類這些作爲一個物種而獲得
認可的權利，在面對其它物種的權利時，將遭遇自然的限制。這
樣一來，無論何時何地，人類在行使自己權利時一旦危及其它物
種的生存，人類的權利就不復存在了。

像一切動物一樣，人類也從有生命的生物那裡獲取自己的食
物，這一事實並非沒被意識到。但是，這種自然需要的滿足只能
在犧牲個體的範圍內才能行使，而如果危及個體所屬的整個物
種，那就不被允許了。只有依然活在地球上的有生命物種的生存
權利和自由發展權利，才是唯一可以被稱作「不可讓予的」權
利──這僅僅因爲一點，那就是任何物種的消失都會在創造的體
系中留下無法彌補的眞空。

這兩項提案並沒完全忘記考慮這一點。但是，他們都把結論
錯當成了前提，因此他們就處於這樣的困境中，即必須判定人類
的哪種特殊權利能證明保護自然環境是正當的。多數黨把這種保
護歸於安全權利問題，而且沒有對此進行詳細的論述。共產黨人
則把它（其任意程度絲毫不減）與文化權利和獲得信息的權利相
提並論。共產主義者對此不是寫了一篇而是寫了兩篇文章，但只
是更明顯地表現出試圖解決同一個問題的兩個文件方法中固有的
矛盾。其中一篇贊成進行「完全不受約束的」活動的權利（"en

plein enature"），而另一篇則贊成「以一種理性方式」（"en valeur rationelle"）去改進同樣一種性質的義務，這是自相矛盾的。在同一句話中，既要求「保護植物羣、動物羣、保護鄉村以及自由定居權」，又要求「消除噪聲污染、環境污染，消除對生活結構的一切其它毀壞」，這也是自相矛盾的。自由選擇居住權本身就是一種污染形式，而且也不是最無害的污染形式。在這方面，加拿大比法國更先進。我知道，在加拿大有個天然公園，據這個公園的負責人說，儘管嚴格的規定只允許指定參觀的人數限於每次五六個自然愛好者之內，而且是每隔幾小時才放一小批人入園遊覽，這個公園還是一直受到不知不覺的毀壞。

我們在夢想爲了人類保護自然之前，卻不得不保護自然抵禦人類的破壞，承認這一點，恐怕會使我們感到不自在，主持正義的人（在最近提出的一種主張中）說，「正義不能再對人所受到的污染的侵襲漠然置之」，他這也是把事實顛倒了。人並沒有受到污染，是人造成了污染。人人都在議論的「環境的權利」，這是指環境對人類的權利，而不是人對環境的權利。

283

＊　　　　＊　　　　＊

有些人會不贊成說這三項提案是有關個人權利的，他們會問，個人權利怎樣會從物種層次上被界定的權利中引伸出來。但是，這個難以理解之處僅僅是表面的，因爲，當我們按照傳統觀念把人界定爲一種道德生物時，實際上已經涉及了社會生活的一種特定性質。其實，社會生活就是把它的單個成員（他或她）當作一個物種看待的。社會羣體迫使每一個個體發揮一種功能，充任一個或者更多的角色——簡言之，讓個體具有個性——用這種方式把個體變形爲叫做「單一個體」（mono-individual）物種的等值物。要想理解這個道理，我們甚至不必把羣體凝聚爲一個整體，只要想一想一切已知家族喪失近親時的感受就可以了。這

個家族深深受到了一種不可替代的綜合體的分解的影響，它曾一度是以特定的歷史、特定的生理心理素質以及獨一無二的思想行爲體系合成的一個緊密結合的整體。這有點像自然秩序中喪失了一個物種，而這個物種本身就是一個其特定素質永遠不會重現的、獨一無二的綜合體。

我們說人是道德生物，這種性質爲人創造出某些權利，這實際上是承認社會中的生命把生物學意義上的個體提高到了另一個尊貴的地位上。要承認這種現象，我們就不反對道德的標準，我們只是把它整合（integrate）爲更普遍的體系而已。結果，作爲物種的物種（因此也來自全部物種）的尊貴感就來自於（在我們這個物種中）每個個體都享有的作爲個體的權利——這是在與其它物種相同的基礎上，此外沒有別的基礎。

就這個問題本身看，它的性質可以得到一切文明的贊成。首先是我們的文明，因爲，我所簡要陳述的那個概念就是古羅馬法律理論家的觀點，他們深受斯多噶學派的影響，把自然法解釋爲自然在一切生物中建立的普遍關係的總和，其目的是使這些生物共存。這個概念也是導源於印度教和佛教的偉大的東方文明的概念；同樣，這個概念也是所謂不發達國家（包括其中最卑微的羣體）以及人類學家研究的種種沒有文字的社會的概念。儘管這些社會可能互不相同，但它們都贊成使人成爲創造的接受者，而不是創造的主人。這些社會透過明智的習俗（我們往往把這些習俗錯當成純粹的迷信）限制了人對其它物種的消耗，給人賦予一種道德意義以及非常嚴格的戒律，以保證這些物種的生存。

毫無疑問，法國的立法者（按照他對自由的解釋）採取決定性步驟把人權的依據建立在人作爲有生命的（而不是道德意義上的）生物的基礎上，那麼，我們的國家就會享有新的威望。在一個生活質量和自然環境保護成爲人的第一要求的時代，在全世界眼中，這種政治學原則的重新形成甚至會成爲新的人權宣言的兆

端。我們可以完全自信地說，這種新的人權的社會環境和國際環
境已近於成熟，不過，其預備時期也同樣準備了其它條件。到那
時候，我們就可以期望喚起民衆的興論，正如這些興論在一七七
六年〈美國獨立宣言〉（ the American Declaration of Independ-
ence ）、一七八九年和一七九三〈法國人權宣言〉（ the French
Declarations of Rights ）發表後被喚起一樣。這些宣言提出的原
則（我們今天對這些原則的理解更深刻了）主要是爲歷史的需要
服務的。這些業已被提出的綱領爲法國提供了一個珍貴的機會，
把人權建立在（除了在西方幾個世紀中）已經被一切地方、一切
時代或公開或隱蔽地接受了的基礎上。

＊　　　　　＊　　　　　＊

因此，我們很遺憾，因爲提交審議的這幾項議案文本的作者
寧可去重複程序的規則而忽視了這些規則涉及的混亂和困難。他
們不約而同地（卻都是在暗中）利用一種權利哲學，這種哲學限
制國家的權力，也限制增進國家權力。每個人都有隱私權，他的
自由的條件和代價被混同於那些所謂的權利，而這些權利只是社
會生活中各種可以想見的目標而已。宣佈這些目標並不等於創造
了權利，因爲社會並不能自動地實現這些目標。一個社會可以要
求治理它的人賦予每個人一塊私人領域；不論如何解釋隱私權，
負面表列已經足夠了。但是，實行自由也許就像實現工作權那樣　285
不可或缺，我們只能二者取其一：或者是自由的主張僅僅停留在
口頭上而得不到兌現；或者是人人都必須接受社會所能提供給他
的一種工作。這樣就或者假定出一種普遍的善艮願望（它反映了
徹底堅持集體的價值觀），或者假定出（由於缺少這種認可）限
制的措施。在後一種假定的情況下，國家就會以源於自由權利的
名義否定自由；在前一種情況下，各種事物都將屬於一種道德上
的安排，它對自由給予否定性的解釋，它認爲自由毫無創造力

量。孟德斯鳩所說的美德並不是立法機關頒佈的。如果法律能保障自由的實行，人的這些自由也只能透過來自道德而不是來自法律的特定條件存在。

確切地說，交付審議的這兩項提案都包含著相同的內在矛盾，從這個角度上看，共產黨人和多數黨人的提案是一致的。我們不能對自由既採用理性主義的解釋（以此來維護自由的普遍性），又同時把多黨社會變成這種自由得以萌生和實現的地方。一種普遍論的信條勢必發展成一種模式，它相當於一黨國家；要麼就會發展成敗壞了的、放任無羈的自由狀態，在這種狀態下，觀念不受任何限制，而這些觀念互相衝突，結果是完全喪失其真正意義。最後抉擇在以下兩種情況中進行：一種暫時還無法實行的自由，或是一種帶著欠缺的自由。（再讓我引用孟德斯鳩的一句話）人們一旦擺脫了法律的約束，就會希望能自由地反對法律了。

多黨制作為一種政治對策是不能用抽象的概念來界定的。如果不是把多黨制用作一種積極的措施（這些措施來自別的地方），那它就失去了其完整的一體性，而且，多黨制也沒有自身再生產的能力：自由是由傳統、習俗和信仰組成的，它們在法律出現以前就存在了，而法律的作用就在於保護它們。十八世紀以後的政治思想的一個永恆主題，現在已經成了「英國式自由」與「法國式自由」之間的對立。如果不去檢驗一下這些觀念反映的經驗性真理之間的距離究竟多大（而在美國，這種經驗性真理似乎正在被撼動），那麼，廓清它們的哲學意義就是一件值得一做的事情。

在法國第一本人種學教科書（今年將慶祝它出版200周年，這本書的第一版出版於1776年，作者當時25歲）中，讓—尼古拉·戴繆尼爾（Jean-Nicolas Démeunier）做了一段意義深刻的評論④。戴繆尼爾先提到了古人竭力避免破壞公眾的信仰，而不

管這些信仰是何等荒唐，然後寫道：　　　　　　　　　　　286

> 人們可以對英國進行同樣的思考。這些驕傲的島國人以惋惜
> 之心推崇那些與宗教偏見鬥爭的作家：他們嘲笑這些作家的努
> 力，並且以人生來就是犯錯誤的為藉口⑤，不肯費心去破除迷
> 信，這些迷信很快會被別的東西取代。然而，出版自由以及他們
> 的憲法允許他們攻擊政府行政人員，而且，他們無休止地斥責專
> 制主義。一個君主政體的首要法律就是消除煽動者、取締寫作自
> 由，而人類的精神（它是不可屈服的）於是就誤入歧途轉而去攻
> 擊宗教了。絕對統治者的臣民更願意去聽對宗教的這番反思，在
> 英國，人民更願意聽取對他們的警告，以便維護自由；享有（或
> 自認為享有）自由的民族除了有人對他們宣講的專制主義之外，
> 什麼也看不到，什麼也聽不到（1776年，卷Ⅰ第354頁腳註）。

　　將近一個世紀以後的一八七一年，恩斯特・勒南⑥在《法國
智力改革論》（ *La Réforme Intellectuelle en France* ）一文中發
表了類似見解：

> 英國通過發展來自中世紀的制度建立了世界上迄今為止最自
> 由的國家……英國的自由……來自它的全部歷史，來自它對王
> 權、貴族權以及各類共同體和行會權利的同等尊重。而法國則走
> 了與之相反的道路。國王早就掃除了貴族和共同體的權利，而這
> 個民族掃除了國王的權利。這個民族從哲學上前進到了一個本應
> 從歷史上前進到的領域（第239頁）。

　　在海峽另一邊，亨利・薩姆納爾・梅因爵士（Sumner
Maine）早在一八六一年在他的名著《古代法》（ *Ancient Law* ）
中就寫道：法國的哲學家急於逃避他們所認為的對教士的迷信，
竟然一頭倒向了對律師的迷信（1963年，第87頁）。

　　這三種平行的判斷中，戴繆尼爾的判斷走得最遠，他毫不躊

躊地認爲迷信是對專制主義的解毒劑。這個思想也適用於今天，因爲專制主義一直存在於我們當中；如果有人問專制主義在何處棲身，我們就會借用勒南著作中的另一個主張，它在今天比在他那個時代更適用：專制主義棲身在「行政管理機構的無能」中，它使每個公民都背負了難以忍受的專制的重負（1871年）。那麼，迷信這個概念（在現代人看來，它是不可信的）何以能與專制主義相對抗呢？我們必須弄懂戴繆尼爾使用的這個術語的意義。

287　　首先，他可能是指全部文化代碼（Cultural codes），沒過多久，《夏佩利埃法》（ *Le Chapelier law* ）⑦就把這些文化代碼解碼了出來。不過，他也同樣指的是（而且更具普遍性）衆多的契約關係（bonds）和結合關係（solidarity）這些關係使個人不致被整個社會壓倒，以後又使個人不被碾成芸芸衆生和可以互相替代的原子。這些紐帶把每一個人都整合爲一種生命樣式、一種故土背景、一種傳統、一種信仰或非信仰的形式，它們不僅像孟德斯鳩著作中提到的那些互不相連的力量那樣互相平衡，而且形成了如此衆多的對抗力量（counterforces），它們能夠共同發揮作用以對抗政治權力的濫用。

　　人們透過賦予自由一種假定的理性基礎，就判定它具有取消理性的豐富內容、削弱自由本身力量的罪過。因爲，在要求自由去保障的權利具有部分非理性基礎的情況下，深切懷念自由的感情就表現得越發強烈。這些具有部分非理性成分的基礎包括那些小小的特權以及那些有可能是荒謬的不平等（它們不破壞普遍的平等，允許個人去尋找最近便的停泊點）。眞正的自由屬於一種長久的習慣，（簡言之）一種習俗的選擇，也就是說，如同法國一七八九年以後的經驗已經證明的那樣，全部被宣佈爲符合理性的理論觀念都會毫不妥協地去反對一種自由的形式。的確，這正是這些理論觀念取得一致的唯一一點，而當它們如願以償以後，

它們除了彼此互相詆毀以外就別無所爲了。我們今天的狀況就是這樣。另一方面，只有「信仰」（不應該把它理解爲宗教意義上的信仰，儘管這種信仰並不排斥宗教信仰）才能爲自由提供捍衛自身的措施。自由是從內部來維持的。當人們認爲可以從外部去構成自由的時候，自由就暗中自行毀壞了。

＊　　　　　＊　　　　　＊

　　人類學家對這些問題幾乎沒有多少發言資格，除非他的專業使他以某種超然態度去看這些問題。不過，人類學家至少可以透過一條途徑作出積極貢獻。我們有些人投注全部心力在研究很小的社會上。這些社會處於較低的技術水準和經濟水準上，具有極其簡單的政治制度。無論什麼都不允許我們把這些社會看作原始人類社會的樣式，但是，這些社會的簡單形式卻揭示了（也許比更複雜的社會所揭示的更清晰）一切社會生活本質的活動方式，以及可以被看作是它少數幾種基本條件的東西。我們已經注意到，世界上依然存在這些社會的地區中，社會的成員人數從四十人到兩百五十人不等。如果人口達不到這個最小極限，這種社會遲早會消亡；如果人口超出了這個最小極限，那麼這種社會就會分化。似乎從四十人到兩百五十人的社會可以存活，而四百或五百人的羣體就無法存活了。經濟的原因還不能完全解釋這種現象。因此，人們就不得不承認這種現象具有更深刻的原因，包括社會原因和道德原因，這些原因使共同生活在一起的個體數目限於可以被稱作「最佳人口密度」的範圍之內。所以，人們可以透過實驗證實，在小型共同體中存在著一種可能具有普遍性的人類生存需要——不過，這種需要並不禁止這些共同體在其受到外部攻擊時採取聯合行動。以一種歷史的集體過程爲基礎的語言（不考慮其方言差異）、文化、甚至是一種大規模的結集（如民族結集），都是這些社會中包含的小社會集合的結果——不用說，也

288

是一些其它的小型羣體集合的結果。

　　儘管盧梭主張取消國家中一切局部社會，一些局部社會的某種復辟還是提供了一個最後契機，提供了稍帶些健康和活力的病態自由。不幸的是，把西方社會帶上了一個斜坡的任務並不是立法者能勝任的，西方社會已經從這個斜坡上滑下去好幾百年了——在歷史上，西方社會往往過分熱衷於遵循我們法國的榜樣了。立法者至少可以更加注意這股潮流的逆行，更加注意隨處可見的徵兆。他可以在這些徵兆尚不爲人所見時去鼓勵它，無論有時它們會顯得多麼不協調，甚至似乎令人震驚。無論如何，立法者都不應該把這種逆潮扼殺在萌芽狀態。當這種逆潮本身強大起來的時候，立法者也不應該阻礙它按照自己的方向前進。

註　釋

① 一九七六年五月十九日，我應埃德加・法厄（Edgar Faure）主席之邀，在大國民議會特別委員會就自由問題發表講話，當時我打算讓這個講話簡潔一些。以下這幾頁是經過進一步充實的原稿。如果當時我想講的時間更長一些，那麼就會講成現在這幾頁的樣子。

② 參見《論法的精神》第十一章第三節。——譯者註

③ 即《論人類不平等的起源和基礎》。——譯者註

④ 今年在法蘭西學院的研究班中，我看到了戴繆尼爾這本書中讓・普義隆（Jean Pouillon）所做的這個腳註。

⑤ 語出英國詩人亞歷山大・蒲柏（Alexander Pope, 1688～1744）的詩句：「犯錯是人之常，寬宥為神之業」。——譯者註

⑥ 勒南（Ernest Renan, 1823～1892），法國東方文化學家，著有《耶穌生平》。——譯者註

⑦ 依薩克・勒內・勒・夏佩利埃（Isaac René Le Chapelier, 1754～1794）提出的這項法案（1791年）宣佈工人或雇工的聯合會為非法，給了行會制度最後一擊。

本書各章來源

　　本書各章首次發表於下列各書：

第一章　〈種族與文化〉：《社會科學國際評論》（聯合國教科文組
　　　　織出版，1971年，23～24期，第647～666頁）。

第二章　〈人類學家與人類身份〉：原題《人種學家與人類身份》，
　　　　原載《法國倫理學政治學學院論著學刊》1979年，第595～614
　　　　頁）。

第三章　〈家庭〉：根據《人，文化與社會》（牛津大學出版社出
　　　　版，1956年）一書修訂。

第四章　〈一例澳大利亞的「親屬原子」〉：未發表，用英文寫
　　　　成，後由作者譯成法文。

第五章　〈對照閱讀〉：由 'Chanson madécasse'（載《東方》雜
　　　　誌，1982年東南亞版，第195～203頁）和 'L'Adieu à la
　　　　cousine croisée'（載《觀察家幻想雜誌》，1982年）兩篇文章
　　　　的材料綜合展開而成。

第六章　〈論近親婚姻〉："*Mélanges offerts à Louis Dumont*"，
　　　　（社會科學高級研究學院編，1982年）。

第七章　〈結構主義與生態學〉：原文爲英文，載於《巴納德學院
　　　　紀念刊》，後由作者譯成法文。

第八章　〈結構主義與經驗主義〉：原載《人類》雜誌（1976年第16
　　　　期，第23～38頁）。

第九章　〈語言學的教益〉：爲羅曼・雅各布遜《關於語音和語義的六篇講話》一書寫的序言（1976年，巴黎），此前曾在美國出過英文版。

第十章　〈宗敎，語言和歷史〉：《歷史與人文科學分類法》（卷二，第325～333頁）（1973年，圖盧茲，私人出版）。

第十一章　〈從神話可能性到社會存在〉：《爭鳴》雜誌第19期（1982年2月，第96～117頁）。

第十二章　〈世界主義與精神分裂症〉："*L'Autre et l'ailleurs*"（1976年，巴黎，第469～474頁）。

第十三章　〈神話與遺忘〉：《語言，言語，社會》（巴黎，1975年，第294～300頁）。

第十四章　〈畢達哥拉斯在美洲〉：《幻像與象徵》（倫敦、紐約、舊金山，學院出版社，1979年，第33～41頁）。

第十五章　〈孿生性的一種解剖學預示〉：《符號的體系》（巴黎，1978年，第369～376頁）。

第十六章　〈一個小小的神話──文學之謎〉：《反思的時代》（1980年，第133～141頁）。

第十七章　〈從克雷斯蒂安到華格納〉："*Parsifal, Programm-hefte der Bayreuther Festspiele*"（1975年，第1～9頁，第60～67頁）。

第十八章　〈四聯劇的啓示〉：前一章的原稿。

第十九章　〈一位善於思考的畫家〉：爲馬克斯・恩斯特文集而作（該書未出版）。

第二十章　〈給一位年輕的畫家〉：爲阿妮塔・阿爾布斯畫選所作的序言（1970年，1980年）。

第二十一章　〈紐約，一九四一年〉：《巴黎──紐約》（喬治・龐畢度法國現代藝術博物館藝術文化國家中心編，1977年）。

第二十二章　〈關於富於創造性的兒童〉：《兩個世界的新評論》

．　（1975年，第10～19頁）。

第二十三章　〈對自由的反思〉：《兩個世界的新評論》（1976年，
　　　第332～339頁）。

索　引

〔人名、書名、術語中外文對照表；條目後邊的
數字爲英文原書頁碼，即中譯本邊碼。〕

224～34

Worringer, W. 沃林格　256

Wunambal, Wife leading
　among 伍納布爾人中的借
　妻　42

Y

Yehon Mushi erabi
　（Sekiyen）《昆蟲畫選》
　（千術寅序）　252～53
Yoruba 約魯巴人　156

Z

Zatzikoven （見 Ulrich von
　Zatzikoven）
Zonabend, F. 宗內班　77
Zuñi, division of labor
　among 祖尼人中的勞動分
　工　52

社會學叢書　　丁庭宇主編

編號	書名	譯者	價格	
54000	社會學理論的結構（上）	馬康莊譯	250元□	A
54001	社會學理論的結構（下）	馬康莊譯	（編印中）	
54002	當代社會理論	廖立文譯	250元□	A
54003	教育社會學理論	李錦旭譯	300元□	A
54004	組織社會學	周鴻玲譯	150元□	A
54005	家庭社會學	魏章玲譯	200元□	A
54007	人口學	涂肇慶譯	350元□	A
54008	道德國家	盛杏湲譯	250元□	A
54009	教育社會學	馬信行著	200元□	A
54010	工業社會學	李　明譯	200元□	A
54011	社會工作實務研究法	馮燕等譯	200元□	A
54012	社會團體工作	廖清碧等譯	200元□	A
54013	西方社會思想史	徐啓智譯	300元□	A
54014	古典社會學理論	黃瑞琪等譯	200元□	A
54016	勞工運動	馬康莊譯	150元□	A
54018	企業與社會	蔡明興譯	250元□	A
54021	中國兒童眼中的政治	朱雲漢等編譯	200元□	A
54023	社會學（精裝）	陳光中等譯	450元□	A
54100	寂寞的群眾（精裝）	蔡源煌譯	200元□	A
54101	金翅—中國家庭的社會研究	林耀華著	150元□	A
54102	社會科學的本質	楊念祖譯	100元□	A
54103	統治菁英—中產階級與平民	丁庭宇譯	125元□	A
54104	權力的遊戲	丁庭宇譯	125元□	A
54105	法蘭克福學派	廖仁義譯	125元□	A

新知叢書

08500	①馬斯洛	莊耀嘉編譯	150元□ A
08501	②皮亞傑	楊俐容譯	125元□ A
08502	③人論	甘 陽譯	250元□ A
08503	④戀人絮語	汪耀進、武佩榮譯	200元□ A
08504	⑤種族與族類	顧 駿譯	150元□ A
08505	⑥地位	慧民、王星譯	150元□ A
08506	⑦自由主義	傅鏗、姚欣榮譯	125元□ A
08507	⑧財產	顧蓓曄譯	150元□ A
08508	⑨公民資格	談谷錚譯	150元□ A
08509	⑩意識形態	施忠連譯	125元□ A
08510	⑪索緒爾	張景智譯	125元□ A
08511	⑫馬庫塞	邵一誕譯	100元□ A
08512	⑬佛洛依德自傳	張霽明等譯	100元□ A
08513	⑭瓊斯基	方立等譯	150元□ A
08514	⑮葛蘭西	石智青校	125元
08515	⑯阿多諾	胡 湘譯	(編印中)
08516	⑰羅蘭巴特	方 謙譯	150元□ A
08517	⑱政治文化	陳鴻瑜譯	150元□ A
08518	⑲政治人	張明貴譯	150元□ A
08519	⑳法蘭克福學派	廖仁義譯	125元□ A
08520	㉑盧卡奇自傳	李渚青等譯	250元□ A
08521	㉒曼海姆	蔡釆秀譯	150元□ A
08522	㉓派森思	蔡明璋譯	125元□ A
08523	㉔郭德曼的文學社會學	廖仁義譯	125元□ A

當代思潮系列叢書③

廣闊的視野

原著＞李維史陀
譯者＞肖　聿
校閱＞邱益羣
執行編輯＞馬娟娟
出版＞桂冠圖書股份有限公司
發行人＞賴阿勝
登記證＞局版臺業字第1166號
地址＞臺北市新生南路三段96-4號
電話＞368-1118　363-1407
傳眞＞（886 2）368-1119
郵撥帳號＞0104579-2
初版＞1992年5月

定價／新臺幣300元

《 購書專線／ (02)367-1107 》